जंबूद्वीपे भरतखंडे

जंबूद्वीपे भरतखंडे

(सनातन प्रवाह का मूल स्थान)

डॉ. मयंक मुरारी

प्रभात
प्रकाशन

प्रकाशक
प्रभात प्रकाशन प्रा. लि.
4/19 आसफ अली रोड, नई दिल्ली-110002
फोन : 011-23289777 • हेल्पलाइन नं. : 7827007777
इ-मेल : prabhatbooks@gmail.com ❖ वेब ठिकाना : www.prabhatbooks.com

संस्करण
प्रथम, 2023

JAMBUDWEEPE BHARATKHANDE
by Dr. Mayank Murari

Published by **PRABHAT PRAKASHAN PVT. LTD.**
4/19 Asaf Ali Road, New Delhi-110002

ISBN 978-93-90372-71-3

मेरे संपर्क में आए उन सभी लोगों को,
जिनसे कुछ–न–कुछ सीखने को मिला,
मेरे उन शिक्षकों को जिनके कारण शिक्षा के साथ ज्ञान प्राप्त हुआ
और उन मित्रों को जिनसे सदैव ही एक दृष्टिकोण मिला
और परिणामस्वरूप मैं स्वयं को
बेहतर करता चला जा रहा हूँ।

कलिः शयानो भवति संजिहानस्तु द्वापरः।
उत्तिष्ठंस्त्रेता भवति कृतं संपद्यते चरन्ः।।
चरैवेति। चरैवेति।।

—ऐतरेय ब्राह्मण

(जो सो रहा है वह कलि है, निद्रा से उठ बैठने वाला द्वापर है, उठकर खड़ा हो जाने वाला त्रेता है, लेकिन, जो चल पड़ता है, वह कृत यानी सतयुग/स्वर्णयुग बन जाता है। इसलिए चलते रहना है। चलते रहो, चलते रहो।)

बोले बिहसि महेस तब, ज्ञानी मूढ़ न कोई।
जेहि जस रघुपति करहिं जब, सो तस तेहि छन होइ॥

—रामचरितमानस

(भगवन् शिव नारद के मोह पर माता पार्वती से कहते है कि न ही कोई ज्ञानी है, न ही कोई मूर्ख है। सदा याद रखो कि परमात्मा जब जिसको जैसा करते हैं, वह व्यक्ति मन, वचन और कर्म से उस क्षण वैसा ही हो जाता है। इस अस्तित्व में हम सब कठपुतलियाँ हैं। वह जैसा चाहता है, वैसा ही कराता है और वैसा ही बनाता है।)

भूमिका

भारतीय जीवन में देश और काल है। काल के साथ गति है और गति के संग जीवन दर्शन जुड़ा है। यह बात ही भारत को विशिष्ट बनाता है। काल चक्र, युग चक्र, ऋतु चक्र, धर्म चक्र, भाग्य चक्र और कर्म चक्र के विधान भारतीय सांस्कृतिक चेतना में समाए हुए हैं। यह, जो चक्रीय घूर्णन का क्रम है, हमारे जीवन के विधान में इस प्रकार शामिल हो गया कि हमारा जीवन ही परिभ्रमण में बीत जाता है। हम परिभ्रमण करते हुए प्राणों का स्पंदन, ऋतुओं का स्मरण, गीतों का नर्तन करते हुए, जीवन के पार चले जाते हैं। यह परिक्रमा हम स्वयं नहीं करते हैं, बल्कि समय और देश के साथ ऋतु, पृथ्वी, चर-अचर जीव और सृष्टि के सभी तत्त्व करते हैं।

चक्रीय गति के साथ, जो ठहराव आते हैं, वे हमारे भीतर के चेतन तत्त्व को जानने का अवसर प्रदान करते हैं। भारतीय चिंतन कहता है कि जिसने अपने जीवन को चक्रीय बना लिया, उसका जीवन यज्ञीय हो जाता है। फिर उसे मृत्यु का भय विचलित नहीं करता है, वह दीर्घायु हो जाता है और जीवन को शुद्ध अथवा पवित्र बनाता है। गति के साथ परिवर्तन में ही प्रकृति का सौंदर्य है और सृष्टि का सुवास। चक्र की अवधारणा के साथ परिक्रमा की परंपरा ने हमारे चिंतन में इस बात को केंद्रीय भाव में रखा कि हम केवल प्रकृति और सृष्टि को देखने की वस्तु नहीं मानते हैं। हमारा अस्तित्व प्रकृति में समाहित है, जो प्रकृति है, वहीं मनुष्य है। इस प्रकृति ने हमारे हर प्रश्न का उत्तर दिया। जीवन में दर्शन और मृत्यु के पश्चात पुनर्जन्म का चक्र सनातन प्रवाह की यात्रा माना गया है।

भारतीय चिंतन में यात्रा की गति और उसकी लय चक्रीय मानी गई है इसलिए सृष्टि का आदर्श आकृति चक्र है। एक अखंड मंडलाकार चक्र की स्थिति। इसका न तो आरंभ होता है और न ही अंत। समय की लघुत्तम इकाई से लेकर वृहत्तम इकाई कल्प तक देश की सूक्ष्म इकाई परिवार से लेकर भूर्लोक तक हमारी अनंत यात्रा लगातार चल रही है। जब हम खड़े होते हैं, तब भी हमारे अंदर के अणु-

परमाणु तीव्रता से घूम रहे होते हैं। उनके घूमने की गति इतनी तीव्र है, जिसके कारण स्थितरता का बोध होता है।

जगत् में सब कुछ गतिमान है। इस यात्रा पथ पर समस्त सृष्टि के अवयव की उपस्थिति केवल लोकमंथन का अनुष्ठान है। हमारी उपस्थिति बस लोक में सर्वश्रेष्ठ उपलब्धि का कारण बनती है। सभ्यता के विकास में आकाश, पानी, हवा, अग्नि और मिट्टी इस अस्तित्व का उत्कृष्ट सृजन है। इस सृजन के क्रम में वनस्पति, मानव, जानवर और खनिज पदार्थ तथा खाद्य पदार्थ भी एक मुख्य सृजन है। यह अस्तित्व का सृजन है, जो सृष्टि को संपूर्ण और संतुष्ट बनाता है। यात्रा के साथ गति होती है और गति के साथ सृजन, सौंदर्य और शुभता आती है।

जीवन में गति हो, तो यात्रा संभव होती है। यात्रा से ही हम स्वयं को जानते हैं। अपने समाज और देश को पहचान पाते हैं। इस गति के कारण महादेश खोजे जाते हैं। समय और देश के अतिक्रमण के लिए यात्रा जरूरी है। इस अतिक्रमण से ही नदियों की संख्या, पहाड़ों की ऊँचाई, समुद्र की गहराई और रेगिस्तान की सीमाओं का आकलन होता है। इस पृथ्वी पर कितने जीव हैं? हमारी पहचान क्या है? अस्तित्व के असीम आँगन का आयोजन क्यों है? बचपन से ही ऐसे प्रश्नों की बेचैनी में जीवन व्यतीत किया। इसी बेचैनी में जब भी संकल्प पाठ करता हूँ, तो मन व्याकुल हो जाता है कि समय की सीमा किस छोर से आरंभ होती है? कहाँ है देश यानी स्पेस का किनारा? बार-बार अक्षय उत्साह से पढ़ता हूँ—श्वेत वराह कल्पे, वैवस्वत मन्वंतरे, भूर्लोके, जंबूद्वीपे, भारतवर्षे, भरतखंडे…। जब भी स्मरण करता हूँ, एक नवीन भारत प्रकट होता है। एक विश्व और भूगोल की नई परिभाषा मिलती है।

इन कुछ शब्दों के साथ रामायण, महाभारत, उपनिषद, वेद-वेदांग का चित्रमय वर्ण और उसकी वाणी प्रकट हो जाती है। इस संकल्प यात्रा के साथ जंबूद्वीप, भूर्लोक और भरतखंड की मानव सभ्यता और संस्कृति की रचना तथा उसके विस्तार के आख्यान से जुड़े कई पृष्ठ खुल जाते हैं। इन विकास की यात्राओं, ज्ञान की अंतर्यात्राओं और जीवन की कथाओं के साथ एक नया मन, नई चेतना और एक नए जीवनबोध का निर्माण होता है। इस जीवन बोध में राम की मर्यादा है, तो कृष्ण का कर्म, बुद्ध का धम्म है, तो चाणक्य का राष्ट्र है। भारत को इन यात्राओं ने बनाया है। विश्व को इन यात्राओं ने प्रकट किया और सृष्टि को इन्हीं यात्राओं से महागाथाओं का ग्रंथ मिला।

भारतीय जीवन में एक यात्रा भौतिक अथवा बाहर की है, तो दूसरी यात्रा आत्मिक अर्थात् मनुष्य के अंदर की है। अंदर की यात्रा प्रत्येक दैनिक अनुष्ठान के साथ चलती है। यात्रा भी एक बोध है, एक प्यास है। अगर प्यास नहीं हो, तो पीड़ा की अनुभूति नहीं

होती है और तब यात्रा समाप्त हो जाती है। कुछ अंदर नहीं घटेगा। जीवन की सार्थकता तभी है, जब यात्रा में अनुभूति मिले, सुगंध का अनुभव हो। यह धरती तो पूरे मानव जाति की है। हम इस यात्रा में कंकड़ का संग्रह करते हैं या शालीग्राम पत्थर का। यह योग्यता ही यात्रा की सार्थकता को सिद्ध करती है। मृत्यु के क्षण में सबकुछ समाप्त हो जाना है, तब जीवन को ध्यान से देखना, उसमें अर्थ की खोज ही जीवन-यात्रा का लक्ष्य होना चाहिए। अगर हम खोज नहीं पाए, तो बड़ी बात होगी। प्यास की ललक ही हमारी जीत होगी। इसलिए चलने को सतयुग कहा गया।

अस्तित्व में अतीत का कोई मूल्य नहीं हैं, जो बीत गई, जो बात गई। सड़क पर कितने ही यात्री गुजर जाते हैं, इस बात का हम कहाँ नोटिस लेते हैं। इसी प्रकार अस्तित्व में कोई हमारी भी नोटिस लेने वाला नहीं है। हमारा वजूद उस उड़ती हुई धूल के समान है, जो सड़क से गुजरते हुए उड़ती है। न अतीत का और न ही भविष्य का कोई वजूद है। वर्तमान भी हर पल अतीत हो रहा है। ऐसे में यात्रा के दौरान सतत जागरूक रहना है। बीच-बीच में खुद को सजग रहने के लिए सावधान भी करते रहना है। हम गहराई से नहीं देखते हैं, इस कारण सतह पर, जो दिखता है। उससे आकलन करते हैं। हमारे स्पर्श में कोई ऊष्मा नहीं होती है, जिस कारण संवेदना की अनुभूति नहीं होती है। कुछ भी अंदर तरंगित नहीं होता है और हम सोचते हैं कि दुनिया बिल्कुल वैसी है, जैसी दिख रही है। चीजें जैसी दिखाई देती हैं, वैसी सामान्यतः नहीं होती हैं। यह सोचना कि बिस्तर, कमरा, कुर्सी, टेबल स्थिर है, तो यह गलत है। सतही ही नहीं, बल्कि समग्रता में सोचिए, तब, यह अनुभव होगा कि गति के बिना तो जीवन ही नहीं है।

संकल्प मंत्र में गति का वाचन है। उसका चिंतन है। श्वेत वराह कल्पे यानी समय मापन की सबसे वृहद् इकाई! सृष्टि के जन्म और पुनर्जन्म का आकलन कल्प से होता है। सृष्टिक्रम और विकास की गणना के लिए कल्पे भारतीय मापदंड है। जिस प्रकार मानव की औसत आयु सौ वर्ष मानी गई। हमारे यहाँ कहा गया कि जीवेत शरदः शतम्। यानी आप सौ साल तक जीवित रहें। सुखपूर्वक जीवन व्यतीत करें। व्यक्ति की आयु सौ साल है, उसी प्रकार परमेष्टि की आयु को भी सौ साल माना गया है। लेकिन व्यक्ति और उस परमेष्टि अर्थात् ब्रह्मा की सौ साल की आयु में काल और देश का विराट अंतर है। ब्रह्मा की आयु सौ साल है लेकिन उस सौ साल में एक दिन को एक कल्प के बराबर माना गया है। प्रत्येक कल्प के अंत में प्रलय होता है, जब धरती पर से जीवन समाप्त हो जाता है। ब्रह्मा के दिन और रात बीतने पर सृष्टि पुनः अपने को नवीनीकृत कर प्रकट करती है। एक दिन की कालावधि एक कल्प के बराबर होती है और उसके बाद प्रलय आती है। कल्प को चार अरब बत्तीस करोड़ मानव वर्षों के बराबर का माना गया है।

धरती से आगे नक्षत्र लोक की भी गति है, उसकी गति की अवस्था को मन्वंतर से होकर गुजरना होता है। दिवस, मास, ऋतु, संवत्सर, युग की तरह मन्वंतर भी हमारे सृष्टि के निरंतर परिवर्तन का द्योतक है। यह सौरमंडल से आगे का यात्रा पथ है, जो कल्प पर जाकर विराम लेता है। मन्वंतर समय मापन की खगोलीय अवधि है। मन्वंतर एक संस्कृत का शब्द है जिसका अर्थ होता है—मनु का अंतर। मनु का तात्पर्य उनकी कालावधि से है। भारतीय ज्योतिष गणना में माना जाता है कि चौदह मनु और उसके मन्वंतर को मिलाकर एक कल्प बनता है। हरेक मन्वंतर पर मनुष्य और प्राणी जगत् विलुप्त हो जाते हैं और धरती पर जीवन समाप्त हो जाता है। हरेक मन्वंतर के साथ सृष्टि पर मानव विकास की प्रक्रिया प्रारंभ होती है। सृष्टि की आयु का अनुमान लगाने के लिए चार युगों सतयुग, त्रेतायुग, द्वापरयुग और कलियुग का एक महायुग माना जाता है।

जब हम संकल्प करते हैं, तो साथ ही गति करते हैं। यह गति ही आनंद है, यह गति ही जीव का कर्म है और यही गति देश काल को स्थिर भी रखती है। विज्ञान बताता है कि हमारी पृथ्वी खुद अपनी धुरी पर 1600 किलोमीटर प्रति घंटा की रफ्तार से घूमती है, जो ध्रुवों पर शून्य हो जाती है। जबकि यही पृथ्वी सूर्य की परिक्रमा एक लाख किलोमीटर प्रति घंटा से ज्यादा की गति से करती है। इसी प्रकार सूर्य अपनी आकाशगंगा (मिल्की वे) नामक तारक पुंज (नक्षत्र) के चारों ओर 7.92 लाख किलोमीटर प्रति घंटा के रफ्तार से घूम रहा है और खुद जिस आकाशगंगा के हम हिस्सा हैं, उसकी रफ्तार 21 लाख किलोमीटर प्रति घंटा की है।

इस अस्तित्व में हरेक तत्त्व निरंतर गतिशील है और उसके साथ हम भी सतत् गतिशील है। कोई भी एक क्षण के लिए भी कहीं विराम नहीं करता है। अतएव यह सीख मिलती है कि हमको भी जीवन में हमेशा गतिशील रहना चाहिए। यह गति, जो हमारे जीवन में है, वही सृष्टि में है, जो सृष्टि में हो रहा है, वही हमारे अंदर भी गतिमान है। इसलिए भारतीय जीवन में जीवन के बाद मृत्यु नहीं है। जीवन के बाद पुनः जीवन है। जीवन का नवीनीकरण है, निरंतर यात्रा है, नित्य नया होनेवाला चक्र है। ऋतुचक्र, ऋतु यानी गति, प्रवाह, और निरंतरता का अनुभव।

यह ऋतुचक्र जीवनचक्र का ही प्रतिरूप है। ऋतुओं में वसंत, ग्रीष्म, वर्षा, शरद, शिशिर और हेमंत ही तो जीवन का बचपन, किशोर, यौवन, प्रौढ़, वृद्ध और मृत्यु का प्रतिरूप है। जब वसंत के बाद पुनः वसंत आता है, तो जन्म के बाद जन्म आना ही है। काल की गति के वर्तुल होने के कारण ही हर वर्ष एक निश्चित समय पर वसंत होता है और बारिश आती है। सावन में बरसात होती है, पूस में ठंड। सत्य यह है कि समय कभी व्यतीत नहीं होता। वह केवल गति है और इन गतियों और परिवर्तनों के साथ उत्सव है।

जहाँ हम हैं, सदैव गतिशील रहते हैं, यद्यपि हम इसको महसूस नहीं करते हैं। इस भूमिका को पढ़ने में चंद मिनट का समय लगेगा, लेकिन इतनी देर में हम हजारों किलोमीटर की यात्रा कर चुके होंगे। जिसका हमें बोध नहीं है। प्रोफेसर ऐंड्रयू फ्रेक्नोई नामक खगोलशास्त्री अपनी किताब 'हाउ फास्ट आर यू मूविंग हेवन सिंटिग स्टिल' में कहते हैं कि क्या आपने कभी इस पर सोचा है कि जिस वक्त लगता है कि हम बिल्कुल गतिशील नहीं हैं, उस वक्त कितनी तेजी से हम गतिशील होते हैं? इसी प्रकार हमारे शरीर की गति भी कल्पना से परे है। हमारा खून शरीर के अंदर बहुत तेजी से सर्कुलेट होता रहता है। करीब 20 सेकंड्स में एक रेड ब्लड सेल पूरे शरीर का चक्कर काट लेता है। जब अस्तित्व की इन सभी इकाइयों की गति को जोड़ दें और एक ही दिशा में चलें तो पता चलेगा कि हम अपने देश की लंबाई को महज पाँच सेकंड में पूरा कर रहे हैं।

जीवन में गति को महसूस करना है, तो शाम को घर लौटने के बाद आँखें बंदकर अनुभव करें। शरीर की गति की अनुभूति करें। बिछावन पर हमारा दबाव, पैर का जमीन को स्पर्श, हवा का झोंका, फूल की गंध, बच्चों की बहस, रसोई में बरतन की आवाज। हम चौंक जाएँगे! शरीर तरंगित होता है, साथ ही सबकुछ तरंगित और चलायमान है। शरीर को स्थिर कर भी पाए, तो मन अपनी गति को कायम रखता है। शरीर, मन और चित्त का ठहराव ध्यान की उच्चतम् यात्रा में ही संभव है।

वैसे भी जब हम सोचते हैं कि अब हम आराम कर रहे हैं, तब भी शरीर के अंदर क्रिया और गति जारी रहती है। इस प्रक्रिया में शरीर न तो मन से पूछता है और न ही चित्त की कोई भूमिका होती है। प्रत्येक क्षण जीवन के लिए शरीर में हजार कोशिकाएँ मरती हैं, शरीर रक्तप्रवाह को फेंकता रहता है। शरीर के जीवन के लिए साँसों की गति लगातार चल रही है। यह सब हमारी इच्छा और मन के बिना ही होती रहती है। सारी कोशिकाओं को जीवन भर, हर दिन और हर पल काम करना होता है। 100 अरब कोशिकाएँ हमारे शरीर को जीवित रखने के लिए लगातार कार्यरत हैं।

हमारे भीतर पूरा संसार है। हमारे शरीर का अंदरूनी हिस्सा सौर तंत्र और सृष्टि का प्रतिरूप है। हमारा हृदय इस पूरे पारिस्थितिक तंत्र के केंद्र में है। जैसा कि सूर्य है। हमारे अंग ही ग्रह हैं, जो संतुलन और समन्वय के लिए हृदय से नियंत्रित होते हैं। इनमें से कई कोशिकाएँ चौकीदारी का काम करती हैं। विज्ञान का कहना है कि शरीर को शांत और व्यवस्थित बनाए रखने के लिए वे साठ हजार मील लंबी रक्त कोशिकाओं में घूमती रहती हैं। चोट लगने पर त्वचा में रक्त का थक्का बनाने से लेकर, मरम्मत और ठीक करने की क्रिया चलती रहती है। देह सत्य है, क्योंकि देह प्रकृति है। प्रकृति इस अस्तित्व की तत्त्व है। यह धरती भी तत्त्व है और सूर्य

भी। अपने बोध को जगाकर और उसका उपयोग कर ही इस अस्तित्व की गति को अनुभव कर सकते हैं।

संकल्प एक यात्रा है। इसका स्मरण ही सत्य है। सत्य के कई रूप हैं। सत्य की खोज का कोई अंत नहीं होता है। उसी प्रकार यात्रा की भी कोई सीमा नहीं। जीवन रुचि का नाम है। सत्य की खोज भी रुचि है। यह रुचि यात्रा में मिलती है। हर यात्रा जीवन को रुचिकर और नए सत्य का उद्घाटन करती है। क्या है यात्रा? हर पड़ाव पर एक सत्य का साक्षात्कार। एक नए मन, एक नई चेतना, एक नए जीवन बोध का निर्माण। फिर चलते जाना। संतुष्टि नहीं, चलते जाना। एक सत्य, दूसरा, तीसरा जब तक जीवन है—चलते रहना। हमें कहीं पहुँचना नहीं है। जहाँ है वही लक्ष्य है। मन सदैव यह भ्रम उत्पन्न करता है कि मंजिल दूर है और हम दौड़ पड़ते हैं। कार्ल सैगन विश्व के महान् अंतरिक्ष वैज्ञानिक रहे हैं। उन्होंने कहा कि हमारे डी.एन.ए. का नाइट्रोजन, हमारे दांतों का कैलशियम, हमारे खून का आइरन, हमारे एप्पल पाईज का कार्बन टूटे हुए तारों के भीतर बना था। हम सितारों से बने हैं। ऐसे में यात्रा खुद ही हमारा लक्ष्य होती है।

हरेक संकल्प के साथ हम दोहरी यात्रा करते हैं। एक यात्रा अंदर की ओर होती है, जिससे विज्ञान के रहस्य खुलते हैं, सृजन के नए आयाम प्रकट होते हैं और रचनाधर्मिता के उत्सव से मानवजाति उपकृत होती है। एक यात्रा बाह्य जगत् की, जिनसे देश बदला, नवीन विचार और चेतना आई, विकास की परिभाषा गढ़ी गई और कुरीतियों एवं अंधविश्वासों की बंद गाँठें खुलीं। सभ्यता के विकास से ही यात्रा करने की परिपाटी चली आ रही है। बुद्ध ने वर्षों की यात्राएँ कीं, तो उन्हें ज्ञान मिला। यात्रा करें और कुछ सृजन न हो, कुछ ठोस नहीं मिले, तो उसका कोई मतलब नहीं।

जीवन एक अनवरत यात्रा है। मन एवं हृदय से यात्राएँ हों, तो कुछ सीखने को मिलता है, स्वयं का विस्तार मिलता है। अहंकार एवं निजता मिटती है और व्यक्ति खुद को खोज पाता है। अपने को देश, राष्ट्र, और अंतत् सृष्टि से जोड़ पाता है। विश्वमामित्र, कृष्ण, चाणक्य, महात्मा बुद्ध, शंकराचार्य, महात्मा गांधी, विवेकानंद, सुभाषचंद्र, जयप्रकाश, महर्षि अरविंद, राहुल सांकृत्यायन आदि ने यात्रा के माध्यम से समाज और देश को बदला। कोलंबस और वास्कोडिगामा की यात्राओं से कई देश गुलाम बने। सभ्यता का आपस में परस्पर संवाद हुआ। संस्कृतियाँ फैलीं। गांधी एवं विवेकानंद की यात्रा ने देश को पराधीनता से निकालने का काम किया, तो अरविंद, राहुल और अज्ञेय की यात्राओं से साहित्य, संस्कृति और सभ्यता को मजबूती मिली। आजादी के बाद विनोबा भावे की यात्रा ने भूदान आंदोलन की नींव डाली, तो जयप्रकाश की यात्रा ने युवाओं को देश के लिए जीने का मकसद दिया।

जीवन में जो घट रहा है, जो प्यास है, उसकी तृप्ति बाहर खोजने से नहीं होगी। जहाँ हैं, वहाँ बैठे भी यात्रा हो सकती है। भीतर जागना है। इसलिए ऐतरेय उपनिषद् सूत्र देता है—चलते रहो, चलते रहो। रुकना नहीं है। अनंत यात्रा है। यात्रा का हर कदम ही मंजिल है। इंग्लैंड के प्रसिद्ध पत्रकार पाल ब्रंटन थे, जिन्होंने 'रहस्यमय भारत की खोज' किताब लिखी। अध्यात्म और ज्ञान की खोज में भटकते रहे। उस युग के प्राय: सभी महर्षियों एवं योगियों से मिले। उनकी सामान्य तर्कशक्ति और पाश्चात्य संदेहयुक्त विश्लेषण के कारण कोई महापुरुष प्रभावित नहीं कर सका। उन्होंने हार मान कर बंबई से स्वदेश लौटने का निर्णय कर लिया।

वह टिकट कटाकर पानी के जहाज में जा बैठे। तभी आंतरिक चेतना ने उनको रमण महर्षि का स्मरण दिलाया। अंतत: पाल ब्रंटन मद्रास जाते हैं और महर्षि के सम्मुख उपस्थित होते हैं। इस एक घटना ने ब्रंटन को विश्वप्रसिद्ध बना दिया। उस सुगंधि को पाल ब्रंटन ने महसूस कर लिया, लेकिन दार्शनिक राधाकृष्ण जीवन के अंत तक पछताते रहे कि वह रमण महर्षि को पहचान ही नहीं सके। देश काल के चिंतन में जीवन कहाँ है, इसका आकलन कठिन है। हाँ, उसके साथ अंतर्यात्रा से जीवन और अस्तित्व को आत्मसात किया जा सकता है।

संकल्प मंत्र के माध्यम से हम न केवल गौरवमय इतिहास का व्याख्यान करते हैं, बल्कि उस सच्चाई को बार-बार अपने सम्मुख लाते हैं, जो इतिहास के अध्याय रहे हैं। मनु के साथ जुड़ी मन्वंतर की कथाएँ। विभिन्न नामों से विश्व की विभिन्न सभ्यताओं में इन कथाओं का उल्लेख मिलता है। स्वयं भू मनु और सतरूपा के संग पृथ्वी पर मानव विकास का आरंभ हो या अंतिम जल प्लावन के बाद वैवस्वत मनु के साथ एक व्यवस्थित राजव्यवस्था की शुरुआत हो। ये आख्यान केवल महाकाव्य और पुराणों के हिस्सा भर नहीं रहे, बल्कि हमारे मानस पर बार-बार अंकित होते रहे हैं, हरेक अनुष्ठान के साथ।

ऋषभदेव के पुत्र चक्रवर्ती भरत और शकुंतला व दुष्यंत पुत्र भरत के साथ इस भारतवर्ष को याद करते है। जर्मन दार्शनिक मैक्स मूलर कहते हैं—"यदि मैं संसार में किसी ऐसे देश की तलाश करूँ, जहाँ प्रकृति ने पृथ्वी के किसी हिस्से में सम्पति, शक्ति और सुंदरता का वरदान दिया है, तो मैं भारत की ओर इंगित करूँगा। यदि मुझसे कोई पूछे कि किस आकाश के नीचे मानव मस्तिष्क ने अपने श्रेष्ठतम् वरदानों को अत्यंत पूर्णता से विकसित किया है और जीवन की महानतम समस्याओं पर अत्यंत गहन चिंतन किया है और कुछ ऐसे प्रश्नों का हल पा लिया है, जो उन लोगों का ध्यान आकर्षित कर सकता है, जिन्होंने प्लेटो और काँट का अध्ययन किया है, तो मैं भारत की तरफ इशारा करूँगा।

भारत का स्थान किसी भी देश से ऊँचा है। आप अपने विशेष अध्ययन के लिए मानव मस्तिष्क के किसी भी क्षेत्र को चुनें, चाहे वह भाषा हो, धर्म हो, मिथक हों, या दर्शन हों चाहे कानून या रिवाज हों। आदिम कला या आदिम विज्ञान हो, हर जगह आपको भारत जाना है। चाहे आप उसे पसंद करें या न करें। क्योंकि इनसान के इतिहास की कुछ अत्यंत मूल्यवान और अनुकरणीय सामग्री में से कुछ का कोष केवल भारत में और भारत में ही है।"

भारतीय ग्रंथ वेद-वेदांग के अलावा पुराणों में इतिहास, राजनीति, चरित्र, दर्शन, धर्म और विज्ञान की विपुल संपदा मौजूद हैं। वायु पुराण, मत्स्य पुराण, ब्रह्मांड पुराण आदि में धरती पर मनुष्य के आगमन का आख्यान दिया गया है। इसके कालखंड पर हम विश्वास करें या नहीं करें, लेकिन विषय-वस्तु और उसकी निरंतर प्रवाह को कोई भी बुद्धिमान मनुष्य इनकार नहीं कर सकता है। हमारे संकल्प मंत्र में सृष्टि संवत् का उल्लेख आता है, जो एक अरब 97 करोड़ आठ लाख तिरपन हजार साल से चला आ रहा है। समय की गणना के बारे में यह भारतीय चिंतन है। जब काल की इस अवधारणा से हम परिचित होते हैं, ठीक उसी समय वायु पुराण के श्लोक हमारे मस्तिष्क पर भूलोक में भारतवर्ष की भौगोलिक सत्ता को अंकित कर देते हैं। हिमालय से प्रारंभ होकर इंदु सरोवर (हिंद महासागर) तक यह देव निर्मित देश हिंदुस्तान कहलाता है। इस भारतवर्ष को ही अजनाभवर्ष, हिमवर्ष, भरतखंड, आर्यावर्त, जंबूद्वीप आदि शब्दों से अलंकृत किया गया है।

इस भारतवर्ष के पहले राजा मनु और उनकी राजधानी अयोध्या थी। जहाँ पहली बार राजव्यवस्था को धर्मानुकूल और सदाचार पर व्यस्थित करने के लिए राजदंड पर धमदंड का विधान किया गया। आद्य वसिष्ठ के रूप में एक गुरु सत्ता अगले हजारों साल तक भारतवर्ष में विधि और विधान का पर्याय बनी रही। इस धर्मसत्ता का ही प्रभाव था कि भारत में ऋषियों की एक महान् और सनातन परंपरा चल पड़ी, जिसमें विश्वामित्र, वामदेव, जमदग्नि, कंव, अत्रि, भारद्वाज जैसे गुरु सत्ता ने भारतखंड में विचार, दर्शन, चिंतन, व्यवस्था, चरित्र निर्माण की अमिट स्त्रोस्वानी बहा कर महान् सप्तर्षियों के रूप में अजर अमर हो गए।

संकल्प मंत्र पर विचार क्यों जरूरी है? जब हम शब्दों का उच्चारण करते हैं तो यह पता चलता है कि एक समय अखंड भारतवर्ष था। तब जंबूद्वीप में भारतवर्ष एक खंड होता था। आज न जंबूद्वीप है, न भारतवर्ष है और न ही आर्यावर्त है। आज केवल भारत या हिंदुस्तान है। संकल्प मंत्र के साथ यह भाव बार-बार आता है कि आखिर वेदों को मानने वाले, ऋषियों की संतान, देव की जन्मभूमि की हालत खराब क्यों है? जिस भारतवर्ष ने दुनिया को धर्म, संस्कृति और दर्शन का ज्ञान दिया, वह आज इस हालत में है! अखंड भारतवर्ष के टुकड़े हो गए और हम देखते रहे।

सन् 1919 में उपगणस्थान यानी अफ़गानिस्तान ब्रिटिश भारत से अलग हो गया। सन् 1935 में ब्रह्मदेश यानी आज का म्यांमार अलग हो गया। देवभूमि त्रिविष्टप यानी तिब्बत, जो 19वीं सदी तक स्वतंत्र देश था, गुलाम हो गया। हम चुप रहे। इसी त्रिविष्टप अर्थात् तिब्बत या देवलोक से वैवस्वत मनु के नेतृत्व में प्रथम पीढ़ी के मानवों (देवों) का मेरु प्रदेश में अवतरण हुआ था। सन् 1949 में भूटान एक स्वतंत्र देश के रूप भारतवर्ष से अलग हो गया। हमारा अपना नेपाल आज साम्यवाद के झंडा तले एक अलग सुर आलाप रहा है। श्रीलंका, पाकिस्तान, बांग्लादेश के अलावा दक्षिण पूर्व एशिया के देश, जो कभी भारतवर्ष के अंग थे, आज नहीं हैं।

महान् भरत में आज आर्यावर्त और दक्षिणावर्त खंडित रूप है। आर्य क्या है? यह बार-बार सवाल पूछा जाता है। संकल्प मंत्र के पाठ से ही सीखा कि आर्यत्व मानवीय उदात्त चरित्र और अंतर्मन की उदारता और मेधा की विशालता का नाम है। आर्य शब्द के मानक और गुण का विकास भारतीय भूमि पर हुआ। इसलिए यह भारतभूमि ही आर्यावर्त है। भारतवर्ष की गुणात्मक पहचान का नाम आर्यावर्त है। इसमें द्रविण, कोल-निषाद और किरात सभी का योगदान है। भारतवर्ष का, जो भी श्रेष्ठ मूल्य है, वह आर्यत्व में निहित है। भारत अनंत यात्रा है। अनुभूति का स्मरण है। यह भूमि हमारे लिए तीर्थ और पुण्य है। पूजा की वह विधि है, जो भौगोलिक चेतना को बढ़ाती है, प्राकृतिक सौंदर्य से जोड़ती है, चित्त को इतिहास बोध से जोड़ती है, कला और शिल्प का साक्षात् दर्शन है और इनको जोड़नेवाले पर्वत, नदी, भूमि की गोद में ज्ञानियों की प्रज्ञा के सृजन की वेदी है।

सुबह जागने पर आसपास से, जो आवाज आती है, उसमें साम का संगीत और यजु के मंत्र का संयोजन होता है, जो ऋग् की ऋचाओं के साथ अंतर्मन में गहराई तक प्रवेश कर जाती है। ऐसा अनुभव, जो पल में शाश्वत की यात्रा कराता है। आँखें बंद कर लेने पर महसूस होता है कि सूक्ष्म रूप में भारत का रजकण हमारे शरीर के माध्यम से प्रतिबिंबित हो रहा है। भारत एक भूमि का अंश नहीं है। यह चैतन्य देहात्मा है। इसमें चिरंतन यात्रा का सुवास है, जो भौगोलिक, आर्थिक, सामाजिक और सांस्कृतिक-साहित्यिक जीवन को सत्य और ऋत के आधार पर चलाता है।

मेरे अंतर्मन में संकल्प मंत्र के वाचन के समय एक जिज्ञासा बार-बार उत्पन्न हुई कि भारतीय जीवन में व्यक्ति खुद को हरेक यज्ञ-कर्म के समय ब्रह्मांड के साथ क्योंकर जोड़ता है? व्यक्ति का ब्रह्म के साथ जुड़ाव फिर उस चिरंतन काल का बोध इस वर्तमान में करता है। आखिर क्यों? मेरी जिज्ञासा का जवाब श्रीमद्भागवत महापुराण के 18 हजार श्लोकों में विशेषकर स्कंद 10 अध्याय 31 के 16वें श्लोक में मिला। ब्रह्मांड में सात तल हैं—पाताल, रसातल, तलातल, महातल, सुतल, अतल और वितल।

इसी प्रकार शरीर में भी सात तल हैं—पैरों का मूल (तलवा)-पाताल, पैरों का ऊपरी भाग-रसातल, दोनों गुल्फ-तलातल, दोनों पिंडलियाँ-महातल, दोनों घुटने-सुतल, दोनों जाँघें-अतल और कटिभाग-वितल है। इसी प्रकार ब्रह्मांड में सात लोक हैं। भूलोक, भुवः लोक, स्वलोक, महालोक, जनलोक, तपलोक और सत्यलोक। इसी प्रकार शरीर में भी सात लोक अवस्थित हैं—नाभि-भूलोक, उदर-भुवः लोक, वक्षस्थल-स्वलोक, गला-महालोक, मुख-जनलोक, दोनों नेत्र-तपलोक और मस्तक-सत्यलोक है। ब्रह्मांड में सात पर्वत हैं—मेरु पर्वत, मंदराचल पर्व, कैलाश पर्वत, हिमालय पर्वत, निषध पर्वत, गंदमादन पर्वत और रमन पर्वत। शरीर में भी सात पर्वत हैं। हृदयकमल में मेरु पर्वत, नीचे के कोने में मंदराचल पर्वत, दाहिने कोने में कैलाश पर्वत, बाएँ कोने में हिमालय पर्वत, ऊपर की लकीर में निषध पर्वत, दाहिनी रेखा में गंदमादन पर्वत और बाएँ रेखा में रमन पर्वत स्थित है। ब्रह्मांड में सात द्वीप हैं—जंबू द्वीप, साक द्वीप, कुश द्वीप, क्रोंच द्वीप, शाल्मली द्वीप, प्लक्ष द्वीप और पुष्कर द्वीप। इसी प्रकार शरीर में भी सात द्वीप हैं। हड्डी स्थान में जंबू द्वीप, मज्जा में साक द्वीप, मांस में कुश द्वीप, शिराओं में क्रोंच द्वीप, त्वचा में शाल्मली द्वीप, रोमों में प्लक्ष द्वीप और नख में पुष्कर द्वीप है। इसी प्रकार ब्रह्मांड में सात सागर हैं। खारा सागर, क्षीर सागर, मदिरा सागर, घृत सागर, रस सागर, दही सागर और सुस्वादु सागर। शरीर में भी सात सागर हैं। मूत्र में खारा सागर, दूध में क्षीर सागर, कफ में मदिरा सागर, मज्जा में घृत सागर, रस में रस सागर, रक्त में दही सागर और कंठ के अंतर्गत लिंबिनी में सुस्वादु सागर स्थित है। जो बाहर है, वह अंदर भी है। वृहत्तम में लघुत्तम।

ब्रह्मांड से लेकर शरीर तक की यात्रा और शरीर से पुनः ब्रह्मांड की यात्रा में सब कुछ चक्रीय हैं। जीवन में महत्त्वपूर्ण है कि हम सम्यक् भाव से जीवन को स्वीकार करें। अस्तित्व में हरेक तत्त्व और वस्तु के पीछे कुछ कारक हैं। उस कारक की पहचान और तदनुरूप अपने दायित्वों का निर्वहन ही व्यक्ति का मुख्य धर्म होना चाहिए। वृहत्तम को लघुत्तम में समावेशित कर लेना भारतीय चिन्मय की विशेषता है, तो लघुत्तम में उस विराट की अनुभूति ही चिरंतन भारत में शाश्वत की खोज है, जो अनवरत जारी है। मन शाश्वत की खोज करता है, चित्त सदैव सनातन शिखर की ओर उन्मुख होता है, तो इसके पीछे की उत्प्रेरक शक्ति ऋतुएँ हैं। उसी प्रकार सनातन जीवन के भावों को उभारने का अनुष्ठान पर्व और तीर्थ हैं। तीर्थ में आदमी खुद को खोजता है, देश और काल से मुक्त होता है। पर्व के साथ वह शिवता एवं शुभता का संकल्प अपने अंदर जोड़ता है, जिससे शिखर की ओर आरोहण हो सके।

इस आरोहण में सूर्य हमारा सहयोगी होता है। भारतीय जीवन में सूर्य की महत्त्वता असीम है। अनंत काल से सूर्य भारतीय जीवन के केंद्रीय भाव में रहता है। जब ऋग्वेद

के रूप में विश्व का पहला काव्य रचा जा रहा था, तब विश्वामित्र ने पहले सूक्त के रूप में गायत्री मंत्र की रचना की। इसमें दिव्य सविता यानी सूर्य की अर्चना और आराधना है। हम उस विश्वात्मा का ध्यान करते हैं और जीवन में बुद्धि एवं विकास की आकांक्षा करते हैं। सूर्य के रूप भी कई हैं। सूर्य का भौतिक रूप जीवन में प्रकाश और ताप देता है, जीवन को धारण करता है। वह सूर्य मनुष्य के अंतर्जगत को देखता है और कर्म में सहयोग करता है। इस कारण सूर्य हमारा मित्र है।

वैदिक मनीषियों ने अस्तित्व में हरेक कर्म-क्रिया के प्रवाह को यज्ञीय माना है। उपनिषद् काल में तप और साधना को यज्ञ रूप में देखा गया, वही यज्ञ महावीर और तथागत के धर्मानुकूल कर्म और आत्मिक उन्नति का पर्याय बन गया। भक्ति काल में यज्ञ को ईश्वर की लीला और भक्ति में देखा गया। सवाल उठा कि यज्ञ क्या है? ऋषि सत्ता की ओर से जवाब आया कि जब कर्म किसी वृहत्तसम को अपनी पूर्ण सत्ता के साथ अर्पित किया जाता है, तो वह कर्म यज्ञ बन जाता है। वह क्रिया की आहुति ही यज्ञीय भाव को प्रकट करती है। अस्तित्व के सारे कर्म में बिना किसी आकांक्षा के त्याग और प्रेम का भाव सन्निहित होता है। सूर्य का ताप अपने लिए अन्न में दाना नहीं लाता है और न ही सोम उस दाने में रस और मिठास भरता है। पर्वत अपने हृदय से नदियों के प्रवाह को जाने देता है और नदियाँ निरंतर बहती हैं, तो वहाँ उनका निष्काम कर्म होता है, जिसमें कोई आसक्ति नहीं होती है।

ऋतुओं का परिवर्तन और उसके साथ चरित्रगत विशेषताओं को प्रकट करना ही यज्ञ है। वनस्पति का हरेक बीज यज्ञीय भाव से कर्मरत होते हैं। यज्ञ भी वैदिक काल में परिवर्तित होता रहा है। प्रारंभ में यज्ञ व्यक्ति खुद करता था (ऋ० 4.17.15)। आगे चलकर यज्ञ अनुष्ठान में दो पुरोहित हो गए (ऋ० 1.13.18)। समय बीतने के चार यज्ञ में चार पुरोहित की आवश्यकता महसूस की गई। (ऋ० 10.71.11)। बाद में यह संख्या बढ़ती गई। परवर्ती काल में यज्ञीय अनुष्ठान में 16 पुरोहित तक अनुष्ठान में आवश्यक माने जाने लगे। यज्ञ का अर्थ ही वैदिक काल में उत्पादन से रहा है। कृषि कर्म ही यज्ञ है। यज्ञ ही सर्वश्रेष्ठ कर्म है (शतपथ ब्राह्मण 1.7.1.5)। तीनों वेद ही यज्ञ हैं (शतपथ ब्राह्मण 1.1.4.3)। इसी प्रकार अन्न ही यज्ञ है, जल भी यज्ञ है। (शतपथ ब्राह्मण 1.1.1.12)। भारतीय भोजन की पद्धति भी यज्ञ है।

भारतीय चिंतन में कहा गया कि आर्य वह है, जो भारतीय सभ्यता में डुबकी लगाकर चिरंतन सत्य को समाज के समक्ष रखता है। भारतीयों का एक वेदवाक्य रहा— कृण्वन्तो विश्वमार्यम्। जब यह जयघोष किया गया, तब उसके साथ आर्य बनाने की प्रक्रिया भी बताई गई थी। वेदों ने कहा कि 'विश्वं भद्रं कुर्वन्तु'। अर्थात् जगत् को भद्र बनाकर उनकी अपनी पहचान की रक्षा करते हुए, पूर्ण बनाने का प्रयास किया जाएगा।

प्रारंभ में जो लोग विविध कार्यों को करते थे, उनको आर्य कहा गया। ऐसे लोग कृषि कार्य में निपुण थे, यज्ञ और तप के माध्यम से व्यक्तिगत और साममाजिम उन्नति का मार्ग प्रशस्त करते थे। जिन्होंने नगर बसाए। बाद में ऐसे लोग ही कृषि संपदा के स्वामी बने। वैदिक कार्य में कृषि के कारण आर्य (अर्य) सामाजिक श्रेष्ठता के अधिकारी हुए। बाद में कृषि के साथ शिल्प और व्यापार जुटा, तो आर्य शब्द भूस्वामी और व्यापारी के लिए प्रयुक्त होने लगा। सभ्यता के विकास में लगे राजवंश और सामान्य लोगों के लिए भी आर्य शब्द का प्रयोग होता था। ऋषि निधुव्रि काश्यप (ऋ० 9.63.5) में कहते हैं कि प्रजा को संमार्ग की ओर प्रेरित करो और संपूर्ण विश्व को आर्य बनाने का प्रयास करो। ऋषि वसुकर्ण (ऋ० 10.65.11) में कहते हैं कि श्रेष्ठ दानदाता देवगण यानी आर्य भूलोक में सभी स्थानों पर विद्यमान हैं, उनके द्वारा ही श्रेष्ठ हितकारी सत्कर्मों का विकास संभव है। भारतीय परंपरा और साहित्य में आदरणीय के अर्थ में आर्य शब्द का अनेक बार प्रयोग हुआ है। भारतीय समाज में पत्नी अपने पति को आर्यपुत्र कहती थी। पितामह को आर्य (हिंदी-आजा) और पितामही को आर्या (हिंदी-आजी, ऐया, अइया) कहने की प्रथा रही है। नैतिक रूप से प्रकृत आचरण करने वाले को आर्य कहा गया है।

ऐसे ही भारतीय जीवन में सनातन भाव को उभारने का पर्व भी एक माध्यम है। तीर्थ सनातन देश का साक्षात्कार है, तो पर्व उस काल को स्मरण करने का माध्यम हैं। हमने माना कि सूर्य का हरेक कदम तीर्थ है। सूर्य उत्तरायण होता है, तो मकर संक्राति है, दक्षिणायन है, तो जीवन में मधु और हरीतिमा की बारिश है। पूर्णिमा है तो सोम है और अमावस्या है तो साधना है। दिवस में सूर्योदय, मध्याह्न और सूर्यास्त भगवान् विष्णु के विभिन्न पग हैं।

इसी प्रकार ऋतुओं में परिवर्तन और उसके चरित्रगत लक्षण हमारे जीवन को भीतर से मधुमय करते हैं। ऋतुओं का प्रभाव हमारे जीवन और चिंतन पर होता है। शरद में पकती धान की खेती का गंध, बरसात में अरण्य का मादक सौंदर्य, हेमंत में उत्सव के संगीत, वसंत में मधुमय वायु का सुवास, ग्रीष्म का प्रखर ताप और शिशिर का साधना में लीन जीवन शायद ही कहीं अन्यंत्र हो। योगी प्राणयज्ञ करता है, तो तपस्वी ध्यान यज्ञ करता है। योगी की आहुति अपान होता है तो तपस्वी अपने चित्त का हवन करता है। गृहस्थ जपयज्ञ करता है और अपने शब्दों की आहुति देता है। कवि भाव का तो, वैज्ञानिक अपने मन का हवन करता है। हमारे अंदर आत्मा की वेदी पर सदैव ही प्राण का स्पंदन भी एक आहुति है। जीवन गति है, जीवन भाव और क्रमों का सनातन चक्र है।

भारतीय चिंतनधारा कहती है कि काल को खंड में देखेंगे, तो हम खुद इतिहास के अंग हो जाएँगे, जो भारतीय परंपरा नहीं रही है। यह समझना होगा कि विश्व ब्रह्मांड

का व्योम (स्पेस) ठहरा हुआ नहीं है। निरंतर घूम रहा है और परिणामस्वरूप काल भी ठहरा हुआ नहीं है। वह भी निरंतर घूर्णायमान है। इसीलिए भारतीय जीवन सदैव शाश्वत की खोज करता है। एक लोक कथा है। पहली बार रामायण की रचना हनुमानजी ने तब कि जब महासंग्राम के बाद एक पर्वत शिखर पर राम-सीता की गाथा को लिखा और फिर उन पांडुलिपियों को बिखेर दिया। बिखेरने के पीछे वाल्मीकि की दुखी मनोदशा एक कारण रही।

हनुमान द्वारा रचित रामायण को पढ़ने के बाद वाल्मीकि दुखी रहने लगे, तब हनुमानजी ने उनसे इसका कारण पूछा। वाल्मीकि ने कहा कि उन्होंने भी एक रामायण की रचना की है, लेकिन उनकी रामायण कौन पढ़ेगा? हनुमान कृत रामायण उत्कृष्ट है। यह बात सुनकर हनुमानजी ने अपनी पांडुलिपियों को पर्वत के शिखर पर बिखेर दिया। लोक जीवन में कथा है कि हनुमान की रचित रामायण के भाव को वाल्मीकि कृत रामायण अंशमात्र ही पकड़ सके। पर्वत शिखर पर बिखरी रामायण की कथाओं में से ही कुछ अंश हरेक पीढ़ी को हाथ लग पाते हैं। चूँकि रामकथा का भाव अनंत है, उसकी दशा असीम है। अतएव हरेक युग और पीढ़ी के हाथ में रामकथा के कुछ सूत्र ही लग पाते हैं।

राम कथा को वही साधक लिख पाने का अधिकारी भी होता है, जिसे रामायण की अनंनता और असीमता पर विश्वास हो। जब भी किसी वाचक को अपनी कथा पर दंभ होता है। हनुमान द्वारा बिखेरे गए राम चरित्र के कुछ पन्ने धरती पर आ जाते हैं और कथा वाचक को अपनी लघुता का दर्शन हो जाता है। देश और काल में सिमटा हमारा यह अंतर और बाह्य लोक में शाश्वत के कई पन्ने बिखरे पड़े हैं, जिनको अभी पढ़ा जाना है। इन पन्नों को हम पढ़ने के तब अधिकारी होते हैं, जब यह लगता है कि दंभ और अहम् की गति तेज हो रही है, तब इस सत्य के आलोक में आत्म साक्षात्कार होता है और हमारी गति स्थिर और सम्यक् हो जाती है।

यह एक किताब भर नहीं है, बल्कि उस चिरतंन की खोज है, जिसका हम स्मरण करते हैं। इस किताब के लिखने की प्रेरणा उस समृद्ध परंपरा को जाती है, जिसमें हजारों साल तक वाचिक रूप से वेद-वेदांग को पुष्पित और पल्लवित किया गया। उस विरासत को जाती है, जिसने संकल्प मंत्र के माध्यम से देश और काल को सदैव इसे स्मरण रखने का मंत्र दिया। यह किताब विचारों का संयोजन है, जिसके माध्यम से उन जड़ों की खोज की गई है, जो हमारे भारतवर्ष की विशेषता रही हैं। इन जड़ों को भारतीय साहित्य, पुराण, लोकजीवन, कथाओं और वैदिक ग्रथों के मंत्रों में खोज सकते हैं।

हमारा मानना रहा है कि इतिहास पर सदैव ही सत्ता और उससे जुड़े न्यस्त हितों का प्रभाव रहा है। सीधे और सच्चे सवालों को हमेशा ही उलझाया और भटकाया जाता

है। इतिहास को देखें, लेकिन समग्रता में। तथ्यों के साथ उन सत्य को भी अपने विवेचन का आधार बनाएँ, जिसने समाज में चरित्र, सदाचार, विवेक, व्यवस्था और धर्म की स्थापना की। ऋतुओं और उत्सव के माध्यम से शाश्वत सुख की खोज करें। यज्ञ, कर्म और तप के माध्यम से साधना रत समाज जब ऊर्ध्व विकास के पथ पर हो, तब हम जड़ों को संचित कर ही एक सशक्त समाज की स्थापना कर सकते हैं।

विक्रम संवत, 2080
चैत मास, शुक्ल पक्ष पहली तिथि
चैत नवरात्र, 22 मार्च, 2023

—डॉ मयंक मुरारी
राँची
मो. : 9934320630

अनुक्रम

देश-काल की गति में लोक

भारतीय दर्शन की पुस्तकों में 'योग वशिष्ठ' का महत्त्वपूर्ण स्थान है। इसमें वर्णन आता है कि हम जिस आकाश के भीतर रहते हैं, उसमें और भी कई आकाश है। उनका क्षेत्रफल भिन्न-भिन्न होता है। हमारा आकाश भी किसी और आकाश के अंदर है। यह प्रत्येक व्योम का अपना गणित है, अपना रसायन है और प्रत्येक व्योम की अपनी भौतिकी यानी प्रकृति है। सबका देश यानी क्षेत्र और काल अर्थात् समय एक-दूसरे से भिन्न है। देश और काल को केंद्र में रखकर एक कथा का भी वर्णन है। दो ऋषियों ने अंगुली बराबर जगह से अपनी योग शक्ति के बल पर धरती के अंदर प्रवेश किया। वे तीनों लोकों में विचरण करते रहे, जिसमें कई जन्म बीत जाते हैं। फिर जब धरती पर वापस आते है, तो देखते है कि अभी दिन के कई पहर शेष हैं। यह देश यानी क्षेत्र की विराटता का परिचायक है।

भारतीय चिंतन में एक कथा काल की अपरिमित सीमा के संबंध में भी आती है। काकभुषुंडी खुद श्रीराम के शिशु रूप में उनके मुख में प्रवेश करते हैं, उनके भीतर वह तीनों लोक को देखते हैं, वहाँ हजारों वर्ष निवास करते हैं और फिर बाहर आते हैं। बाहर आने पर पता चलता है कि अभी दो घड़ी का समय ही व्यतीत हुआ है। अतएव देश और काल का सूक्ष्मतम रूप है, तो उसका विराटतम स्वरूप भी है। जन्म से अमरत्व की यात्रा ही व्यक्ति का अंतिम पड़ाव है। उसी प्रकार सूक्ष्म से विराट की यात्रा में कल्प देश और काल का अंतिम सोपान है।

एक पौराणिक कथा है। एक राजा थे—ककुद्यी। उनकी पुत्री थी रेवती। जब वह विवाह योग्य हो गई, तो उसके लिए उपयुक्त वर की तलाश में वे ब्रह्माजी के पास गए। ब्रह्माजी उस समय इंद्र की सभा में व्यस्त थे। जब अवसर मिला, तो ककुद्यी ने अपनी बातें रखीं। इस पर ब्रह्माजी मुसकराए और बोले—"राजन आपके चुने वर तो कब के मृत्यु को प्राप्त हो गए। इसके बाद कई पीढ़ियाँ पृथ्वी पर बीत चुकी हैं। तुम्हारे राजपाट का कोई नामोनिशान तक नहीं है।"

यह है समय की सापेक्षता का सिद्धांत। कथा के माध्यम से ब्रह्मांड के पटल पर काल के विवेचन की यह भारतीय विशेषता है। हम एक पल में वर्तमान के देश और काल तथा उसके विराटतम एवं अनंत रूप का स्मरण करते हैं। भारतीय चिंतनधारा कहती है कि काल को खंड में देखेंगे, तो हम खुद इतिहास के अंग हो जाएँगे, जो भारतीय परंपरा नहीं रही है। यह समझना होगा कि विश्व ब्रह्मांड का व्योम (स्पेस) ठहरा हुआ नहीं है। निरंतर घूम रहा है परिणामस्वरूप काल भी ठहरा हुआ नहीं है। वह भी निरंतर घूर्णायमान है। स्पेस और टाइम (व्योम और काल) दोनों एक सम्मिलित प्रत्यय हैं। काल तो अमूर्त है। इसे मूर्त रूप से व्योम यानी स्पेस अभिव्यक्त करता है। यह कैसे होता है ? दिनमान, जो काल की एक इकाई है, उसके माध्यम से। इस व्योम में सूर्योदय से पुनः सूर्योदय के प्रदृश्य द्वारा। इसी में निरंतर घूर्णायमान है। होरा यानी घंटा चक्र, दिवस चक्र, पक्ष चक्र, मास चक्र, ऋतु चक्र, संवत्सर चक्र, नाक्षत्रिक या सप्तर्षि संवत्सर चक्र, युग चक्र, कल्प चक्र आदि। प्रत्येक छोटा वृत्त किसी वृहत्तर वृत्त की परिधि का बिंदू है। और इस प्रकार ये सारे वृत्त यानी समस्त व्योम वृत्त किसी अमूर्त महाकाल (जिसे शाश्वत कहते हैं) के वृत्त का बिंदू हैं। भारतीय चिंतन में इसी क्रम में भव चक्र, जन्म-मरण चक्र, कर्म चक्र, धर्म चक्र आदि की कल्पना की गई है। काल का अर्थ ऋत या प्रवाहशील सत्य भी है, क्योंकि सारे क्रिया प्रवाह काल और धर्म के अधीन चलता हैं। काल का प्रत्येक बिंदु अपनी धुरी पर इसी तरह दुहरी-तिहरी या असंख्य गुणा गति से चलते है। पृथ्वी अपनी धुरी पर दैनिक गति से घूमती है, पर हर एक दैनिक बिंदु पर वह वार्षिक गति से भी घूमती हुई सूर्य की परिक्रमा कर रही होती है। फिर समस्त सूर्यमंडल के साथ किसी वृहत्तर सूर्य की परिक्रमा कर रही है। इस प्रकार यह चक्रीय गति आगे बढ़ती जाती है।

इसी कारण काल की रेखीय गति का विकास होता है, ऐसा मानने वाले भी समय की इस विराटता को अनुभव नहीं कर पाएँगे। ऐसी स्थिति में समय का अतिक्रमण करना और भी आश्चर्यजनक होता है। पहला, यह कि वास्तव में, जो कालचक्र है, वह रेखीय नहीं होता। हमारे सामाजिक एवं सांस्कृतिक आचार-व्यवहार में देशकाल का प्रत्येक पग-चाल जुड़ा है, जो चक्रीय है। हर संकल्प में सृष्टि की आदि से जुड़ा हुआ समय आता है, समस्त भूमंडल से जुड़ा स्थान आता है, गोत्र के प्रवर्तक ऋषि से जुड़ा व्यक्ति आता है और जीवन की अमरता से जोड़ता सत्य आता है। अपनी गति को काल के अनंत प्रवाह के साथ जोड़कर हम चलते जाते हैं।

याद कीजिए, जीवन में हर सुबह-शाम होने वाले संकल्प रूपी उपासना एवं कर्म मंत्र को। इस संकल्प को हम नित्य कर्मकांड और उपासना के समय स्मरण करते हैं। हर शुभ कार्य के पूर्व में संकल्प पाठ के मनन द्वारा हम देश काल का अतिक्रमण कर महाकाल और शाश्वत महाव्योम से जुड़ जाते हैं। एक अटूट और अविच्छिन्न संबंध उस

अनंत एवं अगम्य अछोर से समय के वर्तमान तक बन जाता है। इस संबंध को जोड़ने वाला मंत्र है—

'ॐ विष्णुर्विष्णुर्विष्णुः, श्रीमद्‌भगवतो महापुरुषस्य, विष्णोराज्ञया प्रवर्तमानस्य, अद्य श्री ब्राह्मणों द्वितीय परार्धे, श्री श्वेतवराहकल्पे, वैवस्वतमन्वंतरे, अष्टाविंशतितमे कलियुगे, कलिप्रथमचरणे, बौद्धावतारे, भूर्लोके, जंबूद्वीपे, भारतवर्षे, भरतखंडे, आर्यावर्तेक देशांतर्गते।' और अंत में··गोत्रे, परिवार एवं वर्तमान समय के साथ स्वयं के वर्णन के साथ संकल्प की घोषणा। अर्थात् श्री भगवान् महापुरुष विष्णु की आज्ञा से प्रारंभ होनेवाले ब्रह्मा के दूसरे परार्ध में, श्वेतवराह नामक कल्प में, (श्वेतवराह कल्प के भी छः मन्वंतर-स्वायम्भुव, स्वारोचिष, उत्तम, तामस, रैवत और चाक्षसु व्यतीत हो चुके हैं। सातवाँ वैवस्वत मन्वंतर चल रहा है)। वैवस्वत मन्वंतर में, अट्ठाइसवें महायुग के वर्तमान कलियुग के प्रथम चरण में, बुद्धावतार में, भूलोक के जंबूद्वीप में, भारत वर्ष में, भरतखंड में, आर्यावर्त देश के अंतर्गत, अमुक महानगर में, अमुक उप नगर में, अमुक युगाब्द में, अमुक नामक संवत्सर में, अमुक विक्रमी संवत् में, अमुक शक संवत् में सभी मासों में उत्तम मास अमुक मास में, अमुक पक्ष में, अमुक तिथि में, अमुक दिन में, सूर्य के उत्तरायण दक्षिणायन में अर्थात् अमुक अयन में, अमुक नक्षत्र में, अमुक नामक योग में, अमुक नामक करण में, अमुक गोत्र में उत्पन्न हुआ मैं, श्रुति-स्मृति-पुराण फल प्राप्ति हेतु, भगवान् के प्रिय हेतु अमुक शुभ कार्य करूँगा।

बात काल के वर्णन पर ही समाप्त नहीं होती है। काल के साथ देश का स्मरण है और अपनी वंश-गोत्र का वंदन भी इसी से संबंधित है। इस प्रकार भारतवर्ष के सभी नागरिकों का अपने आदि पूर्वजों के साथ गर्भनाल संबंध जुड़ा हुआ है, जो सहस्त्राबदियों के बीत जाने के बाद भी परंपरा में लगातार चलता आ रहा है। इसके साथ में लोक का स्पंदन भी है। एक साथ काल, देश और लोक की यात्रा। लघुता में समय और भूखंड के अनंत यात्रा की शाश्वत अनुभूति और उस लोक स्पंदन के साथ स्वयं के धड़कन को जोड़ना ही हमारी चैतन्य भारत की परिकल्पना है, जो चिरंतन यात्रा पथ पर चलती जा रही है। यहाँ के हर निवासी की उत्पत्ति किसी ने किसी ऋषि से हुई है, जिसकी अभिव्यक्ति संकल्प मंत्र के साथ की जाती है।

धार्मिक साहित्यों में सामान्यतः सात ऋषियों का वर्णन आता है—वशिष्ठ, भृगु (शौनक), वामदेव-गौतम, भारद्वाज, अत्रि, कण्व और विश्वामित्र। बाद में इसमें और कई महान् ऋषियों का नाम जुड़ता गया, जैसे शांडिल्य, पराशर आदि। द्रविड़ों के संरक्षक संत के रूप में अगस्त्य का नाम जुड़ा। इस ऋषियों ने अपने गोत्र, वंश के नाम पर देशभर में आश्रम, विद्यापीठ और गुरुकुल की स्थापना की। इनकी वंश परंपरा के साथ गोत्र की परंपरा चली। इस गोत्र में भी लोगों ने अपने कर्म और हुनर के अनुसार दैनिक और

पारिवारिक कार्यों को अपनाया। कोई ब्रह्म, वेद और ज्ञान के प्रचार और प्रसार में लगा, तो वह ब्राह्मण हो गया। कोई सुरक्षा का कार्य अपनाकर क्षत्रियत्व धर्म को अपनया। शिल्प, कौशल और कला में लगे लोगों को वैश्य कहा गया और सेवा कार्य करने वाले को शूद्र कहा गया। यह हरेक गोत्र, वंश और कुल में था। अलग-अलग कर्म और व्यवसाय को अपनाकर एक ही परिवार में कोई क्षत्रिय, कोई वैश्य और कोई ब्राह्मण हो सकता है।

भारतीय चिंतनधारा के तहत काल में देश है, तो देश में भी काल है। कई बार देश और काल का अतिक्रमण भी होता है। विराट कभी वामन बन जाते हैं, कभी वही वामन (कृष्ण रूप में) विराट बन जाते हैं। पत्थर की मूर्ति में लोकरस के कारण ही प्राण आ जाता है। पत्थर महादेव हो जाते हैं और इसी रस के अभाव में प्राणवान् अहिल्या पत्थर हो जाती है। लोकरस का ही प्रताप है कि तीनों लोक के अधिष्ठाता भगवान् श्रीकृष्ण छछिया भर छाछ पर नाचने के लिए तैयार हो जाते हैं। लोक अतीत को वर्तमान से तथा वर्तमान को आने वाले भविष्य से जोड़ता है। इस लोक जीवन के माध्यम से ही सामाजिक जीवन को गति और प्रवाह मिलता है और वह एक स्वरूप प्राप्त करता है। इसीलिए जीवन का रंग 'लोक रंग' है। इस लोक में कई रंग हैं। भारत को अगर जानना है तो विचारों, कथाओं, उत्सवों, पंचायतों, यात्राओं, वार्त्ताओं, ऋतुचक्रों, गीतों और परंपराओं का अन्वेषण करना होगा। यहाँ ऐसे अनगिनत आख्यान मिलेंगे, जहाँ अतिक्रमण होता दिखेगा। यहाँ समय की भी कमी नहीं है। जन्म-जन्म के बाद पुनर्जन्म है। आम भारतीय के लिए जीवन का अर्थ अनंतकाल होता है। वही ध्यानस्थ योगी के लिए क्षण में महाकाल एवं विराट की अनुभूति है। समाधि में व्यष्टि खुद को समष्टि और अनंत सृष्टि यानी खुद को ब्रह्म से जोड़ लेता है।

देश और काल की रेखा पर भारतीय चिंतन ने कई बार लोक को व्यवस्था प्रदान की है। वाल्मीकि की रामायण को सम्मान और प्रतिष्ठा मिले, केवल इसलिए हनुमानजी ने अपनी रामकथा बिखेर दी। भारतीय चिंतनधारा में जीवन का सदैव शाश्वत रूप खोजने का प्रयास चलता है। दुख में और सुख में भी। जब जीवन में भ्रम आ जाता है, समय के चक्र से दिशाभ्रम की स्थिति हो जाती है, कष्ट और थकान से हमारा कर्म लक्ष्यहीन बन जाता है, तब कुछ नहीं सूझता है। अंतर्मन की यह व्याकुलता केवल मानव को ही नहीं देवों को भी होती है। भगवती माता पार्वती ऐसे ही दुःख के पलों में जब अपने को पाती हैं, तो महादेव से आग्रह करती हैं कि कोई ऐसी कथा सुनाएँ, जो हमारे संताप को हर ले, जीवन में सांत्वना दें। तब भगवान् शिव अपनी पत्नी को पहली बार रामकथा सुनाते हैं। यह रामकथा का कथन और श्रवण विभिन्न देश-काल और लोक में विविध भावों, विभिन्न रूपों एवं विविध भेदों के साथ सदैव प्रवाहित होता रहा है। लौकिक जीवन

(आगम चिंतन) में कौन कहे, शास्त्रीय (निगम चिंतन) समाज में भी रामकथा के अनंत और अमिट रूप एवं भेद मिलते हैं। राम कथा के एक साथ कई कथावाचक हैं और कई श्रोता हैं।

जब महादेव द्वारा माता पार्वती को श्रीराम के चरित्र का कथावाचन होता है, तो कथा आगे बढ़ती है। कथा श्रवण के दौर में एक भक्त और जिज्ञासु पक्षी काकभुशुंडि समूची कथा को हृदयगम कर लेते हैं। इसके बाद वह पक्षियों के बीच गरुण के माध्यम से इस रामकथा को आगे बढ़ाते हैं। रामकथा का क्रम आगे जारी रहता है। ऋषि याज्ञवल्क्य के माध्यम से ऋषि भारद्वाज सहित समूचे ऋषि, मुनि एवं महापुरुषों की जीवन परंपरा को अनुप्राणित करनेवाली रामकथा प्राप्त होती है। स्वयं तुलसी दास ने उसी राम के चरित्र का मानस गान कर भक्ति युग में भारत के जनों को सुनाई, ताकि समाज में जो भय, डर और अंतर्मन की व्याकुलता है, वह दूर हो सके।

अब देश काल का अतिक्रमण देखिए—शिव की कथा में काकभुशुंडि आते हैं, याज्ञवल्क्य के वाचन क्रम में महादेव उपस्थित हो जाते हैं। मानस के सुंदरकांड में एक दृष्टांत आता है। माता सीता की भावदशा का वर्णन जब हनुमानजी करते हैं, तो श्रीराम अश्रूपूरित हो जाते हैं, जो मर्यादा पुरुषोत्तम है, वह माया के अधीन हो जाए। यह बात भक्त हनुमान को बेचैन कर देती है। उनको लगता है कि गलती हो गई। कहीं भगवान् भी भाव विह्वल होंगे। वे करुणरस के कारण भाव विह्वल हो जाते हैं। यह देख शिवजी अपने को रोक नहीं पाते हैं, वे समाधि में चले जाते हैं। एक कथा के कितने भेद, कितने भाव और कितने रूप प्रकट होते हैं। देश और काल विविध रूपों में लोक के माध्यम से प्रकट होता है।

महाभारत में एक सूत्र है—मुहूर्तं ज्वलितं श्रेय:। इसमें तीव्रता की बात है। ऐसी तीव्रता, जिसमें अनंत ऊँचाई हो और अछोर गहराई हो। रामकथा में हनुमान, महादेव और श्रीराम की भावदशा क्षण में परिपूर्णता का परिचायक है। एक मुहूर्त। यानी सेकेंड का वह हिस्सा, जो अविभाज्य है। ऐसे मुहूर्त में जीवन की समग्रता का संदेश हैं—श्रीराम के चरित्रों की ये कथाएँ। जब व्यक्ति क्षण में अपने अस्तित्व की अनुभूति कर लेता है, जब चंद पलों में शाश्वत का स्वाद लेता है, तब ही हम देश और काल की सीमा से परे जाते हैं। इसके लिए तीव्रता जरूरी है। इसीलिए कहा गया कि जीवन लंबा नहीं, बड़ा होना चाहिए। लंबे कालखंड में धुआँ-धुआँ होते रहना सामान्य बात है। कहा गया—न तु धूमायितं चिरम्। जीवन के बड़े कालखंड में कोई बड़ा काम नहीं किया, तीव्रता से शाश्वत का अनुभव नहीं किया, प्रकाश की तलाश नहीं की, तो केवल धुआँते रहने से क्या लाभ होगा। खाया, पीया, सोया और चला गया।

भक्तवत्सल हनुमान ने तीव्रता से शाश्वत का स्पर्श किया था। हनुमान की इस

परिपूर्णता की एक लोक कथा जगत् प्रसिद्ध है। कहा जाता है कि पहली बार रामायण की रचना हनुमानजी के द्वारा की गई। हनुमान द्वारा रचित रामायण को पढ़ने के बाद वाल्मीकि दुखी रहने लगे, तब हनुमानजी ने उनसे इसका कारण पूछा। वाल्मीकि ने कहा कि उन्होंने भी एक रामायण की रचना कर की है, लेकिन उनकी रामायण कौन पढ़ेगा? हनुमान कृत रामायण उत्कृष्ट है। यह बात सुनकर हनुमानजी ने अपनी पांडुलिपियों को पर्वत के शिखर पर बिखेर दिया। लोक मान्यता है कि हनुमान की रचित रामकथा की भावदशा को वाल्मीकि अंशमात्र ही पकड़ सके। पर्वत शिखर पर बिखरी रामायण की कथाओं में से ही कुछ अंश हरेक पीढ़ी को हाथ लग पाते है। चूँकि रामकथा का भाव अनंत है, उसकी दशा असीम है। अतएव हरेक युग और पीढ़ी के हाथ में रामकथा के कुछ सूत्र ही लग पाते हैं। राम कथा को वही कह और लिख पाने का अधिकारी भी होता है, जिसे रामायण की अनंतता और असीमता पर विश्वास हो। जब भी किसी वाचक को अपनी कथा पर दंभ होता है। हनुमान द्वारा बिखेरे गए राम चरित्र के कुछ पृष्ठ धरती पर आ जाते हैं और कथा वाचक को अपनी लघुता का दर्शन हो जाता है।

यही कारण है कि भारत की चिंरतन यात्रा में सदैव ही अमृत की खोज को लक्ष्य बनाया गया। यह खोज कला, शिल्प, चित्र, मंत्र, दर्शन, ध्यान, मनन आदि सभी क्षेत्रों में चली। प्रत्येक जगह धुआँ-धुआँ की तरह कुछ करने के बदले शाश्वत की खोज को प्रमुखता दी गई। भारतीय वाङ्मय, रामायण, महाभारत और पुराण हो या कोई और रचना, बस एक ही भाव केंद्र में रहा। साँची, अंकोरवट, महाबलीपुरम, मथुरा और काँची हो या वाराणसी, सारनाथ या सोमनाथ। इन सबमें एक बात समान है। सब जगह की रचनाओं या कलाओं में रूप बदले हैं, भेद भिन्न हैं, भाषा अलग है, शब्द भी एक नहीं हैं, लेकिन प्रवाह में समरूपता है और उसके भावों में एकरूपता है। ऐसा लगता है कि मानो सारी साहित्यक रचनाएँ एक सूत्र में जुड़ी हैं। कलाओं के विविध रूपों में देश-काल के साथ गति, कभी देश-काल की सीमा का अतिक्रमण भी है।

किसी भी महाकाव्य को देखिए। एक साथ कई कथावाचक हैं, कई श्रोता हैं और कहानी भी कई पटों में खुलती है। इसके बावजूद कहानियों में काल का अतिक्रमण होता है। देश से परे चिंतन होता है। किसी भी शिल्प और स्थापत्य कला को देखिए, विराट में लघुता और उसी लघुता में विराट का दर्शन होगा। गृहस्थ जीवन की शाश्वत अराजकता में महादेव को केवल रामायण में ही शांति और सांत्वना के स्वर मिलते हैं। सांत्वना के ये स्वर आज भी विभिन्न कालखंड में संस्कृत रामायण, व्यास कृत रामोपख्यान, कालिदास के रघुवंश, कंब के इरामवतारम, बंग्ला के कृतिवास, उड़िया के डांडी रामायण, तुलसी के रामचरितमानस, एकनाथ के भावार्थ रामायण, तोरावे के कन्नड़ रामायण, गुरु गोविंद सिंह के ब्रज गोविंद रामायण में आज भी गुंजायमान हैं।

देश काल की सीमा से परे लौकिक जीवन में श्रीराम और माता सीता सदैव ही हमारे अंतर्मन और जीवन की दिशा को संचालित करते हैं। वाल्मीकि भले ही शिव रामायण को आनंद रामायण नाम दे और व्यास इसे अध्यात्म रामायण। लेकिन हमारे लौकिक जीवन को इन शास्त्रीय विभाजनों से कभी कोई फर्क नहीं पड़ता है। वह राम नाम से ही संतुष्ट हो जाता है। हमारा मन सदैव ही शास्त्रीय तरीके से सवाल उठाता है कि क्या राम और सीता की कथा कभी नहीं समाप्त होती! लौकिक जीवन उसको सटीक जवाब देता है कि रामकथा का विस्तार देश और काल से परे है। यह कैसे समाप्त होगा? प्रलय के समय जब सभ्यता का अंत होता है, ठीक उसी समय सागर के गर्भ में विष्णु एक छोटी मछली के रूप में सृष्टि को बचाने के लिए मनु को पुकार रहे होंगे। भारतीय मन सदैव ही एक साथ लोक और लोकांतर की यात्रा करता है।

भारतीय चिंतन संपूर्ण काल के महाप्रवाह को देखता है। यानी वह अखंडता में विश्वास करता है। भारतीय जीवन चिरंतन के पथ पर चलता है, जिसमें आदि स्वयं ही शामिल होता है और वर्तमान को समावेशित किया जाता है। यानी अविच्छिंनता ही उसका रूप है। भारतीय लोक में शाश्वत जीवन को प्रश्रय मिलता है, जिससे मूल्य, आदर्श, जीवन के उदात्त भाव को संपोषित और सवंद्धित किया जा सके। यह शाश्वत ही विराटता को प्रकट करता है। चैतन्य भारत के निर्माण में चिरंतन की अंतर्यात्रा के साथ शाश्वत जीवन की अभिव्यक्तियों एवं अनुभवों को अनुप्राणित और अंतनिहित करने की परंपरा ही भारतीय जीवन की विशेषता रही है।

इस चैतन्य भारत में लोक, परंपरा, परिमान के साथ काव्य, दर्शन, यूटोपिया और मिथकशास्त्र सबकुछ मिलता है। इस प्रकार भारतीय चिंतन अखंडता, अविच्छिन्नता, शाश्वतता और चैतन्यता का पोषक रहा है। हालाँकि मनुष्य के मानस में सामंजस्य है, लेकिन उसका व्यावहारिक जीवन इतिहास के अपेक्षा काव्य, दर्शन, यूटोपिया और मिथकशास्त्र से अधिक प्रचोदित और विर्निमित होता है। खंड काल के बोध से धर्म, भाषा, संस्कृति या रचनात्मक समाज का निर्माण नहीं होता। इसके निर्माण में काव्य, दर्शन और मिथकीय घटना, व्यक्ति और जीवन का प्रभाव होता है।

अशोक, अकबर और नेहरू से ज्यादा प्रभाव पतंजलि, चाणक्य, तुलसी और महात्मा गांधी का हमारे जीवन पर रहेगा। शिव, राम, कृष्ण और बुद्ध होने के बावजूद भी उनकी ऐतिहासिकता का कोई महत्त्व नहीं। सामान्य जन अपने सार्वजनिक जीवन में, तो बौद्धिक जन अपने रचनात्मक जीवन में राम–कृष्ण के मूल को ही अस्वीकार करते हैं। इसके बावजूद 20 वीं सदी के सबसे उर्वर व्यक्ति तिलक, गांधी और लोहिया के जीवन पर इनका प्रभाव परिलक्षित होता है। जनमानस को इससे कोई भेद नहीं होता कि गांधी के राम, दशरथी पुत्र हैं या नहीं। लोहिया को समाज एवं संस्कृति के निर्माण में शिव, राम

और कृष्ण की निर्णायक भूमिका व महत्त्व को लेकर कोई शंका नहीं थी। ये बातें देश और काल के परे हैं, कदाचित इसीलिए उन्होंने चित्रकूट मेले का आयोजन प्रारंभ कराया था, ठीक उसी प्रकार जैसे तिलक ने गणेशोत्सव।

भारतीय जीवन में देश काल की सीमा है और उसका अतिक्रमण भी है। सीमा के अंदर आदर और समर्पण का भाव है, तो अतिक्रमण की अवधि में शाश्वत को स्पर्श करने पर विराट के स्पंदन को अनुभूत करने का आग्रह है। जीवन में सीमा और अतिक्रमण के बीच सदैव संतुलन का प्रयास चलता है। इन प्रयासों का हम दैनिक जीवन के सामान्य कर्मकांड, पूजन पद्धति और स्तुति में भी अवलोकन कर सकते हैं। जब हम शिवालय में जाते हैं, तो उस अव्यक्त और अविनाशी के शरीर को धोते हैं, माँजते हैं, चमकाते हैं, बार-बार उनको दूध, जल, घी, मधु और फल तथा मिष्टान्न से भरते हैं। ईश्वर के विग्रह को जहाँ अपने समर्पण भाव से भरते हैं, वहीं दूसरी ओर अपने जीवन के अनंत प्रवाह को रस से आप्लावित करते हैं। जब इससे मन नहीं भरता है, तो घर में कर्मकांड के समय गोबर, मिट्टी और कसैली से गौर-गणेश और शिव का निर्माण करते हैं, एक निराकार को आकार देते हैं। उसमें प्राण-प्रतिष्ठा करते हैं, उसके बाद स्वयं ही उससे अपने प्राण में रस और रंग के लिए भक्ति का निवेदन करते हैं। भीतर की भक्ति का प्रकटीकरण बाहर के कर्मकांड में होता है और बाहर के कर्म के उमड़ाव से भीतर को भरने का प्रयास जीवन भर चलता रहता है।

शिव, राम और कृष्ण विराट हैं, लेकिन उनको लोक जीवन में उतार लाते हैं। उनके विग्रह के साथ ही उनका जन्मोत्सव, विवाहोत्सव और कर्मोत्सव मनाते हैं। असीम अनंत को उत्सव, पर्व और दिवस के अनुष्ठान के साथ बाँध देते हैं। इसलिए हमारी पहचान केवल देश और काल की सीमा में व्यक्त घटनाएँ और स्मृतियाँ भर नहीं होती हैं, इसमें प्रलोभन और वासना से अधिक जीवन के सत्य का प्रकटीकरण होता है। यही कारण है कि नचिकेता द्वारा यम के सारे प्रलोभन और वासना के सुख को ठुकरा दिया जाता है। उसे तो बस शाश्वत का दर्शन चाहिए होता है।

मूल्यबोध का निर्माण और मर्यादा के बीच जीवन के सत्यों का उद्‌दघाटन ही भारतीय जीवन की शाश्वत परंपरा की कसौटी रही है। इसलिए हमारे यहाँ कहा गया— "तस्य भासा सर्वमिदं विभाति, तमेव भान्तामनुभाति सर्वम्" यानी उन्हीं के प्रकाश से सब प्रकाशित होता है। उन्हीं के प्रकाशित होने पर सब उनके प्रकाश से प्रकाशित होते हैं।

वृत्ताकार मंडल को काल प्रवाह का द्योतक माना गया है। इस चक्रीय गति में लगातार रस और लय का सृजन चल रहा है। दिवस चक्र, ऋतु चक्र, संवत्सर चक्र, जीवन चक्र और भव चक्र उसी काल प्रवाह के वृत्ताकार गति के विविध रूप है। इस अस्तित्व के मूल में शुभता और आनंद के साथ अविच्छिन्न रस का प्रवाह हैं, जो काल

प्रवाह को गतिमान रखता है। जीवन एक रस है, उस रस में आनंद है और आनंद के साथ शुभता का भाव जुड़ा है। मुरली की धुन हो या शिव के डमरू के गीत, गीता के स्वर हों या तथागत के मौन। सबमें एक लयबद्धता है, उस लय में छंद हैं जिनके आरोह और अवरोह से देशकाल की गति में संतुलन बना रहता है। संतुलन के साथ दिव्यता और शुभता भी, प्रत्येक प्रक्रिया का मूल भाव होता है। भारतीय मन सदैव ही लघु या विराट प्रत्येक कर्म को दिव्यता से भरने का प्रयत्न करता है। जिस घर में हम रहते हैं, उसके भी पवित्रीकरण का प्रयास नींव की प्रथम खुदाई से आरंभ होता है। प्रथम खुदाई के समय ही वास्तु पुरुष की स्थापना की जाती है। शेषनाग को रखा जाता है, ताकि पृथ्वी की तरह घर का भी भार वह अपने ऊपर उठाए रखे। घर में रसोई का कोना अग्नि कोण में और पानी का स्थान वरुण कोण पर रखा जाता है, ताकि समुचित रूप से रसोई में अग्नि का वास हो। सूर्य का मधुपाक सदैव पूर्व की ओर होता है ताकि रसोई में बननेवाला हमारा खाना रसीला और स्वादिष्ट हो सके और पानी यदि वरुण कोण पर है, तो वह कम नहीं पड़े। यमराज का स्थान दक्षिण है, अतएव शायद ही घर में दरवाजे को दक्षिण दिशा में रखा जाता है। पूर्व दिशा में पूजास्थल और आंगन में तुलसी का बिरवा रखा जाता हैं। यह भारतीय मन का घर को वैश्विक गृह बनाने का उद्यम है, ताकि दिव्यता और शुभता का सदैव वास हो।

हमारे प्रत्येक कर्म और प्रक्रिया में भवित यानी गतिमान और क्षणिकता को अतिक्रमण कर अस्ति यानी अखंड और शाश्वत को पाने का प्रयास होता है। हमारा चैतन्य मन मुरली की धुन में, मीरा के भजन में, चैतन्य के कीर्तन में श्रीकृष्ण के पदचाप को सुनना चाहता है। अपनी चेतना को ऊर्ध्व और शुभता से जोड़कर सदैव ही शाश्वत के आस्वाद का आनंद लेना चाहता है। प्रत्येक कर्म से जुड़े रस और रंग की लौकिकता की भावभूमि को अलौकिकता के उन्मेष से दिव्यता प्रदान करना ही भारतीय जीवन का एकमेव लक्ष्य रहा है। भारतीय जीवन में हरिश्चंद्र, श्रीराम, युधिष्ठिर, महाराणा, शिवाजी, सुभाष और जेपी जैसे व्यक्तित्व ने जीवन की क्षणभंगुरता के अग्नि प्रवाह और मानवीय हाहाकार के बीच स्वयं को अस्ति भाव से प्रतिष्ठित रखा। सदैव प्रेय के ऊपर श्रेय को अंगीकार करने का उनके द्वारा रास्ता चुना गया।

भारतीय जीवन की प्रत्येक प्रक्रिया और व्यवहार में धर्म के माध्यम से दिव्यता और शुभता को भरने का प्रयास किया गया, ताकि व्यक्ति का देश और काल सदैव स्थिर रहे। लोक में स्थिरता के लिए देश काल के बीच संतुलन और उसको शुभता से जोड़ने का प्रयास हुआ। इसका एक उत्कृष्ट उदाहरण विवाह की यज्ञवेदी है। जिसमें मानव है, देव है, प्रकृति है, पंचभूत है, वनस्पति है और समस्त लोक और उसके ऋषिमंडल हैं। हरेक कर्मकांड में फूल-धूप, दीप, अक्षत, गंध-दधि है। इसके बाद मिष्टान्न का भोग है ताकि

व्यष्टि के मन में व्याप्त मधुरस से समूची समष्टि में मधुरता व्याप्त हो जाए। इसी मधुरता और अखंडता के लिए विराट पुरुष लघु रूप धर कर गोकुल की गलियों में छछिया भर छाछ के लिए नाचता फिरता है।

समय की दो गतियाँ हैं। देश में यह गति हमारे कर्म और हमारे अनुष्ठानों से जुड़ी होती है। अनुष्ठान में भी यह गति है और समय की यात्रा में भी है। यज्ञ हो, जप हो, कर्मकांड हो, प्रार्थना हो या कीर्तन और गान, इन सब क्रियाओं में देश काल का समागम होता है। कई बार अतिक्रमण भी हो जाता है, कौन देव है और कौन भक्त पता ही नहीं चलता है? तुलसी का विष्णु से विवाह हो या शालिग्राम का शुद्धीकरण। अनुष्ठान के माध्यम से हम अपने इष्टदेव को शुद्ध और सात्विक करें या नहीं करें, लेकिन इस क्रम में स्वयं अपने जीवन का पवित्रीकरण अवश्य करते हैं। अनुष्ठान जीवन का तालमेल है, तो विश्व और सृष्टि के साथ भी तालमेल है। अपने कर्म और क्रियाओं के माध्यम से लौकिक व्यवस्था को अलौकिक आधार देना ही भारतीय जीवन की विशेषता है। जब हम अलौकिक देश काल की व्यवस्था बनाते हैं, तब कोई हस्तक्षेप नहीं होता है। सब हमारे मन के अनुकूल होता है। हरेक खंड के कर्म में अखंड समाहित हो जाता है और अखंड के चिंतन में वह शाश्वत स्वयं को लघु और व्यक्त बना लेता है। लोक में यह देश की गति है।

समय की एक गति काल की होती है। इसमें वह चक्रीय गति करती है। समय की सूक्ष्मतम इकाई परमाणु से लेकर दिन, रात, ऋतुएँ, आकाशीय तारामंडल, ग्रह, नक्षत्र यहाँ तक कि ब्रह्मांड भी चक्रीय गति का अनुसरण करते हैं। इसी प्रकार जीवन भी, चक्रीय गति से चलता है। जन्म, विकास, बचपन, युवा, पौढ़, बुढ़ापा, मृत्यु और पुनः जन्म। चक्रीय गति। लेकिन व्यक्ति क्या देखता है? मानव को, उसकी गति पर उसको गतिमान करनेवाले काल को नहीं। इसके कारण ही उसे सब कुछ रेखीय विकासमान प्रतीत होता है। जबकि यह समय की गति नहीं, मानव की गतिशीलता है। मानव की गतिशीलता में व्यक्ति की मृत्यु को प्राप्त होना एक खंडित बिंदु या पड़ाव स्थल हो सकता है, एक नए विकास के लिए, लेकिन काल के लिए तो यह सतत यात्रा है। गतिमान, चक्रीय रूप में। ठीक उसी प्रकार जैसे विराट का सूक्ष्मतम से लेकर अनंत रूप गतिमान है। इसे समझने के लिए एक उदाहरण हम धरती पर चलते हैं, तो लगता है कि रेखीय या एक दिशा में या सीधा और थोड़ा इधर-उधर चलते हैं, लेकिन तब भी हम चक्रीय चल रहे होते हैं, क्योंकि यह पृथ्वी तो गोल है और इसकी विराटता के सापेक्ष हमारे पैर या वाहन की गति तो न्यूनतम और सूक्ष्मतम या नगण्य है।

सामाजिक-सांस्कृतिक जीवन से जुड़ा संकल्प मंत्र बताता है कि गति सिर्फ चक्रीय नहीं, बल्कि शंख वलयकार है। हम अखंड समय को एक साथ निरपेक्ष देश और काल की संधि पर तो सापेक्ष देश काल की संधि पर आरोपित करते हैं। कैसे? हम एक अछोर

ब्रह्मांड को समय से परे, दूसरी ओर अपने घर को देश काल के सापेक्ष स्मरण करते हैं। अनंत काल के पूरे अखंड चक्र की गति का संकल्प निरंतर ऊर्ध्वगामी है। विराट का आह्वान करते हैं लघु होकर। लघु होकर विराट से स्वयं को जोड़ते हैं। चेतना का विस्तार कर व्यष्टि स्वयं समष्टि बन जाता है। धरती माता है, चंदा मामा है, आकाश पिता है, पीपल और बरगद बाबा है, गंगा मइया है। इतना ही नहीं अनंत दूर टिमटिमाते तारे हमारे नाते रिश्तेदार हैं। सात ऋषि है। एक ध्रुवतारा, व्यक्ति की विशालता है। वहीं विशाल ब्रह्मांड स्वामी छछिया भर छाछ पर नाचते हैं। जिनकी टोह लेना व्यक्ति के वश में नहीं, वहीं श्रीराम एक मानव यानी भरत को जपते हैं। भारतीय जीवन ने विराट को लघुता और लघुता को विराटता में बांधा है। प्रेम और रिश्तों से देव के साथ विराट एवं अनंत ग्रह-नक्षत्रों को भी दैनिक जीवन में जोड़ दिया गया है।

इतने से मन नहीं भरा, तो शरद पूर्णिमा की रात खीर बनाकर खुली चाँदनी में रख दी। चंद्रमा अब चूँकि मामा हैं, तो अपनी अमरता और शीतलता की बौछार खीर पर कर ही देंगे। वह अमर, तो मानव भी अमर। यही सनातनता का सूत्र है। मनुष्य पृथ्वी पर निवास करता है। अपना-अपना देश और घर की रचना करता है, परंतु आकाश में सूर्य को देखता है। अतएव, आकाश पिता है, जो धारण करती है, वह धरती। वह माता है। इस बात की अनुभूति हजारों साल से भारतीय जनमानस में व्याप्त है। ऋग्वेद (1.89.4) बताता है कि पृथ्वी माता क्यों है? पृथ्वी पर्वतों को धारण करती है, मेघों को प्रेरित करती है, वृष्टि होने पर अपने ओज से वनस्पतियों को धारण करती है।

समय की वर्तुलकार दृष्टि भी है। इस कारण जीवन की सारी गति वर्तुलकार यानी शंखीय रूप में चक्रीय है। भारतीय दर्शन में कदाचित इसीलिए जीवन को जीवन चक्र कहा गया। वर्तुल या चक्रीय का तात्पर्य है कि जहाँ से हम आरंभ करते हैं, वहीं पुनः एक समय के बाद पहुँच जाते हैं। दिन है श्रम और रात है विश्राम। उसी प्रकार जन्म है गति, यानी कर्म, और मृत्यु है पड़ाव यानी विश्राम। इसी प्रकार सृष्टि है श्रम और प्रलय है विश्राम। भारतीय जीवन में इसी कारण कल्प और मन्वंतर को गति कहा गया। सृष्टि को ब्रह्मा का दिन और प्रलय को ब्रह्मा की रात कहा गया। दिन यानी जीवन के साथ कर्म, धर्म और गति। रात यानी मृत्यु के साथ विश्राम।

पुनर्जन्म के साथ वही गति, कर्म और धर्म की राह। इसी कारण गीता में कहा गया कि मैं ही सृजन करने वाला और मैं ही उसे समाप्त करने वाला हूँ। यह गति ही प्रमुख है। यह गति, जो हमारे जीवन में है, वहीं सृष्टि में है, जो सृष्टि में हो रहा है, वही हमारे अंदर भी गतिमान है, इसलिए यहाँ जीवन के बाद मृत्यु नहीं है। जीवन के बाद पुनः जीवन है। जीवन का नवीनीकरण है। निरंतर साधना है। नित्य नया होनेवाला चक्र है। ऋतुचक्र। ऋत बराबर गति, प्रवाह और निरंतरता का अनुभव। ऋत यहाँ पर ऋतु चक्र अर्थात् जीवनचक्र

का ही प्रतिरूप है। ऋतुओं में वसंत, ग्रीष्म, वर्षा, शरद, शिशिर और हेमंत ही तो जीवन का बचपन, किशोर, यौवन, प्रौढ़, वृद्ध और मृत्यु का प्रतिरूप है। जब वसंत के बाद पुनः वसंत आता है, तो जन्म के बाद जन्म आना ही है। काल की गति के वर्तुल होने के कारण ही हर वर्ष एक निश्चित समय पर वसंत होता है और बारिश आती है। सावन में वर्षा होगी। पूस में ठंड होगी। सत्य यह है कि समय कभी व्यतीत नहीं होता। वह तो वहीं विद्यमान है। प्रकृति बदलती है, व्यक्ति अपनी प्रकृति बदलता है और समय व्यक्ति को बदल देता है। कुछ बदलता नहीं, बस रूपांतरण होता है।

अब नए युग में नई आदत से हम बंध गए। समय को जानने के लिए घड़ी अपनी कलाई पर बाँधीं। समय का बोध घड़ी के द्वारा किया जाने लगा। समय को बाँधने की यह कोशिश गलत है। जब लाखों-हजारों साल पहले घड़ी नहीं थी, तब भी व्यक्ति समय का बोध अस्तित्व के विविध रचनाओं के साथ एकाकार हो कर करता था। तब व्यक्ति प्रकृति के अखंड प्रवाह का हमराही हो जाता था। समस्या तब से उत्पन्न हुई, जब व्यक्ति ने स्वयं को समूह से अलग कर लिया। एकांकी। पहले व्यक्ति एक पल में स्वयं को अनंत ब्रह्मांड का, बिना चैहदी के ही भारतवर्ष और कालगणना का स्मरण कर लेता था। कहीं कोई गलती नहीं। आकाश में तारे और नक्षत्रों के माध्यम से ही समय की गणना हो जाती थी। व्यक्ति के निजीपन में घड़ी, मुहूर्त एवं पक्ष में समय का बँटवारा होता था। अब हाथ में घड़ी के बावजूद भी समय सदैव पीछे छूटता रहता है।

जहाँ देश और काल है, वहाँ ऋतु है, सत्य है। सावधि में घटनाएँ होती हैं। पुनः वह निरपेक्ष काल में समा जाती है। चूँकि सबकुछ सूर्य सापेक्ष है। अतएव सबकी गति भी सत्य है। चंद्र का पृथ्वी के, पृथ्वी का सूर्य के चहुँओर चक्रीय गमन-एक घूर्णन, दूसरा परिभ्रमण। जैसे पृथ्वी अपने अक्ष पर सूर्य का लगभग 24 घंटे में घूर्णन करती है और 365 दिन में परिभ्रमण। इस परिभ्रमण के कारण ही ऋतु परिवर्तन होते हैं। घूर्णन से दिन-रात और परिभ्रमण से साल बनता है। दिन-रात के बनने में चंद्र, पृथ्वी का परिभ्रमण का भी कार्य करता है।

इस सृष्टि की विशालता का अनुमान इसी से लगाया जाता है कि पृथ्वी द्वारा सूर्य का चक्कर एक लाख सात हजार एक सौ साठ किलोमीटर प्रति घंटे की चाल से लगाया जाता है, तब एक साल लगता है। जबकि सौरमंडल में सूर्य से पृथ्वी तीसरा निकटतम ग्रह है। प्लेटो अधिकतम दूरी पर अवस्थित है तथा शनि ग्रह के सर्वाधिक 21 उपग्रह हैं। सब एक-दूसरे का चक्कर लगाते हैं। अब सवाल यह है कि पृथ्वी, चंद्र और अन्य बड़े तारे-नक्षत्रों को गति देनेवाला और इतने समय से अंडाकार मार्ग पर चलानेवाला कौन है ? न्यूटन के नियम के अनुसार—बाहरी शक्ति के बिना कोई भी प्रकृति का कण कहाँ खड़ा रहेगा !

देश काल की सीमा में सब कुछ चक्रीय है। सूर्य और ऐसे ही सौरमंडल का आकाशगंगा के केंद्र पर घूर्णन और परिभ्रमण, आकाशगंगाओं का ब्रह्म के केंद्र पर परिभ्रमण। यह गतिशीलता ही संपूर्ण सृष्टि की क्रियाशीलता का परिचायक है। ये ही गति नहीं, बल्कि पृथ्वी सहित पूरे सौरग्रह द्वारा सूर्य का चक्कर लगाया जाता है। सब ग्रह एक साथ सूर्य की गति एवं चक्कर करते हुए एक बार, एक ही दिशा में आते हैं, तो इस अवधि को ऋषियों ने चतुर्युग नाम दिया। सूर्य भी आकाशगंगा का चक्कर लगा रहा है। उसका एक चक्कर मनु काल के बराबर होता है। आकाशगंगा, अपने ऊपर के आकाशगंगा यानी धुव्र का चक्कर लगा रहा है, और धुव्र जिसका चक्कर लगा रहा है, वह कौन है ? धुव्र के उस चक्कर के समय का मान एक कल्प के बराबर होता है। यानी ब्रह्मा का एक दिन।

वैदिक ऋषि भीतर और बाहर के संसार में पिंड और ब्रह्मांड में एक संवाद ढूँढ़ते थे, जो बाहर है, वह भीतर भी होगा। इतना बड़ा विश्व बाहर है, उसका लघु रूप भीतर भी होगा। मानव देह के भीतर जैसे एक-दूसरे से जुड़े संस्थान हैं, वैसे ही कुछ दूर-दूर दिखनेवाले ग्रह-नक्षत्र और तारों में भी होगा। सबका ऋत अगल-अलग हो सकता है, लेकिन सत्य एक होगा, उसकी सत्ता एक होगी। तभी तो ऋषियों ने कहा—"एकं सद्विप्रा बहुधा वदंति" यानी एक सत्ता का ही दर्शन करते हैं, जिसके अनेक नाम और रूप हैं।

भारतीय जीवन ने काल का चक्रीय चिंतन किया। ठीक ऋतु एवं जीवन की तरह। इसलिए यहाँ इतिहास नहीं, पुराण लिखा गया। जहाँ घटनाएँ अपनी ऋत एवं सत्व के साथ पुनः-पुनः लौटती हैं। इसी कारण भारत में इतिहास के प्रति विलगाँव रहा, क्योंकि इतिहास लिखने के लिए व्यक्ति की मृत्यु की प्रतीक्षा रहेगी। वैसे भी इतिहास का लेखन घटना के सैकड़ों, हजारों साल बीत जाने के बाद किया जाता रहा है। भारतीय जीवन में तिथियों एवं व्यक्तियों का महत्त्व नहीं। भारतीयों ने इतिहास को पुराण में तथा कालबद्ध चेतना को देश और कालमुक्त चेतना में परिवर्तित किया है। समय से परे समयातीत की कल्पना की गई। काल से मुक्त जीवन की परिकल्पना में एक व्यक्ति जन्म-मरण से परे एक अनंत जीवन का विचार लेकर चलता है। भारतीय जीवन में कालखंड का महत्त्व नहीं बल्कि उसका कितना अंश जीवन में समा सका, जीवन के साथ स्पंदित हो सका, उसका ही महत्त्व दिया गया। यही कारण है कि अपने मिथकीय रूप में हनुमान आज भी कालजई हैं और जीवन को अभय बनाते हैं तथा शक्ति प्रदान कर मानव को निडर करते हैं। पाँच हजार पूर्व के कृष्ण का उतना महत्त्व नहीं, जितना एक सनातन कृष्ण का, जो गीता के उपदेशों में, राधा के प्रेम में और बाँसुरी के साथ सुदर्शन चक्र के संधान में भी कर्मरत रहते हैं। हमारे लिए उस कृष्ण का महत्त्व है, जो हमारे गान में है, तान में है और कर्म के संधान में है। जिसके तान की मीरा दिवानी होती हैं, रस में चैतन्य भावविभोर हो

उठते हैं, कर्म में स्वामी विवेकानंद अपने को बिछाड़ देते हैं और विचार दर्शन में गांधी, तिलक से लेकर अनगिनत जीवन संघर्ष को अविस्मरणीय बना लेते हैं। यह एक सूत्र है, जिसमें काल, इतिहास और व्यक्ति पीछे छूट जाता है और सनातन सत्व के साथ केवल निरंतरता बचती है।

भारत में काल के मापन का ज्ञानबोध असाधारण है। इस ज्ञान को ऋग्वेद, उपनिषद् एवं अन्य वाङ्मय में बार-बार उल्लेखित किया गया। आज से पाँच हजार साल पूर्व श्रीमद्भागवदगीता के माध्यम से श्रीकृष्ण ने उसी सत्य को उदघाटित किया था। श्रीमद्भागवत गीता (अध्याय 08 के श्लोक 17) में कहा गया कि "वे, जो दिन और रात के सही मापन को जानते हैं, वे जानते हैं कि ब्रह्मा का एक दिन हजारों युग में समाप्त होता है और एक रात्रि भी हजारों युगों में समाप्त होती है।" जब हमने कहा कि पृथ्वी एक ग्रह है और इसकी अपनी धुरी पर घूमने और सूर्य के चक्कर लगाने से दिन-रात और वर्ष आता है। तब किसी दूसरे स्तर पर वह एक क्षण भी हो सकता है। इसीलिए पृथ्वी की कालगणना को लौकिक समय के माध्यम से व्यक्त किया गया। मनीषियों ने गणना कर बताया कि 432 करोड़ मानव वर्ष से मिलकर ब्रह्मा का केवल एक कल्प बनता है। इस प्रकार हमने संकल्प मंत्र के माध्यम से समय और दूरी के अनंत विस्तार का चिंतन एवं मनन किया।

चक्रीय गति में वही घटनाएँ कैसे आती हैं? सृष्टि को जीवन लीला क्यों कहा गया? गीता के (8-18) श्लोक में कहा गया कि "जब ब्रह्मा का दिन प्रारंभ होता है, सभी अभिव्यक्तियाँ अव्यक्त स्थिति से उत्पन्न होती हैं, रात्रि आने पर, वे निश्चत ही केवल उसी में लुप्त हो जाती हैं, जिसे अव्यक्त कहा जाता है।" अव्यक्त यानी? ठीक उसी प्रकार जब लकड़ी यानी अव्यत की रगड़ से आग निकलती है। बीज से वृक्ष निकलता है। अल्प काल में हम भी तो वहीं करते हैं। दिन में कर्म करते हैं और उसी शरीर के साथ रात को सोने चले जाते हैं। समस्त शक्तियाँ सुषुप्तावस्था में चली जाती हैं और जागरण के साथ शक्तियाँ व्यक्त होती हैं। इसे और स्पष्ट तरीके से गीता के (श्लोक 8-19) में कहा गया है कि "प्राणियों का वही विशाल समूह गीता के (जो ब्रह्मा के पहले वाले दिन में था) रात्रि के प्रारंभ होने पर अपनी अनिच्छा के उपरांत भी विलीन हो जाता है और फिर दिन के प्रारंभ होने पर बाहर आ जाता है।" यह अस्तित्व संपूर्णता में है। विकास और संकोचन उसके स्वभाव हैं। सब अपनी भूमिका निभाकर चले जाते हैं। जीवन एक पुनरावृत्ति है। हर दिन एक ही प्रक्रिया का दोहराव।

सोलहवीं सदीं में पश्चिम चिंतक रेने देकार्ते ने कहा, "शरीर और मन सत्य के दो विभिन्न आयाम यानी भौतिकवाद और अध्यात्मवाद से संबंध रखते हैं। दोनों एक-दूसरे को प्रभावित नहीं करते।" 19वीं सदी तक मैक्सवैल और आइंस्टीन तथा अन्य

भौतिकवादी वैज्ञानिक देकार्ते के द्वैतवाद को मूल सत्य के रूप में स्वीकार किया। उन्होंने मन और चेतना की ओर तब तक ध्यान नहीं दिया, जब तक ऊर्जाणुवाद ने उन्हें इसके लिए विवश नहीं कर दिया। ब्रह्मांड को समझने के लिए विज्ञान के साथ-साथ चेतना का अध्ययन भी अत्यंत आवश्यक है। भारतवर्ष इसीलिए अनूठा है। काल और इसकी गति को समझने के लिए मानस का विकास किया गया और इसके लिए लगातार प्रयास भी हुए।

भारतीय चिंतनधारा बताती है कि काल की गति के साथ चेतना के विस्तार को समायोजित वही कर पाएगा, जिसका उद्घोष है—'अहं ब्रह्मास्मि' अर्थात् मैं ब्रह्म हूँ। 'तत्त्वमसि' अर्थात् तुम वही ब्रह्म हो और 'सर्वं खल्विदं ब्रह्म' अर्थात् यह समूची सृष्टि-जगत् ब्रह्म है। मुंडक उपनिषद (2/2/11) कहता है कि "अमृतस्वरूप (मृत्युरहित, विकाररहित, दुखदैंयरहित, नित्य सत्य परमानंदघन) ब्रह्म ही इस विश्व के रूप में लीला करता हुआ हमारे सामने, पीछे, दाहिने, बाएँ और ऊपर-नीचे सर्वत्र प्रसारित हो रहा है। ब्रह्म ही इस विश्व का यथार्थ स्वरूप है, और वही सर्वश्रेष्ठ वरणीय है।" लेकिन प्रश्न यह कि ब्रह्म क्या है ? ब्रह्म का शाब्दिक अर्थ है—वृहत्तम यानी बहुत बड़ा जिससे वृहत्तर की कोई कल्पना ही नहीं हो सकती। ब्रह्म मानव की बौद्धिक चेतना का चरम आदर्श है।

पश्चिमी वैज्ञानिक को कालबोध का एक महत्त्वपूर्ण उदाहरण है। जिसमें विराट का दर्शन होता है। समस्त सृष्टि के उपादनों में एकमेव ब्रह्म की अनुभूति की यह घटना है। सन् 1957 में जब पृथ्वी को सुदूर अंतरिक्ष से पहली बार देखा गया, वह क्षण संसार के इतिहास में एक नवीन अध्याय का प्रारंभ था। मनुष्य ने पहली बार पृथ्वी को ब्रह्मांड के परिप्रेक्ष्य में एक अखंड इकाई के रूप में देखा था। अंतरक्षि यात्री डॉ. ऍडग्र मिचॅल जिनका जीवन नासा के अपोलो-14 मिशन में चंद्रयान चालक के रूप में भूमिका निभाने के बाद पूरी तरह से बदल गया।

उन्होंने एक साक्षात्कार में बताया—"जब हम पृथ्वी की ओर लौट रहे थे तो तापीय संतुलन बनाए रखने के लिए अंतरिक्ष यान अपनी धुरी पर घूम रहा था, जिसके कारण पृथ्वी, चंद्रमा, सूर्य और तारे हर दो मिनट में 360 डिग्री के आयाम में एक भव्य छटा की तरह सामने आ रहे थे। अचानक ही अंतर्ज्ञान के एक क्षण में अनुभूति हुई कि मेरे शरीर की इंद्रियों, अणुओं और कोशिकाओं तथा अंतरिक्षयान और मेरे साथियों कोशिकाओं का स्वरूप निर्धारण एवं निर्माण अति प्राचीन तारा समूहों में से हुआ था। एक गहरा आनंद और एकत्व भावना की अनुभूति जुड़ी हुई थी। पृथ्वी पर जीवन का प्रादुर्भाव अपने आप ही समुद्र में नहीं हो गया था। मुझे ऐसा आभास हुआ कि मानो मेरी चेतना सबसे दूरस्थ तारे को छू रही थी और एक पल के लिए मुझे लगा कि मैं पूरे ब्रह्मांड का एक अभिन्न अंश हूँ।" (योगदा सत्संग, अप्रैल-जून 2011। स्टीफन मार्टिन-कॉस्मिक कंवरशेसन:

विथ डॉयलॉग ऑन दी यूनिवर्स एंड दी सर्च फॉर रियलिटी।)।

समाधि में व्यक्ति वस्तुओं को दृष्टि से अलग और वैयक्तिक रूप में देखते हैं, परंतु अपने अंत:करण में उन्हें समष्टि रूप में अनुभव करते हैं, जो परमानंद से ओतप्रोत होता है। समाधि की अवस्था में व्यक्ति का भौतिक शरीर, श्वाँस, हृदय एवं मानसिक क्रियाएँ पूर्णत: स्थिर हो जाती हैं तथा व्यक्ति को ईश्वर के साथ चेतन एकत्व की अंतरंग अनुभूति होती है—न केवल सृष्टि में अपितु सृष्टि के परे भी।

भारतीय ऋषियों ने माना कि मौन, एकांत और ध्यान आदि प्रक्रियाओं से व्यक्ति समाधि की ओर अग्रसर होता है। यह प्रारंभिक चरण है, जब व्यक्ति अपनी साँसों एवं स्थूल शरीर को शांत एवं स्थिर कर स्वयं के अंदर प्रवेश करता है और जब गहरे ध्यान में रम जाता है, तो शरीर क्रमश: जड़ हो जाता है। श्वाँस धीरे-धीरे क्षीण और समाधि की स्थिति में मिटने भी लगती है। अध्यात्म बताता है कि ऊर्जा जब शरीर की ओर बहती है, तब हमारा जीवन शरीर से बंधा होता है और तब साँसों की आवश्यकता होती है। लेकिन समाधि की स्थिति में हम आत्मा या सृष्टि के परमतत्त्व के साथ एकाकार हो जाते है, तब ऊर्जा रूप में श्वास की आवश्यकता हमारे शरीर को बिल्कुल न्यूनतम होती है। समाधि की निर्विकल्प की स्थिति में इस ऊर्जा की आवश्यकता भी नहीं होती है। उस समय भी साँस या ऊर्जा होती है, लेकिन जीवन एक-दूसरे उपक्रम से जुड़ जाता है। यह उपक्रम अस्तित्व के साथ जुड़ाव का है। जहाँ साँस, ऊर्जा, जीवन का कोई अर्थ नहीं रह जाता है। समाधि की इस स्थिति में व्यक्ति अस्तित्व के साथ एकाकार होता है। वह स्वयं को ब्रह्मांड के अवयव के रूप में देखता और अनुभूत करता है।

□

कलप-कलप लगि प्रभु अवतरहीं

भारतीय चिंतन में कहा गया है कि कलप-कलप लगि प्रभु अवतरहीं। अर्थात् प्रत्येक कल्प में ईश्वर स्वयं अवतार लेते हैं और सृष्टि का विस्तार करते हैं। सृष्टि के विस्तार का एक चक्र है, जिसे सृष्टि चक्र कहते हैं। यह चक्र लघु से दीर्घ है। एक बीज का अंकुर, फिर पौधे में रूपांतरण, पौधे से फूल और फल का बनना। पुन: फल में बीज का प्रस्फुटन। यह एक पादप चक्र है। ठीक इसी प्रकार मानव चक्र है। जन्म, वृद्धि के विविध सोपान, मृत्यु, फिर पुनर्जन्म और अंतत: मोक्ष या निर्वाण के रूप में अमरत्व की प्राप्ति ही मानव जीवन के विविध यात्रा के पड़ाव हैं। इसी प्रकार ऋतुओं का भी चक्र है, बरसात के साथ प्रकृति का आरंभ, हरितमा से आच्छादित वसुधंरा, पौधों का वृक्ष में रूपांतरण, पत्ते का आना, शरद में उसमें मधुवास, हेमंत में उल्लास, शिशिर में साधना, वसंत में पूर्ण रूप से प्रकटीकरण के बाद ग्रीष्म में फल। यह ऋतुचक्र है। यही संवत्सर चक्र है। इसी प्रकार सौर ऊर्जा का भी चक्र है। यह पृथ्वी पर आता है, जीवन में प्राण देता है। यह प्राण ही मानव, पादप और जीवों में ऊर्जा का संचार करता है और अंतत: वापस सौर ऊर्जा में मिल जाता है। यह सौर चक्र है। सौर से ऊपर मन्वंतर चक्र आता है, जो विभिन्न सोपान पर यात्रा करते-करते कल्प को धारण करनेवाले ब्रह्म में विलीन हो जाता है।

सृष्टिक्रम और विकास की गणना के लिए 'कल्प' भारतीय मापदंड है। मानव की औसत आयु को सौ वर्ष माना गया है। हमारे यहाँ कहा गया कि 'जीवेत शरद: शतम्।' यानी आप सौ साल तक जीवित रहें। सुखपूर्वक जीवन व्यतीत करें। व्यक्ति की आयु सौ साल है, तो परमेष्टि की आयु को भी सौ साल माना गया है। लेकिन व्यक्ति और उस परमेष्टि अर्थात् ब्रह्मा की सौ साल की आयु में काल और देश का विराट अंतर है।

ब्रह्मा की आयु सौ साल है, लेकिन उस सौ साल में एक दिन को एक कल्प के बराबर माना गया है। प्रत्येक कल्प के अंत में प्रलय होता है, जब धरती पर से जीवन समाप्त हो जाता है। ब्रह्मा के दिन और रात बीतने पर सृष्टि पुन: अपने को नवीनीकृत

कर प्रकट करती है। एक दिन की कालावधि एक कल्प के बराबर होता है और उसके बाद प्रलय आता है। कल्प को चार अरब बत्तीस करोड़ मानव वर्षों के बराबर का माना गया है। यह ब्रह्मा के एक दिवस या एक सहस्र महायुग (चार युगों के अनेक चक्र) के बराबर होता है। चार अरब वर्ष पूर्व जीवन की उत्पत्ति मानी गई है। इस प्रकार कल्प हिंदू समय चक्र की बहुत लंबी मापन इकाई है।

देश और काल की परिधि में कल्प की सीमा कम पड़ जाती है। भारतीय जीवन में जब श्रीराम का स्मरण करते हैं, तो वह त्रेता युगीन दशरथनंदन श्रीराम से अधिक मर्यादा पुरुषोत्तम का आदर्श सामने आता है। हमारा मन सामान्य तरीके से प्रश्न उठाता है और उसका उत्तर भी सामान्य तरीके से चाहता है। प्रश्न उठता है कि क्या राम और सीता की कथा कभी समाप्त नहीं होगी। शास्त्रीय चिंतन कहता है कि कल्प के साथ यह समाप्त हो जाएगी। लौकिक जीवन उसको सटीक उत्तर देता है कि रामकथा का विस्तार देश और काल से परे है। यह कैसे समाप्त होगा? कल्प के अंत में प्रलय के समय जब सभ्यता का अंत हो रहा होगा, तब ठीक उसी समय सागर के गर्भ में विष्णु एक छोटी मछली के रूप में सृष्टि को बचाने के लिए मनु को पुकार रहे होंगे। भारतीय मन सदैव ही एक साथ लोक और लोकांतर की यात्रा करता है। भारत में व्यक्ति के पहले उसकी कथा लिखी जाती है। यह साधारण मन की समझ से परे की बात है, जो सैकड़ों साल की इतिहास में उलझा हो, वह लाखों सालों के गाथाओं को कैसे सुलझा सकता है? व्यक्ति आधारित इतिहास लिखने वाले जीवन मूल्य और अस्तित्व आधारित गाथाओं को कैसे समझेंगे? भारत अनूठा देश है, जहाँ श्रीराम के पूर्व ही वाल्मीकि ने रामायण की रचना कर दी। कैसे? जब व्यक्ति को पता हो कि श्रीराम और कृष्ण जैसा व्यक्ति काल के वर्तुलकार गति में एक अवधि यानी कल्प के बाद अस्तित्व में आएगा, तभी यह संभव है।

हर कल्प में राम नाम का व्यक्ति, कृष्ण नाम का मानव कोई और हो सकता है। ऋषभदेव एवं उनके पुत्र भरत भी कोई और हो सकते हैं, लेकिन उनके कर्म, धर्म की बातें और जीवन मूल्य कमोवेश वही रहेंगे। रेखीय क्रम पर गतिमान इतिहास त्रुटिपूर्ण हो सकता है, लेकिन चक्रीय पथ पर गतिमान पुराण त्रुटिपूर्ण नहीं हो सकता। काल और देश तथा उसकी प्रत्येक कर्म अभिव्यक्ति चक्रीय गति का अनुसरण करती है। व्यष्टि हो या समष्टि या प्रकृति, सब। काल की चक्रीय गति को समझने के लिए प्रकृति को देखना होगा। प्रत्येक वर्ष में वही क्रम और ऋत (सार्वभौम सत्य की प्राकृतिक व्यवस्था) का पालन होता है। इसी प्रकार व्यष्टि और समष्टि का जीवन भी चक्रीय गति का अनुसरण करते हैं, लेकिन इसे अनुभूत करने के लिए चेतना का विस्तार करना होगा। व्यष्टि और समष्टि के स्तर पर भी काल चक्रीय गति का अनुपालन करता है।

ज्ञान के मोहपाश में बंधा व्यक्ति समय और स्थान के नियम का पालन करता है।

भारतीय लौकिक अंतर्मन में राम और उनका आख्यान सदैव ही देश और काल की सीमा से मुक्त रहा है। पुराण के आख्यान हों या वैदिक ग्रंथों की ऋचाएँ हों। सब समयमुक्त और लोक की परिधि का अतिक्रमण कर अपनी लीला रचते हैं। इस कारण कल्प की सीमा रेखा को पकड़ पाना सहज नहीं हो पाता है। एक लोक जीवन में कथा आती है कि रावण वध के बाद हनुमानजी थोड़ी शंका से ग्रसित हो जाते हैं, तो श्रीराम उनके भ्रम का समाधान करते हैं। ऐसा करते हुए वे कल्प और काल की सीमा का अतिक्रमण कर जाते हैं। कथा के विन्यास को विभिन्न रूपों में कहा गया है, लेकिन सार उसका एक ही है। हनुमान को सीख देने के लिए सागर से पार करते प्रभु अपनी अंगूठी पानी में गिरा देते हैं और हनुमान से अनुरोध करते हैं कि इस छोटे कार्य को संपन्न कर दें अर्थात् अंगूठी पानी से निकाल दें।

हनुमानजी को यह काम सरल लगता है। वह पानी से अंगूठी निकालने के लिए सागर में चले जाते हैं और अंततः नागलोक पहुँच जाते है, जहाँ उनकी भेंट वासुकि से होती है। वे उनसे श्रीराम की अंगूठी की बात कहते हैं। वासुकि मुसकराते हैं और विशाल पर्वत की ओर जाने का संकेत करते हैं। हनुमान जब पर्वत के समीप पहुँचते हैं तो अचंभित हो जाते हैं। वहाँ अंगूठियों का ढेर दिखता है। हर मुद्रिका वैसी है, जैसी श्रीराम की थी। तब हनुमानजी ने वासुकि से इसका रहस्य पूछा। वासुकि बताते हैं कि क्या आपको लगता है कि यहाँ एक ही मुद्रिका है? यहाँ मुद्रिकाओं का पहाड़ है। जाने कितने सारे राम की मुद्रिकाएँ यहाँ इकट्ठा पड़ी हैं। प्रत्येक कल्प में सृष्टि जागती है और कर्मरत होती है। प्रत्येक त्रेतायुग में श्रीराम की मुद्रिका गिरती है और एक हनुमान उसकी खोज में यहाँ आते हैं और प्रश्न करते हैं। जब भी त्रेता का अंत होता है, माता सीता धरती के माध्यम से और प्रभु श्रीराम आकाश मार्ग से अपने धाम को जाते हैं। यह प्रत्येक कल्प में होता है और होता रहेगा।

अस्तित्व के गतिक्रम में केवल यह रामकथा ही बार-बार नहीं आती है, बल्कि हम सब और हमारी कथाएँ भी बार-बार दोहराई जाती हैं। अस्तित्व की गति घूर्णन और परिभ्रमण परंतु अपने कक्ष पर चक्रीय है। सदैव विकास करने और अनंत के साथ एकाकार होने में ही हमारे जीवन का लक्ष्य अंतर्निहित है। हम संसार का जब तक त्याग नहीं करते हैं, तब तक पुरुष की पुरुषोत्तम की यात्रा जारी रहती है। अंतर्मन का चिदकाश में विस्तार होना चाहिए, ताकि वह स्वयं को शाश्वत, सांत्वना और शांति में रख सके। कल्प आएगा और हर बार आएगा, लेकिन हमारा कर्म भी सदैव जारी रहना चाहिए।

जीवन में गति हो और हमारे कर्म में ठहराव नहीं हो, इसके लिए सजग विचार आवश्यक है। सजग मन जब सोचता है, तो यह प्रतीत होता है कि हम बार-बार स्वयं को दोहराते हैं। यह दोहराव ही कल्प का आना और उसका विसर्जन है। अध्यात्म रामायण

की रचना 16वीं सदीं में की गई। उसमें एक सुंदर और रोचक उद्धरण आता है, जो कल्प और मन्वंतर के भावों को अभिव्यक्त करता है। जब राम को वनवास होता है, तो वह अकेले ही वन जाने की तैयारी करते हैं, जिसे माता सीता स्वीकार नहीं कर पातीं। उन्हें भी श्रीराम के साथ वन जाना होता है, अतएव वह अपने पति के सम्मुख आकर साथ में वनगमन के लिए तर्क प्रस्तुत करती हैं। राम नियम की दुहाई देते हैं और माता भावना को आधार बनाती हैं। माता कहती हैं कि वह अर्धांगनी है, पति की पीड़ा में समान दुखभाव की अधिकारी है। पति के निर्वासन के दौरान वह महल में कैसे रह सकती है, लेकिन राम नियम और आदर्श की दुहाई देकर माता को चुप कराने का प्रयास करते हैं। माता सीता के तर्क से श्रीराम सहमत नहीं होते हैं। अंत में माता सीता असंतुष्ट हो जाती हैं और कहती हैं—"आज के पूर्व अनगिनत रामायणों की रचना हुई है। क्या आप ऐसी कोई रामायण बता सकते हैं, जिसमें सीता राम के साथ वन नहीं गई हो?"

वन गमन के विवाद का हल हो जाता है और माता सीता भी राम और लक्ष्मण के संग वनगमन करती हैं। यह कथा बताती है कि प्रत्येक युग में रामायण होती है। राम और सीता के बीच वनगमन को लेकर तर्क चलता है। घटनाएँ चक्रीय रूप से स्वयं को बार-बार दोहराती हैं और हम सब उसके सहभागी बनने को विवश होते हैं। काल और देश की स्वाभाविक क्रियाएँ ही घटनाएँ बनती हैं। समय में घटनाएँ होती है, तो घटनाओं से समय का मापन किया जाता है और देश यानी लोक का निर्धारण होता है।

वेद और पुराण में संपूर्ण समय को बहुत ही नियोजित एवं पूर्णता में क्रमबद्ध किया गया है। ऋषियों ने जलचर, थलचर, नभचर और पेड़, पौधे तथा पहाड़ों की आयु जानकर धरती की आयु को ज्ञात किया, उसी तरह उन्होंने संपूर्ण ब्रह्मांड की आयु का मान निकाला है। कालगणना एक विज्ञान है। वेद के अनुसार प्रत्येक वस्तु और व्यक्ति की श्वास निश्चित है। जब तक साँसें चलेंगी तब तक ही कोई वस्तु या व्यक्ति जीवित रहेगा।

वैदिक गणना के अनुसार जीवित व्यक्ति ही नहीं बल्कि संपूर्ण ब्रह्मांड श्वाँस ले रहा है, तभी तो यह चलायमान है और निरंतर विस्तार करता जा रहा है। इस प्रकार वायु में सभी की आयु अंतर्निहित है। पेड़, पौधे, जल, जानवार और यह जगत् यानी सभी श्वाँस ले रहे हैं। अतएव समूचे ब्रह्मांड की भी आयु है। इस धरती, सूर्य, चंद्र सभी की आयु निश्चित है। जन्म और मृत्यु सदैव चलती ही रहती है। किंतु जब महाप्रलय होती है तो संपूर्ण अस्तित्व की वायु यानी प्राण की शक्ति को ब्रह्म अपने अंदर खींच लेता है। तब प्रकृति का अस्तित्व ही समाप्त हो जाता है।

इस प्रकार प्रत्येक श्वाँस से दिवस, मास, संवत्सर और युग का निर्माण होता है। माना जाता है कि छह श्वाँस से एक विनाड़ी बनती है। और साठ साँस से एक नाड़ी बनती है। इसी प्रकार साठ नाड़ियों से एक दिन और रात बनते हैं। समय का सबसे छोटा मापन

'त्रसरेणु' से होता है। तीन अणु मिलकर एक त्रसरेणु बनाते हैं। त्रसरेणु से बड़ा 'त्रुटि' होता है, उससे बड़ा 'वेध', उससे बड़ा 'लावा', उससे बड़ा 'निमेष', उससे बड़ा 'क्षण', उससे बड़ा 'काष्ठा' और उससे बड़ा 'लघु'। उससे बड़ा 'नाणिक' तथा नाणिक से बड़ा 'मुहूर्त' होता है। मुहूर्त से बड़ा 'याम'। आठ याम का एक दिवस माना जाता है। याम से बड़ा प्रहर और प्रहर से बड़ा दिवस होता है। दिवस के आगे अहोरा और उसके आगे पक्ष (दो पक्ष-शुक्ल और कृष्ण) होता है। पक्ष से बड़ा मास होता है। दो मास मिलाकर एक ऋतु बनते हैं। छह ऋतुओं के सम्मिलन से एक आयन और दो आयन से एक वर्ष बनता है। वर्ष यानी संवत्सर से बड़ा दिव्य वर्ष होता है। यह देवताओं का वर्ष है। वर्ष से बड़ा युग और चार युग मिलाकर एक महायुग या चतुर्युग बनता है। 71 महायुग मिलकर एक मन्वंतर होता है। चौदह मनु और उनके मन्वंतर को मिलाकर एक कल्प बनता है। यह ब्रह्मा का एक दिवस होता है। दो कल्पों को मिलाकर ब्रह्मा का एक दिवस और रात्रि मानी जाती है। यह एक दिन के बराबर होता है। ब्रह्मा की कुल आयु 100 वर्ष की है। ब्रह्मा अपनी आयु की द्वितीय परार्ध यानी 50 वर्ष पूरा कर चुके हैं। (ब्रह्मा के 50 वर्ष को परार्ध कहा गया है। इस तरह दो परार्ध को मिलाकर महाकल्प कहा जाता है।) ब्रह्मा का यह श्वेत वाराह कल्प है। कल्प यानी ब्रह्मा के 51वें वर्ष के प्रथम माह का पहला दिन है।

जिस तरह मानव की आधार आयु सौ वर्ष है, वैसे ही सृष्टिकर्ता ब्रह्मा की भी आयु सौ वर्ष मानी गई है, परंतु दोनों गणनाओं में बड़ा अंतर है। ब्रह्मा का दिन कल्प कहलाता है, उसके बाद प्रलय होता है। प्रलय ब्रह्मा की रात है, जिसके पश्चात फिर नई सृष्टि होती है। ब्रह्मा के प्रत्येक मास में तीस कल्प होते हैं जिनके भिन्न-भिन्न नाम हैं, जैसे श्वेतवराह कल्प, नीललोहित कल्प, हमत् कल्प, मन्वंतरगर्भ कल्प, पाद्म कल्प आदि। जैन धर्म में 12 कल्प बताए गए हैं—सौधर्म, ईशान, सानत्कुमार, माहेंद्र, ब्रह्म, लांतव, महाशुक्र, सहस्त्रार, आनत, प्राणत, आरण और अच्युत, इस प्रकार ये बारह कल्प हैं। हिंदुओं में भी कई कल्प बताए हैं लेकिन प्रमुख पाँच कल्पों में गाथा को समेटने का प्रयास पुराणकारों ने किया है। ब्रह्मा, विष्णु, इंद्र, शिव आदि पदों पर अलग-अलग कल्पों में अलग देवता विराजमान होते हैं। मत्स्य पुराण में 30 कल्पों की चर्चा है—श्वेत, नीललोहित, वामदेव, रथनतारा, रौरव, देवा, वृत, कंद्रप, साध्य, ईशान, तमाह, सारस्वत, उडान, गरुढ़, कुर्म, नरसिंह, समान, आग्नेय, सोम, मानव, तत्पुमन, वैकुंठ, लक्ष्मी, सावित्री, अघोर, वराह, वैराज, गौरी, महेश्वर और पितृ या कुहू।

महत् कल्प—इस काल के इतिहास का विवरण मिलना कठिन है। बहुत शोध के बाद शायद कहीं मिले, क्योंकि इस काल के बाद प्रलय हुई थी, तो सभी कुछ नष्ट हो गया, लेकिन पुराणकार मानते हैं कि इस कल्प में विचित्र-विचित्र और महत् (अंधकार से उत्पन्न) वाले प्राणी और मनुष्य होते थे। संभवत उनकी आँखें नहीं होती थीं।

मन्वंतर गर्भ कल्प—इस काल में धरती का रंग पीला था इसीलिए इसे मन्वंतर कहते हैं। मन्वंतर के दो अर्थ होते हैं—एक जल और दूसरा स्वर्ण। यद्यपि धतूरे को भी मन्वंतर कहा जाता है। माना जाता है कि तब स्वर्ण के भंडार बिखरे पड़े थे। इस काल में मन्वंतरगर्भ ब्रह्मा, मन्वंतरगर्भ, मन्वंतरवर्णा लक्ष्मी, देवता, हिरण्यानी रैडी (अरंडी), वृक्ष वनस्पति एवं हिरण ही सर्वोपयोगी पशु थे। सभी पशु और पक्षी एकरंगी थे।

ब्रह्मकल्प—इस कल्प में मनुष्य जाति सिर्फ ब्रह्म (ईश्वर) की ही उपासक थी। क्रम विकास के तहत प्राणियों में विचित्रताओं और सुंदरताओं का जन्म हो चुका था। जंबूद्वीप में इस काल में ब्रह्मर्षि देश, ब्रह्मावर्त, ब्रह्मलोक, ब्रह्मपुर, रामपुर, रामगंगा केंद्र आदि नामक स्थल हुआ करते थे। यहाँ की प्रजाएँ परब्रह्म और ब्रह्मवाद की ही उपासना करती थी। इस काल का ऐतिहासिक विवरण हमें ब्रह्मपुराण, ब्रह्मांडपुराण, ब्रह्मवैवर्त पुराण में मिलता है।

पद्मकल्प—पुराणों के अनुसार इस कल्प में 16 समुद्र थे। पुराणकारों के अनुसार यह कल्प नागवंशियों का था। धरती पर जल की अधिकता थी और नाग प्रजातियों की संख्या भी अधिक थी। कोल, कमठ, बानर (बंजारे) व किरात जातियाँ थीं और कमल पत्र पुष्पों का बहुविध प्रयोग होता था। सिंहल द्वीप (श्रीलंका) की नारियाँ पद्मिनी प्रजाएँ थीं। उस समय के श्रीलंका की भौगोलिक स्थिति आज के श्रीलंका जैसी नहीं थी। इस कल्प का विवरण हमें पद्म पुराण में विस्तार से मिल सकता है।

वराहकल्प—वर्तमान में वराह कल्प चल रहा है। इस कल्प में विष्णु ने वराह रूप में तीन अवतार लिए—पहला नील वराह, दूसरा आदि वराह और तीसरा श्वेत वराह। इसी कल्प में विष्णु के 24 अवतार हुए और इसी कल्प में वैवस्वत मनु का वंश चल रहा है। इसी कल्प में भगवान् ब्रह्मा, विष्णु और महेश ने नई सृष्टि की थी। वर्तमान में हम इसी कल्प के इतिहास की बात कर रहे हैं। वराह पुराण में इसका विवरण मिलता है। अब तक वराह कल्प के स्वायंभु मनु, स्वरोचिष मनु, उत्तम मनु, तमास मनु, रेवत मनु, चाक्षुष मनु तथा वैवस्वत मनु के मन्वंतर बीत चुके हैं और अब वैवस्वत तथा सावर्णि मनु की अंतरदशा चल रही है। सावर्णि मनु का आविर्भाव विक्रमी संवत् प्रारंभ होने से लगभग 5,500 वर्ष पूर्व हुआ था।

भारतीय परंपरा में 'कल्प' शब्द का प्रयोग ऋग्वेद के (10.190.3) सूक्त में पाया जाता है। जहाँ ऐसा आया है—'सृष्टिकर्ता ने सूर्य, चंद्र, दिन, पृथ्वी एवं अंतरिक्ष की सृष्टि की।' इसके बाद गिरनार और कालसी के अशोक कालीन प्रस्तर अभिलेख तथा शहबाजगढ़ी तथा मानसेहरा के पाँचवें प्रस्तर अभिलेख में भी कल्प का उल्लेख आया है। इससे यह बात सिद्ध होती है कि कल्प का सिद्धांत और विचार ईसा के तीन सौ साल पूर्व तक ज्ञात था।

यही नहीं बौद्धों ने भी कल्पों के सिद्धांत को अपनाया था। महापरिनिब्बाण सुत्त 3.53 में उल्लेख है कि 'हे भगवन्, कृपा करके कल्प में रहें। हे महाभाग, असंख्य लोगों के कल्याण एवं सुख के लिए कल्प भर रहें।'

भारतीय चिंतन में कल्प की अवधारणा को समय के साथ-साथ व्योम यानी देश के हिसाब से भी विचार किया गया है। पृथ्वी के द्वारा सूर्य का परिभ्रमण करने से संवत्सर काल बनता है। इसी प्रकार जब सूर्य अपनी आकाश गंगा का चक्कर लगाता है, तो उसका एक चक्र पूरा होने के समयखंड को मन्वंतर कहा जाता है। इस प्रकार आकाशगंगा भी इस ब्रह्मांड में किसी धुव्रतारा या सप्तर्षि या अन्य तारा का चक्कर लगाता है, उसके एक चक्कर की गणना को ही कल्प कहा गया। हमारा सौर मंडल आकाशगंगा के बाहरी इलाके में स्थित है और उसके केंद्र की परिक्रमा कर रहा है। इसे एक पूरी परिक्रमा करने में लगभग 22.5 से 25 करोड़ वर्ष लग जाते हैं।

इस प्रकार हिंदू परंपरा में संकल्प मंत्र के साथ हम प्रतिदिन काल गणना करते हैं। इसमें सृष्टि, कल्प और मन्वंतर के साथ लोक, देश और प्रदेश का स्मरण करते हैं। इस स्मरण में देश काल के लघुतम रूप के साथ इसके विराट और शाश्वत रूप महाव्योम और महाकाल का भी दैनिक कर्मकांड में याद रखते हैं। भारतीय जीवन में काल और देश का चिंतन सदैव चक्रीय है। इसलिए हमारी मानवीय चिंतन में जन्म और मृत्यु के बीच ही केवल जीवन नहीं बल्कि मृत्यु के बाद पुनर्जीवन आता है। पतझड़ के बाद वसंत, तो वसंत के बाद पुनः पतझड़ आना ही कालगणना के संकल्प का पुनर्पाठ और पुनस्त्रमरण है।

सूर्य सिद्धांत में, महाकाल और लोक के शाश्वत स्वरूप की गणना का विशद् वर्णन किया गया है। सूर्य सिद्धांत के अनुसार, 'कल्प के आरंभ में सृष्टि की रचना नहीं हुई। कल्प की रचना के बाद के कालखंड में नक्षत्र, देव, सौरमंडल आदि का निर्माण हुआ।' भारतीय दर्शन और पुराण में सृष्टि की रचनाक्रम का उल्लेख है। इसमें बताया गया है कि मन्वंतरगर्भ, सूर्य, चंद्र, पृथ्वी आदि का बनना अंतरिक्ष की एक घटना है, जो स्वयंभुव मन्वंतर में शुरू हुआ था। दूसरे मन्वंतर यानी स्वारोचिष में पृथ्वी के बनने की प्रक्रिया शुरू हुई। सूर्य और अंतरिक्ष का निर्माण हुआ। तीसरे मन्वंतर यानी उत्तम में पृथ्वी से चंद्रमा अलग हुआ। इसमें आकाशगंगा स्थित हुई और बाद में इसका परिभ्रमण शुरू हुआ। चौथे मन्वंतर यानी तामस में पृथ्वी जल से ढ़ँक गई। पाँचवे मन्वंतर रैवत में पृथ्वी ने जल से निकलना आरंभ किया और इस पर वनस्पितयाँ उत्पन्न होने लगीं। आकाशगंगा चमकने लगी और अपने प्रकाश से अपने ग्रहों को प्रदीप्त करने लगी। इसी मन्वंतर में सोम उत्पन्न हुआ, जिससे इस मन्वंतर का नाम रैवत हुआ। इस मन्वंतर का प्रभाव छठे मन्वंतर पर हुआ, जिसे चाक्षुष कहा गया।

सोम और सूर्य के कारण वनस्पतियाँ उत्पन्न हुईं और जीव-जंतु का उद्भव हुआ। सातवें मन्वंतर में मनुष्यों का जन्म हुआ। भारतीय परंपरा के अनुसार पृथ्वी पर वनस्पति और प्राणी आज से 12 करोड़ वर्ष पहले आए थे। यह सातवाँ मन्वंतर का 28वाँ चतुर्युग चल रहा है। भारतीय परंपरा में कल्प की आयु चार अरब 32 करोड़ तथा इस कल्प में सृष्टि यानी जीवन का काल एक अरब 97 करोड़ साल बीत चुका है। इस कारण हमारी काल गणना में कल्प संवत् और सृष्टि संवत् में कालावधि का अंतर होता है।

ऋग्वेद के नासदीयसूक्त 10-129 में सृष्टि के उद्भव का उल्लेख किया गया है—सृष्टि के आदिकाल में न सत् था न असत् न वायु थी न आकाश, न मृत्यु थी और न अमरता, न रात थी न दिन, उस समय केवल वही था, जो वायुरहित स्थिति में भी अपनी शक्ति से साँस ले रहा था। उसके अतिरिक्त कुछ नहीं था। सृष्टि के पूर्व सब अप्रतिज्ञात स्वरूप होता है। उस समय परम् कारण, व्यापक एकमात्र ईश्वर ही अवस्थित थे। सर्वव्यापक भगवान् आत्मस्वरूप में स्थित होकर सर्वप्रथम मन की सृष्टि करते हैं। फिर अंहकार की सृष्टि होती है। उससे शब्द, स्पर्श, रूप, रस तथा गंध नामक पंचतंमात्रा तथा क्षिति, जल, पावक, गगन समीरा नामक पंचमहाभूतों की उत्पत्ति होती हैं।

इन भूत और मात्रा की हरेक क्रिया कर्म है, जिसे दर्शन की भाषा में प्रक्रिया कहते है। इस प्रकार किसी भी प्रक्रिया की प्रकृति अनश्वर होती है। यह जगत् भी एक प्रक्रिया है। जहाँ निरंतर कर्म और परिवर्तन चल रहा है। यह कर्म और परिवर्तन ही ब्रह्मांड की उत्पति का कारण है, जो प्रक्रिया में स्वयं को व्यक्त करता है। सभी भिन्न निहारिकाएँ और बाद में ग्रह-नक्षत्र, फिर प्रकृति और मनुष्य, सब अस्तित्व में आते हैं। उन सबका प्रलंबन ही कर्म कहलाता है। इनमें से प्रत्येक तत्त्व नाशवान है। इसलिए यह अधिभूत कहलाते हैं। (स्वामी रंगनाथानंदः भगवद्गीता, भाग-दो, पृष्ठ-245)। "यह जहाँ से आते हैं। वह ब्रह्म ही अनश्वर है, जिससे कल्प के आरंभ में इस ब्रह्मांड की उत्पति होती है। इस ब्रह्म के व्यक्तभाग को भूताकाश यानी सृष्टि और अव्यक्त भाग को चिताकाश कहा गया। इस चिदाकाश में सबकुछ ओतप्रोत है। जहाँ कुछ परिवर्तन नहीं होता है, बल्कि यहाँ देश और काल की स्थिति भी शाश्वत होती है।"

श्रीकृष्ण गीता (10.42) में इसी बात को कहते है कि मैं अपने एक अंश से इस संपूर्ण ब्रह्मांड को धारण किए हुए विद्यमान हूँ। ऋग्वेद के पुरुषसूक्त के माध्यम से ऋषियों ने कहा कि "पादोस्य विश्वभूतानि त्रिपादस्यामृतं दिवि।" वास्तविकता का एक चौथाई अंश इस जगत् के रूप में व्यक्त है और शेष सभी अभिव्यक्तियों के परे और अनश्वर है। यह सृष्टि बहुरूपों एवं बहुस्वरूपों में प्रकट होते हुए भी उसी दिव्यतम और पवित्रतम को विविध माध्यमों एवं अभिव्यक्तियों से उद्भाषित करती है। सब कुछ उस परमतत्त्व की कीर्ति और उसका यशगान है। उसकी महिमा के स्वर और स्पंदन ही

जीवन और जगत् में क्रियाशीलता और चेतना के कारण बनते हैं, लेकिन इसके बावजूद भी उस परमतत्त्व का स्वरूप अभिव्यक्ति की सीमा से बाहर होता है। अपने स्वरूप का वर्णन करते हुए भगवान् कहते (गीता-08.16) हैं कि सभी लोक, जिसमें ब्रह्मलोक भी शामिल है, एक समय के बाद उसका क्षय हो जाता है। वह वापस लौट जाते हैं। केवल मेरे स्वरूप से एकाकार होकर ही पुनर्जन्म नहीं होता है। यही कारण है कि महाव्योम में स्थित ब्रह्मांड भी एक भुवन है। एक घर जिसमें व्यक्ति और जीवन रहता है और जिसको समाप्त होना पड़ता है। यह लोक भी कल्प के बाद पुनः उस परमतत्त्व में वापस लौट जाता है। उस परमतत्त्व की प्रकृति मन्वंतरगर्भ की है। उसमें कई लोक, कई ब्रह्म और कई कल्पों की रचना चलती रहती है।

ब्रह्मा के निर्माण और कल्प के साथ सृष्टि के विस्तार की एक सुंदर कहानी हमारे पुराणों में मिलती है। इसमें कहा गया है कि नारायण शेष नाग पर ध्यानस्थ योग निद्रा में रहते हैं। उस नाग पर अव्यक्त नारायण स्थित है, जो समाप्त नहीं हुआ है, जो शेष यानी बाकि है। जब समस्त ब्रह्मांड कल्प में विलीन हो जाता है और जब वह अनंत विस्तार करता है, तब भी वह शेषनाग पर असीम चेतना के साथ विराजमान होते हैं। जब वह योगनिंद्रा में होते हैं, तब उनसे ब्रह्म प्रकट होता है। जब ब्रह्मा बाहर आते हैं, तो कुछ समझ में नहीं आता, अतएव पुनः विष्णु में समा जाते हैं। लेकिन उनको अनुभूति होती है कि कुछ करना है। बाहर आने पर उनको तप, तप का स्वर सुनाई पड़ता है। यह मन और ज्ञान का तप है। सृजन और विस्तार के पूर्व का तप है। ब्रह्मा द्वारा सृष्टि के विस्तार के लिए यह तप किया जाता है। इस कथा में यह भी आता है कि अस्तित्व का अंत भी विष्णु में समाहित होने से होता है और जब विष्णु इच्छा करते हैं, तो उनसे ब्रह्म स्वयं को कल्प के दिवस में विस्तारित करते हैं।

भारतवर्ष के देश और काल का यह चिंतन असाधारण है। इस पृथ्वी पर काल और देश के विराटतम और शाश्वत के संबंध की यह विशिष्ट अंतदृष्टि है। यह चिंतन कोई आज का नहीं है, बल्कि हजारों साल पूर्व ऋषियों ने समाधि की अवस्था में इसका अन्वेषण किया था। हमने काल और देश के चिंतन के लिए लौकिक और परलौकिक शब्द गढ़े। पृथ्वी पर दिवस और रात्रि का होना किसी और जगह के लिए सत्य नहीं हो सकता है। इसलिए हमने इसे लौकिक समय माना। चूँकि हमारी पृथ्वी की गति और ग्रह-नक्षत्रों की गति में भिन्नता है, अतएव हमारे संवत्सर भी एक नहीं होंगे।

इसलिए मानव का सौ वर्ष का जीवन काल, ब्रह्मा के 100 वर्ष के जीवन काल के बराबर नहीं होगा। ब्रह्मा का एक दिन दो भाग दिवस और रात्रि में विभाजित है। दिवस में ब्रह्मा द्वारा इस सृष्टि का विस्तार और विकास किया जाता है और रात्रि में सृष्टि विस्तार का संकुचन होता है और अंततः वह ब्रह्मा में सम्माहित हो जाता है। ब्रह्मा का

एक दिवस ही एक कल्प कहलाता है और एक रात्रि भी कल्प है। इस एक कल्प को मानव वर्ष में बदले तो 432 करोड़ मानव वर्ष से ब्रह्मा का एक कल्प बनता है। एस्ट्रो फिजिक्स में बताया जाता है कि ब्रह्मांड की पृष्ठभूमि अत्यंत घनत्व वाले पदार्थ की है, जो कम जगह को घेरती है। फिर विस्फोट हुआ, जिसे बिग बैंग कहा गया। इससे ब्रह्मांड का विस्तार होता चला गया। उस विस्तार की क्रिया अब भी सभी तत्त्वों पर क्रियाशील है। जिसे सामान्यतः चुबंकीय तरंग, गुरुत्व बल और रेडियो तरंग के माध्यम से अनुभव किया जाता है।

जब हम कहते हैं कि सब तत्त्व चक्रीय परिभ्रमण कर रहे हैं, तो अतंतः इन परिभ्रमणों का केंद्रीय तत्त्व कौन है? पृथ्वी द्वारा सूर्य का चक्कर लगाया जाता है। सूर्य द्वारा आकाशगंगा का और आकाशगंगा द्वारा धुव्रतारा या सप्तर्षि तारामंडल का चक्कर लगाया जाता है, लेकिन यह धुव्र किसका चक्कर लगाता है? उस तत्त्व को हमने ब्रह्म या ब्रह्मा कहा। इस सोपान पर समय और देश का स्तर और सीमा समाप्त हो जाती है। इस कारण हमने कहा कि, जो कालातीत और देशातीत है, वह विराट स्वयं में महाकाल और शाश्वत है। जहाँ समय की गति और देश की प्रक्रिया समाप्त हो जाती हैं। अतंतः इनकी अभिव्यक्ति और क्रियाशीलता समाप्त कैसे होती हैं?

गीता में कहा गया है कि सभी अभिव्यक्तियाँ अव्यक्त ब्रह्मा से निकलती है और रात्रि का समय आने पर उसी में समावेशित हो जाती हैं, जो स्वयं अव्यक्त है। इस अव्यक्त से अव्यक्त के निर्माण का एक सुंदर उदाहरण मिट्टी से पौधे का अंकुरण है। जब मिट्टी के अंदर बीज होता है, तो वह अव्यक्त होता है, जिसकी विस्तार की सीमा ब्रह्मा की तरह अनंत होती है। पहली अभिव्यक्ति की प्रक्रिया बीज के अंकुरण से होती है। यह पहली व्यक्त प्रक्रिया है। इसके बाद सब कुछ व्यक्त और दृष्टिगोचर होता है। वेदांत की भाषा में कहा जाए तो बीज हो या ब्रह्मा, दोनों 'एकोडहं बहुस्याम' के मूलभाव की तरह एक से अनेक हो जाते हैं।

गीता के अध्याय आठ के श्लोक 20 और 21 में एक अद्‌भुत बात कही गई है, "एक अव्यक्त सत्ता है जिसमें प्रलय के समय यानी कल्प के अंत में सृष्टि विलीन हो जाती है।" लेकिन श्री कृष्ण अगले श्लोक में कहते हैं कि "इस अव्यक्त के पीछे भी एक अन्य अव्यक्त भी है, जो नित्य विद्यमान वह जो सभी प्राणियों के विनाश के समय भी नष्ट नहीं होता है।" (8.20)। श्लोक में कहा गया है कि सः सर्वेषु भूतेषु नष्यत्सु यानी सभी प्राणी विलीन हो जाते हैं और अगले श्लोक में कहा गया कि "न विनश्यति" यानी वह नष्ट नहीं होता है। इस बात को विज्ञान नहीं बल्कि दर्शन के स्तर पर ही अनुभूत किया जा सकता है।

इस परिवर्तनशील जगत् के ठीक पीछे एक अपरिवर्तनशील जगत् या सत्ता है। यह

ब्रह्म या ब्रह्मा भी कल्प के बाद बदल जाता है, लेकिन उस ब्रह्म के पीछे स्थित अव्यक्त नारायण, शिव या ईश्वरीय सत्ता सदैव रहती है। जिसकी इच्छा और आदेश से ब्रह्म और सृष्टि चलायमान रहती है। इस दर्शन को पश्चिम के दार्शनिक हक्सले, कवि ब्राउनिंग और शैली आदि स्वीकार करते हैं, लेकिन अभी विज्ञान को इसे स्वीकार करना है।

गीता के 21वें श्लोक में श्रीकृष्ण बताते हैं कि "जो अव्यक्त और अनश्वर कहा गया है, वह हमारी परम् गति यानी सर्वोच्च स्थिति है।" उसकी प्रकृति नित्य मुक्त, नित्य शुद्ध और अनश्वर है। कल्प और ब्रह्म के जन्म और विस्तर तथा प्रलय की स्थिति को जानने के लिए वेदों का अध्ययन, यज्ञों के प्रति समर्पण, तपस्या के माध्यम से अपने को ऊपर योगी के स्तर पर उठाना होगा। भारतीय दर्शन में योगी को विशेष आदर इसीलिए दिया गया है कि वह ज्ञान, योग, ध्यान, कर्म और भक्ति के माध्यम से उस दिव्य और अव्यक्त स्थिति को प्राप्त करने का प्रयास करता है।

कल्प और ब्रह्म के बारे में दर्शन के बाद भारतीय चिंतनधारा यह आशा करती है कि हम अपने जीवन को श्रेष्ठ बनाएँ। दर्शन और चिंतन के आधार पर जीवन को आध्यात्मिक समझ के आधार पर विकसित करे, न कि जन्म और मरण के बीच के जीवनकाल को केवल खाने और सोने में व्यतीत कर दें। शंकराचार्य ने विवेकचूड़ामणि के श्लोक 572 में बहुत ही सुंदर बात कही है—"आस्तिक जो यह सोचता है कि ईश्वर है और उसकी सत्ता प्रत्येक वस्तु में अंतर्निहित है। ठीक उसी प्रकार नास्तिक की यह धारणा कि ईश्वर नहीं है। यह दोनों बातें केवल हमारे मन का स्पंदन हैं। हम मन के पीछे की सनातन वास्तविकता को कभी छू नहीं पाते हैं, जो चिरंतन और अव्यक्त है।"

प्रत्येक जीवित पुरुष का आरोहण अगर पुरुषोत्तम में होना है, तो उसे इन यात्राओं से होकर गुजरना ही होगा। उन दिव्यता को आज या कल अस्तित्व के सभी चराचर सत्ता में अनुभव भी करना होगा। यह हमारी नियति है। उस समय के सुदूर छोर पर स्थित कल्प के साथ स्थित ब्रह्म को समझने के लिए ही आत्मतत्त्व की बात कही गई है, जो ब्रह्म की तरह विशुद्ध चेतना है। जिसका अंत भी कभी नहीं होता है।

जिस प्रकार कल्प के आरंभ में सृष्टि के जन्म और विस्तार की एक प्रक्रिया होती है, ठीक उसी प्रकार प्रत्येक कल्प के अंत में प्रलय आती है, जिसमें ब्रह्मांड का संहार होता है और वह विराम की स्थिति में आ जाता है, इस काल को ब्रह्मा की रात्रि कहते हैं। इसके उपरांत सृष्टिकर्ता ब्रह्मा फिर से सृष्टिरचना आरंभ करते हैं, जिसके बाद फिर संहारकर्ता भगवान् शिव इसका संहार करते हैं और यह सब एक अंतहीन प्रक्रिया या चक्र में होता रहता है। इस संहार के बार में कूर्म पुराण 1/46, विष्णु पुराण 6/4/12 एवं 49, भविष्यपर्व अध्याय 10/12/68, ब्रह्म पुराण 52/12 और 29 तथा 53 एवं 55, मत्स्य पुराण 167/14 एवं 66 के अनुसार प्राकृतिक प्रलय का वर्णन है, जो सांख्य

के वर्णन के समान है—"जब लोकों के साथ सभी लोक अनावृष्टि से नष्ट हो जाते हैं और महत से आगे के सभी प्रभाव नष्ट हो जाते हैं, तो जल सर्वप्रथम गंध को सोख लेता है। जब गंध मात्रा नष्ट हो जाती है, पृथ्वी जलमय हो जाती है। इसी प्रकार जब जल के विशिष्ट गुण रस-तन्मात्रा का नाश हो जाता है, केवल अग्नि शेष रहती है और संपूर्ण लोक अग्निज्वाला से परिपूर्ण हो जाती है। जब वायु अग्नि को आत्मसात कर लेती है और रूप-तंमात्रा का विनाश हो जाता है। वायु सभी 10 दिशाओं को हिला देती है। आकाश, वायु के स्पर्श-गुण को हर लेता है और केवल आकाश ही शून्य सा पड़ा रहता है और शब्द-तंमात्रा चली जाती है। इस प्रकार सात प्रकृतियाँ महत एवं अहंकार के साथ सभी क्रम से समाप्त हो जाते है। यहाँ तक कि पुरुष एवं प्रकृति परमात्मा में विलीन हो जाती हैं।"

पुराणों में प्रलय के चार प्रकार दिए गए हैं—नित्य (जो जन्म लेते हैं उनकी प्रति दिन की मृत्यु), नैमित्तिक (जब ब्रह्मा का एक दिन समाप्त होता है और विश्व का नाश होता है), प्राकृतिक (जब प्रत्येक वस्तु प्रकृति में विलीन हो जाती है) तथा आत्यंतिक प्रलय (मोक्ष, सम्यक् ज्ञान से परमात्मा में विलीनता)। भारतीय पुराणों में नैमित्तिक और प्राकृतिक प्रलयों का अति दुखद वर्णन पाया जाता है। कूर्म पुराण के अनुसार, "जब एक सहस्त्र चतुर्युगों का अंत होता है, तो एक सौ वर्षों तक वर्षा नहीं होती है। इसका परिणाम यह होता है कि प्राणी मर जाते हैं और पृथ्वी में विलीन हो जाते हैं। सूर्य की किरणें असहाय हो जाती हैं, यहाँ तक कि समुद्र सूख जाते हैं। पर्वतों, वनों एवं महाद्वीपों के साथ पृथ्वी सूर्य की भीषण गरमी से जलकर भस्म हो जाती है। जब सूर्य की किरणें प्रत्येक वस्तु को जलाकर गिरती हैं, तो संपूर्ण विश्व एक विशाल अग्नि के सदृश लगता है। चल एवं अचल सभी वस्तुएँ जल उठती हैं। महासमुद्रों के जंतु बाहर आकर भस्म बन जाते हैं। संवर्तक अग्नि प्रचंड आंधी से बढ़कर संपूर्ण पृथ्वी को जलाने लगती है और उसकी ज्वालाएँ सहस्त्रों योजना ऊपर उठने लगती हैं। वे गंधर्वों, पिशाचों, यक्षों, नागों, राक्षसों को जलाने लगती है। केवल पृथ्वी ही नहीं, प्रत्युत 'भुवः' एवं 'स्वः' लोक भी जल जाते हैं। तब विशाल संवर्तक बादल हाथियों के झुंडों के समान, विद्युत से चमत्कृत हो आकाश में छा जाते हैं और अति वर्षा कर अग्नि बुझाने लगते हैं। जब अग्नि बुझ जाती है, नाश के बादल संपूर्ण लोक को बाढ़ों से घेर लेते हैं। पर्वत छिप जाते हैं, पृथ्वी पानी में निमग्न हो जाती है और सभी कुछ जलार्णव हो जाता है और तब ब्रह्मा यौगिक निद्रा में आ जाते हैं।"

विष्णु का दिन मनुष्य के वर्षों के दो परार्धों के बराबर होता है। 'हरिवंश पुराण' में उल्लेख किया गया है कि "कल्प के अंत में केवल मुनि मार्कंडेय बचे रहते हैं और प्रलय (या कल्प) के समय तक विष्णु में अवस्थित रहते हैं और फिर उनके मुख से बाहर आ जाते हैं।" 'ब्रह्म पुराण' के अनुसार, कल्पांत के समय मार्कंडेय एक वट पर रहते हैं। वह रत्नजटित एक शय्या पर पड़े हुए एक बालक (स्वयं विष्णु) को देखते हैं।

इसके उपरांत वे उसमें प्रवेश कर जाते हैं और बाद में बाहर आ जाते हैं। ब्रह्मा की रात्रि के आगमन पर सभी प्राणियों के बार-बार लय एवं ब्रह्मा के दिन के आरंभ पर प्राणियों के पुनरुद्भव होता है।"

हिंदू काल गणना

काल का निर्धारण, भारत की विश्व को एक विशिष्ट देन है। इसके निर्धारण में, समय के लघुतम रूप से उसके महत्तम सीमा को समावेशित किया गया है। सूर्य सिद्धांत के पहले अध्याय के श्लोक 11-23 तक में समय चक्र का उल्लेख किया गया है। यह समय चक्र गणनीय काल का उल्लेख करता है। कालातीत समय का नहीं। इसमें बताया गया है कि "वह, जो श्वास से आरंभ होता है, यथार्थ कहलाता है और जो त्रुटि से आरंभ होता है, अवास्तविक कहलाता है।" छह श्वास से एक विनाड़ी बनती है और साठ श्वासों से एक नाड़ी बनती है। साठ नाड़ियों से एक दिवस यानी दिन और रात बनते हैं। तीस दिवसों से एक मास बनता है। एक चंद्र मास, उतनी चंद्र तिथियों से बनता है। एक सौर मास सूर्य के राशि में प्रवेश से निश्चित होता है। बारह मास का एक वर्ष होता है, जिसे देवताओं के एक दिवस के बराबर माना जाता है। देवताओं और दैत्यों के दिन और रात्रि पारस्परिक उल्टे होते हैं। उनके छह गुणा साठ देवताओं के वर्ष होते हैं। ऐसे ही दैत्यों के भी होते हैं। बारह हजार दिव्य वर्षों के एक चतुर्युग कहते हैं। यह चार लाख बत्तीस हजार सौर वर्ष का होता है। चतुर्युगी की उषा और संध्या काल भी होते हैं। एक चतुर्युगी का दशांश को क्रमशः चार, तीन, दो और एक से गुणा करने पर कृतयुग और अन्य युगों की अवधि मिलती है। इन सभी का छठा भाग इनकी उषा और संध्या होता है।

इकहत्तर चतुर्युगी एक मन्वंतर या एक मनु की आयु होता है। इसके अंत पर संध्या होती है और जिसकी अवधि एक सतयुग के बराबर होती है। इसके बाद प्रलय होती है। एक कल्प में चौदह मन्वंतर होते हैं। अपनी संध्या के साथ प्रत्येक कल्प के आरंभ में 15वीं संध्या या उषा होती है। यह भी सतयुग के बराबर ही होती है। एक कल्प में एक हजार चतुर्युगी होते हैं। फिर प्रलय होती है। यह ब्रह्मा का एक दिन होता है। इसके बाद इतनी ही लंबी रात्रि भी होती है। इस दिन और रात्रि के आकलन से उनकी आयु एक सौ वर्ष होती है। उनकी आधी आयु निकल चुकी है और शेष में से यह प्रथम कल्प है। अभी सातवें मनु अर्थात् वैवस्वतः विवस्वान सूर्य के पुत्र का 27वाँ चतुर्युग बीत चुका है। वर्तमान में 28वाँ चतुर्युगी का तीन युग सत, त्रेता व द्वापर तथा कलियुग के पाँच हजार से ज्यादा वर्ष बीत चुके हैं।

हिंदु कालगणना सूक्ष्मतम से विराट है, जिसे अधोलिखित वर्णन से समझा जा सकता है—

• 02 परमाणु	=	01 अणु
• 03 अणु	=	01 त्रसरैणु
• 03 त्रसरैणु	=	01 त्रुटि
• 100 त्रुटि	=	01 वेध
• 03 वेध	=	01 लव
• 03 लव	=	01 निमेष यानी 1.7 सेकेंड
• 03 निमेष	=	01 क्षण
• 05 क्षण	=	01 काष्ठा यानी 3.2 सेकेंड
• 30 काष्ठा	=	01 कला
• 15 कला	=	01 लघु
• 15 लघु	=	01 नाणिक
• 02 नाणिक	=	01 मुहूर्त यानी 48 मिनट
• 30 मुहूर्त	=	01 दिनरात यानी अहोरात
• 07 दिनरात	=	01 सप्ताह
• 02 सप्ताह	=	01 पक्ष
• 02 पक्ष	=	01 मास यानी पितरों का एक दिन–रात
• 02 मास	=	01 ऋतु
• 03 ऋतु	=	01 अयन यानी छह माह
• 02 अयन	=	01 वर्ष देवी का एक दिन–रात
• कलियुग की अवधि	=	4,32,000 वर्ष
• द्वापरयुग की अवधि	=	8,64000 वर्ष यानी कलियुग से दुगुनी
• त्रेतायुग की अवधि	=	12,96000 वर्ष यानी कलियुग से तीन गुना
• सतयुग की अवधि	=	17,28,000 वर्ष यानी कलियुग से चार गुना
• एक चतुर्युगध्महायुग	=	43,सन् 20,000 वर्ष यानी चार युगों का जोड़
• एक मन्वंतर	=	71 चतुर्युग

अर्थात् 30,67,सन् 20,000 वर्ष यानी 71 गुना 43,सन् 20,000 वर्ष

नोट : दो मन्वंतर के बीच एक संध्यांश होता है, जो एक सतयुग के बराबर यानी 17,28,000 वर्ष का होता है। साथ ही एक कल्प 1000 महायुग के बराबर होता है।

- एक कल्प = 14 मन्वंतर जोड़ 15 संध्यांश यानी 15 सतयुग
  अर्थात् 14 गुना 30,67,20,00, वर्ष जोड़ 15 गुना 17,28,00
  कुल 4,32,00,00,000 वर्ष अर्थात् 04 अरब 32 करोड़

नोट : प्रत्येक कल्प के अंत में प्रलय होता है। प्रलय काल में पृथ्वी जल में डूब जाती है और संपूर्ण जीवन का लोप हो जाता है। पुनः नए सिरे से सृष्टि की रचना प्रारंभ होती है। इस प्रकार यह क्रम अनादि काल से चला आ रहा है। अंतिम प्रलय के बाद, जो सृष्टि प्रारंभ हुई है वह श्वेतवराह कल्प है, जो अभी वर्तमान में चल रहा है। एक कल्प में सूर्य 14 बार आकाशगंगा की परिक्रमा करते हैं। इसलिए एक कल्प में 14 मन्वंतर माने जाते हैं।

- ब्रह्मा का एक दिन = 04 अरब 32 करोड़ वर्ष
- ब्रह्मा का एक
  दिन–रात अहोरात्रि = 04 अरब 32 करोड़ वर्ष गुना 02 अर्थात् 08 अरब 64 करोड़
- ब्रह्मा का एक वर्ष = 08 अरब 64 करोड़ गुना 360 वर्ष अर्थात् 31 खरब 10 अरब 40 करोड़
- ब्रह्मा का 100 वर्ष
  ब्रह्मा का जीवनकाल = विष्णु का एक निमेष
  अर्थात् 31 नील 10 खरब 40 अरब वर्ष

नोट : विष्णु का एक निमेष यानी ब्रह्मा का 100 वर्ष अर्थात् दो परार्द्ध यानी महाकल्प होता है। आयु का आधा 50 वर्ष पूर्वार्ध (प्रथम परार्द्ध) तथा दूसरा भाग द्वितीय परार्द्ध कहा गया है। संप्रति ब्रह्मा की आयु का 50 वर्ष भोग हो चुका है। 51वें वर्ष (द्वितीय परार्द्ध का प्रथम मास का प्रथम ब्रह्म दिन चल रहा है। जिसे श्वेतवराह कल्प कहा गया है।

इस महत्तम चक्र के उपरांत समस्त विश्व अकथनीय विश्वात्मा में लीन रहता है और सृष्टिकार देव के जागने का इंतजार करता है।

- विष्णु का 100 वर्ष = रुद्र का एक दिन
  चूँकि रुद्र स्वयं कालरूप हैं। अतएव वह अनंत हैं, कालातीत हैं।

□

जीवन के प्राण हैं सूर्यदेव

सूर्य जीवन का प्राण है। सूर्य सूक्ष्म जीवनी शक्ति का घनीभूत स्वरूप है। समस्त प्राणियों का जीवन है। इस कारण मानव जाति का पहला मित्र सूर्य को माना गया। वह प्रथम देव है। वह जाग्रत देव है, अन्य सारे देव अगोचर हैं और विश्वास तथा विचार पर आधारित हैं। सूर्य, निरंतर गति, अनवरत कर्म और अस्तित्व की व्यवस्था के प्रति समर्पित रहता है। सूर्य का जीवन एक हवन की तरह है, जिसमें वह स्वयं होता (यज्ञकर्ता) है और स्वयं ही हव्य है। वह जीवन को यज्ञ की तरह जीता है। वो अपनी ही आहुति, इस अनंत अस्तित्व के यज्ञ में हर दिन देता है। वह रोज ही पकता है, दग्ध होता है। सृष्टि में, जो मधु है, प्रकृति में जो रस का मिठास है, वह सूर्य की किरणों का ही प्रतिफल है। सूर्य की किरणें हरेक कच्चे फल, जल, हमारे मधुर कल को पकाती हैं। यह मधु को पकाता यानी सूदन करता है। इस कारण यह सूर्य ही मधुसूदन है। वह महानायक की तरह चलता जाता है, धुंध से, तपस से, कटुता से और जड़ता से लगातार संघर्ष करता है। पौधों की हरीतिमा, चंद्रमा की मधुरता, प्रकृति का रस और मानव जीवन की जिजीविषा इसी सूर्य से प्राप्त है। यह सूर्य अनंत संभावनाओं का प्रतिमान है।

सूर्य की महिमा और प्रताप का अनुभव नित्य ही दैनिक जीवन में किया जाता है। वे दृश्यमान देव हैं। सभ्यता के विकास होने पर आर्य लोगों ने जिस देव को सबसे पहले अपने जीवन में स्थान दिया, वह सूर्यदेव थे। इसलिए वैदिक ऋचाओं में सूर्य उपासना के सूक्त भरे पड़े हैं। सूर्य हमारे जीवन की रक्षा करते हैं। जीवन के अंधकार में प्रकाश को भरते हैं। इसी सूर्य को रवि, आदित्य और सविता कहा गया। विद्वानों ने उसे उषा कहा तो किसी ने गायत्री माना। सूर्य विष्णु के दक्षिण नेत्र तथा अदिति-कश्यप के पुत्र हैं। सनातन धर्म में पंचदेव पूजा का विधान है। गणेश, दुर्गा, शिव और श्रीहरि तो भारी तपस्या एवं आराधना के बाद दर्शन देते हैं, पर सूर्य तो प्रत्यक्ष देवता हैं। सूर्य ही हर सुबह ब्रह्मा, दोपहर विष्णु और शाम को शिव का रूप धारण करते हैं। रविवार भगवान् भाष्कर का दिन है तथा उनकी प्रिय तिथि सप्तमी है।

मानव सभ्यता के पहले देव का नाम सूर्य है, जिनकी पूजा का अनुष्ठान जल से जुड़ा है। भारतीय चिंतन कहता है कि पाँच तत्त्वों से यह संसार बना है, उन्हीं से मनुष्य बना है। इस प्रकार मनुष्य प्रकृति का अंग है, उससे पृथक नहीं है। मनुष्य की आँखों में प्रकाश है और मृत्यु के बाद वह प्रकाश सूर्य के प्रकाश में मिल जाएगा। सूर्य में प्रकाश और ऊष्मा दोनों हैं। सूर्य के साथ जल और वायु का परस्पर संबंध है। सूर्य का प्रतिदिन उदय होता है, पवित्र करनेवाले जल और चारों ओर घूमनेवाली वायु उसके नियमों के अंतर्गत है। जीवन का अर्थ ही है, सूर्य को देखना (ऋग्वेद के छठें मंडल के 52 सूक्त का पाँचवाँ श्लोक)—"सूर्य ही एकमात्र ऐसा देव है, जो स्वयं दिखता है और जिसका प्रभाव हम सदैव अनुभूत करते हैं।"

भारतीय वाङ्मय में कहा गया है कि "सभी अमर देव सूर्य पर अधिष्ठित हैं (अमृता अधि तस्थुः)।" ऐसा कहने के पीछे तात्पर्य है कि प्रकृति की समस्त शक्तियों के केंद्र में सूर्य है। वह अपनी शक्तियों से दिनों को नापता है। इस प्रकार समय का बोध भी सूर्य की गति से निर्धारित होता है।

श्रीमद्भागवत में कहा गया है कि "सूर्यात्म्नो हरेः" यानी सूर्यात्मा हरि का ही रथ है। घोड़े से जुते रथ पर सवार यह सूर्य अंधकार का मंथन करता हुआ उदित होता है। सूर्य के रथ में सात अश्व हैं। जिनके नाम हैं—गायत्री, त्रिष्टुप, जगती, अनुष्टु, पंक्ति, बृहति और उष्णिक। ये सात अश्व वास्तव में एक ही अश्व है। यह सूर्य के तेज का प्रताप है कि उसकी रश्मियाँ सात-सात रूपों का धारण करती हैं। अथर्ववेद में कहा गया है कि "कालो अश्वो वहति सप्तरश्मिः सहस्राक्षो अजरो भूरिरेताः। तमा रोहन्ति कवयो विपश्चितस्तस्य चक्रा भुवनानि विश्वा॥" अर्थात् "काल एक तुरंग है, उस तुरंग की सात रश्मियाँ हैं। जिसपर सर्वज्ञ और सर्वशक्तिमान सूर्य सवार है। उस सूर्य के रथ के चक्र ही उसके भुवन है। जब समस्त अस्तित्व ही उसका भुवन है, तो उसके तेज और रश्मि से कोई कैसे बच सकता हैं।"

भारतीय जीवन में सूर्य के बिना कुछ नहीं है। दो महान् वंश सूर्य और चंद्र वंश की शुरुआत भी विवस्वान यानी सूर्य से होती है। इस महान् वंश के ग्रंथ रामायाण और महाभारत को साहित्यकारों ने सूर्य और अग्नि से विभूषित किया है। रामायण ग्रंथ, भारतीय जीवन का सूर्य है, तो महाभारत निश्चित ही अग्नि है और सूर्य तथा अग्नि के बीच सोम की तरह श्रीमद्भागवत है। भारतीय जीवन में यह सूर्य ही अग्नि बनाता है और सोमरस का कारण भी वही बनता है। व्यक्ति और अस्तित्व का, जो सूर्यतत्त्व है, उसमें भी उसकी ही अग्नि का वास होता है। उसी की अग्नि अपने कर्म से मधु बनती है और यह अग्नि ही कई बार भोग का काम करती है। अग्नि की समिधा में मधु और भोग दोनों को समर्पित किया जाता है और दोनों ही कर्म रूपी अग्नि से पुनः जीवन में वापस आते हैं।

हमारे शरीर में सूर्य और चंद्र की तरह साँसें भी कभी अग्नि तत्त्वों की प्रकृति, तो कभी सोम तत्त्वों की प्रकृति के साथ नासिका के माध्यम से अंदर जाती और आती हैं। कहा जाता है कि हमारा आधा शरीर स्त्रैण यानी चंद्र प्रकृति के गुण रस से तथा आधा शरीर पुरुष यानी सूर्य प्रकृति के गुण रस से जुड़ा होता है। जब हम क्रोध, घृणा, साहस, और वासना का प्रकटीकरण करते हैं, तब सूर्य तत्त्व नासिका के दाहिने नासाग्र में अनुभूत किया जा सकता है। उस समय हम अधिकतर साँस दाहिने नासाग्र से ही अंदर लेते हैं और बायाँ नासाग्र गौण होता है। ठीक दूसरी स्थिति में यानी शांति, करुणा, सेवाभाव और प्रेम की प्रकृति में हमारे बाएँ नासाग्र से ज्यादा साँसें अंदर जाती हैं और बाहर आती हैं। चौबीस घंटे में हम बहुत कम ही दोनों नासाग्र से साँस लेते हैं। अधिकतर समय एक नासाग्र से साँस आती-जाती है। इस प्रकार हमारा शरीर सूर्य और चंद्र तत्त्वों के मिलन का स्वरूप है।

सूर्य के बारह रूप हैं, जिनको आदित्य कहा गया। ये आदित्य अपने विभिन्न रूपों में ऋतुओं के संग चलते हैं और मास के अनुरूप धरती पर विहार करते हैं तथा मरुद्गण के माध्यम से ऋतु चक्र के मंथन से प्राप्त ऋत के रस को धरती पर पहुँचाते हैं। इसमें बारह आदित्य के विविध रूप धाता, अर्यमा, मित्र, वरुण, इंद्र, विवस्वान, त्वष्टा, विष्णु, अंशुमान, भग, पूषा और पर्यजंय क्रमशः चैत, वैशाख, ज्येष्ठ, आषाढ़, सावन, भाद्रपद, आश्विन, कार्तिक, मार्गशीर्ष, पौष, माघ और फाल्गुन मास में साथ चलते हैं। प्रत्येक मास में एक आदित्य के साथ एक ऋषि, एक नाग, एक अप्सरा, एक गंधर्व, एक यक्ष और एक राक्षस साथ में चलते हैं। यह सातों जब साथ मिलते हैं, तब सौर गण की रचना पूरी होती है।

सूर्य की यात्रा संसार में ऋषियों का वैदिक गान होता है, गंधर्व उस गान पर विविध वाद्ययंत्रों का ताल बैठाते हैं, अप्सराएँ साथ में नृत्य करती चलती हैं, नाग का काम इस दौरान रथ की धुरी और जोड़ों को दृढ़ता से पकड़े रखने का होता है। यक्षगण रथ का निरंतर ध्यान रखते हैं ताकि उसमें कोई परिवर्तन आए, तो उसको ठीक किया जा सके। सूर्य के रथ के पीछे भीमकाय राक्षस का कार्य रथ को संयमित रखना है, ताकि वेग में समानुरूपता रहे। आगे अश्व रथ को खींचता है और पीछे से संयमित किया जाता है। इससे समय के निर्धारण में एकरूपता स्थिर रहती है।

यह रूपक यह सीख देता है कि जीवन में दीर्घतम मामतेय ने ऋग्वेद के विष्णुसूक्त (1.154) की रचना की। सबसे आश्चर्यनजक यह है कि जन्मजात आँख से वंचित दीर्घतम ने विष्णुसूक्त में सूर्य के बारे में कविताओं की रचना की। वह मानते हैं कि उन्होंने सूर्य को नहीं देखा, परंतु विष्णु के विराट स्वरूप की अनुभूति की है। उस विराट के घर पर अमृत का प्रवाह है (1.154.1)। वह रात के अंधेरे में पहाड़ की गुफाओं में बैठे शेर

की भाँति होता है। वह विष्णु अपने सूर्य के शक्तिमान रूप में पूरी सृष्टि को प्रात:, सुबह और शाम नामक तीन पगों से नापता है। (1.154.1)। कदाचित यह विचार ही बाद के कालखंड में वामन रूपी विष्णु के तीन कदमों से ब्रह्मांड के नापने का आधार बना।

सूर्य, इतिहास और पुराण के माध्यम से भारतीय चिंतन की विकास यात्रा का साक्षी रहा है। सूर्य की शक्ति के समक्ष समूचा वेद दंडवत है। ऋग्वेद (1.112.1), यजुर्वेद (7.42) और अथर्ववेद (13.2.35) में एक श्लोक आता है—"सूर्य आत्मा जगतस्तस्थुषश्रच।" इसमें सूर्य को ऊर्जा का विशाल स्त्रोत माना गया है। हालाँकि वैदकि ऋषियों ने अपने तत्त्वज्ञान से यह भी बताया कि सृष्टि में कई सूर्य हैं। यह मंत्र है—"सप्त दिशो नानासूर्य:। देवा आदित्या ये सप्त।" यानी सूर्य अनेक हैं। यहाँ सात सूर्य के आशय सात सौरमंडल से है। हालाँकि विज्ञान अभी एक ही सौरमंडल की बात करता है।

वेदों में वर्णन है कि सूर्य के चारों ओर विशाल गैस का भंडार है। यह बात ऋग्वेद (1.164.43) में उल्लेखित मंत्र "शकमर्य धूमम् आराद् अपष्यम् विषुवता पर एनावरेण।" यानी सूर्य के चारों ओर दूर-दूर तक शक्तिशाली गैस है, जिसे धूम कहा गया है। सूर्य प्रदूषण नाशक है। इसका उल्लेख अथर्ववेद (3.7) में मिलता है। सूर्य चंद्रमा को प्रकाशित करता है। यह बात कम से कम पाँच हजार साल पहले वैदिक ऋषियों को पता थी। उन्होंने इसका उल्लेख यजुर्वेद (18.40) मंत्र में किया है—"सुषुम्णा: सूर्य रश्मि: चंद्रमा गरन्धर्व, अस्यैको रश्मि: चंद्रमसं प्रति दीप्तयते।" अर्थात् सूर्य की सुषुम्णा नामक किरणें चंद्रमा को प्रकाश देती हैं। ऋग्वेद की ऋचा 10.164.12 में ऋषि कहते हैं कि यह सूर्य पाँचों पैर यानी अयन, मास, ऋतु, पक्ष और दिन-रात और 12 रूपों यानी महीनों से युक्त होकर द्यौ यानी अंतरिक्ष में रहते हैं। यह सूर्य आकाश का देवता और द्यौ का पुत्र है। कुत्स आंगरिस ऋग्वेद के ऋचा 1.115.1 में कहते हैं कि "सूर्य समस्त सृष्टि की आत्मा है।" पृथ्वी पर जीवन के क्रियाकलाप सूर्य से जुड़े हुए हैं।

मर्यादा पुरुषोत्तम के रूप में श्रीराम ने नियमों, विधानों एवं सामाजिक दायित्वों का निर्वहन कर देवत्व की ओर आरोहण किया। लोकायत यानी आम समाज की स्वीकृति से देवत्व की प्राप्ति की। उन्होंने सदैव आम नागरिक के बीच में सामान्य: रहने का प्रयास किया। प्रत्येक दायित्व को सामान्य तरीके से पूरा किया, लेकिन वह दूसरे के लिए असामान्य हो गया। इससे देवत्व का सामान्य व्यक्ति में आरोहण हुआ। वह किसी में आरोपित नहीं हुआ।

इसी प्रकार कृष्ण, जो स्वयं विष्णु के पूर्ण अवतार माने गए, उन्होंने देवत्व धारण किया, लेकिन धारण के साथ लीला, मधुसूदन, कन्हैया, वासुदेव, कान्हा आदि रूपों में देवत्व का आरोहण किया। समाज की स्वीकृति से एक पुरुष ने देवत्व का आसन ग्रहण किया। केवल अपने कर्म और उदात्त विचारों के कारण उस युग के महानों में शिखर

का स्थान प्राप्त हुआ। एक सूर्य आकाश में चमकता है और दूसरा सूर्य वह हो जाता है, जो समाज को रास्ता दिखाता है। श्री राम, श्री कृष्ण और तथागत ऐसे ही भारतवर्ष के सूर्य हैं। वे समाज की परवाह करते हैं, उनके साथ सामंजस्य और साहचर्य के माध्यम से विकास का रास्ता खोजते हैं। वह कर्म के माध्यम से मुक्ति का मार्ग प्रशस्त करते हैं। श्री राम अपने वचन, श्री कृष्ण अपने कर्म और तथागत अपनी चेतना के माध्यम से जीवन की क्षणभंगुरता और काल की लघुता में शाश्वतता का संदेश देते हैं। समाज में व्याप्त द्वंद्व और अराजकता के बीच अपनी मर्यादा, अपने धर्म और अपने विचार के माध्यम से वे जीवन में शांति और संस्कृति का मार्ग प्रशस्त करते हैं। पुराणों में विष्णु की स्तुति में कहा गया है—"हे मुनिवर! हम देवों के देव की आराधना करते हैं। गरुड़ पर आसीन इस मेघवर्ण देवता में लाखों सूर्य की चमक है और जो स्वयं देदीप्यमान है।" इसी विष्णु की पूजा वीर राघव के रूप में की जाती है। वही विष्णु देश के विभिन्न भागों में विविध नामों से समाज को प्रकाशित करते हैं। बद्री में नारायण, नैमिशारण्य में स्वयंभू हरि, मथुरा में कृष्ण, माया में मधुसूदन, श्री रंग में जगन्नाथ, महेंद्र पर्वत पर पदमलोचन आदि अनंत नामों में देश के हरेक क्षेत्र में श्री विष्णु की पूजा भगवान् सूर्य तरह ही पालनकर्ता के रूप में होती है।

वैसे ही विष्णु द्वाद्वश आदित्यों में से एक हैं और आदित्य देवताओं का मधु हैं। श्री कृष्ण के नाम पर, दो माह चैत और वैशाख मास को मधु-माधव मास कहा जाता है। वैशाख की पूर्णिमा को कृष्ण अपनी संपूर्ण कलाओं के साथ राधा रानी से मिलने आते हैं। इस कारण वैशाख राधा मास बन गया और राधा से मिलन के कारण वैशाख के बाद का नक्षत्र अनुराधा होता है, जो ज्येष्ठ में आता है। भक्तों के लिए मधु और राधा मास की भूमिका फागुन में वसंत के उत्सव के साथ हो जाती है। ऋतुओं में भले ही वसंत सिरमौर हो, लेकिन श्रेष्ठ मास वैशाख ही है। यह आम का रसीला माह है। इस माह में सूर्य, चंद, प्रकृति और धरती के हृदय में मधु का वास होता है। यह मधु, जीवन को प्राणवान और सौंदर्य से परिपूर्ण बनाता है। मधु-माधव मास हमें प्रेरणा देते हैं कि हम स्वयं मधुमय बनें और जीवन में एक-दूसरे को मधु प्रदान करें। मधु के रसास्वादन की शुरुआत तब होती है, जब कच्चे फल पककर रस और मधु से भर जाते हैं। डॉ. सुकुमार सेन 'भारतीय साहित्य कथा' नामक अपने ग्रंथ (पृष्ठ 19) में लिखते हैं कि मधु के उत्सव का अधिकारी और भंडारी ही माधव है। यही इस शब्द का एकमात्र समीचीन अर्थ होगा। ईश्वर, जो अतिसूर्य है, उसके चरणकमलों से मधु सदैव झरता रहता है, उस विष्णु का निवास आकाश है। अतएव इस आकाश से मधु झरकर षड् ऋतुओं के माध्यम से धरती पर आता है। इसे लाने में मरुद्गणों द्वारा सहयोग किया जाता है। ऋग्वेद में कहा गया है कि "विष्णोः परमे पदे मध्व उत्सः" अर्थात् विष्णु के परमपद से मधु का प्रसवण होता है।

सूर्य नियामक है और विष्णु नियंत्रक है। सूर्य के अंतस में मधु है और विष्णु स्वयं क्षीण यानी मधुसागर में ध्यानस्थ हैं। एक निर्विकल्प समाधि में है दूसरा सविकल्प समाधि में लगातार इस व्योम में चल रहे हैं। अपने अंतस में अनवरत एवं अहर्निश अग्नि को प्रज्जवलित रखता है। उस ताप से सात रंग निकलते हैं, उसकी गति से ऋतुएँ आती हैं और उसके मंथन से मधु इस व्योम से वसुधा पर झरता है। कुबेरनाथ राय अपनी प्रसिद्ध पुस्तक 'निषाद बाँसुरी' (पृष्ठ 33) में लिखते हैं— "सूर्य के हृदय की चुल्लिका पर नौ रंगों का रसायन बन रहा है, षड्रस का मधुपाक तैयार हो रहा है और मधु तथा प्राण के रस को पकाकर गाढ़ा किया जा रहा है। सूर्य के हृदय में मधु है। इसका आविष्कार मधु विद्या जाननेवाले ऋषियों ने प्रथम बार किया था।"

छांदोग्य उपनिषद् के अध्याय तीन में मधु विद्या का वर्णन किया गया है—यह मधु आदित्य में है, जो स्वयं देवताओं का मधु है। द्युलोक पर मधुछत्र लटका है। अंतरिक्ष ही वह मधुछत्र है। जिसमें किरणें मधुमक्खियों जैसा निवास करती हैं। आदित्य की पूर्व दिशा की किरणें उसकी पूर्व दिशावर्ती मधुनाड़ियाँ हैं। दक्षिण दिशावर्ती किरणें उसकी दक्षिण दिशावर्ती मधुनाड़ियाँ हैं, पश्चिम दिशावर्ती किरणें उसकी पश्चिम दिशावर्ती मधुनाड़ियाँ हैं और उत्तर दिशावर्ती किरणें उसकी उत्तर दिशावर्ती मधुनाड़ियाँ हैं। यह मधु विद्या वास्तव में ब्रह्म विद्या है जिसका सार संहिता में निहित है। उन संहिताओं के माध्यम से ही इन मधुविद्या का रसपान किया जा सकता है।

सूर्य की किरणों के अंतहीन और अनवरत प्रवाह के कारण पृथ्वी पर भौतिक और रासायनिक रूपांतरण भी होता है। इस बात को सदैव स्मरण रखना चाहिए कि हम अपने भोजन यानी रोटी, सब्जी, फल और चीनी तथा मांस के रूप में, सूर्य को ही आहार के रूप में लेते हैं। सूर्य का ताप और किरणों के कारण ही हरे पौधे और पेड़ अपने कार्बन डाइऑक्साइड के माध्यम से ग्लुकोज यानी चीनी और स्टार्च का निर्माण करते हैं। जब हम कपडा पहनते हैं, तो वहाँ भी सूर्य का ताप और गरमी को धारण करते हैं। सूर्य के बिना रेशम, सूती और ऊनी कपड़ों का निर्माण संभव नहीं हो पाता। इसी प्रकार लाखों और करोड़ों साल पूर्व के धूप और ताप को आज कोयला, गैस और पेट्रोल के रूप में जलाते हैं। यह सूरज का ताप है, जो धरती पर बरसात, सरदी और गरमी का मौसम लाता है। और सूरज ही है, जिसके कारण फल, सब्जी कच्चे से पककर मीठे बनते हैं। जीवन आगे बढ़ता है और हम बड़े होते हैं।

सूरज केवल चंद्रमा को प्रकाश नहीं देता है, बल्कि वह इस पृथ्वी को किरणों और ताप के माध्यम से मेघ को बरसने और पेड़-पौधों को खिलने का अवसर प्रदान करता हैं। जब सूरज निकलता है, तब बाग में फूल और पौधे खिल जाते हैं। कहते है कि सूरजमुखी तो सूर्याभिमुखी ही रहता है। जिधर सूरज, उधर सूरजमुखी हो जाता है। और

जब सूरज नहीं निकलता हैं, तो प्रत्येक सूरजमुखी एक-दूसरे की ओर मुख कर सूरज की अनुभूति करते है। पादप के लिए सूरज ही जीवन है। सूरज हमारे जीवन को खोलता है। यह सूरज को भले पता हो या नहीं हो लेकिन हमें तो पता है। सूरज की किरणें ही हौले से कलियों को खोलती हैं। किरणों का एक सूक्ष्म प्रहार होता है। एक चोट पेड़ की कलियों पर होती है। इसमें एक भार भी होता है, हालाँकि यह नगंय भले हो, लेकिन किरणों के ताप का भी एक भार अवश्य होता है। यह भार ही कलियों को खुलने के लिए प्रेरित करता है और यह हौले से पड़ने वाला प्रहार जीवन को तरंगित और आनंदित करता है। इसकी अनुभूति होती है, इसकी अनुभूति हेमंत और शिशिर में सभी जीवों को होती है, जब सूरज की किरणों के लिए हम तरसते हैं।

इसी प्रकार सूरज की किरणों से ही मेघ बनता है। सूरज अपना कर्म करता है, वह न तो मेघ बनाने निकलता है और न ही कलियों को खिलने के लिए प्रेरित करने, लेकिन यह सूर्यदेव के निष्काम कर्म का फल है, जो जीवन को मिलता रहता है। यही कारण है कि सूर्य-आदित्य का युग्म, रूपांतरण के साथ, विष्णु का बिंब बनकर हमारे मन में बार-बार जन्म लेता है। वह हमारे जीवन, प्राण, और प्रत्येक मंगल के साथ जुड़ा रहता है। वह लोक में है, लोक के इतर भी परलोक में है। जीवन और मृत्यु दोनों में है। वह प्राण भी देता है और जीवन का मधु भी संचारित करता है। वह महानायक है।

भारतीय जीवन में सूर्य की महत्ता अनंत है। इस कारण अनंत काल से सूर्य भारतीय जीवन में केंद्रीय भाव में रहता है। जब ऋग्वेद के रूप में विश्व का पहला काव्य रचा जा रहा था, तब विश्वामित्र ने पहले सूक्त के रूप में गायत्री मंच की रचना की। इसमें दिव्य सविता जो, सूर्य का ही पर्यायवाची है कि अर्चना और आराधना करते हैं। उनका ध्यान करते हैं और जीवन में बुद्धि एवं विकास की अकांक्षा करते हैं। सूर्य के रूप भी कई हैं। सूर्य का भौतिक रूप जीवन में प्रकाश और ताप देता है, जीवन को धारण करता है। वह सूर्य मनुष्य के अंतर्जगत को देखता है, मनुष्य की ऊर्जा का कारण बनता है और उसको कर्म में सहयोग भी वही सूर्य प्रदान करता है। इस कारण सूर्य हमारा मित्र है। सुबह में जागरण का आह्वान देता है, तो वह उषा बनता है। सूर्योदय के पूर्व की लालिमा ही उषा देवी है और गोधूलि वेला में वह उषा देवी संध्या बन जाती है। वह हमारा पोषण करता है, संवर्द्धन करता है और आगे बढ़ने को प्रेरित करता है, अतएव पोषण के कारण वह पूषन है।

सूर्य पिंड में है, सूर्य सृष्टि में है। वह अंदर क्रियाशील है और बाहर भी सक्रिय है। सूर्य का एक लघु रूप प्रत्येक जीव के अंदर वास करता है और उसकी शक्ति बाहर विराट सूर्य के कारण मिलती है। वह एक है, लेकिन विविध रूपों में दर्शन देता है। अतएव उसकी आराधना भी अनगिनत रूपों में होती है। वह मधुविद्या, दहरविद्या, सौपर्ण

चयन, शांडिल्य विद्या, हनुमत विद्या का दाता है। प्रत्येक भारतीय इतवार यानी रविवार को सूर्योपासना करता है। व्रत रखता है और अपने को तपाता है और साधना करता है। भाद्रपद्र शुक्ल के अंतिम रविवार को महासूर्य उपासना के अनुष्ठान का विधान है।

इसके अलावा साल में दो अवसर पर सूर्य उपासना का त्योहार मनाया जाता है। एक भाद्रपद्र शुक्ल षष्ठी को, लोलार्क षष्ठी के रूप में जिस लोक जीवन में ललही छठ कहा जाता है, दूसरा कार्तिक शुक्ल पक्ष की षष्ठी को, डाला छठ के रूप में उत्तर भारत में वृहत उत्सव का आयोजन होता है। नदी, तालाब, सरोवर और कूप के किनारे तीन दिनों तक सूर्य की उपासना का सात्विक अनुष्ठान चलता है। उनका हमारे जीवन में इतना महत्त्व है कि देवताओं के पंचायतन में विष्णु, शिव, गणेश और देवी के साथ सूर्य को स्थान प्राप्त है, जबकि देव श्रेणी में उनकी भूमिका गौण हो जाती है। ज्योतिष में भी माना जाता है कि जिसके भाग्य में सूर्यभाव है, वह सदैव तेजस्वी और आरोग्यपूर्ण जीवन का अधिष्ठाता बना रहेगा।

पौराणिक ग्रंथों में सूर्यदेव की उत्पत्ति के अनेक प्रसंग प्राप्त होते हैं। पुराणों के अनुसार सूर्य देवता के पिता का नाम महर्षि कश्यप व माता का नाम अदिति है। अदिति के पुत्रों को आदित्य कहा गया है। 33 देवताओं में अदिति के 12 पुत्र शामिल हैं जिनके नाम इस प्रकार हैं—विवस्वान् (सूर्य), अर्यमा, पूषा, त्वष्टा (विश्वकर्मा), सविता, भग, धाता, विधाता, वरुण, मित्र, इंद्र और त्रिविक्रम (भगवान् वामन)। 12 आदित्यों के अलावा 8 वसु, 11 रुद्र और 2 अश्विन कुमार मिलाकर 33 देवताओं का एक वर्ग है। ब्रह्माजी के पुत्र मरिचि से कश्यप का जन्म हुआ। कश्यप से विवस्वान और विवस्वान के पुत्र वैवस्त मनु थे। विवस्वान को ही सूर्य कहा जाता है।

भारतीय दर्शन में सूर्य के परिवार का रोचक वर्णन मिलता है। सूर्य को वेदों में जगत् की आत्मा और ईश्वर का नेत्र बताया गया है। सूर्य को जीवन, स्वास्थ्य और शक्ति के देवता के रूप में पूजा जाता है। ऋषि-मुनियों ने उदय होते हुए सूर्य को ज्ञान रूपी ईश्वर बताते हुए सूर्य की साधना-आराधना को अत्यंत कल्याणकारी बताया है। सूर्य देव का परिवार काफी बड़ा है। उनकी संज्ञा और छाया नाम की दो पत्नियाँ और 10 संतानें हैं। जिसमें यमराज और शनिदेव जैसे पुत्र और यमुना जैसी बेटियाँ शामिल हैं। वैवस्वत मनु भी सूर्यपुत्र ही हैं। सूर्य देव की दो पत्नियाँ संज्ञा और छाया हैं। संज्ञा सूर्य का तेज न सह पाने के कारण छाया को उनकी पत्नी के रूप में स्थापित करके तप करने चली गई थीं। लंबे समय तक छाया को ही अपनी प्रथम पत्नी समझ कर सूर्य उनके साथ रहते रहे। ये राज बहुत बाद में खुला कि वे संज्ञा नहीं छाया है। संज्ञा से सूर्य को जुड़वाँ अश्विनी कुमारों के रूप में दो बेटों सहित छह संतानें हुईं जबकि छाया से उनकी चार संतानें थीं। देव शिल्पी विश्वकर्मा को सूर्य पत्नी संज्ञा का पिता माना जाता है और इस विश्वकर्मा

उनके ससुर हुए। उन्होंने ही संज्ञा के तप करने जाने की जानकारी सूर्य देव को दी थी। धर्मराज या यमराज सूर्य के सबसे बड़े पुत्र और संज्ञा की प्रथम संतान हैं। यमी यानि यमुना नदी सूर्य की दूसरी संतान और ज्येष्ठ पुत्री हैं, जो अपनी माता संज्ञा को सूर्यदेव से मिले आशीर्वाद के चलते पृथ्वी पर नदी के रूप में प्रसिद्ध हुईं। सूर्य और संज्ञा की तीसरी संतान हैं वैवस्वत मनु वर्तमान (सातवें) मन्वंतर के अधिपति हैं। यानि, जो प्रलय के बाद संसार के पुनर्निर्माण करने वाले प्रथम पुरुष बने और जिन्होंने मनु स्मृति की रचना की।

सूर्य और छाया की प्रथम संतान हैं शनिदेव जिन्हें कर्मफल दाता और न्यायाधिकारी भी कहा जाता है। अपने जन्म से शनि अपने पिता से शत्रु भाव रखते थे। भगवान् शंकर के वरदान से वे नवग्रहों में सर्वश्रेष्ठ स्थान पर नियुक्त हुए और मानव तो क्या देवता भी उनके नाम से भयभीत रहते हैं? छाया और सूर्य की कन्या ताप्ती का विवाह अत्यंत धर्मात्मा सोमवंशी राजा संवरण के साथ हुआ। कुरुवंश के स्थापक राजर्षि कुरु इन दोनों की ही संतान थे, जिनसे कौरवों की उत्पत्ति हुई।

सूर्यदेव दिन पर राज करते हैं। इसी के चलते इन्हें दिनकर भी कहा जाता है। सूर्य से ही दिन का आरंभ और अंत होता है। इसी के कारण इन्हें सूर्य देव भी कहा जाता है। सूर्य से ही पृथ्वी का अस्तित्व है। अगर सूर्यदेव न हों तो धरती का कोई अस्तित्व नहीं होगा। इसके कारण इन्हें भुवनेश्वर कहा जाता है। शास्त्रों में सूर्य का अर्थ चलाचल बताया गया है। इसका अर्थ होता है, जो हर समय चलायमान हो। भगवान् सूर्य संसार में भ्रमण कर सभी पर अपनी कृपा बरसाते हैं, जिसके कारण इन्हें सूर्य कहा जाता है। आदिदेव ब्रह्मांड की शुरुआत सूर्य से और अंत भी सूर्य में ही समाहित है, इसलिए इन्हें आदिदेव भी कहा जाता है। मान्यता है कि जिस दिन ब्रह्मांड की शुरुआत हुई थी, उस दिन रविवार था। ऐसे में इस दिन के नाम पर सूर्यदेव का नाम रवि पड़ गया।

सूर्य की उपासना मनुष्य ही नहीं देवताओं द्वारा भी की जाती है। स्वयं देवों का जन्म भी सूर्यवंश में माना जाता है, चाहे वह राम हो, कृष्ण हो या महात्मा बुद्ध। इन सबकी वंश परंपरा इक्ष्वाकु है, जो स्वयं मनु और सूर्य के कुल में आते हैं। इतना ही नहीं वाल्मीकि रामायण में श्रीरामचंद्र खुद सूर्य की उपासना करते हैं। इसमें आदित्य हृदय स्तोत्र का वर्णन है। श्रीकृष्ण सदैव गोपियों को सूर्य उपासना का उपदेश देते हैं, जिसका उल्लेख श्रीमद्भागवत में किया गया है। आखिर सूर्य ही मानव के सात्विक जीवन और विकास के लिए संस्कार गढ़ते हैं। जनमानस में यह अवधारण भी है कि सूर्य ही विभिन्न अवतारों में धरती पर आते हैं। इस कारण सूर्य को विष्णु के रूप देखा जाता है, सूर्य भी माता अदिति के 12 पुत्रों में हैं। इसमें विष्णु और आदित्य के नाम का उल्लेख होने के कारण विष्णु यानी नारायण रूपी परमब्रह्म का एक रूप सूर्य को माना जाता है।

त्रेतायुग में कपिराज सुग्रीव और द्वापर में महारथी कर्ण भगवान् सूर्य के अंश से ही

उत्पन्न हुए माने जाते हैं। श्रीकृष्ण की माता देवकी अदिति का अवतार बताई जाती हैं। भगवान् सूर्य के परिवार की विस्तृत कथा भविष्य पुराण, मत्स्य पुराण, पद्म पुराण, ब्रह्म पुराण, मार्कंडेय पुराण तथा साम्बपुराण में वर्णित है। सूर्य की महिमा का प्रताप भारतीय इतिहास में अमिट छाप छोड़ता है।

भारत में कई राजवंश की उत्पति सूर्य से मानी गई है। विक्रमादित्य यानी हूण-शंक विजता को भारत का महान् शासक माना जाता है, जिसके नाम को दर्जन भर शासकों ने उपाधि के रूप में धारण किया और अपनी वीरता और महानता को विक्रमादित्य की तरह सिद्ध किया। विक्रमादित्य से सूर्य पर आधारित विक्रम संवत् भी चला आ रहा है।

विक्रमादित्य के बाद भारत पर आक्रमण करने वाले हूण, शक और यवनों ने भारतीयकरण के बाद सूर्य को अपना देवता माना। सूर्य अपने विभिन्न अवतारों में मत्स्य, कूर्म, वाराह, नृसिंह, वामन, परशुराम, राम और कृष्ण के रूप में पृथ्वी पर आते है। यह धरती पर विकास का क्रम है, जिससे धरती पर जीवन का विकास हुआ। मत्स्य रूप में सूर्य हमारे भीतर के अंधकार को दूर करते हैं, कूर्म रूप में अज्ञान को, वराह रूप में भय को, नृसिंह रूप में अज्ञान को, वामन रूप में मोह को, परशु रूप में व्यभिचार को, राम रूप में असमानता को और कृष्ण रूप में सूर्यदेव संबंध की अज्ञानता को दूर करते हैं। वह जीवन में प्रकाश के दाता हैं और यह प्रकाश विभिन्न माध्यमों से हमारे जीवन में आता है।

प्रत्येक ऋतु में सूर्य का ऋतु रस जीवन को संतुष्ट और संपूर्ण बनाता है। कभी प्राण को, कभी स्वाद को, कभी मधु को, कभी जीवन को, कभी स्वर को और कभी जीवन को धारण करनेवाले अन्न को हमारे लिए वितरित करती है। वसंत ऋतु में चारों ओर सुगंध का, ग्रीष्म ऋतु में उष्णता का अनुभव करते हैं, उसी प्रकार वर्षा ऋतु में परमपद से झरते दूध का स्वरूप जल हो जाता है। शरद में आकाश से अमृत की वर्षा होती है, तो हेमंत में आनंद की अनुभूति मिलती है। शिशिर में वसंत के माध्यम से सुवास समूची धरती पर फैल जाता है। सूर्य की यात्रा ऋतु और मास के अनुरूप बदलती जाती है। अगर मास आषाढ़ है, तो इसका वैदिक नाम शुचि होता है और तब आदित्य के साथ चलनेवाले सातों गणों के नाम बदल जाते हैं। आषाढ़ में सूर्य वरुण होता है। इसके ऋषि का नाम वशिष्ठ, गंधर्व का नाम हूहू, अप्सरा का नाम रंभा, यक्ष का नाम सहजंय, नाग का नाम शुक्र तथा राक्षस का नाम चित्रस्वन होगा। मास अगर ज्येष्ठ है, तब सूर्य का नाम मित्र, ऋषि का नाम अत्रि, गंधर्व का नाम हाहा, अप्सरा का नाम मेनका, यक्ष का नाम स्वस्वन, नाग का नाम तक्षक और राक्षस का नाम पौरुषेय होता है और इसके साथ अनंत रश्मियों एवं ताप मंडल साथ में समूचे व्योम को अपने 'अंग पाश' में लेने को तत्पर हो जाती है। ओशो कहते हैं कि बाहर के सूर्य की भाँति मनुष्य के भीतर भी सूर्य छिपा हुआ है। बाहर के चाँद की ही भाँति मनुष्य के भीतर भी चाँद छिपा हुआ है। पंतजलि का रस इसी में है

कि वे अंतर्जगत के आंतरिक व्यक्तित्व का संपूर्ण भूगोल हमें दे देना चाहते हैं। इसलिए जब वे कहते हैं कि "श्भुवन ज्ञानम सूर्ये संयमात।" सूर्य पर संयम संपन्न करने से सौर ज्ञान की उपलब्धि होती है। उनका संकेत उस सूर्य की ओर नहीं है, जो बाहर है। उनका मतलब उस सूर्य से है, जो हमारे भीतर है। हमारे भीतर सूर्य कहाँ है? हमारे अंतस के सौर-तंत्र का केंद्र कहाँ है? वह केंद्र ठीक प्रजनन-तंत्र की गहनता में छिपा हुआ है, इसीलिए कामवासना में एक प्रकार की ऊष्णता, एक प्रकार की गरमी होती है।

ऋग्वेद के चौथे मंडल में सूर्य के संबंध में उल्लेख किया गया है। इसके अंतिम सूक्त में कहा गया है कि "अनायतो अनिबद्धः।" इस सूक्त के देव अग्नि है और वह अग्नि ही सूर्य है। इसके पहले मंत्र में बता दिया गया है कि अग्नि ही ऊषाओं को प्रकाशित करती है। दूसरे मंत्र में सूर्य का वर्णन है। सूर्य ज्योति का आश्रय है। ऊर्ध्वमुखी होकर वह समूचे भुवनमंडल को प्रकाशित करता है। अपने किरणों से वह एक साथ अंतरिक्ष, पृथ्वी और द्यावा को प्रकाशित कर देता है। सूर्य नायक है, वह दूर रहे या कुछ काल के लिए अदृश्य हो जाए, उसकी सत्ता कायम रहती है। वह अपरिचित नहीं होता है। सुबह जब हम पूर्व में सूर्य का उदय देखते हैं, तो हमारे जीवन में भी शिखर का उदय होने लगता है। एक सुख मिलता है। सूर्य की रश्मियों के साथ वह सुख हमारे तन-मन में व्याप्त हो जाते हैं, हमारे खून में हमारे मन में और हमारे चिन्मय में उसका अखंड वास हो जाता है और रोम-रोम स्मरण करने लगता है कि, जो मन्वंतरवर्ण है, जो अदिति के गर्भ से उत्पन्न है, जो दैत्यों का नाशक है और जो एक होकर भी द्वादश रूपों में खुद को व्यक्त करता है। उस सूर्यात्मा को मेरा नमस्कार है।

ऋग्वेद के शुरुआती श्लोक में ही सूर्य को एक महारथी और विजेता नायक के रूप में चित्रण किया गया है। भारतीय जीवन में यह सूर्य या आदित्य का आलोक इतना देदीप्यमान है कि वैदिक काल में विष्णु के रूप में यह एक पालक देव हमारे समक्ष आते हैं। यह पूरी सृष्टि का संचालक है। यह विष्णु है और यह अतिसूर्य भी है। विष्णु के साथ सूर्य और परमात्मा की सत्ता मिल जाती है। एक सूर्य है और दूसरा अनंत सूर्य का जन्मदाता। वह खुद स्वयंभू है। वह सूर्य है, वह अग्नि है, लेकिन साथ में वह मधु-माधव भी है। वह मधुसूदन है, इसलिए वह मधु को सूदन यानी पका कर ऋतु चक्र के अनुसार वसुधा को देता है। यह दृश्यमान सूर्य उस अनंत, अगोचर एवं अविनाशी अतिसूर्य के असंख्य चक्र और रथों में एक रथ है, जिसके प्रकाश से यह सृष्टि प्रकाशित है। वह विष्णु है। वह आदित्य है, वही विवस्वान है। फिर वही विष्णु रूप सूर्य के साथ जब मधु को इस धरती पर लेकर आता है, तो कृष्ण बन जाते हैं। सूर्य दूर है, उनका मधु ऋतचक्र के अधीन है, लेकिन कृष्ण जीवन में सदैव है। उनका नाम ही मधु हैं। वह हमारे लोक के देवता है। लोकायत जीवन में विष्णु का राम और कृष्ण रूप समाज को ज्यादा प्रिय

लगता हैं। लोक के मध्य स्थित होकर लोक को दिशा देना और लोक के साथ खुद को जोड़ना सदैव ही कठिन होता है। यह कार्य ही शुभ और सूर्य का कर्म होता है।

सूर्य के समान यूनानी सभ्यता में हेलियस भी पृथ्वी के एक छोर से दूसरे छोर को गमन करते हैं। पूषन भी वैदिक कालीन सूर्य का देवता था, जो प्रतिदिन आकाश में विचरण करता था। उसका मुख्य कार्य लोगों को मार्ग दिखाना, पथभ्रष्ट पशुओं के लिए अभिभावक के तौर पर पालन करना था। भगवान् विष्णु भी स्वयं सूर्य की विशेषता लिए हैं। कई स्थानों पर सूर्य और विष्णु में कोई अंतर नहीं है। सूर्य भी पृथ्वी को अपने सात घोड़ों के रथ पर सवार होकर नापते हैं, तो विष्णु भी वामन अवतार के दौरान तीन पग में पूरी सृष्टि को नाप लेते हैं।

सूर्य की पुत्री सूर्या भी अपने पिता के समान समाज के लिए काम करती है। सूर्या ऋषिका द्वारा पहली बार पुरुष और स्त्री की शादी के लिए वैदिक वैवाहिक मंत्रों की रचना की गई। इन मंत्रों और स्तुति के माध्यम से विवाह को पवित्र एवं सामाजिक बंधन का रूप दिया गया। प्राचीन काल में मित्र, मिथ्र और मिहिर के नाम से भारत और ईरान में सूर्य उपासना होती थी। ईरान के पारसी मतावलंबी तो अग्नि के उपासक रहे हैं। यही कारण है कि शासकों ने मिहिर और मित्र को अपने नाम के साथ जोड़ा। शुंग वंश के सारे शासक के नाम में मित्र जुड़ा है। पुष्यमित्र, अग्निमित्र, वसुमित्र आदि। भारत के पश्चिमोत्तर के शासक में मिहिरकुल प्रसिद्ध रहा है। सूर्य का प्रताप ऐसा कि भारत के महानतम वंश का नाम इक्ष्वाकु है, जिसकी वंश परंपरा ही सूर्य से आती है।

ऋषियों ने कई प्रकार से सूर्य की महिमा का गान किया है। ऋग्वैदिक सूक्त में कहा गया है कि वह अनेक हैं। वह अग्नि रूप में आकाश को प्रकाशित करता है। वही सूर्य अंधकारग्रस्त संसार में प्रकट होकर पृथ्वी, जल तथा वनस्पतियों को उद्‌भाषित करता है। वह अग्नि, उड़ने वाले और चलने वाले जीवों का निर्माता है। उसने ही स्थावर जंगम प्रकृति की रचना की है। वह अपने प्रकाश में विश्व का शीर्ष स्थान है। वह आकाश और पृथ्वी में व्याप्त है। एक मंत्र में कहा गया है कि वह रात्रि में विश्व का शीर्ष है और प्रात:काल में उदय होकर सूर्य हो जाता है। भारतीय जीवन में अग्नि को ही प्रात:कालीन सूर्य माना गया है, जो हमारी औषधियों को परिपक्व करता है। इसके पीछे तर्क है कि देवों ने सूर्य रूप में अग्नि को आकाश में प्रतिस्थापित किया। विश्वामित्र स्तुति की शुरुआत मित्र यानी सूर्य के आह्वान से करते हैं—पुकारने पर मित्र लोगों को प्रेरित करता है। मित्र पृथ्वी और द्यौ को धारण करता है। मित्र मनुष्यों को कृपादृष्टि से देखता है। मित्र के लिए घृत सहित हवि का हवन करो। हे मित्र आदित्य! वह मनुष्य धनवान हो, जो तुम्हारी व्रत यानी यज्ञ से सेवा करता है। तुम्हारे द्वारा रक्षित। वह न मारा जाता है और न ही पराजित होता है। उसे पाप भी नहीं लगता। सूर्य और उसकी रश्मियों की आराधना वैदिक काल से

भारतीय जीवन का अंग रही है। इस कारण सूर्य मानव का मित्र है।

सभ्यता के आदिकाल में यह सूर्य मनुष्य के लिए आशा का संदेश देता था। दिन में भय नहीं था और रात में अंधेरा होता तो मनुष्य अग्नि के सहारे जीवन का रक्षा करता था। यह अग्नि भी सूर्य का प्रकार है। सूर्य ही अपने विभिन्न रूपों एवं नामों—रवि, आदित्य, सविता, गायत्री, उषा और रष्मि में जगत् में ऊष्मा, प्रकाश, परिपक्वता, दृष्टि प्रदान करता है। ऋग्वेद के एक मंडल के "ऋषि वशिष्ठ कहते हैं कि हम उगते सूर्य को देखें।" यह हमारे लिए कल्याणकारी है। भारत में सूर्य को मित्र कहा गया। विश्वामित्र ने अपने एक मंडल में कहा कि "सविता देवता से हम उस श्रेष्ठ तेज को पावें, जो हमारे बुद्धियों को प्रेरित करें।"

जीवन में प्रकाश और उल्लास का संचार हो, इसके लिए ऋषियों ने जगत् की प्रेरक शक्ति को अर्ध्य देने का विधान बनाया। सूर्य के रूप में ही उसका प्रकाश जीवन को खोल रहा है। अतएव सभी जीवित प्राणियों से आशा की गई कि वह उसके सम्मान में खड़े हों। इसलिए भारतीय जीवन में कलुष मुक्त होकर प्रात:काल और सायंकाल में गायत्री मंत्र तथा सूर्योपस्थान मंत्र से आह्वान का संस्कार विधान एवं परंपरा है।

वैदिक काल से पापक्षमन मंत्र (ऋग्वेद के चौथे मंडल के 54 सूक्त का तीसरा श्लोक) द्वारा सुबह में सूर्य और अग्नि, आवेग और आवेगों के स्वामी से प्रार्थना की जाती है कि हमें पापों से रक्षा करें। रात्रि या दिन में, जो कुछ भी इंद्रियों से पाप हुए हों, उन्हें मैं अमृतयोनि सूर्य की ज्योति में आहुति के रूप में सौंपता हूँ। इस प्रकार हम हर दिन अपने कर्म एवं दोष को न केवल स्वीकार करते और समर्पित करते हैं, बल्कि जल के माध्यम से पवित्रीकरण के मंत्र से कल्याण की कामना करते हैं। जल देवता से कामना की जाती है कि हे जल देवता हमारे लिए आप कल्याणकारी हों, हमें ओजस्वी बनाओ, जो तुम्हारा अमृत रस है, उसमें हमें हिस्सा मिले।

ऋग्वेद के दशम मंडल के सृष्टि मंत्र में बताया गया है कि सूर्य ही जीवन का आधार है। हम अपने आगे उत्तरोतर प्रकाश देखें और उस सूर्य को प्राप्त करें। ये जो लाल-लाल रोशनी के झंडे सुबह-सुबह दिख रहे हैं, वे बस बता रहे है कि सूर्य आ रहा है। देवताओं का अग्रणी मित्र, वरुण और अग्नि का नेत्र उदित हुआ। उसने आकाश, पृथ्वी और अंतरिक्ष को तथा प्रकृति के सभी चर और अचर को भर दिया है। सूर्य देवताओं में वर्तमान है। जाग्रत है। यह कहते हुए उसकी ओर अभिमुख होने की परिपाटी आज भी जारी है। हम तुम्हें इसी प्रकार उदित होते हुए सौ बरस देखें, सौ बरस सुनें, सौ बरस इसी तरह तुम्हारा स्वागत करें। सौ बरस तुमसे भरकर हम किसी के आगे दीन न बनें, सौ वर्ष ही क्यों, उसके बाद सैकड़ों वर्षों तक यही निरंतर ज्योति का हमें साक्षात्कार होता रहे।

सूर्य की महिमा के कारण ही आदि शंकराचार्य ने पंचदेवों में सूर्य को स्थान दिया। सूर्य की वंदना तीन महत्त्वपूर्ण अवधारणा को प्रदर्शित करती है। पहला जीवन मरण के चक्र में विश्वास, दूसरा आशा और आस्था तथा तीसरा कृतज्ञता का प्रदर्शन। हमारी संस्कृति एक जन्म तक के जीवन में विश्वास नहीं करती है। सूर्य आज अस्त हुआ है, तो कल उसका आगमन भी होगा। इसके साथ यह आस्था और विश्वास की परंपरा ही भारतीय संस्कृति की पहचान है। तीसरा है आभार प्रकटीकरण। दिन भर सूर्य अपनी ऊष्मा और ऊर्जा से जीवन का वरदान देता है, तो उसके प्रति सदैव आभारी भी होना चाहिए।

□

महायुग की यात्रा का सहभागी मन्वंतर

प्रकृति में निरंतर परिवर्तन होता है। वसंत के बाद ग्रीष्म और ग्रीष्म के बाद वर्षा ॠतु आती है। इसके बाद शरद, हेमंत और शिशिर का आगमन होता है। इसी प्रकार व्यक्ति को भी चार आश्रम में अपने जीवन को व्यतीत करना होता है। ब्रह्मचर्य के बाद गृहस्थ, गृहस्थ के बाद वानप्रस्थ और वानप्रस्थ के बाद संन्यास आता है। इसे ही बाल्यकाल, युवावस्था, प्रौढ़ावस्था और वृद्धावस्था कहते हैं। व्यक्ति अपने जीवन में चार पुरुषार्थ—यथा धर्म, अर्थ, काम और मोक्ष के माध्यम से जीवन का निर्वहन करता है। प्रत्येक गति चक्रीय और निरंतर प्रवाहमान है। व्यक्ति हो या ॠतु सबकी गति है। इसी प्रकार सभ्यता की भी गति होती है।

मानव सभ्यता भी चार अवस्थाओं से होकर व्यतीत होती है। इन अवस्थाओं को युग कहा जाता है और प्रत्येक युग की प्रकृति तथा गुणधर्म अलग होता है। कृत यानी सत, त्रेता, द्वापर और कलियुग हमारी सभ्यता की यात्रा का सोपान है। सभ्यता का संबंध हमारी धरती तक है। धरती से आगे नक्षत्रलोक की भी गति है, उसकी गति की अवस्था को मन्वंतर से होकर गुजरना होता है। दिवस, मास, ॠतु, संवत्सर, युग की तरह मन्वंतर भी हमारे सृष्टि के निरंतर परिवर्तन का द्योतक है। यह सौरमंडल से आगे का यात्रा पथ है, जो कल्प पर जाकर विराम लेता है। यह कल्प भी निरंतर परिवर्तशील काल और देश की गणना का मापक पथ है, जो अस्तित्व यानी ब्रह्म की जीवनयात्रा से जुड़ा है। जीवन-यात्रा को साधन बनाना ही वह चिरंतन पथ है, जिसे भारतीय चिंतन में केंद्रीय स्थान दिया गया है। देश और काल की गणना का यह मौलिक और केंद्रीय भाव है, जिसे एक सार्वभौम सत्य के रूप में पीढ़ी दर पीढी इस भाव को बढ़ाया जाता है। इस कारण ही कहते हैं कि भारतीय लोक में शाश्वत जीवन को प्रश्रय मिलता हैं, जिससे मूल्यों, आदर्श, जीवन के उदात्त भाव को संपोषित और सवंद्धित किया जाता है। चैतन्य भारत के निर्माण में चिरंतन की अंतर्यात्रा के साथ शाश्वत जीवन की अभिव्यक्तियों एवं अनुभवों को अनुप्राणित और अंतर्निहित करने की परंपरा ही भारतीय जीवन की विशेषता रही है।

मन्वंतर समय मापन की खगोलीय अवधि है। मन्वंतर एक संस्कृत का शब्द है जिसका अर्थ होता है—मनु का अंतर। मनु का तात्यर्य उनकी कालवधि से है। भारतीय ज्योतिष गणना में माना जाता है कि चौदह मनु और उसके मन्वंतर को मिलाकर एक कल्प बनता है। प्रत्येक मन्वंतर पर मनुष्य और प्राणी जगत् विलुप्त हो जाते हैं और धरती पर जीवन समाप्त हो जाता है। फिर प्रत्येक मन्वंतर के साथ सृष्टि पर मानव विकास की प्रक्रिया प्रारंभ होती है। सृष्टि की आयु का अनुमान लगाने के लिए चार युगों सत युग, त्रेता युग, द्वापर युग और कलि युग का एक महायुग माना जाता है। 71 महायुग मिलकर एक मन्वंतर बनाता है। 14 मन्वंतरों का एक कल्प होता है। प्रत्येक मन्वंतर में सृष्टि का एक मनु होता है और उसी के नाम पर उस मन्वंतर का नाम पड़ता है। मन्वंतर समय मापन की खगोलीय अवधि है। चौदह मनु और उनके मन्वंतर को मिलाकर एक कल्प बनता है। एक मन्वंतर काल समाप्त होने पर प्रलय होती है और सभी मनुष्य और प्राणी जगत् विलुप्त हो जाते हैं अर्थात् धरती पर से जीवन समाप्त हो जाता है। इसके बाद पुनः सृष्टि का प्रारंभ होता है। विष्णु पुराण के अनुसार मन्वंतर की अवधि इकहत्तर चतुर्युगी के बराबर होती है।

पुराणों में चौदह मन्वंतर इस प्रकार हैं—स्वायंभुव, स्वारोचिष, उत्तम, तामस, रैवत, चाक्षुष, वैवस्वत, अर्क सावर्णि, दक्ष सावर्णि, ब्रह्म सावर्णि, धर्म सावर्णि, रुद्र सावर्णि, रौच्य, भौत्य। इनमें से चाक्षुष तक के मन्वंतर बीत चुके हैं। वैवस्वत इस समय चल रहा है। भारतीय ज्योतिष और पुराणों की परंपरा के आधार पर सृष्टि के संपूर्ण काल को चार भागों में बाँटा गया है—सत युग, त्रेता युग, द्वापर युग, कलि युग। इस काल विभाजन को कुछ लोग जीवन की स्थितियों की लाक्षणिक अभिव्यक्ति मानते हैं। उनके अनुसार सोता हुआ कलि है, जम्हाई लेता हुआ द्वापर, उठता हुआ त्रेता और चलता हुआ सतयुग है।

प्राचीन काल में युगों के अतिरिक्त काल का विभाजन युग, मन्वंतर और कल्प के क्रम से भी होता रहा है। चार प्रसिद्ध युगों में सतयुग पहला है। इसे 'कृतयुग' भी कहते हैं। इसका आरंभ अक्षय तृतीया से हुआ था। इस युग में भगवान् के मत्स्य अवतार, कूर्म अवतार, वराह अवतार और नृसिंह अवतार ये चार अवतार हुए थे। उस समय पुण्य-ही-पुण्य था, पाप का नाम भी न था। कुरुक्षेत्र मुख्य तीर्थ था। लोग अति दीर्घ आयु वाले होते थे। ज्ञान-ध्यान और तप की प्रधानता थी। राजा बालि, मांधाता, पुरूरवा, धुन्धमारिक और कार्तवीर्य ये सतयुग के चक्रवर्ती राजा थे। महाभारत के अनुसार कलि युग के बाद कल्कि अवतार द्वारा पुनः सत्ययुग की स्थापना होगी।

भारतीय महाकाव्यों के अनुसार, "प्रथम मनंवतर में स्वयंभू मनु और सतरूपा के दो पुत्र प्रियव्रत और उत्तानपाद इसी युग में हुए। यह समय जल प्लावन के पहले का है। वह पृथ्वी के प्रथम राजा थे। मान्यता है कि इस युग में पुण्य अधिक होता है और मनुष्य की

आयु अधिक होती थी। यह चार युगों में प्रथम कृत युग था।" श्रीमद्भागवत और ब्रह्मांड पुराण के अनुसार स्वयंभू मनु के ही वंश में ऋषभदेव और उनके वीर पुत्र भरत हुए, जिनके नाम पर इस देश का नाम भारतवर्ष पड़ा। उन्होंने अयोध्या अपनी राजधानी बनाई और वसिष्ठ को अपना कुल पुरोहित। ऋषभदेव के पुत्र भरत भी सूर्यवंशी थे। दूसरी ओर वैवस्वत मनु के संतानों से भी सूर्यवंश और चंद्रवंश की परंपरा चली। वायु पुराण में भरत को भी मनु कहा गया है और निरुक्त में भरत का अर्थ सूर्य है। इसी प्रकार ऋग्वेद में जिन भरत का बार-बार उल्लेख मिलता है, उससे ऋषभ पुत्र भरत का अर्थ मिलता है, दुष्यंत पुत्र भरत का नहीं। ऋग्वेद की एक ऋचा में बहुत पते की बात कही गई है—

"प्रप्नायमग्निर्भरतस्य श्रृण्वे। अभियः पूरं पृतनासु तन्थौ॥"

अर्थात् भरत की वह अग्नि है, जिसने पुरु का पराभव किया था। इससे भी स्पष्ट होता है कि राजा भरत का संदर्भ पृथ्वी पर पहले राजा से है। मत्स्य पुराण के अनुसार स्वयंभू मनु और सतरूपा की कथाएँ सृष्टि में अंतिम जल प्लावन के पूर्व की हैं। अंतिम जल प्लावन के बाद वैवस्वत मनु से संसार में मानव विकास हुआ। मत्स्य पुराण भी इसी वैवस्वत मनु के बारे में वर्णन करता है, जो पृथ्वी के राजा थे, जिन्होंने अयोध्या नगर को बसाया। वैवस्वत मनु के समय के जल प्लावन की कहानी चीन समाज में फोहो का प्रलय, असीरियावालों का चिसुथस, यूनान में डुकेलियन और अगिगीज के प्रलय के नाम से प्रसिद्ध है। आश्चर्यजनक रूप से मिस्त्र के पहले राजा का नाम मेनेस्, तो क्रीट के पहले राजा मिनोस थे। भारत में यज्ञ संस्कृति के आदि संस्थापक और पहले राजा मनु थे, जिनका नाम सत्यव्रत था। सुमेर सभ्यता में जल-प्रलय का समय 3100 ईसा पूर्व माना जाता है और ऋग्वेद में जल-प्रलय का वर्णन नहीं है, अतएव ऋग्वेद पहले ही रची जा चुकी थी।

सातवें मन्वंतर का स्वामी सत्यव्रत बने और वही वैवस्वत मनु के नाम से भी जाने गए। माना जाता है कि राजा बालि के लगभग 3500 वर्ष बाद धरती पर जलप्रलय हुआ था। जलप्रलय के बाद धीरे-धीरे जल उतरने लगा और त्रिविष्टप (तिब्बत) या देवलोक से वैवस्वत मनु (6673 ई.पू.) के नेतृत्व में प्रथम पीढ़ी के मानवों (देवों) का मेरू प्रदेश में अवतरण हुआ। वे अपने साथ पवित्र वेद पुस्तक भी साथ लाए थे। इसी से श्रुति और स्मृति की परंपरा चलती रही।

वैवस्वत मनु के समय ही भगवान् विष्णु का मत्स्य अवतार हुआ। वैवस्वत मनु के काल के प्रमुख ऋषि—वशिष्ठ, विश्वामित्र, अत्रि, कंव, भारद्धाज, मार्कंडेय, अगस्त्य आदि। वैवस्वत मनु की शासन व्यवस्था में देवों में पाँच तरह के विभाजन थे—देव, दानव, यक्ष, किन्नर और गंधर्व। दरअसल ये पाँच तरह की मानव जातियाँ थीं। प्रारंभ में ये सभी जातियाँ हिमालय से सटे क्षेत्रों में ही रहती थीं, फिर धीरे-धीरे वहाँ से नीचे फैलने

लगीं और परवर्ती काल में पूरे देश में वे लोग फैल गए।

वैवस्वत मनु की दो संतानों इक्ष्वाकु से सूर्यवंश और पुत्री इला से चंद्र वंश चला। इक्ष्वाकु ने अयोध्या में, तो इला के पुत्र पुरुरवा ने प्रयागराज में अपनी राजधानी बनाई। मनु के प्रमुख नौ अन्य क्षत्रिय पुत्र थे, जिनमें नाभागादिष्ट, कारुष, धृष्ट, नारिष्यंत, पृषध्र, वेणु, शर्याति आदि थे। नागागादिष्ट ने वैशाली में, नाभागा ने यमुना तट पर राजवंश की स्थापना की। बाद में इक्ष्वाकु के पुत्र निमि ने मिथिला और दंड ने विंध्याचल के दक्षिण में तथा बड़े पुत्र विकुक्षि ने अयोध्या पर शासन किया। इक्ष्वाकु ने सूर्यवंश की स्थापना अयोध्या में की जिसमें विकुक्षि और बहुत बाद में (त्रेतायुग) भगवान् श्रीराम हुए।

जल प्लवान की घटना सतयुग के अंत और त्रेतायुग के शुरू में हुई थी। यद्यपि आज कई इतिहासकार इसे ईसापूर्व आठ हजार साल की घटना बताते हैं, जिसका वर्णन प्रायः सभी प्राचीन सभ्यताएँ करती हैं। द्वापर श्रीकृष्ण का काल था। यह युद्ध प्रधान युग है और इसके लगते ही धर्म का क्षय आरंभ हो जाता है। भगवान् कृष्ण ने इसी युग में अवतार लिया था। आर्यभट के अनुसार, महाभारत का युद्ध 3109 ई.पू. में हुआ था और उसके अंत के साथ ही कलयुग का आरंभ हो गया। इसे कलियुग भी कहते हैं। कुछ विद्वान् कलियुग का आरंभ महाभारत युद्ध के 625 वर्ष पहले से मानते हैं। फिर भी सामान्यतः यही विश्वास किया जाता है कि महाभारत युद्ध के अंत, श्रीकृष्ण के स्वर्गारोहण और पांडवों के हिमालय में गलने के लिए जाने के साथ ही कलियुग का आरंभ हो गया। इस युग के प्रथम राजा परीक्षित हुए। आर्यभट के अनुसार, "महाभारत का युद्ध 3109 ई.पू. में हुआ था और उसके अंत के साथ ही कलियुग का आरंभ हो गया।"

प्रत्येक युग के जो पाँच वत्सर हैं, उनमें से प्रथम का नाम संवत्सर है। दूसरा परिवत्सर, तीसरा इद्वत्सर, चौथा अनुवत्सर और पाँचवा युगवत्सर है। इनके पृथक-पृथक देवता होते हैं, जैसे संवत्सर के देवता अग्नि माने गए हैं। यह भारतीय जीवन का इतिहास है। इस इतिहास को पुराणों के माध्यम से जीवित रखा गया है। पुराण भारत का सघन एवं सहज इतिहास है। पुराणों से ही भारतीय जीवन के आदर्श, सभ्यता, संस्कृति तथा इसके वैभव का पता चलता है। यह पुराण ही बताता है कि प्राचीनकाल में भारतवर्ष आधिभौतिक, अधिदैविक तथा आध्यात्मिक उन्नति के शिखर तक पहुँचा था। किसी मानव, समाज का इतिहास तभी पूर्ण समझना चाहिए, जब उसकी इतिवृति सृष्टि के आरंभ से लेकर वर्तमान काल तक क्रमबद्ध रूप से दिया जाए और इतिहास में न तो राज्य-राजा के इर्द-गिर्द के वृतांतों को शामिल किया जाना चाहिए और न ही धार्मिक जीवन उसके हिस्से होने चाहिए।

इतिहास का मतलब अतीत के समग्र जीवन को पूर्णता में तथ्यात्मक रूप में प्रस्तुत करना होता है। इसमें मानव जीवन से संबंधित राजनीति, सामाजिक, आर्थिक, धार्मिक,

सांस्कृतिक, नैतिक, बौद्धिक एवं आध्यात्मिक जीवनयापन आदि विषयों का समावेश होना चाहिए। इसमें राजा से रंक, सामान्य से विशिष्ट सबका वर्णन होना चाहिए। पुराण कमोवेश इस कसौटी पर खरा उतरता है। इसके प्रायोजन श्रेय एवं प्रेय दोनों हैं।

पुराण शब्द का अर्थ है—'जो वृत्तांत पहले हो गया हो, जिसमें वर्णन हो वही पुराण है।' पुराण हमें प्राचीन इतिहास के संबंध में बताता है। वह सृष्टि के आरंभ से ही राजाओं की वंशावलियाँ देता है। यही नहीं भारत वर्ष के सभी राजाओं के उस भाग का उल्लेख करता है, जहाँ उन्होंने शासन किया। राजनीति से संबंधित प्रसिद्ध घटनाएँ, युद्ध का विवरण तथा समकालीन घटनाओं की जानकारी देता है। पुराण हमें प्राचीन भारत की भौगोलिक स्थिति भी बताता है। इन पुराणों से प्राचीन नगरों का पता चलता है। पुराण यह भी बताते हैं कि विभिन्न नगरों के बीच की दूरी कितनी थी। कहीं-कहीं ऐसा भी वर्णन आता है कि अमुक व्यक्ति अमुक स्थान से प्रात: चला और संध्या समय तक अमुक स्थान पर पहुँच गया। इस प्रकार के वर्णन से दो स्थानों के बीच की दूरी ज्ञात करना सुगम हो जाता है। पुराण नगरों, नदियों एवं पर्वतों के प्राचीन नामों को जानने में मदद करते हैं। पुराण के द्वारा ही हिंदु धर्म, इसकी प्रमाणिकता मूर्ति पूजा, ईश्वरवाद, सर्वेश्वरवाद, दर्शन, त्योहार, प्रथाओं, तीर्थ तथा नीति के प्रत्येक पक्ष का हम अध्ययन कर सकते हैं। पुराण में आर्य संस्कृति का स्वरूप वैदिक वाङ्मय का सरल भाष्य, जन्मांतर, कर्मरहस्य, कार्यफल, विज्ञान, लोक विज्ञान, रत्नविज्ञान, ज्योतिषशास्त्र, बुद्धिवादी के लिए बहुत से उपादेय विषय हैं।

पुराण पाँच प्रकरणों में विभक्त है—सर्ग, प्रतिसर्ग, वंश, मन्वंतर और वंश चरित। आधुनिक विचारक इसमें से केवल वंशचरित को इतिहास के लिए उपयोगी मानते हैं। इसमें ब्रह्माजी (अर्थात् सृष्टि के आदि पुरुष) जितने राजाओं की सृष्टि हुई है, उनकी भूत, भविष्य, तथा वर्तमान कालीन संतान-परंपरा का वर्णन मिलता है। इसमें राजाओं तथा उनके वंशधरों के चरित्र का नाम भी मिलता है। आधुनिक विचारकों के मत से भिन्न मेरा मानना है कि इतिहास के अध्ययन हेतु अन्य पुराणों का अध्ययन भी अति उपयोगी है। जैसे कि मन्वंतर को लेते हैं। मनु विभिन्न देवताओं, मनु पुत्रों, इंद्र, सप्तर्षि और भगवान् के अवतार इन्हीं छह बातों की विशेषता से युक्त मन्वंतर है। परंपरा एवं आध्यात्मिक दृष्टि से इनके ऐतिहासिकता निर्विवाद हैं। साथ ही वंशादि दृष्टि से भी इनका ऐतिहासिक महत्त्व है।

भारतीय जीवन में दो बातें प्रसिद्ध हैं—शाश्वत सर्वात्मा, जो सर्वशक्तिमान है। अपना प्रायोजन न रहने पर भी धर्म-संरक्षण, जीवों पर अनुग्रह-सृष्टि व्यवस्था हेतु अवतरित होते हैं। दूसरा, इस ब्रह्मांड के कण-कण में सर्वात्मा परिव्याप्त है। अब पुराणों में जिन चौबीस अवतारों का वर्णन है, उस पर विचार करने से यह स्पष्ट होता है कि यह सृष्टि

विकास की गाथा बताती है। इसे ही हम कल्पावतार, युगावतार, गुणावतार, आवेशावतार, कलावतार, अंशावतार, पूर्णवतार, पुरुषावतार कहते हैं। कहा भी गया है कल्प भर से प्रभु चरित्र में परिवर्तन होता है। मन्वंतर में विभाजन का तात्पर्य जगत् रचना में विशेष परिवर्तन से है। प्रथम मन्वंतर स्वयंभू मनु का था। इस काल में नक्षत्रादि की रचना हुई। तत्पश्चात् क्रमशः आकाश गंगा, पृथ्वी, चंद्रमा, समुद्र, वनस्पति, पशु तथा सातवें विवस्वत मन्वंतर में मनुष्य की उत्पत्ति हुई।

पुराण में अनेक अलौकिक, अविश्वसनीय घटनाओं का भी वर्णन है। जिसे सामान्य बुद्धि आश्चर्यजनक, अंधविश्वास मानकर अस्वीकार कर देती है, परंतु जिस प्रकार इस ब्रह्मांड के असीमित विस्तार में से एक ग्रह पृथ्वी पर मानव का होना, बीज से वृक्ष की उत्पत्ति, सूर्योदय सूर्यास्तादि घटनाएँ सत्य हैं, उसी प्रकार पुराणादि की घटनाएँ भी सिर्फ काव्य नहीं हैं। परंतु जब हम उपनिषद्-अरण्यक, वैदिक वाङ्मय से उस समय के ऋषि मनीषि की बौद्धिक आध्यात्मिक सत्ता को जानने की कोशिश करें, तब ये घटनाएँ काल्पनिक नहीं लगेंगी। उस समय के पुराण वक्ता, ऋषि-मुनि दुराग्रह से दूर ध्यानस्थ होकर इन काव्य, वाङ्मयों की रचना कीं। वे ब्रह्मज्ञानी इतिहासकार थे अतएव तीनों काल की घटनाओं का ज्ञान होना कोई अस्वाभाविक नहीं था।

पुराण अठारह हैं। ये अठारह पुराण स्वतंत्र नहीं वरन् एक ही पुराण के विभिन्न प्रकरण हैं, अध्याय हैं। यही कारण है कि भारतीय दर्शन में उनका क्रम भी नियत है। पुराण का आरंभ ब्रह्म से होकर अंत ब्रह्मांड पर होता है, साथ ही बीच में 'ब्रह्मवैवर्त्त' आता है। अतएव पुराण के क्रम में उलट-फेर नहीं हो सकता। जिस प्रकार पाश्चात्य विचारकों ने बीती बात अर्थात् 'अतीत' के निरूपण हेतु एक शब्द 'इतिहास' दिया, तथा इसे प्रागैतिहासिक, आद्य-ऐतिहासिक, ऐतिहासिक में तथा पुनः प्राचीन, मध्य व आधुनिक काल में बाँटा है, ठीक इसी प्रकार 'पुराण' भी है। इतिहास में हम प्राचीन को मध्य के बाद नहीं डाल सकते उसी प्रकार पुराण का क्रम परिवर्तन भी नहीं हो सकता। इसका क्रम एवं रूप दोनों नियत हैं—ब्राह्म, पद्म, विष्णु, वायव्य (शैव), भागवत, नारद, मार्कंडेय, आग्नेय, भविष्य, ब्रह्मवैवर्त्त, लिंग, बराह, स्कंध, वामन, कूर्म, मत्स्य, गरुड एवं ब्रह्मांड। इसी प्रकार सर्ग, प्रतिसर्ग तथा वंश का महत्त्व है। जगत् तथा नाना प्रकार की उत्पत्ति को सर्ग, प्रतिसर्ग एवं पुनः सृजन को प्रतिसर्ग तथा देव, ऋषि एवं मानव संतान परंपरा को वंश कहते हैं। अब पुराण के उस इतिहास को समझना आसान होगा।

भारतीय इतिहास परंपरा में यह प्रचलित है कि क्षीरसागर में शेष शय्या पर शाश्वत सर्वात्मा सो रहे हैं। नारद पास खड़े स्तुति कर रहे हैं तथा माँ भगवती (लक्ष्मी) उनके पैर दबा रही हैं। जब उन्हें सृष्टि रचने की इच्छा हुई तो नाभि से एक पद (कमल) निकलता है और उससे चतुर्भुज ब्रह्मा का उदय होता है। इसी कारण दृश्य जगत् के निर्माता ब्रह्मा

के तत्त्व से पहले पुराण यानी ब्रह्मपुराण प्रकट हुए। पद्म के उद्‌भव स्थान विष्णु होने से पद्मपुराण, वैष्णव पुराण और उनके आधार शेष के वायु शेष के आधार (श्री सागर) को भागवत् पुराण तथा अंतिम को नारद पुराण कहा गया।

इस कथा का वैज्ञानिक रूप अत्यंत रोचक है। यहाँ विष्णु से तात्पर्य सूर्यनारायण से है, जिसके नाभि (अर्थात् केंद्र) से पद्मपुराण (गोलाकार) में पृथ्वी, चंद्रमा, तारों आदि का जन्म हुआ। यहाँ स्मरण रहे कि पृथ्वी को ही रसा, पद्म कहा गया है। (पपुराण, सृष्टि खंड)। अतः सृष्टि क्रम ब्रह्म, पाद्म, वैष्णव हुआ। इसी प्रकार यज्ञों 'वै विष्णुः' विष्णु भगवान् यज्ञरूप हैं और आदान-प्रदान रूप यज्ञ के बिना किसी भी मंडल की उत्पत्ति नहीं हो सकती। द्वादश आदित्य में अंतिम आदित्य का नाम विष्णु है—यह वेद, पुराण आदि में सर्वत्र ही स्फुट है। इसे पृथ्वी (भूः), अंतरिक्ष (भुवः) तथा सूर्य (स्वः) कहा जाता है। अब सूर्यमंडल के आगे जो अंतरिक्ष-'महः' है, वह वायु प्रधान होने के कारण विष्णु का शयन स्थान 'शेषशय्या' है। हमारे अंतरिक्ष की (सूर्यमंडल से नीचे की) वायु उप द्रावक भी है, किंतु यह दूसरे अंतरिक्ष 'महः' लोक की वायु विशुद्ध कल्याणप्रद है, इसलिए इसे 'शिव' कहते हैं। अतएव यह निरूपक 'वायु पुराण' या 'शिव पुराण' दोनों नाम से प्रसिद्ध है और इन्हें वायुभक्षी सर्पों के ईश्वर शेष के रूप में पौराणिक नक्शे में बताया गया है। जिसके आधार पर यह प्रतिष्ठित है, वह सोम प्राधान 'आपोमंडल' क्षीर समुद्र परमष्ठिमंडल या जनः है।

उसके समीप प्रतिष्ठित स्वयंभू मंडल 'तपः' और नारद 'सत्य' है। जनलोक या परमेष्टिमंडल 'आपोमय' है, इसी कारण वह क्षीरसमुद्र कहलाया है, ये 'अप' नर, के पुत्र होने के कारण 'नार' कहे गए हैं, 'नार' को देनेवाला 'नारद' है—'नार ददातीति नारदः'। इसलिए अपतत्त्व के उत्पादक स्वयंभू भूमंडल को नारद कहना युक्तियुक्त है।

सृष्टि के मूल तत्त्वों को मानने से पुराण मिलता रहा है। प्रकृति को मूल मानने से 'मार्कंडेयपुराण', आग्नेय को मूल मानने से अग्निपुराण तथा 'सौर' को मूल मानने से भविष्य पुराण बना। मध्य में व्यासजी ने 'ब्रह्मवैवर्त पुराण' को रखा अर्थात् ये सभी तत्त्व परमब्रह्म के विभिन्न रूप ही हैं। बाद में विकास क्रम (अवतारानुसार) के अनुसार क्रमशः वराह, वामन, कूर्म और मत्स्य पुराण हैं। सत्रहवाँ पुराण गरुण में जीवन का फलाफल बताया गया है और अतः सृजन की सीमा को 'ब्रह्मांड' में व्यक्त किया गया। भारत में इतिहास लेखन की एक परंपरा रही है, जिसे 'पुराण' कहा गया और काव्य, ग्रंथ तो इसका 'विस्तार' है। भारत में पाश्चात्य तरीका से इतिहास न लिखने के कतिपय और कारण भी थे। भारतीय समाज राजा एवं राज्य व्यवस्था एवं उसके संचालन ऋषि सत्ता (बौद्धिक वर्ग) के हाथ में था और व्यवस्था एवं संतुलन हेतु धर्म (कर्तव्य, नैतिकता) आधार था। अतएव राजनीति पर सकेंद्रण संभव नहीं था। समाज के केंद्र व मूलाधार

राजा नहीं, ऋषि थे। समाज की प्रेरणा एवं आदर्श के स्त्रोत भारतीय जीवन में राजा एवं राजनीति नहीं थी, क्योंकि ये राजा भ्रष्ट, अनैतिक, अत्याचारी हो सकते हैं। अत: ऐसे लोगों की जीवनी, वंश, घटना को आने वाली पीढ़ी को बताना या उनसे जुड़े वृत्तांत को संजोकर रखना व्यर्थ समझा जाता है।

पुराणों के अनुसार, "भगवान् विष्णु ने सृष्टि को प्रलय से बचाने के लिए मत्स्यावतार लिया था। इस जल प्लावन के कारणों का वर्णन वायुपुराण (7-41, 42) में किया गया है। सूर्य के ताप से धरती सूख गई और समूचा लोक जल उठा, फिर जब ताप कम हुआ तो पृथ्वी का, जो जल अंतरिक्ष में गया था, वह वर्षा के रूप में धरती पर आया, जिसके कारण जल प्लावन हुआ।"

इसकी कथा इस प्रकार है—कृतयुग के आदि में राजा सत्यव्रत (वैवस्वत मनु) हुए। राजा सत्यव्रत एक दिन नदी में स्नान कर जलांजलि दे रहे थे। अचानक उनकी अंजलि में एक छोटी सी मछली आई। उन्होंने देखा तो सोचा वापस सागर में डाल दूँ, लेकिन उस मछली ने बोला—"आप मुझे सागर में मत डालिए अन्यथा बड़ी मछलियाँ मुझे खा जाएँगी।" तब राजा सत्यव्रत ने मछली को अपने कमंडल में रख लिया। मछली और बड़ी हो गई तो राजा ने उसे अपने सरोवर में रखा, तब देखते ही देखते मछली और बड़ी हो गई। राजा को समझ आ गया कि यह कोई साधारण जीव नहीं है। राजा ने मछली से वास्तविक स्वरूप में आने की प्रार्थना की। राजा की प्रार्थना सुन साक्षात चारभुजाधारी भगवान् विष्णु प्रकट हो गए और उन्होंने कहा कि ये मेरा मत्स्यावतार है। भगवान् ने सत्यव्रत से कहा—"सुनो राजा सत्यव्रत! आज से सात दिन बाद प्रलय होगी। तब मेरी प्रेरणा से एक विशाल नाव तुम्हारे पास आएगी। तुम सप्त ऋषियों, औषधियों, बीजों व प्राणियों के सूक्ष्म शरीर को लेकर उसमें बैठ जाना, जब तुम्हारी नाव डगमगाने लगेगी, तब मैं मत्स्य के रूप में तुम्हारे पास आऊँगा। उस समय तुम वासु कि नाग के द्वारा उस नाव को मेरे सींग से बांध देना। उस समय प्रश्न पूछने पर मैं तुम्हें उत्तर दूँगा, जिससे मेरी महिमा, जो परब्रह्म नाम से विख्यात है, तुम्हारे हृदय में प्रकट हो जाएगी।"

निश्चित समय आने पर मत्स्य रूपधारी भगवान् विष्णु ने राजा सत्यव्रत को तत्त्वज्ञान का उपदेश दिया, जो मत्स्यपुराण नाम से प्रसिद्ध है। शतपथ ब्राह्मण में वैवस्वत मनु को श्रद्धादेव कहा गया है। श्रीमद्भागवत में वैवस्वत मनु और श्रद्धा से मानवीय सृष्टि का प्रारंभ माना गया है। महाराज मनु ने बहुत दिनों तक सात द्वीपों वाली इस पृथ्वी पर राज्य किया। उनके राज्य में प्रजा सुखी थी। वैवस्वत मनु के समय में भगवान् श्री हरि विष्णु का मत्स्य अवतार हुआ और जल प्लावन होने के कारण पृथ्वी प्रलय चक्र में गई। वैवस्वत मनु की कथा छठे मन्वंतर से आरंभ हो जाती है जिसमें उनका नाम राजा सत्यव्रत था। भगवान् श्री हरि विष्णु के निर्देश पर राजा सत्यव्रत ने सप्तऋषियों, पशु-

पक्षियों की प्रजातियों एवं विभिन्न वनस्पतियों के बीजों को नाव में रखकर त्रिविष्टप पर्वत पर आश्रय लिया तथा जलप्लावन की समाप्ति के बाद फिर से सृष्टि को प्रारंभ किया। राजा सत्यव्रत ही सातवें मन्वंतर का स्वामी बनकर मनु पद पर आसीन हुए तथा वैवस्वत मनु कहलाए। अत्रि, वसिष्ठ, कश्यप, गौतम, भारद्वाज, विश्वामित्र और जमदग्नि, इस मन्वंतर के सप्तर्षि हुए।

जब वैवस्वत मनु त्रिविष्टप पर्वत से विभिन्न प्राणियों एवं बीजों को लेकर हिमालय से उतरे तथा मेरु नामक प्रदेश में आए तब उन्हें स्वर्ग से वेद प्राप्त हुए। बाद में अयोध्या में जब मनु ने राजवंश की स्थापना की तो आद्य वसिष्ठ को राज पुरोहित बनाया गया। राजदंड उन्मुक्त और उदंड न हो इसके लिए समाज की ओर राजदंड पर धर्मदंड की व्यवस्था की गई। भारतीय जीवन में यह व्यवस्था बनी कि राजदंड पर ज्ञान, त्याग, वैराग्य और अपरिग्रह का नियंत्रण रहेगा। इसके प्रतिनिधि धर्म संस्थापक ऋषि होंगे और वसिष्ठ ऐसे पहले ऋषि थे, जो मनु के पुत्र इक्ष्वाकु के राजपुरोहित बने।

सभ्यता के उषा काल में ही राजव्यवस्था को नियंत्रित और नियमन के लिए श्रुति और स्मृति की परंपरा चली। वेद, पुराणों और अन्य धर्मग्रंथों के साथ-साथ वैज्ञानिक शोधों से ज्ञात होता है कि मनुष्य एवं अन्य जीव-जंतुओं की वर्तमान सृष्टि हिमालय के आसपास की भूमि पर आरंभ हुई थी जिसमें तिब्बत का क्षेत्र सर्वाधिक महत्त्वपूर्ण है। हिमालय के निकट होने के कारण पूर्व में भारतवर्ष को हिमवर्ष भी कहा जाता था। वेद-पुराणों में तिब्बत को त्रिविष्टप कहा गया है। महाभारत के महाप्रस्थानिक पर्व में स्वर्गारोहण के प्रसंग में स्पष्ट किया गया है कि तिब्बत हिमालय के उस क्षेत्र को पुकारा जाता था जिसमें नंदन कानन नामक देश था जिसका राजा देवराज इंद्र था।

हिंदू धर्मग्रंथों में स्मृतियों की रचना का काल वैदिक ग्रंथों अर्थात् वेदों, ब्राह्मणों एवं आरण्यकों से बहुत बाद का है। स्मृतियां तो उपनिषदों एवं पुराणों से भी बहुत बाद के ग्रंथ हैं। मनुस्मृति उनमें से एक है। मनुस्मृति धार्मिक ग्रंथ नहीं है अपितु सामाजिक विधि-विधानों एवं संहिताओं का ग्रंथ है जिसमें मानव समाज को सुखी बनाने के लिए नियमों की स्थापना की गई है। आखिर मनु का भारतीय जीवन में क्या योगदान था, जिसके कारण वह महान् बन गए। उन पर आधारित मनुस्मृति की रचना की गई। भारतीय सभ्यता के पहले व्यक्ति मनु थे जिन्होंने मानव समाज को शिक्षित, विकसित और समझदार बनाने के लिए धर्म, शिक्षा, तकनीक, व्यवस्था और कानून दिया। ठीक उसी तरह जिस तरह जैन धर्म में 14 कुलकरों ने समाज के लिए काम किया। इन्होंने स्वयं को कभी भगवान् नहीं माना बल्कि यह वेदों की सच्ची राह पर चलते गए और महान् राजा बन गए।

इनकी महानता के कारण ही बाद के कालखंडों में मनु पर स्मृतियाँ लिखी गईं। 'धर्मशास्त्र का इतिहास' नामक प्रसिद्ध ग्रंथ लिखने वाले डॉ. पी.वी. काणे ने मनुस्मृति का

काल ईसा से केवल 200 वर्ष पहले का माना है। यह मनुस्मृति के वर्तमान स्वरूप का काल है, इसका न ही मूल ग्रंथ के लेखन, अथवा स्वायंभू मनु या वैवस्वत मनु से किसी प्रकार का संबंध है, क्योंकि स्वायंभू मनु हो या वैवस्वत मनु, वे सब तो बहुत पुराने हैं, इतने पुराने कि स्वायंभू मनु का उल्लेख ऋग्वेद में हुआ है और वैवस्वत मनु का उल्लेख शतपथ ब्राह्मण में हुआ है, लेकिन इतना सही है कि मनुस्मृति हजारों सालों तक भारतीय सभ्यता को दिशानिर्देशित करनी रही है। मनुस्मृति 12 अध्यायों में बँटी है जिसमें 2685 श्लोक हैं। इसे भारतीय समाज का प्राचीनतम संविधान भी कहा जाता है। मनुस्मृति में सृष्टि उत्पत्ति से लेकर समाज, धर्म, वर्ण-व्यवस्था, आश्रम-व्यवस्था, राजा के कर्तव्य, दंड-विधान, स्त्री-पुरुष कर्तव्य, कर्मफल विधान, पूर्वजन्म आदि से संबंधित विभिन्न विषयों का रोचक और विस्तार से वर्णन किया गया है।

मनुस्मृति के विविध संस्करणों की संख्या और उसके विषय वस्तु में व्यापक भिन्नता पाई जाती है। इस कारण विद्वानों का मत है कि इसमें समय-समय पर कई श्लोकों को शामिल किया जाता रहा है, जिस कारण इसकी मूलः भावना भी प्रदूषित हो गई है। मनुस्मृति के बारे में सर विलियम जोंस ने समीक्षा की और उसके बारे में दुनिया को विस्तार से बताया था। इसके बाद स्वामी विवेकानंद, महर्षि दयानंद सरस्वती, महात्मा गांधी, सर्वपल्ली राधाकृष्णन, रवींद्रनाथ टैगोर आदि ने भी मनुस्मृति की चर्चा की। विद्वानों का मत है कि मूल मनुस्मृति में श्लोक की संख्या सात सौ से अधिक नहीं होगी। कई इसकी संख्या 1200 भी बताते हैं, यद्यपि इस पर मतैक्य नहीं है।

राजर्षि मनु पंच महाभूतों, यानी आकाश, वायु, अग्नि, जल और पृथ्वी की उत्पत्ति का वर्णन करते हैं। वह बताते हैं कि कैसे सूक्ष्म शरीर से आत्मा या जीव का संयोग स्थापित होता है और एक हलचल भरी दुनिया दिखाई देने लगती है। मनुस्मृति के पहले अध्याय में ही चारों वर्णों, यानी ब्राह्मण, क्षत्रिय, वैश्य और शूद्र के कर्मों का निर्धारण किया गया है। यहाँ ध्यान देने की बात है कि मनु के अनुसार, चारों वर्णों का निर्धारण गुण, कर्म, स्वभाव के अनुसार है, न कि जन्म के आधार पर। वर्तमान के हिसाब से देखें तो ब्राह्मण समाज का ज्ञानी वर्ग है, क्षत्रिय सैनिक वर्ग, वैश्य व्यापारी वर्ग तो शूद्र सेवक वर्ग। मनु शूद्रों को अछूत नहीं मानते, बल्कि ब्राह्मण, क्षत्रिय और वैश्य के कुल में पैदा हुआ व्यक्ति भी यदि शिक्षा प्राप्त करके ज्ञान की तरफ नहीं बढ़ पाता तो वह शूद्र होता है। शूद्र भले विद्या न प्राप्त कर सके, पर वह चरित्रवान और धर्मात्मा हो सकता है। मनु सदाचार को सबसे ऊपर रखते हैं और उसे ही धर्म का मूल बताते हैं।

मनुस्मृति के अध्याय दो में सोलह संस्कारों और ब्रह्मचर्य आश्रम के विषय में उपदेश किया गया है। मनु संस्कारों का विस्तृत विधान करते हुए ब्रह्मचर्य आश्रम के कर्तव्यों का विशेष वर्णन करते हैं। भोजन करने की कार्यशैली से लेकर अध्ययन की

विधि और स्वाध्याय के लाभों की भी वे स्पष्ट व्याख्या करते हैं। इस अध्याय में अध्ययन हेतु उपस्थित विद्यार्थी की विशेषताएँ तो बताई ही गई हैं, पढ़ाने वाले गुरु के लक्षणों और उनकी विशेषताओं की भी चर्चा की गई है। आचार्य, उपाध्याय के अलावा गुरु के रूप में पिता और माता की तुलनात्मक महत्ता बताई गई है। तीसरा अध्याय समावर्तन, विवाह और पंचयज्ञ के विधान का है। समावर्तन का अर्थ है, शिक्षा प्राप्त करने के बाद स्नातक बनकर गुरुकुल से विदा लेकर घर में वापस आना। समावर्तन के बाद विवाह करके गृहस्थ आश्रम में प्रवेश करने का विधान है।

मनु ने आठ प्रकार के विवाहों का वर्णन किया है। इन आठों विवाहों में से ब्राह्म, दैव, आर्ष और प्राजापात्य विवाह का मनु ने समर्थन किया है, परंतु असुर, गांधर्व, राक्षस और पैशाच विवाहों को उन्होंने हानिकारक बताया है। मनु, स्त्रियों के साथ किसी भी तरह के उत्पीड़न को परिवार और समाज के लिए विनाशक बताते हैं। वे नारियों को विशेष सम्मान देने की बात करते हैं और इस अध्याय के 56वें श्लोक में कहते हैं 'जिस कुल में नारियों का सम्मान होता है, उस कुल में दिव्यता का, देवत्व का निवास होता है, परंतु जिस कुल में स्त्रियों का आदर-सत्कार नहीं होता, वहाँ समझिए कि सारी क्रियाएँ निष्फल हो जाती हैं।'

इस अध्याय में मनु रोज किए जाने योग्य पाँच तरह के यज्ञों अर्थात् पंचमहायज्ञ का विशेष विधान करते हैं। पहला महायज्ञ है ब्रह्मयज्ञ, जिसमें स्वाध्याय और संध्या-वंदन जैसी चीजें सम्मिलित हैं। दूसरा है देवयज्ञ, जिसके अंतर्गत पर्यावरण शुद्धि के उद्देश्य से किया जाने वाला अग्निहोत्र मुख्य है। तीसरा महायज्ञ है, मनुष्येतर प्राणियों के लिए आहार उपलब्ध करने के लिए भूतयज्ञ, अथवा बलिवैश्वदेव यज्ञ। चौथा है अतिथि यज्ञ, जिसका मुख्य उद्देश्य विद्वानों का सत्कार करना है। पाँचवाँ है पितृयज्ञ, जिसके अंतर्गत माता-पिता और बड़े-बुजुर्गों को सम्मान देने की बात मनु करते हैं। यहाँ यह जानना महत्त्वपूर्ण है कि वर्तमान में जहाँ माता-पिता के मरने के बाद पितृयज्ञ के तहत तर्पण और श्राद्ध जैसी क्रियाएँ संपन्न की जाती हुई हम देखते हैं, वहीं पर मनु जीवित माता-पिता के तर्पण की बात करते हैं। तर्पण, अर्थात् आदर-सत्कार आदि के द्वारा तृप्त करना।

मनुस्मृति के चौथे और पाँचवें अध्याय में गृहस्थ आश्रम के कर्तव्यों का विस्तार से वर्णन किया गया है। आजीविका कमाने की व्यवस्था करते हुए मनु पहले और दूसरे श्लोक में ही कहते हैं कि धन-संग्रह जीवन-यात्रा चलाने मात्र के लिए हो। यह लोक-संग्रह के उद्देश्य से नहीं होना चाहिए और न ही किसी को कष्ट पहुँचा कर धन जुटाना चाहिए। पाँचवें अध्याय में यह बताया गया है कि क्या खाना चाहिए, क्या नहीं। मांस भक्षण प्रसंग में आठ प्रकार के पापियों की गणना की गई है। मांसाहार को मनु हिंसामूलक होने से त्याज्य और पाप मानते हैं। दिलचस्प है कि पाँचवें अध्याय के 26वें

से 44वें श्लोक तक मांस खाने की वकालत भी की गई है। ये श्लोक मनु की मान्यता और वर्णन-शैली से मेल नहीं खाते, इसलिए शोधकर्ता इन्हें भी बाद में मिलाए हुए श्लोक मानते हैं।

छठा अध्याय वानप्रस्थ और संन्यास धर्म के बारे में है। वानप्रस्थ का उद्‌देश्य है कि जब संतानें स्वावलंबी हो जाएँ, तो धन-संपत्ति, घर-गृहस्थी का मोह छोड़कर वन का आश्रय लेना चाहिए और अपने अनुभवों का लाभ समाज को देना चाहिए। वानप्रस्थ के बाद संन्यास आश्रम का विधान करते हुए कहते हैं कि संन्यासी निर्लिप्त भाव से भिक्षा ग्रहण करके अपना भोजन प्राप्त करे। संन्यासी को जीवन-मरण के प्रति समदृष्टि रखनी चाहिए। प्राणायाम और ध्यान का विशेष विधान करते हुए मनु कहते हैं कि यथार्थ ज्ञान ध्यान से ही संभव है। छठे अध्याय का अंत करते हुए मनु गृहस्थ को समुद्रवत महान् बताते हैं और गृहस्थ आश्रम की श्रेष्ठता साबित करते हैं, क्योंकि यही सबसे दायित्वपूर्ण आश्रम है।

मनुस्मृति का सातवाँ अध्याय राजधर्म का है। राजकाज चलाने से लेकर शत्रुओं से पार पाने तक की बातों का वर्णन सूक्ष्म ढंग से किया गया है। दंड-व्यवस्था और कर-विधान का निर्देश करते हुए मनु कहते हैं कि दोषी को दंड देने में किसी भी तरह का पक्षपात नहीं करना चाहिए। प्रजा से कर या टैक्स इस तरह से थोड़ा-थोड़ा लेना चाहिए कि प्रजा को कोई तकलीफ न हो। कुछ उसी तरह से जैसे कि भंवरा, जोंक और बछड़ा अल्प मात्रा में भोज्य ग्रहण करते हैं।

आठवें और नौवें अध्याय में मनु ने राजधर्म के अंतर्गत लोकव्यवहार का निर्णय करते हुए भाँति-भाँति के वाद-विवाद के निपटारे का विधान किया है। आरोप लगाया जाता है कि मनु ने शूद्रों के साथ अन्याय किया है, जबकि वास्तव में मनुस्मृति के कई श्लोकों में शूद्रों को सबसे कम दंड का भागी घोषित किया गया है। मनुस्मृति के अनुसार, जो वर्ग समाज की व्यवस्था बनाए रखने के लिए सबसे अधिक उत्तरदायी है, किसी अपराध की स्थिति में दंड का भागी भी वही सबसे अधिक माना जाएगा। यद्यपि विद्याध्ययन न होने के कारण शूद्रों में समझदारी कम होती है, इसलिए एक ही प्रकृति के अपराध के लिए ब्राह्मण, क्षत्रिय और वैश्य की तुलना में शूद्र को कम दंड दिया जाना चाहिए।

आठवें अध्याय के 337वें और 338वें श्लोक में मनु कहते हैं कि किसी चोरी के अपराध में यदि शूद्र को आठ गुना दंड दिया जाता है तो वैश्य को सोलह गुना, क्षत्रिय को बत्तीस गुना और ब्राह्मण को चौंसठ गुना, बल्कि उसे सौ गुना अथवा एक सौ अट्‌ठाईस गुना दंड देना चाहिए, क्योंकि उसके किए अपराध का प्रभाव समाज पर अधिक बुरा होगा। राजा के लिए मनु का दंड-विधान और अधिक कड़ा है। राजा पर पूरे समाज का उत्तरदायित्व होता है।

स्त्रियों के प्रति किए गए अपराधों के दंड-विधान में मनु काफी कठोर दिखाई देते हैं। आठवें अध्याय के 323वें और 352वें और नौवें अध्याय के 232वें श्लोक में उन्होंने स्त्रियों की हत्या और उनका अपहरण या शीलभंग करने वालों के लिए मृत्युदंड और देशनिकाला जैसे दंडों का विधान किया है। नौवें अध्याय के 90वें और 91वें श्लोक में वे कन्या को अपना वर स्वयं चुनने का निर्देश देते हैं। इसी अध्याय के 176वें श्लोक में विधवाओं के पुनर्विवाह का विधान है। दसवें अध्याय में चारों वर्णों के विशिष्ट कर्मों की बात की गई है। इस अध्याय के 335वें श्लोक में मनु ने शूद्रों के लिए कर्म की श्रेष्ठता के आधार पर उत्कृष्ट वर्ण यानी ब्रह्मण, क्षत्रिय और वैश्य बनने का विधान किया है। एक तरफ जब यह आरोप लगाया जाता है कि इस धर्मग्रंथ ने जन्म आधारित जाति-व्यवस्था बनाई, तो दूसरी तरफ दसवें अध्याय का 65वाँ श्लोक जन्म आधारित व्यवस्था को पूरी तरह अस्वीकृत करता दिखाई देता है। मनु कहते हैं कि 'गुण, कर्म, योग्यता के आधार पर ब्राह्मण शूद्र बन जाता है और शूद्र ब्राह्मण। इसी प्रकार क्षत्रियों और वैश्यों में भी वर्ण परिवर्तन हो जाता है।' यह भी ध्यान देने वाली बात है कि मनुस्मृति में आजकल की प्रचलित जातियों के बारे में कहीं कोई उल्लेख नहीं है।

मनुस्मृति का ग्यारहवाँ अध्याय प्रायश्चित्त विषय को समर्पित है। दान और यज्ञ संबंधी विधान किया गया है। प्रायश्चित का अर्थ और उसका उद्‌देश्य बताते हुए मनु कहते हैं कि किसी भी पापकर्म के लिए प्रायश्चित अवश्य किया जाना चाहिए, ताकि संस्कारों की शुद्धि होती रहे। मनु कहते हैं कि तपपूर्वक पुनः पाप न करने के निश्चय और कर्मफल का चिंतन करने से पाप भावना से मुक्ति मिलती है।

बारहवाँ अध्याय मनुष्य जीवन का उपसंहार है। इसमें कर्मफल-विधान और निःश्रेयस कर्मों का वर्णन किया गया है। मनु मन को कर्मों का प्रवर्तक कहते हैं और उसके द्वारा होने वाले अधर्मों की चर्चा करते हुए वाचिक और शारीरिक बुरे कर्मों से सचेत करते हैं। सत, रज और तम से संबंधित गतियों के फलस्वरूप जन्म अवस्थाओं के फल का वर्णन करते हुए आत्मज्ञान की परम साधना और ज्ञान की चर्चा करते हैं। मनु घोषित करते हैं कि परमेश्वर ही सबका निर्माता, फलदाता है, इसलिए वही सबका उपास्य है। मनु परमात्मा को जानने का आह्वान करते हैं और ईश्वर के अनेक नामों की सार्थकता बयान करते हुए अंत में समाधि के द्वारा ईश्वर और मोक्ष की प्राप्ति के साथ अपनी 'स्मृति' को स्थिरता प्रदान करते हैं।

प्राचीन भारतीय इतिहास के महत्त्वपूर्ण स्त्रोत में धर्मसूत्र एवं स्मृतियाँ हैं, जिन्हें सम्मिलित रूप से धर्मशास्त्र कहा गया है। श्रोत सूत्र में पुरोहितों द्वारा किए जाने वाले विभिन्न संस्कारों का विवरण है। गृह सूत्रों में लोगों के घरेलू जीवन की चर्चा है। इसमें जन्म से मृत्यु तक के कर्तव्यों का उल्लेख हैं। धर्मसूत्रों में रीति अनुसार नियम एवं विधियाँ

दी गई है। मानव के सामाजिक एवं धार्मिक कर्तव्यों के विभिन्न काल, परिस्थिति के अनुसार संतुलन, सुव्यवस्थित एवं समायोजन के लिए ही धर्म सूत्रों की रचना हुई। इनका विशेष काल में ही महत्त्व था और वह भी इसके नियम पालन में कठोरता नहीं थी, क्योंकि अगर ऐसा होता तो एक के बाद एक अनेक सूत्रों की रचना नहीं होती। वसिष्ठ, गौतम, बौधायन, आपस्तंब, मेधातिथि, जीतूवाहन (दयाभाग) विज्ञानेश्वर (मीताक्षर) अपरार्क आदि सूत्रों का रचना काल आदि काल से 13वीं सदी तक चला आता है।

प्राचीन भारतीय इतिहास में स्मृतियों की महत्ता सबसे प्रमुख है। देश में जब कोई केंद्रीय सत्ता नहीं होती थी, देश कई राज्यों में बँटा होता था तब समाज में व्यवस्था तथा राष्ट्र को चलाने हेतु एक 'आचार-संहिता' का निर्माण होता था और समाज इसी के अनुसार चलता था। स्मृति भी विभिन्न काल, स्थिति एवं परिस्थिति के आलोक में लिखी जाती थी। इसमें राजधर्म, सामाजिक विधान, व्यक्ति के आचरण का इसमें उल्लेख रहता। समय और देश की स्थिति के साथ व्यक्ति का धर्म, कर्म और जीवन का उद्देश्य क्या हो? यह स्मृति से ही पता चलता है। किसी भी स्मृति में किसी एक युग का नहीं अपितु बदलते हुए युगों का सत्य रहा है और समयानुसार स्मृतिकारों ने उसमें जोड़ा, घटाया, परिवर्तित किया। भारतीय परंपरा में मनुस्मृति प्रथम स्मृति है। बाद में कई ऋषियों अत्रि, गौतम, वशिष्ठ आदि ने मनुस्मृति के धर्मसूत्रों के आधार पर ग्रंथों की रचना की। यद्यपि बाद के कालखंडों में मनुस्मृति में अत्यधिक मिलावट कर दी गई है, इसमें आधे से भी अधिक क्षेपक यानी मिलावटी है। फिर भी मनुस्मृति में व्यक्त बातें जैसे सामाजिक, धर्म, कर्म आदि विधान ने केंद्रीय सत्ता के अभाव में प्रेरणा एवं आदर्श का काम किया। मनुस्मृति के बाद या शाल्व स्मृति में वैसे चीजों का समावेश हुआ, जिनकी चर्चा मनु ने नहीं की थी। इसमें बहुत सी भारतीय सामग्री, चिकित्सा की पद्धति भी दी गई है।

मनु के काल चूँकि परंपरा में सतयुग था। अत: उन्होंने वियोग, धूत का विरोध किया था, विधवा स्त्री के अधिकार पर चुप्पी रखी थी, परंतु समय एवं देशकाल की माँग को ध्यान में रखकर, शाल्व ने कुछ ऐसे ढंग बताए, जिससे धूत को राज्य नियंत्रण में रखा जा सके। मनु के विपरीत, शाल्व ने न्यायालयों में लिखित प्रमाणों की ओर संकेत किया है। इसके अलावा विधवा स्त्री के अधिकारों को स्पष्ट रूप से व्यक्त किया है। मनुस्मृति के बाद कई स्मृतियाँ लिखी गईं, जिनमें पराशर, नारद, याज्ञवल्क्य, विष्णु, वृहष्पति, कात्यायन, वराहमिहिर आदि प्रमुख हैं। स्मृति को आज संविधान का पर्यायवाची मान सकते हैं। यह देशकाल एवं समय की माँग के अनुसार बदलाव लाकर समाज को जाग्रत, चैतन्य एवं कर्मशील बनाने के लिए लिखा जाता था। स्मृतियों में कई बार रूढ़ एवं कठोर विधान का वर्णन मिलता है। ऐसी स्थिति में समाज ने ऐसी विधान व्यवस्था को अस्वीकार कर दिया। देश के अन्य ऋषि सत्ता उदात्त एवं मानवीय विचारों के साथ सामने आए तथा

अतीत के कठोर एवं अमर्यादित विधान का विरोध किया।

इस संदर्भ में महर्षि देवल (800-900) और मनुस्मृति के भाष्यकार मेधातिथि (850-950) के क्रमशः स्मृति एवं भाष्य से जाग्रत एवं चैतन्य विधान का पता चलता है। सिंघ पर अरब आक्रमण एवं उस प्रदेश पर इसलामी सभ्यता के अधिकार होने से भारतवर्ष के आपत्तिकाल में नए आचरण, नवीन शास्त्र-शस्त्र की व्यवस्था हेतु ही महर्षि देवल ने स्मृति लिखी। यह इसलिए लिखी गई क्योंकि सिंघु प्रदेश पर आक्रमण से हिंदु समाज को बल मिले। धार्मिक अत्याचार का सामना करने में तात्कालिक स्मृतियाँ असमर्थ थीं। धार्मिक तेजस्विता के कारण युद्धबंदी की रूढ़ि और उसके शास्त्र को ठुकराकर उससे प्रायश्चित की युक्ति निकाली गई। देवल स्मृति में यह स्पष्ट आदेश दिया गया है कि मुसलमानों द्वारा बलपूर्वक भ्रष्ट किए गए हिंदू स्त्री-पुरुष यदि कुछ निश्चित वर्षों के अंदर प्रायश्चितपूर्वक हिंदू धर्म में पुनः आने की इच्छा करते हैं, तो उन्हें हिंदूधर्म में पुनः सम्मिलित कर लिया जाए। इस स्मृति में यह स्पष्ट निर्देश है कि मुसलमानों द्वारा बलात्कार पूर्वक भ्रष्ट की गई अथवा मुसलमानों के यहाँ रखैल दासी रूप में रखी गई स्त्रियों के उनके मासिक ऋतु दर्शन पुनः होते ही उन्हें शुद्ध समझकर पुनः हिंदू धर्म में समाविष्ट का लिया जाए और मुसलमानों के पास से छीनकर लाई गई गर्भवती हिंदू स्त्रियों को भी प्रसूति के पश्चात उनके पेट का वह 'शल्य' निकलते ही हिंदू लोग उसे वैसा ही शुद्ध मानें जैसा कि अग्नि परीक्षा के बाद निकला हुआ सोना शुद्ध माना जाता है।

ऋषि देवल के ही लगभग समकालीन मनुस्मृति के भाष्याकार मेधा तिथि हुए। इन्होंने सैकड़ों काल से समाज में आई रूढ़िता को ध्यान में रखकर पूर्ववत स्मृतियों के मूलाधार मनुस्मृति की व्याख्या करना प्रासांगिक समझा। मेधातिथि के अलावा अरब आक्रमण के बाद समाज व्यवस्था को नए सिरे से पुनर्निर्माण करने के लिए मनुस्मृति पर उत्तर भारत में कुल्लक तथा गोविंदराज ने भाष्य लिखी। इसी प्रकार दक्षिण भारत में याज्ञवल्क्य पर विज्ञानेश्वर और अपरार्क ने भाष्य लिखे। इन सभी ने राजनीतिक चिंतन में दिग्विजय, अखंड भारत हेतु महर्षि चाणक्य के 'अर्थशास्त्र' को आधार बनाया। उनकी मनुस्मृति भी टीका में अखंड भारतवर्ष की परिकल्पना थी, निर्बल एवं राष्ट्रभाव से शून्य समाज में व्यवस्था एवं तेजस्वी रणनीति की अवधारणा थी।

मेधातिथि स्पष्ट कहते हैं—"दूसरे के और विशेषकर संभाव्य शत्रु के राज्य पर चढ़ाई करना राज्य शास्त्रानुसार कोई अन्याय नहीं होता। राजा का तो शास्त्रानुसार कोई अन्याय नहीं होता। राजा का तो यह कर्तव्य ही है कि जब शत्रु कमजोर हो, जब हम पर आक्रमण करने की उसमें सामर्थ्य न हो तभी उस म्लेच्छ शत्रु पर आक्रमण करके उसे पीस देना चाहिए।"

आचार्य मेधातिथि ने कृष्णनीति एवं चाणक्य नीति को भाव रूपों में व्यक्त करते हुए

कहा हैं कि "आर्य धर्म ने यह आज्ञा कभी नहीं दी कि आर्य अपने को आर्यावर्त में ही बंद करके रखें, इसके विपरीत शास्त्रीय आज्ञाओं का मर्म यह है कि यदि बलशाली आर्य राजा आर्यावर्त के बाह्य के म्लेच्छ राजाओं पर चढ़ाई करके जीत ले और सर्वत्र आर्यधर्म का प्रचार करें तो वे समस्त म्लेच्छ देश भी आर्य देश माना जाए और उन्हें भी आर्यावर्त्तीय साम्राज्य में समाविष्ट का लेना चाहिए।" मेधातिथि के इस भाष्यभाव को हृदयगंभ करने वाला यद्यपि कोई पांडव, चंद्रगुप्त मौर्य, विक्रमादित्य आदि तो नहीं थे, परंतु कश्मीर के कार्कोटवंशी राजा-ललितादित्य मुक्तापीड़, परमारवंशी राजाभोज, गुजरात के चालुक्य, दक्षिण के राष्ट्रकूट राजाओं ने मेधातिथि के तेजस्वी, ओजपूर्ण स्वर को हृदयगम किया तथा तीन सौ वर्षों तक उत्तर भारत में म्लेच्छों के आक्रमण का सफल प्रतिकार किया। काबुल और गंधार प्रदेश के हिंदू शाहीवंश ने एक सदी तक तुर्की आक्रमण का सामना किया। इस वंश के राजाओं ने आक्रमण का सामना ही नहीं किया, बल्कि कई बार तो तुर्की राजाओं पर आक्रमण कर उन पर दबाव बनाए रखा। हालाँकि उस दौर में दक्षिण के चोल-विजयनगर साम्राज्य आर्य सभ्यता के प्रचार-प्रसार हेतु दक्षिण पूर्व एशिया में दूर-सूदूर तक गए। इससे स्मृति की भारतीय इतिहास में भूमिका स्पष्ट है। मेधातिथि, विश्वरूप, विज्ञानेश्वर और अपरार्क आदि की व्यवस्था व्यावहारिक होने के साथ ही साहसिक तथा तर्कसंगत भी है।

संदर्भ ग्रंथ

- झा एवं श्रीमाली—प्राचीन भारत के इतिहास, हिंदी माध्यम कार्यांवयन निदेशालय दिल्ली विश्वविद्यालय।
- मक्खन लाल, प्राचीन भारत—भारतीय इतिहास की भौगोलिक पृष्ठभूमि, एन.सी.ई.आर.टी.।
- वीर सावरकर, इतिहास के पाँचवीं स्वर्णिम।
- बी.डी. महाजन, 'प्राचीन भारत के इतिहास', एस. चंद्र एंड कं., सन् 1992।
- हरिचंद्र वर्मा, मध्यकालीन भारत भाग एक, हिंदी माध्यम कार्यांवयन निदेशालय, दिल्ली विश्वविद्यालय, सन् 1992।
- विकिपीडिया डॉट ओ.आर.जी.
- हिंदी वेबदुनिया डॉट कॉम।

□

महाव्योम की दर्शन चेतना में भूलोक

काल चिंतन की दृष्टि से व्योम अनंत और असीमित है। शिखर से देखने पर यह भिन्न प्रतीत होता है, लेकिन अपने धरती तल से देखने पर यह नितांत भिन्न प्रतीत होता है। धरती तल से हमारा व्योम अनंत और विराट लगता है। दूसरी ओर शिखर से देखने पर हमें अनुभूति होती है कि हम एक क्षुद्र खंड को ही दृष्टिगत कर पाए हैं। हम अनंत में एक ही खंड को देख पाते हैं, यह हमारी सीमा है। इसलिए व्योम की दर्शन चेतना में पृथ्वी, अंतरिक्ष और आकाश आता है, जो सृष्टि का महाव्योम बनता है। इसका एक भाग भूलोक है। आकाश में ऐसे कई लोक हैं। गायत्री मंत्र के शुरुआत में जो तीन शब्द आते हैं—भूर्भुव स्वः-वही पृथ्वी, अंतरिक्ष और आकाश को प्रतिबिंबित करते हैं। इसे भूलोक, भुवर्लोक और स्वर्लोक से निरोपित किया गया है। जितनी दूर तक सूर्य, चंद्रमा आदि का प्रकाश जाता है, वह भूलोक कहलाता है। इसके अलावा पृथ्वी और सूर्य के बीच के लोक को भुवर्लोक कहते हैं यह सभी ग्रहों और नक्षत्रों का क्षेत्र है। तीसरा स्वर्लोक इसे स्वर्गलोक भी कहा जाता है। यह सूर्य और धुव्र के बीच का भाग है, जिनके बीच चौदह लाख योजन की दूरी का अंतर है। इसी में सप्तर्षि मंडल आता है। भारतीय चिंतन में कहा गया है कि पंचभूतों में आकाश ही सबसे सूक्ष्म है, जिसका गुण, शब्द अर्थात् वाक है। इस कारण भी महाव्योम में आकाश की सीमा अनंत हो जाती है।

हमारे पौराणिक ग्रंथ में वामन अवतार की कथा है। गायत्री नामक महामंत्र में हम जिन तीन शब्दों की स्तुति करते हैं, वह राजा बलि और विष्णु के वामन रूप से संबंधित है। राजा बलि दान में वामन भगवान् को साढ़े तीन पग जमीन दान करता है। तीन पग में भगवान् विष्णु पृथ्वी, अंतरिक्ष और आकाश को नाप लेते हैं, अब समस्या आती है कि आधा पग कहाँ रखा जाए? यह चौथा पग ऊर्ध्वगामी है। राजा बलि को महाव्योम के इस गणित को समझने में थोड़ी देरी हो जाती है, अतएव उन्होंने पूर्ण समर्पण से अपनी पीठ को आगे कर दिया। भू भुर्व स्वः के संबंध में राजा बलि ही क्यों? इस महाव्योम का थाह कौन ले पाया है? वह ऊर्ध्व है, वह तुरीय है, वह अनंत है। अब अनंत के विस्तार

में भूलोक कितना विशाल हो सकता है। इसका कोई छोर नहीं है।

अतएव कहा गया जैसा पिंड है, वैसा ही ब्रह्मांड है। अथर्ववेद में एक ऋचा है—"पृष्ठात्पृथिव्या अहमन्तरिक्षामरुहम्। अंतरिक्षाद्दि विमारूहम्, दिवोनाकस्य, पृष्ठातऽ सर्वज्योतिगामहम।" अर्थात् हम पार्थिव लोक से उठकर अंतरिक्ष लोक की ओर आरोहण करें। अंतरिक्ष लोक से ज्योर्तिमान देवलोक के शिखर पर जाए और ज्योर्तिमान देवलोक से अनंत प्रकाशमान ज्योर्तिपूंज में विलीन हो जाए।

उपनिषदों के अनुसार इहलोक और परलोक—ये ही दो लोक हैं। भूः, भुवः स्वः, महः जनः तपः सत्यम्—ये सप्त व्याहृतियाँ कहलाती हैं। पौराणिक काल में ये ही सात लोक के आधार हुए और फिर सात पाताल मिलकर कुल चौदह लोक बने। भूः से भूलोक। भुवः से भुवर्लोक। स्वः से स्वर्लोक। ऐसे ही सातों लोकों के नाम पड़े। पद्म पुराण के अनुसार अतल, वितल, सुतल, तलातल, महातल, रसातल और पाताल। ये सात पातालों के नाम हैं। इस प्रकार सब मिलाकर चौदह लोक हुए। निरुक्त ग्रंथ में पृथ्वी, अंतरिक्ष और द्युलोक ये ही तीन लोक हैं। भुः, भुवः और स्वः इन्हीं का केवल नाम है ये महाव्याहृति कहलाते हैं। सुश्रुत में केवल दो लोक हैं—स्थावर तथा जंगम। भूगोल यानी जियोग्राफी में भी इस पृथ्वी और अंतरिक्ष का वर्गीकरण किया गया है। यह पृथ्वी, जो पार्थिव है, उसको लिथोस्फियर कहा जाता है। इस लिथोस्फियर के अंदर ही हाइड्रोस्फियर यानी जलमंडल आता है। पार्थिव मंडल में ही जलमंडल शामिल हैं। यह पार्थिव से ज्यादा सूक्ष्म और विस्तारित है। यह दोनों मंडल जिसमें शामिल है, उसे एटमोस्फियर यानी वायुमंडल कहा गया, जिसका क्षेत्र बहुत बड़ा होता है। जलमंडल से वायुमंडल अधिक सूक्ष्म और विस्तारित है। इससे अधिक बृहद् और विस्तार इलेक्ट्रोमैगनेटिक एटमोस्फियर का है। इसे शुद्ध दर्शन की भाषा में प्राणमंडल कहा गया है।

हमारा मानना है कि इस प्राणमंडल के ऊपर एक और मंडल है, जिसे मनोमंडल कहा जाता है। मनोमंडल में मन की गति अनंत होती है। प्रकाश की गति एक लाख छियासी हजार मील प्रति सकेंड है, जबकि मानसिक स्पंदन की गति सीमा इससे अधिक होती है। इसलिए भारतीय ऋषियों ने कहा कि हमारी प्रत्येक गति के स्पंदन से हमारे ब्रह्मांड में असर पड़ता है। हमने इसके आगे विचार किया। इस मनोमंडल के व्यक्तभाग को भूताकाश और अव्यक्त भाग को चिताकाश कहा गया है। इस चिताकाश में सबकुछ ओतप्रोत है। यह सूक्ष्मतम भाग है। जहाँ कोई परिवर्तन नहीं होता है, बल्कि यहाँ देश और काल की स्थिति भी शाश्वत होती है। चेतना का यह स्तर है, स्थिर है। उसको परमव्योम कहा गया। इसकी प्रकृति अखंड होने के कारण उसे ब्रह्म कहा गया।

व्योम का क्या अर्थ है ? सामान्यतः जब बात आकाश की होती है, तब 'व्योम' शब्द का प्रयोग होता है। आकाश का अर्थ है—जो हमारे चहुंओर बाहर की तरफ फैला

है। व्योम का देश इससे बड़ा है। व्योम का अर्थ है—बाहर स्थित आकाश के साथ अंदर का भी आकाश। एक अस्तित्व बाहर की ओर है, जिसका अनंत विस्तार है, वह फैलता जाता है। इसे सृष्टि, जगत्, विश्व या ब्रह्मांड कह सकते हैं। दूसरा आकाश अंदर की ओर है, जो हमारे अंदर फैला है, वह भी असीम है। अतएव दोनों के जोड़ को व्योम कहा जाता है। व्योम की परिभाषा के अनुसार, जो सदैव फैलता जाता है, जिसका विस्तार ही प्रकृति है। बिना किसी सीमा और बाधा के, जो अपनी परिधि बढ़ाता जाता है। इसके बाद भी शेष बचा रहता है। कदाचित इसलिए उस अव्यक्त ईश्वर के आसन अर्थात् स्थान को शेषशय्या कहा गया। ऐसे विस्तार को वैदिक चिंतन में महाव्योम से रेखांकित किया गया है। महाव्योम वह है, जिसकी अनंत गहराई और ऊँचाई के बाद भी कुछ शेष रह जाता है।

इस महाव्योम के दर्शन और चेतना में भूलोक का एक अभिप्राय है। भूलोक मात्र सत्य और प्रत्यक्ष नहीं है। इसका अनंत विस्तार है, जो व्यक्ति की तरह हमेशा खोज और अंतर्यात्रा से मिलता है। चेतना की सतह से नीचे और ऊपर व्योम अनंत तक फैला है। इसके कई स्तर हैं, कई नाम हैं, कई स्थान हैं और कई अर्थ हैं। भूलोक पर रहते हुए महाव्योम को अपने अंदर और बाहर खोजना ही अस्तित्व के स्तर पर जीना है। भूलोक से महाव्योम में फैलाव को देखना ही मानव की चेतना का अर्थ है। जब हम पूर्ण और महाव्योम को अपने चिताकाश में देख पाते हैं, तभी इस अनंत विस्तार का अर्थ है, अन्यथा सब माया और भ्रम है। लेकिन सत्य यह है कि सबकुछ व्योम यानी आकाश से पैदा होते हैं, आकाश में वास करते हैं। यह आकाश भूताकाश है, जो चिताकाश का एक छोटा हिस्सा भर है।

भारतीय ऋषियों ने कहा कि जब भी व्योम या भूलोक की बात आती है, तो उसका अर्थ भूताकाश से है, जबकि महाव्योम तो अव्यक्त और चिताकाश का भाग है। जिस प्रकार चेतन मन हमारे संपूर्ण मन का एक हिस्सा भर होता है। चितकाश हमारे संपूर्ण मन का बड़ा भाग है, जो अव्यक्त है। इस दर्शन के आलोक में जब हम भूलोक, व्योम, महाव्योम, चिताकाश एवं चेतना को विश्लेषित करेंगे तो पता लगेगा कि सबकुछ अनंत है, जिसका एक छोर अबूझ है, तो दूसरा असीम।

इसलिए ऋषि चिंतन में कहा गया कि लोक जितना बाहर है, उतना अंदर है। बाह्य जगत् में यात्रा का परिणाम क्षयकारी और क्षणभंगुर है। लोक के साथ अंतर्जगत की यात्रा में शाश्वत की प्राप्ति होती है। इस अंतर्लोक में काल, देश और पुरुष का जहाँ मिलन होता है, वह शाश्वत और चिरंतन है, जिसकी यात्रा के लिए उपनिषद् के ऋषि सदैव प्रयत्नशील रहे। इन ऋचाओं में बाहर की नहीं भीतर की आँख से देखने और अंतर्जगत में प्रवेश की बात है। ज्योर्तिमान देवलोक हमारी आत्मा है। पार्थिव लोक हमारा शरीर है। यह शरीर ही भौतिक जीवन है। हमारा मन ही अंतरिक्ष है। उसकी तरह ही हमारा मन

विराट और विस्तृत है। इसमें विचार और मनन का कभी अंत नहीं है। वह अछोर की यात्रा करता रहता है। मन से आगे की यात्रा आत्मा की होती है। आत्मा की ओर यात्रा का तात्पर्य है कि हम ज्योतिर्मय देवलोक की ओर गमन करते हैं। इसके बाद अंतिम यात्रा होती है। यह शरीर, मन और आत्मा के बाद का लोक है। यह समाधि, निर्वाण और ब्रह्मत्व की स्थिति है।

व्यक्ति की यात्रा शरीर, मन और आत्मा के पार जाना भर नहीं है, अपितु इसे उस अनंत अस्तित्व के साथ एकाकार होना है, जहाँ से यात्रा प्रारंभ हुई थी। लोक की यह अंतर्यात्रा है। जब हम पार्थिक से अंतरिक्ष की ओर यात्रा करते हैं, तब हम स्वयं को शरीर से ऊपर मन के स्तर पर होते हैं। यह विकास का एक ऊर्ध्व पड़ाव है। जब हम शरीर के आस-पास रहते हैं, तब हम जानवर होते हैं और जैसे ही मन के स्तर पर वास करते हैं, तब हमारा स्थान अंतरिक्ष हो जाता है। वैदिक ऋचाओं में कहा गया है कि शरीर ही सबकुछ नहीं है। इसके आगे भी अंतर्मन है, मानसिक स्थिति और मन की दुनिया है। शरीर और मन से ऊपर की यात्रा का अर्थ है कि हम वासना और भोग को छोड़कर ज्योतिर्मय जीवन की ओर अग्रसर हो रहे हैं। यह शुभता और शिवता का लोक है। इसलिए भारतीय चिंतन में सदैव खोज और यात्रा पर बल दिया गया है। सत्य एक है, उसकी खोज, उस ओर की यात्रा प्रत्येक व्यक्ति की अलग होगी। जिसने खोजा वह रहेगा। जिसने समय को निचोड़ लिया, वह बचेगा। बहुत कम लोग हैं, जो कह सकेंगे कि हमारा जीवन सफल रहा। जीवन में पाने के लिए शाश्वत की खोज सदैव जारी रहनी चाहिए। सनातन का द्वार क्षणभंगुर समय से होकर आता है। इसलिए जीवन में छिपे शाश्वत के लिए लोक की यात्रा आवश्यक है।

कबीर का प्रसिद्ध वचन हैं—"झूठे सुख को सुख कहे, मानत है मन मोद। खलक चबैना काल का, कुछ मुख में कुछ गोद।" हमारे यहाँ लौकिक बातों से अलौकिक निष्कर्ष निकाले गए हैं—चना, चबैना, सत्तू, ये भी जीवन को समझने में सहायक हैं। दुनिया में आवागमन सृष्टि के जन्म के साथ ही लगा हुआ है। काल अत्यंत व्याप्त है, इस कारण उसे 'निरवधि' कहा गया है, उसी प्रकार देश भी अनंत है। यह देश जितना बाहर है, उतना ही अंदर भी है। श्रीकृष्ण के विश्व-रूप दर्शन में भी जन्म और मृत्यु का विराट रूपक रचा गया है। यह विराट अस्तित्व प्रति क्षण गति कर रहा है। देश और काल की गति भी नदी, वृक्ष, मनुष्य और प्रत्येक जीवन की, जीवन की तरह है। वह नदी की तरह बह रहा है, वृक्ष की तरह अपना स्वरूप बदल रहा है। मनुष्य की तरह लोक-परलोक की यात्रा और पुनर्यात्रा करता है। इस व्योम में ऊपर-ऊपर से भले शांत दिखाई दे, पर समूचे वातावरण में खलबली मची हुई है। यह कर्म, धर्म और यात्रा की गति है।

केवल कुरुक्षेत्र में महाभारत का युद्ध नहीं हुआ या पानीपत-हल्दीघाटी के मैदानों

में ही मारकाट नहीं मची। इस अस्तित्व के कण-कण में जीवन का संघर्ष है। संघर्ष में ही जीवन है। प्रत्येक द्वंद्व में व्यक्ति जीवन पाता है। यह गर्भ से शुरू होता है और जीवन में आकर वह पुनः युद्धरत हो जाता है। जीवन के बाद पुनः नए युद्ध की तैयारी होती है। ऋग्वेद और बाद के साहित्य में मृत्यु को भयसूचक माना गया है और एक सौ एक प्रकार की मृत्यु बताई गई है। बुढ़ापे से जीर्ण शरीर को स्वाभाविक मृत्यु मिलती है। अथर्ववेद मृत्यु से मुक्ति पाने का मंत्र बताता है। मनुष्य के अच्छे-बुरे कार्यों के प्रभाव से ही स्वर्ग और नरक की कल्पना की गई है। हम अपने दृश्य और अदृश्य शत्रुओं से भले ही चारों ओर से घिर जाएँ, पर हमारा दृढ़ मनोबल हमें विजयी बना देता है। यह लोक में देश काल का अतिक्रमण है।

सायणाचार्य ने लोक को परिभाषित करते हुए कहा है कि लोक में संसार, जगत्, निवासस्थान, प्रदेश, दिशा, व्यक्ति, जन, समाज, यश, कीर्ति और प्राणी सब समाहित हो जाता है। लोक विराट है, लोक सृष्टि है और लोक ही काल है। इस लोक को संरक्षित और संपोषित करने के लिए ही सृष्टि में पुरुषार्थ चलता रहता है। यह धर्म, अर्थ, काम और मोक्ष के अधीन किया जानेवाला कार्य है। वैदिक ग्रंथों में कहा गया है कि भूमि, लोक अर्थात् जन की माता है और लोक इस भूमि का पुत्र है। आकाश और पृथ्वी के माध्यम से इस लोक का जन्म होता है। इस कारण जन में अर्थात् लोक में एक परस्पर अटूट संबंध बनता है। यह संबंध ही पृथ्वी को माता और आकाश को पिता बनाता है। इस यह लोक के कारण ही भूत, वर्तमान और भविष्य की अधिष्ठात्री मातृभूमि वंदनीय हो जाती है।

भूलोक अर्थात् पृथ्वी के बारे में महाभारत में रोचक वर्णन है। महाभारत के भीष्म पर्व में कहा गया है कि सुदर्शन नामक यह द्वीप चक्र की भाँति गोलाकार रूप में स्थित है। जैसे पुरुष दर्पण में अपना मुख देखता है, उसी प्रकार यह द्वीप चंद्रमंडल में दिखाई देता है। इसके दो अंशों में पीपल और दो अंशों में खरगोश दिखाई देता है। कागज पर पीपल के दो पत्तों और दो खरगोश की आकृति बनाकर उसको उल्ट कर देखने से धरती का मानचित्र बनता है। ऊपर से पानी के भाग को छोड़कर धरती कैसी दिखती है, इसका चित्रण महाभारत में हजारों साल पहले हुआ।

आकाश वह है, जो हमारे बाहर की ओर फैला है और व्योम का अर्थ है—अंदर और बाहर दोनों। एक आकाश बाहर फैला है, जिसमें सूर्य, चंद्र और तारों का अनंत विस्तार है। वे लगातार फैलते जा रहे हैं। न आदि दिखता है और न ही कहीं अंत की अनुभूति हो पाती है। बस अछोर एवं अथाह में फैलाव है। इसे संसार, जगत्, सृष्टि, अस्तित्व और ब्रह्मांड का नाम दिया गया। दूसरा विस्तार हमारे अंदर है। अंदर का विस्तार भी असीम है। इसका भी कहीं कोई अंत नहीं। वह भी अबूझ है। बाहर के विस्तार

को आकाश तो अंदर के विस्तार को चित्ताकाश कहा गया।

ब्रह्मांड में सात तल हैं—पाताल, रसातल, तलातल महातल, सुतल, अतल और वितल। इसी प्रकार शरीर में भी सात तल हैं—पैरों का मूल (तलवा)-पाताल, पैरों का ऊपरी भाग-रसातल, दोनों गुल्फ-तलातल, दोनों पिंडलियाँ-महातल, दोनों घुटने-सुतल, दोनों जाँघें-अतल और कटिभाग-वितल है। इसी प्रकार ब्रह्मांड में सात लोक है। भूलोक, भुवः लोक, स्व लोक, महलोक, जनलोक, तपलोक और सत्यलोक। इसी प्रकार शरीर में भी सात लोक अवस्थित हैं—नाभि-भूलोक, उदर-भुवः लोक, वक्षस्थल-स्वलोक, गला-महालोक, मुख-जनलोक, दोनों नेत्र-तपलोक और मस्तक-सत्यलोक है।

ब्रह्मांड में सात पर्वत हैं—मेरु पर्वत, मंदराचल पर्व, कैलाश पर्वत, हिमालय पर्वत, निषध पर्वत, गंदमादन पर्वत और रमन पर्वत। शरीर में भी सात पर्वत हैं। हृदयकमल में मेरु पर्वत, नीचे के कोने में मंदराचल पर्वत, दाहिने कोने में कैलाश पर्वत, बाएँ कोने में हिमालय पर्वत, ऊपर की लकीर में निषध पर्वत, दाहिनी रेखा में गंदमादन पर्वत और बाएँ रेखा में रमन पर्वत स्थित है। इसी प्रकार ब्रह्मांड में सात द्वीप हैं—जंबूद्वीप, साक द्वीप, कुश द्वीप, क्रोंच द्वीप, शाल्मली द्वीप, प्लक्ष द्वीप और पुष्कर द्वीप। शरीर में भी सात द्वीप हैं। हड्डी स्थान में जंबूद्वीप, मज्जा में साक द्वीप, मांस में कुश द्वीप, शिराओं में क्रोंच द्वीप, त्वचा में शाल्मली द्वीप, रोमों में प्लक्ष द्वीप और नख में पुष्कर द्वीप है। इसी प्रकार ब्रह्मांड में सात सागर हैं। खारा सागर, क्षीर सागर, मदिरा सागर, घृत सागर, रस सागर, दही सागर और सुस्वादु सागर। शरीर में भी सात सागर हैं। मूत्र में खारा सागर, दूध में क्षीर सागर, कफ में मदिरा सागर, मज्जा में घृत सागर, रस में रस सागर, रक्त में दही सागर और कंठ के अंतर्गत लिंबिनी में सुस्वादु सागर स्थित है।

इस कारण अंदर और बाहर दोनों के जोड़ को व्योम माना जाता है। व्योम बाहर और अंदर दोनों जगह व्याप्त है। अंतर आकाश की सीमा भी अनंत है। हजारों सालों से इसका अन्वेषण चल रहा है। कोई बुद्ध, नचिकेता और शंकर जैसे ही उस आकाश और चित्ताकाश को अंदर और बाहर एकरूप में देख पाते हैं।

नानकदेवजी के वचन है—"मनै सुरति होवै मनि बुधि। मनै सगल भवन की सुधि।" हरेक व्यक्ति सोया है, जिस दिन जगेगा, उस दिन पता चलेगा कि यह आकाश अनंत है, ये भुवन कई हैं, यह अस्तित्व असीम है और परमात्मा की लीला परिपूर्णता में प्रकट हो रही है। उस ईश्वर की महिमा अपरंपार है। जब आदमी जागता है तो उसे अनुभूति होती है कि एक भुवन के बाद दूसरा भुवन अर्थात् लोक खुलते जाते हैं। ये अनंत हैं। इस जीवन में और इस अस्तित्व में कितने भुवन है? इसके लिए जागरण आवश्यक है। जब हमारा जागरण होता है तब यह बोध होता है कि इहलोक और परलोक के अतिरिक्त भी लोक है। जिस लोक में रहते हैं, वहाँ भी सौंदर्य और शुभता का प्रभाव है। सात नदियों का जल

या सात कुँओं का जल, सात स्थानों की मिट्टी, सात औषधियाँ या सात दिन की खुशियों के बिना हमारा लोक पूर्ण नहीं बनता है।

लोक की अवधारणा में कर्म का अपना महत्त्व है। श्रीकृष्ण अलौकिक है, लेकिन लोक के लिए वे सदैव कर्मरत हैं। इस लोक के लिए श्रीराम वनवास भोग करते हैं, सीता का परित्याग करते हैं। महात्मा बुद्ध भी इस लोक की मुक्ति, तभी स्वीकार करते हैं, जब तक की प्रत्येक जीव मुक्त न हो जाए। जिस जीवन के साथ हम लोकाचार, लोक मर्यादा और लोकमत को प्रमुखता देते हैं, अपने कर्मों से लोक का स्वामी भी बन जाते हैं। कहा गया है कि जिसने इस लोक में सारी वासना और इच्छाओं का अंत कर लिया, उसके लिए किसी लोक की यात्रा आवश्यक नहीं है, वह मुक्त हो जाता है, जिसमें सभी लोक का वास होता है।

भारतीय चिंतन में व्योम की विराटता का अनुभव बार-बार देखने को मिलता है। राजा बलि के यज्ञ में वामन अवतार में भगवान् विष्णु अपने तीन पग में समूची सृष्टि को नाप लेते हैं, तो महाभारत के युद्ध के दौरान जब अर्जुन अपने सगे-संबंधियों पर आक्रमण करने में हिचकिचा रहा था। उस समय उसके सारथी रहे श्रीकृष्ण ने उसे अपने विराट रूप के दर्शन दिए। यह रूप इतना विराट था कि उसमें समस्त ब्रह्मांड समा गया था और अर्जुन को कृष्ण के उस रूप में ब्रह्मांड के तीनों लोकों के दर्शन हुए थे। यद्यपि भारतीय जनमानस में ब्रह्मांड में तीन नहीं बल्कि दस लोक होते हैं और अधिकांशतः स्वर्गलोक को सबसे ऊपरी स्थान पर रखते हैं। इसके अतिरिक्त भी लोकों के सोपान में स्वर्गलोक पाँचवें स्थान पर आता है।

लोकों की कड़ी में सबसे ऊपर है सत्यलोक। इस लोक को ब्रह्मा का निवास स्थान माना जाता है। ब्रह्मा के साथ सत्यलोक में सरस्वती और अन्य देवी-देवता रहते हैं, जिन्होंने अनंत काल तक तपस्या करने और भौतिक जगत् से मोह छोड़ने के बाद इस लोक में अपना स्थान सुनिश्चित किया है। सत्यलोक से 12 करोड़ योजन (चार कोस का एक योजन) नीचे स्थित है तपो लोक जहाँ चारों कुमार, सनत, सनक, सनंदन, सनातन रहते हैं। विष्णु के पहले अवतार माने जाने वाले ये कुमार, ज्ञान शक्ति को दर्शाते हैं। इन्हें कुमार इसलिए कहा जाता है क्योंकि ये अनश्वर हैं और इनका शरीर मात्र पाँच साल के बच्चे का है। अपनी पवित्रता के कारण ये कुमार, ब्रह्मलोक और विष्णु के स्थान वैकुंठ में जाने के लिए स्वतंत्र हैं। तपो लोक से आठ करोड़ योजन नीचे स्थित है महर्षियों की निवास भूमि, तपो लोक से दो करोड़ योजन नीचे स्थित महोलोक भी महान् ऋषि-मुनियों का घर है। इन दोनों लोकों पर रहने वाले ऋषि-मुनि भौतिक जगत् और सत्यलोक में विचरण करने के लिए स्वतंत्र हैं।

लोक पर रहने वाले महर्षियों द्वारा अलग-अलग लोकों पर जाने की गति इतनी

अधिक है कि आधुनिक विज्ञान भी उसे समझ नहीं सकता। महान् भृगु मुनि भी जन लोक में ही रहते हैं। इस स्थान पर रहने वाले लोगों की जीवन आयु ब्रह्मा के एक दिन के बराबर अर्थात 4.32 अरब साल। कर्मों के आधार पर यह निश्चित होता है कि संबंधित आत्मा अपने सुकर्मों की वजह से ब्रह्म लोक में जाएगी या फिर जन लोक से नीचे स्थित देवों के स्थान पर पहुँच जाएगी। साधारणतः लोग जिसे सबसे ऊपरी लोक मानते हैं, उसे जनलोक के बाद स्थान दिया गया है। स्वर्ग लोक 33 करोड़ देवी देवताओं का स्थान है। बौद्ध धर्म में इन तैंतीस करोड़ देवी-देवताओं को त्रयरूत्रिंसत् कहा जाता है। यह स्थान पृथ्वी के बीचो-बीच स्थित मेरु पर्वत पर मौजूद है, जिसकी ऊँचाई अस्सी हजार योजन है। पश्चिम देशों में इस स्थान को हेवेन और इसलाम में इसे जन्नत कहा जाता है, जिसका जिक्र अन्य बहुत सी सभ्यताओं में भी मिलता है।

स्वर्ग लोक का आधिपत्य इंद्र देव के पास है, यहाँ इंद्र और अन्य देवों के अतिरिक्त अप्सरा, गंधर्व, देवदूत और वासु भी रहते हैं। इन सभी के पास चमत्कारी शक्तियाँ तो हैं ही इसके अतिरिक्त ये अत्याधिक दीर्घायु और बीमारियों से मुक्ति जैसी सुविधाएँ भी रखते हैं। स्वर्ग लोक में कई चमत्कारी वृक्ष भी हैं, जो लोगों की मनोकामना पूरी करते हैं। इसके अलावा आसमान में उड़ने वाले दैवीय विमान और समुद्र मंथन के अतिरिक्त उपलब्ध हुई कामधेनु गाय जैसी बहुत से अलौकिक वस्तुएँ उपस्थित हैं। मनुष्य से थोड़ा ऊपर और देवताओं से नीचे की श्रेणी वाले व्यक्तित्व यहाँ रहते हैं। ये लोक देवताओं के संपर्क में रहते हैं और कभी-कभार मनुष्य लोक में भी विचरण करने के लिए स्वतंत्र हैं। अपनी सेवाओं को समर्पण के साथ करने पर इन्हें देवताओं की श्रेणी में रखा जाता है और अगर ऐसा नहीं होता तो इन्हें मनुष्य जन्म मिलता है।

कहते हैं कि जब सभी लोक नष्ट हो जाएँगे तब भी धुव्र लोक का अस्तित्व स्थापित रहेगा। यहाँ सूर्य के अतिरिक्त सौरमंडल के सभी ग्रह निवास करते हैं। धुव्र लोक से एक लाख करोड़ योजन नीचे स्थित है सप्तऋषियों का निवास स्थान जिसे सप्तऋषि लोक कहते हैं। हिंदू धर्म के सबसे महत्त्वपूर्ण सात ऋषियों का समूह अनंत काल से इस लोक में रहता है। असुरों के शासन में पाताल लोक का संचालन होता है। इस स्थान पर सभी नकारात्मक शक्तियाँ निवास करती हैं, जिनके स्वर्ग तक पहुँचने का रास्ता भू-लोक से होकर जाता है। (संदर्भ : हिंदी-स्पीकिंग ट्री-इन)।

पृथ्वी से ऊपर और नीचे के अतिरिक्त स्वयं धरती एक लोकांतर है। इस लोकांतर के दो मुख्य उपलोक बताए गए हैं, जिनको वासना लोक या प्रेत लोक और पितृ लोक की संज्ञा दी गई है। अणु निर्मित स्थूल शरीर भौतिक जगत् में आत्मा का वाहन है और जब तक शरीर रहता है, तब तक मनुष्य का संबंध इस पार्थिव जगत् से व्यक्त अथवा गोचर रूप में बना रहता है। मनुष्य का दूसरा शरीर इस पार्थिव जगत् में वासना या प्रेत

शरीर है, जो वासना के कणों से बना हुआ होता है। मगर पितृ शरीर वासना के कणों से नहीं, सूक्ष्म अणुओं से निर्मित होता है। एक प्रकार से यह भी वासना शरीर ही है, किंतु इसमें भौतिक जीवन की वासना मुख्य रहती है। पितृ शरीर को प्राणमय शरीर भी कहते हैं। साधारण तौर पर स्थूल शरीर से निकलकर मृत प्राणी तुरंत वासना के अनुरूप प्रेत शरीर धारण करता है। प्रेत लोक बिल्कुल अंधकारमय है। स्थूल लोक के साथ बिल्कुल मिला हुआ है। गहन अंधकार का वातावरण होने के कारण प्रेत लोक का दूसरा नाम 'नर्क' है, जहाँ सूर्य अथवा उसका प्रकाश नहीं है वहीं नर्क है। प्रबल वासना और इच्छा की अपूर्णता ही नर्क का यातनामय कष्ट है। वैसे तो वासना के अनुरूप सभी प्रकार के लोगों को और सभी वर्ग के प्राणियों को कुछ समय के लिए प्रेत योनि स्वीकार कर-प्रेत लोक में रहना पड़ता है। मगर उन लोगों की आयु इस शरीर और लोक में निश्चित रूप से अधिक होती है, जिनकी अकाल और वासनात्मक मृत्यु हुई है। पितृ लोक एक लोकांतर उपलोक है, जो प्रेत लोक से थोड़ा ऊपर है। वर्ष में केवल 15 दिन (पितृ पक्ष में यानी चंद्र मास के पहले 15 दिन और अमावस्या तक) यहाँ सूर्य का धुंधला-सा प्रकाश रहता है। प्रेतलोक में छोटी मोटी वासनाएँ कामनाएँ जब धीरे-धीरे समाप्त हो जाती हैं तब प्राणी अपने किसी महत्त्वपूर्ण संस्कार, वासना और कामना को लेकर प्राणमय शरीर यानी पितृ शरीर धारण कर पितृ लोक में प्रवेश करता है।

प्रेत लोक में घोर अशांति है मगर पितृ लोक में नहीं। इस लोक में प्राणी थोड़ी शांति और विश्राम का अनुभव करता है। जैन धर्म के शास्त्रों में लिखा है कि जब देवों और नरक के वासियों के वर्तमान जन्म की आयु के समाप्त होने में छह मास का समय शेष रह जाता है, तब उनके अगले जन्म की आयु का निर्माण होता है अर्थात् उनके अगले जन्म की आयु (कर्म) का बंधन होता है और उस आयु-कर्म के फल से जितनी आयु उस ने बाँधी है, उतने समय तक उसे अगले जन्म (योनि) में रहना पड़ता है।

भारतीय चिंतनधारा में विराटता के एक छोर पर सृष्टि का अनंत विस्तार है, तो दूसरा छोर पर व्यक्ति के भीतर का सूक्ष्मतम आकार है, जो स्वयं में असीम है। व्योम में सब आते हैं, सारे विराट हैं। पुरुष क्यों? एक बीज की विराटता का थाह लगाना कठिन है। विराटता हर जगह मौजूद है। इस सृष्टि में और इस अस्तित्व के प्रत्येक जीवन में और मानव तन में भी। हर स्थान पर अणुओं का खेल चल रहा है। एक से सृष्टि नित्य नया आकार ले रही है। ब्रह्मांड का विस्तार हो रहा है, तो दूसरी ओर व्यक्ति में भी वही खेल स्थूल और सूक्ष्म दोनों रूप में जीवन भर चलता जा रहा है।

एक अणु का दो होना और दो का तीन होना, इस प्रकार अणुओं के टूटने और जुड़ने से एक शिशु का विस्तार होता है और वह बचपन से युवा, जवान बनता है। फिर इस अणु की ही क्रिया से वह जवान से पौढ़ तथा मृत्यु को अंगीकार करता है। इस स्थूल

आँख और देह से हम न ही ब्रह्मांड की गतिशीलता को समझ पाए कि यह कैसे होता है और न ही शरीर की क्रियाशीलता का उत्तर खोज पाए। अंततः प्राण के मुख्य अवयव हवा के उपस्थित रहने के बाद भी यह शरीर एक दिन अचानक प्राणहीन कैसे हो जाता है? कैसे अणु जन्म के साथ कर्म करने लगता है और मृत्यु के साथ उसकी क्रिया रुक जाती है। इसीलिए कहा गया है कि, जो अंड में है, वही ब्रह्मांड में है।

जिस प्रकार सृष्टि में गतिमान ऊर्जा नहीं दिखाई पड़ती है, उसी प्रकार व्यक्ति के अंदर प्राण ऊर्जा अगोचर ही रहती है। दोनों जगह ऊर्जा है, क्रिया है और गति है। अणु के विभाजन और संलयन में परमाणु अपनी शक्ति का अनुभव करता है। प्रत्येक अणु में शक्ति है। अणु अपने में अनंत विराट और विस्तार दोनों ही गुण रखता है। सृष्टि और शरीर अलग भी है और अणु की तरह संयुक्त भी है। जिस प्रकार शरीर के अंदर टूटने के बाद भी सब अणु जुड़े हैं, इसी प्रकार इस सृष्टि में प्रत्येक तत्त्व जुड़े हैं। चाहे वह जीव हो, प्रकृति हो या निर्जीव तत्त्व हो। कुछ भी अकारण नहीं है। कुछ भी खंडित और यूँ ही बिखरे नहीं हैं। प्रत्येक बिखराव और टूट का दिखना हमारी आँख का धोखा है। क्या शरीर के अणु संयुक्त नहीं हैं? इसी प्रकार सृष्टि में कुछ भी अलग नहीं है। ब्रह्मांड से लेकर सूर्य, तारे, चंद्रमा, धरती, जीव, खनिज, सागर, पहाड़, नदी, हवा, आग, पत्थर, मिट्टी तक सभी कुछ। सूर्य और चंद्रमा के कारण पृथ्वी का अस्तित्व है। पानी, हवा और मिट्टी से जीव जुड़े हुए हैं।

इस शरीर में एक संसार है। इस संसार की व्यवस्था सूक्ष्म और जटिल है लेकिन इसकी क्रिया काफी सरल है। हमारी इंद्रियाँ, हमारी कोशिकाएँ और हमारी तंत्रिकाओं की संरचना में यह शरीर ब्रह्मांड का एक लघु रूप है। हमारा हृदय इस सौरमंडल का सूर्य है। हमारे अंग इसके ग्रह और नक्षत्र हैं। हमारा शरीर पृथ्वी के सदृश्य है। हमारे भीतर वैसा ही अनंत आकाश है, जैसा बाहर पृथ्वी पर दिखता है। पृथ्वी पर बहती नदियाँ हमारे शरीर में बहती रक्त की शिराएँ एवं धमनियाँ हैं। हमारे और प्रकृति के बीच यह सह-अस्तित्व का दर्शन है। हमारा मस्तिष्क एक अनभिज्ञ ब्रह्मांड है, जिसके बारे में प्रत्येक जानकारी इसके विराटता के समक्ष गौण सिद्ध होती है।

शरीर के जल स्तर का हमारी भावनाओं से अटूट संबंध है। हमारी भावनाएँ ही बादल हैं। यह बादल जीवन के आधार हैं। सृजन के लिए भूमि तैयार करते हैं। उसी प्रकार हमारी भावनाएँ पानी की संरचना और स्वभाव को बदल देती हैं। हमारे अंदर का जल भावनाओं का घनीभूत रूप है, जो कभी आंसू, कभी हंसी, कभी पसीना, कभी शक्ति, कभी विकार के रूप में निकलता है। शरीर के अंदर सैकड़ों अरब कोशिकाएँ हमें जीवित रखने, हमें स्वस्थ रखने और हमें सफल बनाने के लिए बिना विश्राम और थके काम कर रही हैं। ये सभी कोशिकाएँ जल से घिरी और स्वयं को केंद्र में रखती हैं। हमारे

विचार और हमारे भाव का इन जल से घिरी सभी कोशिकाओं पर प्रभाव पड़ता है। हमारे क्रोध में यह जल अग्नि पैदा करता है। इसकी शक्ति का क्षय होता है। उसी प्रकार प्रेम में पानी की ऊर्जा बढ़ जाती है। इसकी संरचना और व्यवस्था प्रगाढ़ हो जाती है।

हमारे फेफड़े में छह हजार छिद्र होते हैं, जिससे हम श्वांस लेते हैं। परंतु हम एक हजार से कम छिद्रों का उपयोग श्वांस लेने में करते हैं। जब दौड़ते हैं, टहलते हैं या साईकिल चलाते हैं या व्यायाम करते हैं। उस दौरान भी दो हजार छिद्रों का उपयोग श्वांस के लिए होता है। हमारे फेफड़े के आधे से अधिक छिद्रों में ऑक्सीजन नहीं जाता है या कभी-कभी जाता है। हमारे फेफड़े में कार्बन डॉइऑक्साइड की मात्रा रहने के कारण ही हमारा चित्त तामसिक अवस्था में पड़ा रहता है। रात में हवाओं में ऑक्सीजन कम और कार्बन डॉइऑक्साइड की मात्रा अधिक होती है। इसलिए रात में नींद आती है और दिन में सोना कठिन होता है।

सुबह में जगत् के साथ प्रकृति जागती है। वातावरण में ऑक्सीजन की मात्रा बढ़ जाती है। सूरज के उगने के पूर्व में पूरा जगत् और परिवेश में ऑक्सीजन की अधिकता के कारण हमारी तामसिक अवस्था को चोट पहुँचता है। वातावरण में ऑक्सीजन की अधिकता के कारण नींद टूटने लगती है। नींद के लिए तम चाहिए। तम का गुण कार्बन डॉइऑक्साइड से प्राप्त होता है। सक्रियता का गुण ऑक्सीजन में मिलता है, अतएव वह नींद को तोड़ता है। दिन में वह भोजन को तोड़ता है। जीवन को आगे बढ़ाता है। ऑक्सीजन के विस्तार के साथ मन का फैलाव होने लगता है। इसके संकुचन के साथ मन स्थिरता को चला जाता है।

मानव मस्तिष्क का औसत वजन डेढ़ किलोग्राम होता है, लेकिन यह शारीरिक और मानसिक क्रियाओं का संचालन करता है। मस्तिष्क की बुनियादी इकाई कोशिका नहीं, बल्कि तंत्रिका कोशिका होती है। इनकी संख्या एक खरब के पास होती है। मस्तिष्क का भार पूरे शरीर के भार का दो फीसदी होता है, लेकिन शरीर के रक्त का 15 फीसदी हिस्सा माथे को चाहिए होता है। हमारे शरीर की आवश्यक ऑक्सीजन का 20 फीसदी का उपयोग मस्तिष्क द्वारा किया जाता है।

हमारे शरीर की संप्रभुता मस्तिष्क के पास है। इतना ही नहीं यह देह गतिमान है। इसमें हर वस्तु निरंतर परिवर्तनशील है। वैज्ञानिक की खोज पर विश्वास करें तो प्रत्येक वर्ष हम नया शरीर धारण करते हैं। देह की कोशिकाओं के अणु प्रत्येक साल 98 फीसदी तक परिवर्तित हो जाते हैं। हर छह माह में एक नया यकृत बन जाता है। प्रत्येक माह शरीर की त्वचा बदल जाती है। हर पाँचवें दिन पेट की अंदरूनी सतह में परिवर्तन हो जाता है। श्वास प्रत्येक क्षण नई होती है। वह क्षण-क्षण बदलती रहती है। रक्त भी अपने विकारों को शुद्ध कर नया बन जाता है। प्रत्येक तीन माह में रक्त ही परिवर्तित हो जाता है। आयु

के अनुरूप स्वर बदल जाता है, समय के अंतराल पर देह भी बदल जाती है। वह सदैव नया होते रहता है। एक प्रवाह में सृष्टि और शरीर दोनों बदलते हैं।

सृष्टि और शरीर की विराटता में जीवन अखंड है। साँस की हवा पर निर्भरता है, तो जीवन में ताप और मिठास सूर्य तथा चाँद व तारों से आती है। जीवन का होना ही सृष्टि का होना है। जन्म, मृत्यु और जन्म का यह चक्र जीव के साथ ही नहीं ऋतुओं के साथ भी है। यह सृष्टि भी लगातार बदल रही है, लेकिन मूल स्वरूप के साथ। ऊर्जा चहुँओर है। सृष्टि से लेकर शरीर तक उसकी क्रिया और गति चल रही है। यह ऊर्जा ही परम सत्य है। यह परमतत्त्व भी है। अपने अंदर के इस विराटता की अनुभूति ही व्यक्ति को श्रेष्ठता का बोध होना है। जीवन भर व्यक्ति विचार, विकार, अहंकार की गहन गहराई की यात्रा करता है। इस कारण वह असफल रहता है। जिस ऊर्जा में जीवन है, जिसमें प्राण है और जो गति करता है। उसके विपरीत यात्रा से हम ठहराव को बढ़ते हैं।

भारतीय चिंतन में कहा गया है कि मनुष्य के भीतर, जो भी घटता और बढ़ता है, वह तीन शक्तियों का खेल है। जन्म के साथ लगातार निर्माण और निर्माण में जो अनुपयोगी होता है उसका विखंडन करना और इसके बीच का संतुलन ही तो जीवन है। अगर यह नहीं हो तो जीवन में विस्फोट हो जाए। केवल निर्माण और संहार ही जीवन नहीं है। प्रत्येक अणु में सत, रजस और तमस की गति हमारे अंदर चल रही है। तमस रोकता है, रजस गति देता है और सत्व संतुलन करता है। गति और स्थिरता के बीच जो संतुलन करता है, उसे विष्णु कहा गया, यह न्यूटॉन है। जो तोड़ता है, वह इलेक्ट्रान की प्रकृति शिव जैसी है। जो हमारे अणु में प्रोटॉन है, वह निर्माण करता है, वह ब्रह्मा है, जो रचना करनेवाला है।

दूसरी ओर रसायन विज्ञान ने बताया कि अणु के सूक्ष्मतम कण यानी परमाणु में इलेक्टॉन, प्रोटॉन और न्यूटॉन की गति चल रही है। शरीर के अंदर के सबसे सूक्ष्मतम तत्त्व परमाणु में भी एक केंद्र है। इस केंद्र में भी शरीर की सारी व्यवस्था है। पाचन, रक्त का संचरण, श्वसन, उत्सर्जन, विसर्जन, संग्रहण इस न्यूनतम और सूक्ष्मतम केंद्र पर भी चलता है। दो प्रमुख क्रियाएँ, विस्तार और विसर्जन इस निखिल ब्रह्मांड में भी चलता है और हमारे शरीर के सूक्ष्मतम केंद्र पर भी। यह जीवन का विस्तार है और यही विसर्जन भी।

शरीर के भीतर उस करोड़-अरब सूक्ष्मतम केंद्रों पर जिस दिन यह क्रिया रुक जाती है, उसी दिन यह विशाल शरीर भी रुक जाता है। जिस पल इलेक्टॉन उस केंद्र का चक्कर लगाना रोक देता है, उसी समय व्यक्ति भी रुक जाता है। ऊर्जा प्रत्येक जीव में गतिशील है। जीवन से ऊपर पृथ्वी में चंद्रमा में और सूर्य में भी यही गति है। यह प्रत्येक केंद्र के चहुँओर गतिमान है। चंद्रमा हमारी पृथ्वी का, तो पृथ्वी सहित नौ ग्रह अपने सूर्य का

चक्कर लगाते हैं। सूर्य सहित आकाश के सारे तारे किसी अनंत विस्तार में स्थित अपने केंद्र की परिक्रमा करते हैं। यह चक्कर और परिक्रमा निरंतर जारी है। केंद्र पर अवस्थित ऊर्जा के चहुँओर इलेक्टॉन की गति है। यह ऊर्जा अपने स्वरूप में शरीर में वही है, जो सूर्य और तारों में है। कहीं ऊर्जा अधिक है तो कहीं कम। शरीर में कम है, चंद्रमा में यहाँ से अधिक है और पृथ्वी पर उससे अधिक। हमारे ग्रह में यह ऊर्जा सूर्य में अधिकतम है। इस ऊर्जा को ही मनोबल, गुरुत्व बल, आकर्षण, आत्मबल, ईश्वरीय शक्ति विविध नाम से पुकारा जाता है। हर तत्त्व की ऊर्जा अपनी ओर इलेक्टॉन को आकर्षित करती है।

हमारी विराटता का एक सूत्र हमारे शरीर के सूक्ष्मतम केंद्र है, तो दूसरा सूत्र इस सृष्टि के महत्तम केंद्र है। दोनों में एक सी ऊर्जा होने के कारण अनंत विस्तार की विराटता भी असीम, परंतु अखंड है। इस सृष्टि के ऊपर और नीचे ब्रह्मधाम में नारायण का वास है। पालनकर्ता श्रीहरि यहाँ शयन करते हैं। इसे ही विष्णुलोक भी कहा जाता है। यहाँ आने पर कोई भी लौटकर नहीं जाता। भगवान् के सच्चे भक्त ही जनार्दन को प्राप्त करते हैं। ब्रह्मासन से ऊर्ध्व में परम् ज्योतिर्मय शुभ स्थान है। वहाँ पार्वती के साथ भगवान् शिव विराजमान रहते हैं। वहाँ नियत ब्रह्मवादी द्विजगण ही जाते हैं। महादेव में सतत ध्यानरत, तापस, ब्रह्मवादी, अहंता ममता के अध्याय से रहित, काम, क्रोध से शून्य, ब्रह्मत्व समंवित पुरुष ही उनको देख सकते हैं। वहीं रुद्रलोक है।

ठीक व्योम में शीर्ष पर नारायण का वास है, तो पृथ्वी के अनंत तल में स्थित क्षीण सागर में माता लक्ष्मी के साथ विष्णु विराजमान रहते हैं। यह सबसे नीचे का तल है, जहाँ योगनिद्रा में सृष्टि के पालनकर्ता का निवास है। भारतीय ऋषियों ने बताया कि पृथ्वी के नीचे महातल पाताल लोक है। महातल नामक पाताल स्वर्णमय तथा सभी वर्णों से अलंकृत है। वह विविध प्रासादों और शुभ देवालयों से समंवित है। वहाँ पर भगवान् अनंत, बुद्धिमान मुचुकुंद तथा बलि भी निवास करते हैं।

भगवान् शंकर से सुशोभित रसातल शैलमय है। सुतल पीतवर्ण और वितल मूंगे की कांतिवाला है। वितल श्वेत और तल कृष्णवर्ण है। यहाँ वासुकि रहते हैं। कालनेमि वैनतेय, नमुचि, शंकरकर्ण तथा विविध नाग भी यहाँ निवास करते हैं। इनके नीचे रौरव आदि अनेक नरक हैं, उसमें पापियों को गिराया जाता है। पाताल के नीचे शेष नामक वैष्णवी शरीर है। वहाँ कालाग्नि रुद्रस्वरूप नरसिंह भगवान् लक्ष्मीपति भगवान् विष्णु नागरूपी अनंत के नाम से प्रसिद्ध हैं।

आध्यात्मिक विकास के बाद यह अंतर्बोध होता है कि व्योम केवल बाहर और भीतर नहीं है, बल्कि उसका हमारी चेतना में भी विस्तार है। जब चेतना का विकास होता है, तब पृथ्वी और आकाश के स्थूल और सूक्ष्म रूपों का हम दर्शन करते हैं। पृथ्वी और आकाश का अस्तित्व, विस्तार और मिलन सदैव है। मानसिक विकास के एक स्तर पर

यह अंतर्बोध होता है कि पृथ्वी केवल बाहर नहीं, बल्कि हमारा शरीर भी उसी पृथ्वी का अंश है। हमारा शरीर हो या पृथ्वी, सब पदार्थ हैं। इस पदार्थ को ऋषियों ने पौदगलिक कहा। इसी प्रकार आकाश या स्वर्ग कोई वस्तु या स्थान नहीं है। यह हमारा चैतन्य चित्त है। जिस प्रकार शरीर और आत्मा के बीच दूरी बढ़ने के कारण हमको अपने अस्तित्व का यथार्थ बोध नहीं हो पाता है, ठीक उसी प्रकार धरती और आकाश के बीच अटूट कड़ी की खोज नहीं करने के कारण ही ये सब अलग दिखते हैं। इतना विभाजन हमारे आंतरिक संबंधों में समस्वरता की कमी के कारण आता है।

हम सृष्टि के अभिन्न अंग हैं, अतएव विकास की यात्रा भी पुरुष से पुरुषोत्तम की ओर होनी चाहिए। व्योम के अनंत और बहुआयामी विस्तार को समझने के लिए यह आवश्यक है। व्योम में ऊर्ध्वगामी लोक की अवधारणा हो या स्वयं व्यक्ति के अंदर अनंत का विस्तार, सबमें उस शाश्वत और विराट की खोज ही प्रधान रही। इसलिए कहा गया कि आदि भी वही है और अंत भी वही है। शीर्ष पर वही नारायण विराजमान हैं और हमारे निम्नतम तल पर उनका ही आधार है। यह नारायण ही शुभता और शिवत्व के द्योतक हैं। वह शाश्वत है, वह विराट है।

श्रीमद्भागवतगीता (15.6) में श्रीकृष्ण अपने इस धाम का वर्णन करते हुए बताते हैं कि उस परमधाम को न तो कोई सूर्य प्रकाशित करता है, न चंद्रमा प्रकाशित करता है और न ही अग्नि प्रकाशित करती है। जहाँ पहुँचकर कोई भी मनुष्य इस संसार में वापस नहीं आता है। वही मेरा परमधाम है। इस विराटता के कारण ही भारतीय चिंतन ने सदैव ही मनुष्य, पृथ्वी और सृष्टि से आगे की दर्शन चेतना पर विचार किया। यहाँ काल से आगे महाकाल और देश से आगे महाव्योम रूपी अक्षर तत्त्वों को उद्भाषित और उद्घाटित किया गया। महाकाल शाश्वत है, तो महाव्योम विराट है। इस शाश्वत से सत्य और विराट से, ऋत का जीवन सूत्र निकला। सत्य स्वयं में शाश्वत है और अस्तित्व में परिव्याप्त है। उसी प्रकार ऋत अपनी क्रियाशीलता के साथ देश, महादेश और व्योम के पश्चात महाव्योम में विस्तार करता जाता है।

जब पहली बार महर्षि विश्वामित्र ने गायत्री महामंत्र का उद्घोष किया, तब उनका एक ही भाव था। इस प्रार्थना के साथ पुरुष स्वयं प्रकृति रूपी इस महाव्योम के साथ जुड़ता चला जाए। हम अस्तित्व के सृजन और गतिशीलता के साथ अपने को एकात्म कर लें। साथ ही अपने अंदर और बाहर के सत्य के साथ अपनी प्रज्ञा को जोड़ लें ताकि उस शाश्वत की ओर उन्मुख हो सके। व्योम की यात्रा में जीवन लघु न हो बल्कि वह विस्तारित और अर्थवान हो सके। हम केवल भूलोक की ओर ही नहीं, बल्कि महाव्योम की ओर भी देखे, उसे सोचें और उससे स्वयं को जोड़ें।

□

जंबूद्वीपे भारतवर्षे देशांतर्गत

वैदिक युग के शुरुआती कालखंड में ऋचाओं की रचनाएँ हुईं और परवर्ती कालखंड में उसकी व्याख्या और कर्मकांड का कार्य संपन्न हुआ। शुरुआती कालखंड ऋग्वेद की रचनाओं का और परवर्ती काल यजुर्वेद, सामवेद, अरण्यक और ब्राह्मण, उपवेद आदि ग्रंथों की रचनाएँ की गईं। इसमें भी ऋग्वेद का पहले और दसवें मंडल के अनेक सूक्त परवर्ती काल के हैं। वैदिक युग का आरंभिक कालखंड भारतवर्ष का सप्तसिंधु का भाग रहा, जो काबुल स्थित कुंभा नदी से लेकर दिल्ली स्थित यमुना और आगे गंगा तक फैला था। इसी सप्तसिंधु प्रदेश में द्रविड़, कोलमुंडा-निषाद, किरात एवं अन्य भारतवंशियों ने सतयुग में श्रेष्ठ जीवन के लिए सत्य और ऋत अर्थात् धर्म पर आधारित जीवन की रूपरेखा बनाई थी। यह पाषाण, पशुपालन और पशुचारण से कृषि, ग्राम्य और नगर सभ्यता की ओर बढ़ने का कालखंड था।

सप्तसिंधु के अलावा मनु ने ब्रह्मावर्त नामक भू-भाग का उल्लेख किया है, जो सरस्वती और दृषद्वती नामक देव नदियों के बीच के भू-भाग को कहा गया है। (मनुस्मृति 2/18)। इस भू-भाग के ऋषियों को वेद अध्ययन और उसकी मीमांसा के लिए अधिक प्रमाणिक माना गया था। ब्रह्मावर्त से वृहत्तर देश ब्रह्मर्षि देश को माना गया। इसमें कुरु, मत्स्य, पाँचाल, शूरसेनक जनपद शामिल थे। यह राजव्यवस्था का आरंभिक कालखंड था, जिसका बाद में विस्तार हुआ। ब्रह्मर्षि देश से बड़ा भौगोलिक क्षेत्र मध्यदेश का था जिसकी सीमा हिमालय से विंध्य और प्रयाग से विनशन के बीच थी। विनशन वही भू-भाग है, जहाँ सरस्वती नदी विलीन हो गई थी।

मध्यदेश से बड़ा भौगोलिक प्रदेश आर्यावर्त का था। आर्यावर्त की सीमा उत्तर में हिमालय से दक्षिण में विंध्य पर्वत तक और पूर्व में महोदधि से लेकर पश्चिम में सिंधू सागर तक थी। इससे आगे आर्यावर्त और दक्षिणावर्त को मिलाकर भारतवर्ष कहा गया, जिसमें आज का मलाया, हिंदचीन, श्रीलंका आदि का क्षेत्र शामिल था। भारतवर्ष से ऊपर जंबूद्वीप का भाग था। पृथ्वी के सात द्वीपों में से एक भाग को जंबूद्वीप कहा गया,

जिसका क्षेत्र आज का यूरेशिया अर्थात् यूरोप और एशिया था।

भारतीय दर्शन के अनुसर, इस सृष्टि में चौदह लोक हैं। सात इस धरती से ऊपर और ठीक सात इस धरती से नीचे और बीच में हमारी पृथ्वी स्थित है। इस पृथ्वी पर भी सात द्वीप है, जिनमें से एक द्वीप का नाम जंबूद्वीप है। इस जंबूद्वीप के अंतर्गत भारतवर्ष सहित कई खंड हैं। इस भारतवर्ष के अंदर भरतखंड है, जो ऋषियों और चक्रवर्ती सम्राटों की कर्मभूमि रही है। भरतखंड को समावेशित करनेवाले इस भारतवर्ष को कर्मभूमि कहा गया, जहाँ कर्म है और उसका मधुमय फल है। अतएव यह भारतखंड समस्त सभ्यता के मानवीय विकास की धुरी है। भारतवर्ष जिसे प्रारंभ में हेमवत् वर्ष और बाद में अजनाभवर्ष कहा जाता था, जो तद्पश्चात कर्म और धर्म की केंद्रीय भूमिका के कारण भारतवर्ष बना।

भारतवर्ष एक ऐसा देश है, जो कर्मप्रधान रहा है। ब्रह्म पुराण (18.21, 22 व 23) में यज्ञों द्वारा जंबूद्वीप के महान् होने का प्रतिपादन है—भारत भूमि में लोग तपश्चर्या करते हैं, यज्ञ करने वाले हवन करते हैं तथा परलोक के लिए आदरपूर्वक दान भी देते हैं। जंबूद्वीप में सत्पुरुषों के द्वारा यज्ञ भगवान् का भजन हुआ करता है। यज्ञों के कारण यज्ञ पुरुष भगवान् जंबूद्वीप में ही निवास करते हैं। इस वर्ष में जन्म लेने के लिए देवता भी लालायित रहते इस भारतवर्ष में अनेकों ऊँचे-ऊँचे रम्य पर्वत तथा नद-नदी विद्यमान हैं। इन पर्वतों पर और नदियों के तट पर बड़े-बड़े आत्मज्ञानी ऋषि आश्रम बनाकर रहते थे। यहाँ पर जैसा कर्म करते हैं वैसा ही फल प्राप्त होता है। भारतवासी यज्ञादि कर्म करते समय भिन्न-भिन्न देवताओं को हर्वि प्रदान करते हैं, जिसे यज्ञपुरुष स्वयं पधार कर स्वीकार करते हैं। वे सकाम भाव वाले मनुष्यों की कामना पूर्ण करते हैं तथा निष्काम भाव वाले मनुष्यों को मोक्ष प्रदान करते हैं।

यह भूलोक चक्र की भाँति गोलाकार है, जैसे पुरुष दर्पण में अपना मुख देखता है, उसी प्रकार यह द्वीप चंद्रमंडल से दिखाई देता है। इसके दो अंशों में पीप्पल और दो अंशों में महान् शश यानी खरगोश दिखाई देता है। जब हम कागज पर पीपल के दो पत्तों और खरगोश की आकृति को बनाकर उसे उल्टा देखते है, तो धरती का मानचित्र दिखाई देता है। चौदह भुवनों में एक यह पृथ्वी है और पृथ्वी के सप्तद्वीपों में एक जंबूद्वीप है। इस जंबूद्वीप में भी कई खंड हैं, जिनमें से एक खंड का नाम भारतवर्ष है। यह कर्मभूमि है और अन्य भोगभूमि हैं। इस कर्म के कारण भारतखंड में जीवन है, उत्सव हैं, ऋतुएँ हैं और जीवन का राग तथा विराग है।

कर्म की अवधारणा को सार्थक करने के लिए स्वयंभुव मनु संसार के प्रथम पुरुष का आविर्भाव हुआ। जिनके संग प्रथम स्त्री थी शतरूपा। उनका जन्म ईश्वरीय इच्छा के तहत स्वयं होने के कारण ही स्वयंभू कहलाए। इन्हीं प्रथम पुरुष और प्रथम स्त्री की सन्तानों से संसार के समस्त जनों की उत्पत्ति हुई। मनु के संतान होने के कारण वे

मानव या मनुष्य कहलाए। हिंदू दर्शन के अनुसार ब्रह्मा के एक दिन को कल्प कहते हैं। एक कल्प में 14 मनु होते हैं। एक मनु के काल को मन्वंतर कहते हैं। वर्तमान में वैवस्वत मनु (7वें मनु) हैं। स्वायंभुव मनु के ही कुल में आगे चलकर स्वयंभुव सहित कुल मिलाकर 14 मनु होने हैं जिनमें से सात मनु इस धरती पर आ चुके हैं। पुराणों एवं महाभारत में इस मनु का वर्णन है जिनका जन्म जल प्लावन के पूर्व काल अर्थात् सतयुग में हुआ था। महाभारत के शांत पर्व और विष्णु पुराण के अनुसार वर्तमान चतुर्युग अर्थात् सतयुग के प्रारंभ में परमात्मा से वेद का ज्ञान ब्रह्मा को मिला। पहला ब्रह्मा को स्वयंभुव मनु कहा गया है। कई बार स्वयंभुव मनु और स्वयंभुव मन्वंतर के कारण भ्रम हो जाता हैं। मन्वंतर काल विभाजन का नाम है जबकि स्वयंभुव मनु इस धरती पर जल प्लावन के पूर्व उस व्यक्ति का नाम है जिसका उल्लेख वायु पुराण, भागवत पुराण आदि ग्रंथों में मिलता है।

स्वयंभुव मनु एवं शतरूपा के कुल पाँच संतानें हुईं थीं, जिनमें से दो पुत्र प्रियव्रत एवं उत्तानपाद तथा तीन कन्याएँ आकृति, देवहूति और प्रसूति थे। आकृति का विवाह रुचि प्रजापति के साथ और प्रसूति का विवाह दक्ष प्रजापति के साथ हुआ। देवहूति का विवाह प्रजापति कर्दम के साथ हुआ। कपिल ऋषि देवहूति की संतान थे। हिंदू पुराणों के अनुसार इन्हीं तीन कन्याओं से संसार के मानवों में वृद्धि हुई। मनु के दो पुत्रों प्रियव्रत और उत्तानपाद में से बड़े पुत्र उत्तानपाद की सुनीति और सुरुचि नामक दो पत्नियाँ थीं। उत्तानपाद के सुनीति से धुव्र तथा सुरुचि से उत्तम नामक पुत्र उत्पन्न हुए। धुव्र ने भगवान् विष्णु की घोर तपस्या कर ब्रह्मांड में ऊँचा स्थान पाया। प्रजा का पालन करते हुए जब महाराज मनु को मोक्ष की अभिलाषा हुई तो वे संपूर्ण राजपाट अपने बड़े पुत्र उत्तानपाद को सौंपकर एकांत में अपनी पत्नी शतरूपा के साथ नैमिषारण्य तीर्थ चले गए।

स्वयंभुव मनु के दोनों पुत्रों के कुल में पाँच मनु हुए। उत्तानपाद के कुल में एक और राजा प्रियव्रत की पीढ़ी में चार मनु हुए। उत्तानपाद के वंश में वेणु और पृथु राजा हुए। इसमें पृथु के कालखंड से ऋग्वेद की रचना प्रारंभ हुई। स्वयंभुव मनु के दो पुत्रों में प्रियव्रत शाखा, जिसमें 35 प्रजापति सहित चार मनु हुए। स्वयंभुव मनु के अलावा प्रियव्रत शाखा में स्वारोचिष, उत्तम, तामस और रैवत थे। कई जगहों पर इन मनुओं के कालखंड को मन्वंतर कहा गया। दूसरी ओर उत्तानपाद शाखा में एक मनु और दस प्रजापति हुए। इस वंश में चाक्षुष मनु हुए। चाक्षुष मनु का कालखंड उत्तानपाद के बाद 36 वंशपरंपरा में आता है। चाक्षुष मनु का राज्यकाल रैवत मनु के बाद 36 वें प्रजापति और छठें मनु के रूप में हुआ। इन छह मनुओं का राज्यकाल का कालखंड प्रलय के पूर्व था, जिसे सतयुग कहा जाता है। इस प्रलय पूर्व के भी कालखंड को दो भागों में बाँटा गया है। पुराण के अनुसार वेद के पूर्व का कालखंड वह है, जिसमें 39 प्रजापति हुए। उसके बाद

वेदोदय का काल है, जिसमें वेद की ऋचाएँ रची गईं। वेदोदय चाक्षुष मन्वंतर की युग परिवर्तनकारी घटना है।

उत्तानपाद शाखा में 39वें राजा के रूप में वेन और 40वें राजा के रूप में पृथुवैंय का काल आता है। इस वंश में 44वें राजा के रूप में प्रचेतस और उनके पुत्र दक्ष का कालखंड है। इसी चाक्षुस मनु के कालखंड में कई घटनाएँ हुईं। राजा की मर्यादा स्थापित हुईं। इस वंश का प्रथम राजा वेन था। वेन का पुत्र पृथु वैंय प्रथम वेदर्षि थे, जिन्होंने वेद की ऋचाएँ रचीं। इसी पृथु के नाम पर भूमि का नाम पृथ्वी हुआ।

प्रजापति दक्ष ने अपनी 13 पुत्रियों की शादी कश्यप-मारीचि से की। इस कश्यप मारीचि और आदिति के 12 पुत्र हुए जिन्हें आदित्य कहा गया। इसमें वरुण सबसे बड़े भाई तथा विवस्वान सूर्य छोटे भाई थे। इसके अलावा इंद्र, वामन, मित्र, पूषा, भग, अंशुमान, त्वष्टा, पर्जंय, अर्यमा भी इनके पुत्र थे। वरुण ने आगे सुमेर सभ्यता का विकास किया और विवस्वान सूर्य से सूर्यवंश चला। वैवस्वत मनु इन्हीं विवस्वान सूर्य के पुत्र थे। जिनसे सूर्यवंश चला। दूसरे, चंद्र से चलनेवाला चंद्रवंश के आदि पुरुष अत्रि थे, जो भृगु ऋषि के पुत्र शुक्राचार्य के पुत्र थे। अत्रि खुद प्रजापति भी थे। इनका राज अत्रिय देश में था और ये वेदर्षि थे। जानकारी के लिए विवस्वान का ही नाम सूर्य था। असुर परंपरा के ऋषि भृगुवंशी शुक्र उशना के पुत्र त्वष्टा ने अपनी पुत्री रेणु की शादी सूर्य से की थी। रेणु का ही नाम संज्ञा और अश्विनी था।

उत्तानपाद की अपेक्षा उनके दूसरे पुत्र राजा प्रियव्रत की प्रसिद्धि ही अधिक रही। स्वायंभु मनु के काल के ऋषि मारीचि, अत्रि, अंगिरस, पुलह, कृतु, पुलस्त्य और वशिष्ठ हुए। राजा मनु सहित उक्त ऋषियों ने ही मानव को सभ्य, सुविधा संपन्न, श्रमसाध्य और सुसंस्कृत बनाने का कार्य किया। स्वायंभुव मनु के दूसरे पुत्र प्रियव्रत ने विश्वकर्मा की पुत्री बहिष्मती से विवाह किया था, जिनसे उनको दस पुत्र हुए थे। इनके नाम है—आग्नीध्र, अग्निबाहु, वपुष्मन, द्युतिमान, मेधा, मेधातिथि, भव्य, सवन, पुत्र और ज्योतिष्मान। इनमें मेधा, अग्निबाहु और पुत्र न केवल पूर्वजन्म का वृत्तांत जानने वाले थे, बल्कि संन्यासी प्रवृत्ति के थे। अतएव अन्य सात को पृथ्वी के सात द्वीप बाँट दिए गए। इनमें आग्नीध को जंबूद्वीप, मेधातिथि को प्लक्षद्वीप, वपुष्मान को शाल्मलद्वीप, ज्योतिष्मान को कुशद्वीप, द्युतिमान को क्रौंचद्वीप, भव्य को शाकद्वीप और सवन को पुष्करद्वीप दिया गया। वही प्रियव्रत की पुत्री ऊर्जस्वती का विवाह शुक्राचार्य से हुआ।

जंबूद्वीप का अर्थ आज का संपूर्ण एशिया महादेश है। विष्णु पुराण के अनुसार जंबूद्वीप का स्थान पृथ्वी के मध्य में है जिसका विस्तार एक लाख योजन है। जंबू यानी जामून नामक वृक्ष की इस द्वीप में अधिकता के कारण इस द्वीप का नाम जंबूद्वीप रखा गया था। पुराणों एवं वेदों में धरती के सात द्वीप बताए गए हैं—जंबू, प्लक्ष, शाल्मली,

कुश, क्रौंच, शाक और पुष्कर। इसमें जंबूद्वीप धरती के केंद्र में है। भारतीय पुराणों में कूर्म पुराण, विष्णु पुराण और ब्रह्म पुराण में विस्तृत रूप से सात द्वीप, नौ खंड और उस खंड की विशेषताओं का उल्लेख किया गया है। इन पुराणों में सात वर्ष, सात पर्वत, सात समुद्र और सात द्वीपों की कल्पना करते हुए पृथ्वी के भूगोल का एक नया मानचित्र रखा गया है।

पृथ्वी के केंद्र में स्वर्णमय मेरु पर्वत है। मेरु को आजकल पामीर का बड़ा पठार कहा जाता है, जिसे प्राचीन परिभाषा में सुमेरु, परम मेरु और महामेरु कहते थे। यहाँ भी मेरु को पृथ्वी का मध्य भाग माना गया। मेरु जिस भू भाग में था, उसकी संज्ञा इलावृत वर्ष या ऐरावत वर्ष हुई। मेरु के उत्तर में तीन वर्ष और तीन पर्वत एवं दक्षिण में भी तीन वर्ष और तीन पर्वत माने गए। इस परिमंडल में कुल सात वर्ष और सात पर्वत हुए। इन सबको मिलाकर जंबूद्वीप कहा गया। इस नाम की व्याख्या में यह कल्पना की गई की बीचों बीच में कोई जंबू नाम का महावृक्ष है, जिससे द्वीप का नाम जंबू द्वीप प्रसिद्ध हुआ। उसके फलों का रस जिस नदी में मिलता है, वह जंबू नदी हुई और वहाँ की खानों से अर्थात् मध्य एशिया में, जो स्वर्ण उत्पन्न होता था, वह जांबूनद स्वर्ण कहलाया। पौराणिक भूगोल के अनुसार 'भूलोक के सप्त महाद्वीपो में एक द्वीप जंबूद्वीप है।'

कूर्मपुराण के अनुसार जंबू द्वीप से दुगुना और चारों ओर क्षीर सागर से घिरा हुआ 'प्लक्ष द्वीप' है। गोमेद, चंद्र, नारद, दुंदुभि, मणिमान, मेघ-निस्वन तथा वैभ्राज नाम के सात वर्ष और सात पर्वत इसी द्वीप में हैं। ब्रह्मा का प्रिय पर्वत वैभ्राज है। देवर्षि और गंधर्वों के साथ उनका यहाँ नित्य ही निवास रहता है। इसी पर्वत पर ब्रह्मदेव की पूजा उपासना की जाती है। इन पर्वतों के प्रांतरों में रहने वाले लोग सभी प्रकार के रोग, व्याधि, पाप आदि से दूर रहते हैं। इन सात पर्वतों से सात नदियाँ निकलती हैं।

दूसरा द्वीप शाल्मल है, जो एक महान् वृक्ष के वहाँ स्थित होने के कारण इस महाद्वीप को शाल्मल कहा जाता है। शाल्मल द्वीप के सात वर्ष-श्वेत, हरित, जीमूत, रोहित, वैद्युत, मानस और सुप्रभ माने गए हैं। इक्षुरस का समुद्र इसको परिवृत करता है। इसमें कपिल, अरुण, पीत और कृष्ण वर्ण के लोग रहते हैं। कुश द्वीप घृत सागर से परिवृत है। इस द्वीप का उपास्य देव अग्नि को माना गया है। क्रौंच द्वीप के निवासियों को जल देवता या वरुण का पूजक बताया गया है। इस द्वीप के चारों ओर क्षीर समुद्र की उपस्थिति है। विष्णु पुराण के अनुसार क्रौंच पर्वत की स्थिति के अनुसार क्रौंच द्वीप को तिब्बत का एक भाग मानना चाहिए।

पुराणों के अनुसार सात द्वीपों में से एक चारों ओर क्षीर समुद्र से घिरा हुआ है और इसमें शाक (शाल) का बहुत बड़ा पेड़ है। इसमें ऋतु व्रत, सत्य व्रत अथवा अनुतप्ता नाम की सात नदियाँ हैं। प्रियव्रत के पुत्र मेधादिति ने इस द्वीप को सात वर्षों और देशों में

विभाजित करके अपने सात पुत्रों में बाँट दिया था। इन वर्षों की सीमा रूप ईशान, उरु, श्रृंग, बलभद्र, शतकेसर, देवपालन, महानश आदि पर्वत हैं। यह जंबूद्वीप से दुगुना और क्षीर सागर से घिरा है। यहाँ मेरु, मलय, जलधार, रैवतक, श्याम, दुर्गशैल तथा केशरी नामक मणिविभूषित विस्तृत पर्वत हैं। यहाँ मृत्यु भय नहीं है। यहाँ तेजस्वी, क्षमाशील लोग हैं। यहाँ सिद्ध, चारण और देवगणों का वास है।

यह धरती सात द्वीप में बँटी थी, जिसमें जंबूद्वीप एक भाग है। प्रियव्रत के बाद उनका बड़ा बेटा अग्नींध्र जंबूद्वीप का राजा हुआ। उन्होंने एक अप्सरा के साथ विवाह किया जिससे नौ बेटे हुए—नाभि, किंपुरुष, हरिवर्ष, इलावृत, रम्यक, मन्वंतरमय, भारत, कुरुभ्रदाश्व, और केतुमाल। इन पुत्रों के नाम पर ही इस जंबूद्वीप को नौ खंडों में—इलावृत, भद्राश्व, किंपुरुष, भरत, हरिवर्ष, केतुमाल, रम्यक, कुरु और हिरण्मय बाँटा गया। इसमें भरतखंड को भारतवर्ष कहते हैं। इस भरतखंड यानी भारतवर्ष में आज का मलेशिया, इंडोनेशिया, थाईलैंड से लेकर इरान, आफगानिस्तान, पाकिस्तान, नेपाल, भूटान, श्रीलंका आदि देश भी शामिल थे। पहले हिंदुस्तान का नाम भारतवर्ष था और उसके पूर्व जंबूद्वीप था। आज जिसका नाम हिंदुस्तान है वह भारतवर्ष का टुकड़ा मात्र है और जिसे आर्यावर्त कहते हैं, वह भी भारतवर्ष का एक भू-भाग है। पहले देव और असुर तथा बाद में कुरु और पुरुवंश के बीच संघर्ष और विचारों की टकराहट के कारण जंबूद्वीप का भौगोलिक विभाजन होता गया। पहले सारे जंबूद्वीप पर हिंदू जाति का शासन था। जंबूद्वीप महादेश की तरह धरती के मध्य में रहा है।

इलावृतवर्ष के मध्य में ही मर्यादा पर्वत सुमेरु, स्थित है। सभी द्वीपों के मध्य में जंबूद्वीप स्थित है। इस द्वीप के मध्य में सुवर्णमय सुमेरु पर्वत स्थित है। इसकी ऊँचाई चौरासी हजार योजन है। नीचे की ओर यह सोलह हजार योजन पृथ्वी के अंदर घुसा हुआ है। इसका विस्तार, ऊपरी भाग में बत्तीस हजार योजन है, तथा नीचे तलहटी में केवल सोलह हजार योजन है। इस प्रकार यह पर्वत कमल रूपी पृथ्वी की कर्णिका के समान है। सुमेरु के दक्षिण में हिमवान, हेमकूट तथा निषध नामक वर्ष पर्वत हैं, जो भिन्न-भिन्न वर्षों का भाग करते हैं। सुमेरु के उत्तर में नील, श्वेत और श्रृंगी वर्ष पर्वत हैं। इनमें निषध और नील एक-एक लाख योजन तक फैले हुए हैं। हेमकूट और श्वेत पर्वत नब्बे-नब्बे हजार योजन फैले हुए हैं। हिमवान और श्रृंगी अस्सी-अस्सी हजार योजन फैले हुए है। पुराणों में जंबूद्वीप की विशेषता का भी वर्णन किया गया है। पूर्व में मंदराचल, दक्षिण में गंधमादन, पश्चिम में विपुल, उत्तर में सुपार्श्व पर्वत है। ये सभी दस-दस हजार योजन ऊँचे हैं। इन पर्वतों पर ध्वजाओं समान ग्यारह-ग्यारह हजार योजन ऊंचे क्रमशः कदंब, जंबु, पीपल और वट वृक्ष हैं। इनमें जंबु वृक्ष सबसे बड़ा होने के कारण इस द्वीप का नाम जंबूद्वीप पड़ा है। इसके जंबु फल हाथियों के समान बड़े होते हैं, जो नीचे गिरने पर जब

फटते हैं, तब उनके रस की धारा से जंबु नामक नदी वहाँ बहती है। उसका पान करने से पसीना, दुर्गंध, बुढ़ापा अथवा इंद्रिय क्षय नहीं होता।

जंबूद्वीप के शासक आग्नीध्र ने अपने नौ पुत्रों में जंबूद्वीप के नौ वर्ष यानी खंड में बाँट कर उनको शासक बना दिया। नाभि को जंबूद्वीप का दक्षिणी भाग जिसे हिमवर्ष और बाद में भारतवर्ष कहा गया, का शासक बनाया गया। किंपुरुष को हेमकूटवर्ष का, हरिवर्ष को नैषधवर्ष का, इलावृत को मेरु पर्वत के मध्य भाग इलावृतवर्ष का, रम्य को नीलांचल से लगे रम्यवर्ष का, हिरंवान को श्वेतवर्ष का, कुरु को श्रृंगवान पर्वत के उत्तरी भाग यानी कुरुवर्ष का और भद्राश्व को मेरुपर्वत के पूर्वी भाग भ्रदाश्ववर्ष का शासक बनाया गया।

मेरु या सुमेरु पर्वत के दक्षिण में पहला भारतवर्ष, दूसरा किम्पुरुषवर्ष तथा तीसरा हरिवर्ष है। भारतवर्ष सबसे दक्षिण में स्थित है और इसके दक्षिण में समुद्र है। मेरु या सुमेरु पर्वत के दक्षिण में रम्यकवर्ष, मन्वंतरमयवर्ष और तीसरा उत्तरकुरुवर्ष है। उत्तरकुरुवर्ष द्वीपमंडल की सीमा पार होने के कारण भारतवर्ष के समान धनुषाकार है। सुमेरु के पूर्व में भद्राश्व वर्ष तथा पश्चिम में केतुमाल वर्ष स्थित है। जबकि इलावृतवर्ष का भाग सुमेरु के चारों ओर है, जो जंबूद्वीप का केंद्रीय भू-भाग है।

इन सभी द्वीपों के मध्य में इलावृतवर्ष है, जो कि सुमेरु पर्वत के चारों ओर नौ हजार योजन तब फैला हुआ है एवं इसके चारों ओर चार पर्वत हैं, जो ईश्वरीकृत कीलियाँ हैं, जो सुमेरु को धारण करती हैं, वरना ऊपर से विस्तृत और नीचे से अपेक्षाकृत संकुचित होने के कारण यह गिर पड़ेगा। वैवस्वत मनु और चंद्र पुत्र बुध का यह राज्यप्रदेश था। पुराण में वर्णन है कि सूर्यपुत्र वैवस्वत मनु ने अपनी पुत्री इला का विवाह अत्रि पौत्र तथा चंद्र पुत्र बुध से किया और उसे आदित्यों के अधिकार वाला प्रदेश राज्यकाज के लिए दिया। यह प्रदेश ही इलावर्त था। इसे ही प्राचीन पर्शिया के इतिहास में इलाही कहा गया है। इलावर्त में भारतवर्ष के उत्तर-पश्चिम में आधुनिक गिलगित से लेकर ईरान के पूर्वी भाग और रूस का दक्षिण पश्चिम का भू-भाग शामिल था। बाद में जल प्रलय के बाद जब उस प्रदेश में रहना असहनीय हो गया, तो वैवस्वत मनु ने उत्तर-पश्चिम के दर्रा को पार भारत चले आए। भारत में मनु ने सरयू नदी के तट पर अयोध्यानगरी बसाई और वंश को सूर्य वंश का नाम दिया। वहीं बुध ने अपने पिता चंद्र के नाम पर चंद्रवंश की स्थापना गंगा-यमुना के संगम पर प्रतिस्ठान नगरी बसाई।

इसी प्रकार भद्राश्च वर्ष में धर्मराज के पुत्र भद्रश्रवा का राज्य है। वहाँ पर भगवान् हयग्रीव की पूजा होती है। वर्तमान में रूस का हिस्सा भद्राश्च के भाग है। हरि वर्ष में वर्तमान के चीन का भू-भाग आता है, जहाँ दैत्यकुलभूषण भक्तवर प्रह्लादजी रहते थे। वहाँ पर भगवान् नृसिंह की पूजा होती है। केतुमालवर्ष में संवत्सर नाम के प्रजापति के पुत्र तथा कन्याओं के साथ भगवान् कामदेव की आराधना करती हैं। यह वर्तमान का

ईरान, इराक का भाग है। रम्यकवर्ष के अधिपति मनुजी हैं। वहाँ पर भगवान् मत्स्य की पूजा होती है। यह इरावर्त के उत्तर में स्थित रूस का भाग है। मन्वंतरमयवर्ष के अधिपति अर्यमा हैं। वहाँ पर भगवान् कच्छप की पूजा होती है। उत्तरकुरुवर्ष में भगवान् वराह की पूजा होती है। किम्पुरुषवर्ष के स्वामी श्री हनुमानजी हैं। वहाँ पर भगवान् श्रीरामचंद्रजी की पूजा होती है।

संक्षेप में, उस काल में कश्यप-अदिति के पुत्र देवगण सुमेर और पामीर पर, दिति और कश्यप के पुत्र असुर जाति का राज्य ईरान सहित पश्चिम एशिया का प्रदेश, राक्षस लंका और दक्षिणारण्य में, पिशाच और यक्ष लोग हिमालय के अंचल में, गंधर्व और अप्सरा समाज का राज्यक्षेत्र हेमकूट और कराकुरम पर, नाग और तक्षक जाति के लोग निषध और निस्सा पहाड़ पर, ऋषि नीलांचल में, पितृ श्रृंगवान् पर्वत, जो सुमेर से पश्चिम और काश्यम सागर के निकट अवस्थित है, वहाँ रहते थे। मनु और भरत के पुत्रों (नाभि, प्रियव्रत) को, जो भू-भाग मिला वह जंबूद्वीप का भरतखंड था।

प्राचीनकाल में जंबूद्वीप ही धरती के केंद्र में था, जहाँ रहने के लिए उचित वातावरण था। जंबूद्वीप में भी भारतवर्ष की जलवायु समशीतोष्ण होने के कारण जीवन के लिए संघर्ष कम था। इन कारणों को ध्यान में रखकर ही विवस्ता (रावी) नदी के समीप स्वायंभुव मनु और उनकी पत्नी शतरूपा निवास करते थे। भारतीय दर्शन के अनुसार सृष्टि उत्पति के पश्चात् ब्रह्मा के मानस पुत्र स्वायंभुव मनु ने व्यवस्था संभालीं। इनके दो पुत्र प्रियव्रत और उत्तानपाद थे। राजा प्रियव्रत के दस पुत्र में से एक आग्नीध्र जिन्हें जंबूद्वीप का शासन कार्य दिया गया। (वायु पुराण के अनुसार महाराजा प्रियव्रत का अपना कोई पुत्र नहीं था, तो उन्होंने अपनी पुत्री के पुत्र अजनाभ या आग्नीध्र को गोद ले लिया। जिसका पुत्र नाभि था। नाभि की एक पत्नी मेरूदेवी से, जो पुत्र उत्पन्न हुआ, उसका नाम ऋषभदेव था।)

वृद्धावस्था में अजनाभ या आग्नीध्र ने अपने नौ पुत्रों को जंबूद्वीप के विभिन्न नौ स्थानों का शासन दायित्व सौंपा। इन नौ पुत्रों में सबसे बड़े थे नाभि जिन्हें शासन करने के लिए वर्तमान भारतवर्ष का भौगोलिक क्षेत्र मिला। नाभि के प्रचलित नाम को हिमवर्ष के पहले भाग से जोड़कर अजनाभ किया गया और वह अजनाभवर्ष के रूप में विख्यात हुआ। राजा नाभि के पुत्र थे, ऋषभदेव। जैन मत में ऋषभदेव को पहला राजा तो भागवत मत में मनु से पाँचवीं पीढ़ी का राजा बताया गया है। वह इक्ष्वाकु वंशी और अयोध्या के राजा थे। इनके पिता नाभि, नाभि के पिता अजनाभ या आग्नीध्र, आग्नीध्र के पिता प्रियव्रत और प्रियव्रत के पिता स्वायंभू मनु थे। उनकी माता का नाम मेरूदेवी था। ऋषभदेव के सौ पुत्रों में से भरत ज्येष्ठ एवं सबसे गुणवान थे, जिनकी राजधानी विनीता अर्थात् वर्तमान की अयोध्या थी। ऋषभदेव ने जब वानप्रस्थ लिया, तो पुलह आश्रम में जाने के पूर्व अपने

पुत्र भरत को राजपाट सौंप दिया। जिस भूखंड का पहला नाम अजनाभवर्ष था, वही बाद में भरत के नाम पर भारत यानी भारतवर्ष कहलाया।

विष्णुपुराण में कहा गया है कि "ततश्रच भारतवर्ष तल्लो केषु गीयते" अर्थात् तभी से इस देश को भारतवर्ष कहा जाने लगा। वायु पुराण में कहा गया है कि पहले भारतवर्ष का नाम हिमवर्ष, फिर अजनाभवर्ष तत्पश्चात भारतवर्ष हुआ। बाद में राजा भरत ने भारतवर्ष के इस भूखंड को अपने पुत्र सुमति को शासन के लिए दिया था।

स्वयंभुव मनु के कुल में ऋषभदेव, बाहुवलि, चक्रवर्ती राजा भरत, जड़ भरत, पृथु, भक्त धुव्र, राजा वेणु जैसे शासक हुए। यह भी सूर्यवंशियों का कुल था, जो अयोध्या से लेकर सरस्वती तट तक बसे हुए थे। इसी वंश में पृथु एक सूर्यवंशी राजा हुए, जो वेन के पुत्र थे। वाल्मीकि रामायण में इन्हें अनरण्य का पुत्र तथा त्रिशंकु का पिता कहा गया है। ये भगवान् विष्णु के अंशावतार थे। स्वयंभुव मनु के वंशज अंग नामक प्रजापति का विवाह मृत्यु की मानसी पुत्री सुनीथा से हुआ था। वेन उनका पुत्र हुआ। सिंहासन पर बैठते ही उसने यज्ञ-कर्मादि बंद कर दिए। ऋषियों ने मंत्रपूत कुशों से उसे मार डाला। बाद में ब्राह्मणों ने वेन की भुजाओं का मंथन किया, जिसके फलस्वरूप स्त्री-पुरुष का जोड़ा प्रकट हुआ। पुरुष का नाम पृथु तथा स्त्री का नाम अर्चि हुआ। अर्चि पृथु की पत्नी हुईं। यह लक्ष्मी का अवतार थीं। पृथु का राज्याभिषेक हुआ।

पृथु बड़े धर्मात्मा एवं भगवद्भक्त थे। पृथु भगवान् विष्णु के भक्त और धर्मपरायण राजा थे। उन्होंने सरस्वती नदी के तट पर 100 यज्ञ किए थे। उस काल में यह क्षेत्र ब्रह्मावर्त प्रदेश कहलाता था। सौवें यज्ञ के समय इंद्र ने उनका अश्व चुरा लिया था। इससे क्रुद्ध होकर पृथु ने धनुष पर प्रत्यंचा चढ़ा दी थी। ब्रह्मा ने उनको रोका। तब पृथु ने प्रयाग को अपना निवास स्थल बना लिया। अंतिम दिनों में पृथु अर्चि सहित तपस्या के लिए वन में चले गए। पृथु तथा अर्चि के पाँच पुत्र हुए थे—विजिताश्व, धूम्रकेश, हर्यक्ष, द्रविण और वृक।

पृथु पहले शासक थे, जिनका शतपथ ब्राह्मण (5.3.5.4) के अनुसार राज्यभिषेक हुआ। ऋग्वेद की बाद की रचना (10.93.14) में पृथु को राम के समान महान् बताया गया है। कहा गया है—एतद् दु:शीमें पृथ्वाने वेने प्र रामे वोचमसुरे मघवस्तु। महाभारत के शांति पर्व में 59 में राज्याभिषेक का उल्लेख किया गया है—पृथु प्रतिज्ञा करो कि मैं प्रजा को धरती पर आया ईश्वर मानकर उसका पालन करूँगा। निडर हो धर्म पर चलता हुआ, राग-द्वेष को छोड़कर सबको बराबर मानता हुआ, काम, क्रोध, लोभ, अहंकार को दूर फेंककर हर उस व्यक्ति को दंड दूँगा, जो धर्म का आचरण नहीं करेगा। उल्लेखनीय है कि चंद्रवंश में भी एक पृथु हुए हैं, जो वृष्णिवंश के चित्ररथ के पुत्र थे, जो विदुर का भाई था। कृष्ण ने इसे मथुरापुरी के उत्तरी द्वार की रक्षा पर नियुक्त किया था। प्रभास तीर्थ

में यादव-वंश के अंत के समय यह भी परस्पर कलह में मारा गया था।

राजा पृथु का वंश स्वयंभु मनु के दूसरे पत्र उत्तानपाद के कुल में हुआ था। राजा उत्तानपाद की पत्नी सुनीति से धुव्र तथा सुरुचि से उत्तम नामक पुत्र उत्पन्न हुए। धुव्र के बड़े पुत्र उत्कल की राजकाज में रुचि न थी। इसलिए उनके छोटे भाई वत्सर को राजा बनाया गया। वत्सर ने अनेक वर्षों तक कुशलता से शासन किया। उसी वंश में एक राजा हुए अंग, जिसके पुत्र वेणु थे। वेणु का पृथु के अलावा एक और पुत्र हुआ, जिसका नाम निषाद था। इसने जंगल, अरण्य और वन को अपने राज्य के विस्तार का आधार बनाया। उसने अरण्य संस्कृति का विकास किया, जिसमें कृषि और शहरी जीवन की भूमिका गौण थी। निषाद की वंशी परंपरा को मानने वाले जनजातीय कहलाए।

भारतीय पुराणों में स्वायंभुव मनु और उनके वंश एवं कुल से ही पृथ्वी पर मानवों के इतिहास का आरंभ माना जाता है, जबकि वेद और पुराणों में वैवस्वत मनु का वर्णन है, जो ब्रह्मा के पुत्र मारीचि के कुल में उत्पन्न हुए। यह सतयुग और त्रेता के बीच संधिकाल का जल-प्लावन है। उनके नौ पुत्रों से सूर्यवंशी क्षत्रियों का वंश आरंभ हुआ। उनकी एक पुत्री थी-इला। जिसका विवाह बुध से हुआ, जो चंद्रमा का पुत्र था। उनसे पुरु वंश की उत्पति हुई। इससे चंद्रवंशी क्षत्रियों की परंपरा चली। वैवस्वत मनु के कुल में कई महान् राजा हुए। वैवस्वत मनु के कुल और वंश में भी अनेक चक्रवर्ती शासक हुए जिनमें वैवस्वत मनु, मांधाता, ययाति, प्रियवर्त, भरत, हरीश्चंद्र, सुदास, श्रीराम, राजा नहुष, युधिष्ठिर, विक्रमादित्य आदि शासक हुए। पहले भारतवर्ष की चौहदी के बाहर तक शासन करने वाले को चक्रवर्ती का नाम दिया गया। बाद में हिमालय अर्थात् तिब्बत से कन्याकुमारी और फारस से ब्रह्मदेश अर्थात् म्यांमार तक को एक शासन सूत्र में बांधना ही चक्रवर्ती सम्राट का आदर्श रहा।

भारत के प्रथम चक्रवर्ती सम्राट ऋषभदेव के पुत्र भरत थे। चक्रवर्ती की परंपरा इनके समय ही शुरू हुई। पुराण एवं वैदिक साहित्य के अनुसार राजा भरत की आयुधशाला में एक दिव्य चक्र प्राप्त हुआ था। चक्र रत्न मिलने के बाद उन्होंने अपना दिग्विजय अभियान शुरू किया। दिव्य चक्र आगे उसके पीछे दंड चक्र, दंड के पीछ पदाति, अश्व, हाथी एवं पैदल सैनिक आदि चलते थे। इस प्रकार चक्र चारों दिशाओं का भ्रमण कर अयोध्या लौट आया। लौटने के बाद भरत को चक्रवर्ती सम्राट घोषित किया गया।

उल्लेखनीय है कि धर्मविजय और दिग्विजय की परंपरा भारतीय जीवन में आदिकाल से रही है। इसमें चक्रवर्ती उपमा का प्रयोग उस सम्राट के लिए किया जाता है, जिसने संपूर्ण धरती पर एकछत्र राज किया हो। चक्रवर्ती शब्द का तात्पर्य चक्र अर्थात् पहिया और वर्ती यानी घूमता हुआ है। इस तरह चक्रवर्ती सम्राट वह शासक है जिसके रथ का पहिया हर समय घूमता रहता है, और वह बिना किसी बाधा या अवरोध के घूमता रहे।

भारतीय जीवन में बहुत से राजाओं ने अश्वमेघ या राजसूय यज्ञ के माध्यम से चक्रवर्ती सम्राट की उपमा प्राप्त की। अश्वमेघ या राजसूय के माध्यम से राजा अपने घोड़ा को अबाधित चलने के लिए छोड़ देते थे। यह अपने समीपवर्ती या दूरस्थ राजाओं के लिए यह एक चुनौती होती थी। चक्रवर्ती सम्राट कहलाने के लिए पूरे भारतवर्ष की भौगोलिक चौहदी को शामिल करने के पीछे सांस्कृतिक एवं भावनात्मक कारण होता था।

वैदिक युग से ही ऋषियों, साहित्यकारों, मनीषियों ने भारतवर्ष को विशाल और विस्तृत भौगोलिक इकाई के रूप में देखा है, जो हिमालय से लेकर समुद्र तक फैला है। हिमालय यानी शीर्ष पर कैलाश (भगवान् शिव) और समुद्र यानी अंत पर कन्याकुमारी (माता पार्वती) को एक इकाई के रूप में सदैव बाँधते रहे हैं। इस इकाई को प्राप्त करने वाले शासक को सदैव ही पिता का शीर्ष प्राप्त करने तथा माता के चरण छूने की चाह रही। जिसके कारण पराक्रमी और शक्तिशाली शासकों ने दिग्विजय अभियान चलाया और कई ने चक्रवर्ती की उपाधि भी प्राप्त की।

हमारे राजा राजनैतिक रूप से देश की एकता के लिए दिग्विजय का अभियान चलाते थे, तो दूसरी ओर सांस्कृतिक एकता के लिए ऋषि सत्ता द्वारा धर्मविजय का अभियान चलाया जाता था। इस यात्रा के माध्यम से देश के राजनीतिक जीवन तथा उसकी विचारधारा, समाज व्यवस्था तथा व्यक्ति के दैनिक जीवन और उसको प्रभावित करने वाले कारकों के बीच एकत्व की भावना से प्रबलता एवं स्थायित्व प्रदान किया जाता था। धर्मविजय के माध्यम से धर्म, पूजा, अध्यात्म, ज्ञान और विचार के स्तर पर पूरे भारतवर्ष को एक सूत्र में बांधने का प्रयास होता था। यह दिग्विजय की भी विशेषता थी, जो उपनिवेश बनाने या राज्य विस्तार के लिए नहीं किया जाता।

दार्शनिक राजा की परंपरा में ऋषभदेव पहले राजा थे, जिन्होंने स्वेच्छा से अपने पुत्र के लिए राजपाट छोड़कर तपस्या के मार्ग को अपनाया। भारत में राजपाट छोड़कर राजा बनने की बात होती है, तो पहले राजा के रूप में महात्मा बुद्ध का नाम आता है। इसके बाद वर्द्धमान महावीर का। जनक भी दार्शनिक राजा थे, लेकिन राजकाज में दर्शन और उदात्त गुणों से परिपूर्ण पहले राजा ऋषभदेव थे। महात्मा बुद्ध और वर्द्धमान महावीर ने राजपाट छोड़कर तपस्वी का मार्ग अपनाया। ऋषभदेव को भारतीय दार्शनिक राजाओं में शिखर का स्थान प्राप्त हुआ तो इसके पीछे उनकी अहम् भूमिका रही। भागवत पुराण, पद्यम पुराण और जैन परंपरा में बताया गया है कि इन्होंने ही भारत में लेखनकला, कृषि विद्या, वाणिज्य एवं शिल्प का विकास किया। ऋषभदेव ने राजा बनने के पश्चात् कृषि, शिल्प, असि यानी शैन्यबल, मसि यानी परिश्रम, वाणिज्य और विद्या इन छह आजीविका के क्षेत्रों को व्यवस्थित एवं विकसित किया। इनके दो पुत्र राजा भरत एवं बाहुबली तथा दो पुत्रियाँ ब्राह्मी और सुंदरी थीं। लेखनकला में इनका इतना योगदान रहा कि बाद में

इनकी पुत्री ब्राह्मी के नाम पर प्राचीनतम लेखन लिपि को ब्राह्मी कहा जाने लगा।

ऋषभदेव ने शारीरिक और मानसिक क्षमताओं के साथ लोगों को श्रम करना सिखाया। इसके पूर्व लोग प्रकृति पर ही ज्यादातर निर्भर थे। वृक्ष को ही अपना भोजन तथा वस्त्र का आधार मानते थे। माना जाता है कि उन्होंने कृषि उपज करना सिखाया। नगरों का निर्माण किया। उन्होंने सामाजिक सुरक्षा और दंड संहिता की प्रणाली की स्थापना की। दान और सेवा के महत्त्व को स्थापित किया। एक दिन राजसभा में नृत्य के दौरान राजनर्तकी नीलांजना की मृत्यु हो गई। इस घटना के कारण उनको वैराग्य उत्पन्न हो गया और राजपाट अपने पुत्र भरत को सौंप कर वे संन्यस्त हो गए। भिक्षा माँगकर खाने का प्रचलन उनके द्वारा ही शुरू किया गया।

ऋषभदेव को भागवत परंपरा में परम वीर, दिगंबर, परमहंस और अवधूत राजा के रूप में वर्णन किया गया है। ऋग्वेद में भी कई जगहों पर उनको स्मरण किया गया है। इसमें ऋषभ को श्रेष्ठ राजा और दार्शनिक के रूप में वर्णन किया गया है। ऋग्वेद में वर्णन है कि उन्होंने ही कृषि और गोपालन की शुरुआत की। ऋग्वेद के दसवें मंडल के एक सूक्त में उनका केशी के रूप में उल्लेख किया गया है। केशी यानी लंबे बालों वाला।

कुषाणकालीन मूर्तियों में लंबे सुंदर बालों वाली एक प्रतिमा भी मिली है। ऋषभदेव के विलक्षण गुणों के कारण उनको विष्णु का अवतार बताया गया है। पुराण में उल्लेख है कि किस प्रकार एक राजा प्रजा के कल्याण कार्य को करते हुए, उनकी चिंता में आत्मज्ञान की परम अवस्था को प्राप्त कर सकता है। उन्होंने ही श्रमण परंपरा, नाथ और शैव परंपरा की शुरुआत की। ऋग्वेद में ऋषभदेव की चर्चा वृषभनाथ और वातरशना मुनि के रूप में तो शिव पुराण में शिव के 28वें योगावतार के रूप में किया गया है। उनके ज्येष्ठ पुत्र भरत राजा हुए, जो अपने कर्म और धर्म के कारण भारतवर्ष के पहले चक्रवर्ती राजा बने तथा जिनके नाम पर जंबूद्वीप को भारतवर्ष कहा जाने लगा।

चक्रवर्ती सम्राट भरत के बारे में श्रीमद्भागवत और जैन ग्रंथों में विस्तार से लिखा गया है महाभारत के अनुसार उनका साम्राज्य संपूर्ण भारतीय उपमहाद्वीप में व्याप्त था, जिसमें वर्तमान भारत, पाकिस्तान, अफगानिस्तान, फारस एवं मध्यम एशिया के भी कुछ देश शामिल थे। सवाल है कि भरत चक्रवर्ती सम्राट कैसे बने? इनके बारे में महाभारत, लिंग, विष्णु, भागवत, वराह, स्कंध, कूर्म आदि पुराण में बताया गया है कि जब राजा भरत का चक्र सभी दिशाओं में घूमता हुआ राजधानी अयोध्या के पहले ही स्वत: रुक गया, क्योंकि तब राजा भरत ने अपने सभी 100 भाइयों को विजित नहीं किया था। उनके सभी भाइयों ने भरत की अधीनता स्वीकार कर ली, लेकिन बाहुबली को यह अस्वीकार था। अत: दोनों भाईयों में मल्लयुद्ध हुआ, जिसमें बाहुबली जीत गए। इस जीत और छोटे भाई की हार से बाहुबली के मन में विरक्ति का भाव आ गया और उन्होंने जीतने के बाद

भी राजपाट भरत को सौंप दिया। इस प्रकार भरत इस अजनाभवर्ष के प्रथम चक्रवर्ती सम्राट बन गए तथा इस देश का नाम उनके नाम पर भारतवर्ष पड़ा।

प्रश्न उठता है कि ऋषभदेव के पुत्र भरत में वह कौन सी विशेषता थी कि इस देश का नाम भारतवर्ष पड़ा? पहला यह कि भरत भी अपने पिता की तरह दार्शनिक एवं महायोगी थे। वे इतने करुण एवं संवेदना से परिपूर्ण थे कि उनका नाम भरत के संग जड़ उपसर्ग जुड़ गया। उन्होंने स्वयं को भुलाकर इस देश के उत्थान एवं विकास के लिए अभूतपूर्व काम किए। भारत में कर्म युग में नीति राज की शुरुआत की। उन्होंने चार तरह के दंड निश्चित, किए। पुरातात्विक दृष्टि से अशोक के समकालीन कलिंग के राजा खारवेल की हाथी गुफा शिलालेख, जो दो हजार साल से ज्यादा प्राचीन है। उसमें भी भारतवर्ष का उल्लेख किया गया है।

भरत के समय से ही एक परंपरा की शुरुआत हुई कि राजबल का नियमन धर्मबल करेगा। जल प्लावन के बाद जब इक्ष्वाकु ने अयोध्या को राजधानी बनाया तब, ब्रहमर्षि वशिष्ठ को पुरोहित का पद प्राप्त हुआ। उस समय से एक परंपरा की शुरुआत हुई कि राजबल का नियमन धर्मबल करेगा। यह ऋषभदेव और चक्रवर्ती सम्राट भरत का ही प्रभाव था कि उन्होंने यह परंपरा बनाई कि राजनीति धर्मानुकूल चलेगी और ब्रहमदंड सर्वोपरि रहेगा।

जंबूद्वीप के अंदर जिस प्रकार कई खंड रहे हैं, उसी प्रकार भारतवर्ष के अंदर कई भाग हैं। इस विशाल भौगोलिक सत्ता का जितना बौद्धिक विस्तार है, उतना ही आत्मिक विकास भी है। जब जंबूद्वीप के अंदर भरतखंड कर्मभूमि है, तो भारतीय जीवन ने इसे धर्म और अपने जीवन के विकास से जोड़ लिया। संतों ने पृथ्वी के सात खंड को अपने शरीर के सात चक्रों से जोड़ लिया। केशवदास ने एक दोहा लिखा—"सुरति समानी ब्रह्म में, दुविधा रहो न कोय, केसो संभलि खेत में, परै सो संभलि होय। सात दीप नौ खंड के, ऊपर अगम अबास, सबद गुरु केसो भजै, सो जन पावै बास।"

भारत कर्म भूमि है। ऐसे में कर्म का स्वाद मधुमय हो, इसलिए भटकने के बदले जीवन का आरोहण लक्ष्य बनाया गया। शरीर का विकास स्वाधिस्ठान से सहस्त्रार तक की यात्रा में मेरु शिखर परम पद है। सुमेरु की तरह ही सहस्त्रार हमारे जीवन का केंद्र है। उस परम शिखर पर बैठे सप्तर्षि के साथ भक्त धुव्र हमारे जीवन को चरम सिद्धि की ओर ले जाने में उत्प्रेरक का काम करते हैं। पृथ्वी के समस्त देवता, यक्ष, मानव और सिद्ध के लिए परम शिखर की ओर अवरोहण एक लक्ष्य होता है, जिसके लिए नित्य वंदन, चिंतन और श्लोक से उस परमपद का स्मरण किया जाता है, जो सुमेरु पर स्थित हैं। कैलाश हमारे भूगोल का केंद्र बिंदू है और हमारे जीवन के केंद्र में कैलाशधारी शिव हैं। उस मेरु शिखर पर शक्ति का वास है, जहाँ से कई जीवन की धाराएँ गंगा, सिंधु,

ब्रह्मपुत्र के रूप में निकलती हैं और भारतवर्ष के सांसारिक और आध्यात्मिक जीवन को अनप्राणित करती है।

ऐसे ही तीन धाराएँ हमारी शरीर से भी इड़ा, पिंगला और सुषुम्ना के रूप में निकलती हैं। इसकी अनवरत धारा में जीवन का उन्नयन है, पुण्य है और जीवन की मुक्ति है। यह लीला है, जो हमारे अंदर घटित होती है और होती रहती है। बाहर बस दिखता है। ठीक से अनुभूत करें तो लगेगा कि यह शरीर ही जंबूद्वीप है। यह शरीर ही भारतवर्ष है। सबकुछ यहाँ घट रहा है, अपने अंदर। बाहर बस उसका प्रकटीकरण होता है।

जब संकल्प मंत्र में हम कहते हैं कि जंबूद्वीप-भरतखंडे अंतर्गते, तब विद्युत के तरंग-सा भीतर झटका लगता है यह भरतखंड तो हमारे अंदर है। हम किस भारतवर्ष की बात कर रहे हैं। यह प्रत्येक प्राणी के साथ जुड़ा है, जिसको अपने केंद्र के साथ सदैव जुड़ा रहना है। इस प्रकार यह जैविक है और निरंतर विकासशील भी। हमारे सारे जाग्रत, उदात्त और ललित अनुभवों का स्त्रोत हमारे अंदर है, इस जंबूद्वीप के केंद्र में छिपा है। इस जंबूद्वीप-भरतखंड की सत्ता, उसके देह, मन, बुद्धि और आत्मा संयुक्त रूप से चार पुरुषार्थ-धर्म, अर्थ, काम और मोक्ष के लिए कर्मरत हैं। कदाचित इसी कारण महाकवि दिनकर ने लिखा—"किसका नमन करूँ मैं भारत, किसका नमन करूँ मैं। तेरा, या तेरे नदीश गिरि वन पथ का नमन करूँ मैं॥ मेरे प्यारे देश, देह या मन का नमन करूँ मैं॥"

चिरंतन भारत जैविक है, आत्मिक है और प्राणिक सत्ता है। देह, मन, और बुद्धि सब एक-दूसरे से जुड़े है। चिरंतन भारत में जंबूद्वीप से आगे समूची पृथ्वी, आकाश और ब्रह्मांड के साथ भौगोलिक, जैविक और सामाजिक बंधन बनता है। यह सदैव एक-दूसरे को जोड़ता है। इसमें हमारा गाँव, देहात, खेत-खलिहान सम्मिलित होता है, तो बाजार, घर से लेकर हमारे सारे कर्म फल जुड़ते जाते हैं। चिरंतन भारत जोड़ता जाता है। चिंरतन भारतीय जीवन में खंड, प्रदेश और महादेश बस देश-काल का एक भाग है। जिसके दूसरे भाग पर महाकाल और उसकी गति है। इस गति के साथ ही हमारी अविच्छिन्न यात्राएँ जुड़ी हैं। यह यात्राएँ जितना बाहरी है, उतना ही आंतरिक भी होती हैं।

शाश्वत भारत में चिंतन, दृष्टि, विकास, यात्रा सिर्फ एकांगी नहीं होता है, यह संपूर्ण होता है। इसके शाश्वत रूप में हजारों साल का काल प्रवाह, सभ्यता के उषा काल में स्वयंभु मनु के साथ मानव की विकास यात्रा शामिल है। इसमें सैंधव सभ्यता है, तो इसके निर्माण में द्रविड़, निषाद, आर्य और किरात का योगदान है। शाश्वत एक साथ काल की गति और स्थायित्व को अर्थ देता है, जिसका एक छोर कल्प के साथ आरंभ होता है, तो दूसरा छोर वर्तमान तक चला आता है। इन सब का मूल हमारे चैतन्य भारत में समावेशित है। यह भारत की आत्मा है। इस आत्मा में दर्शन, शिल्प, साहित्य, पुराण, वेद और समय का प्रत्येक पाठ समाहित है। इस कारण ही ब्रह्मांड से पृथ्वी और पृथ्वी लेकर शरीर तक

की यात्रा और शरीर से पुनः पृथ्वी और ब्रह्मांड की यात्रा में सबकुछ चक्रीय हैं। भारतीय प्रज्ञा में चिंतन सदैव चक्रीय रहा है, जिसमें कुछ भी छोड़ा या जोड़ा नहीं गया। जीवन में जो कुछ भी महत्त्वपूर्ण है, उसे हम सम्यक् भाव से स्वीकार करते हैं। अस्तित्व में प्रत्येक तत्त्व और वस्तु के होने का कुछ कारण होता है। उस कारक की पहचान और तदनुरूप अपने दायित्वों का निर्वहन ही हमारा मुख्य धर्म होना चाहिए। वृहतसम को लघुतम में समावेशित कर लेना भारतीय प्रज्ञा की विशेषता है, तो लघुतम में उस विराट की अनुभूति ही चिरंतन भारत में शाश्वत की खोज है, जो अनवरत प्रवाहित है।

□

देवत्व की प्रतिष्ठा है यज्ञकर्म

जब भी यज्ञ की बात आती है, तब वेद, मनु, ऋषि, आर्य एवं भारत जैसे संस्थागत और प्रक्रियागत शब्दों का स्मरण हो जाता है। इसके प्रति एक विशेष आदर होता है, तो साथ में ही एक संशय भी रहता है। यज्ञ संस्था अपनी प्रासांगिकता खो चुके हैं। इसका कारण है कि अब यज्ञ संस्थान शोध या अन्वेषण का स्थान नहीं रहा। ऐसे में प्रश्न उठता है कि यज्ञ की उत्पति कैसे हुईं? यह प्रकृति के प्रति अहोभाव प्रकट करने का माध्यम था। सभ्यता के उषा काल में जब ऋषियों ने देखा कि प्रकृति के कारण मानवों को भोजन, पानी और विभिन्न प्रकार के आहार प्राप्त हो रहे हैं, कृषि कार्य के साथ बागवानी, पशुपालन आदि का विकास हो रहा है, तब आर्यजनों के मन में प्रकृति के प्रति कृतज्ञता का भाव उत्पन्न हुआ। समर्पण के इस भाव ने प्रकृति के साथ जो एक रिश्ता बनाया, उसका प्रकटीकरण का माध्यम यज्ञानुष्ठान बना।

यज्ञ क्या होता है ? इसके संबंध में यजुर्वेद विस्तार से बताता है कि मंत्रों के माध्यम से प्रकृति और मनुष्यों के बीच एक संबंध बनता है। इसे यजुष कहा गया। जब हम यजुष के साथ अग्नि में आहुति देते हैं, तो वह यज्ञ कहलाता है। इस प्रकार जितने यजुष के माध्यम से आहुति दी गई, उनके संकलन को यजुर्वेद कहा गया। पिछले आठ हजार वर्षों से हम यज्ञ के अनुष्ठान में उसी समर्पण भाव को प्रकट करते आ रहे हैं, जिसकी ओर कदाचित हमारा ध्यान नहीं गया है। आज भी जब हम अग्नि में आहुति डालते हैं, तो यज्ञकर्ता कहता है कि "स्वाहा" अर्थात् मैं पूर्णत भस्मीभूत हो गया। मैंने अपना कर्म कर दिया। इसके तत्क्षण वह जोड़ता है—इदम् विष्णु या इंद्र या शिव या कोई और देवता या भूत का नाम। फिर कहता है—इदम् न मम्। अर्थात् इससे मेरा कोई संबंध नहीं है, यह भाव उस देव को समर्पित है।

प्रकृति के विभिन्न उपादानों के प्रति अहोभाव बाद के कालखंड में कामनाओं की पूर्ति में बदल गया। हमारी आहुति केवल हमारी इच्छाओं की पूर्ति का माध्यम बन गया, जो त्रुटिपूर्ण है। धन, पुत्र, राज्य की प्राप्ति का माध्यम यज्ञ बना तो साथ ही यश, कीर्ति

और सम्मान को प्रकट करने के लिए यज्ञानुष्ठान को बढ़ावा दिया गया। यही कारण है कि जब यज्ञ का अनुष्ठान भौतिक इच्छा और कामनाओं से जुड़ गया, तो शिव, राम और कृष्ण जैसे देव पुरुषों ने उसका प्रतिकार किया। महर्षि विश्वामित्र और अन्य ऋषियों ने यज्ञकर्म के बदले तप और साधना को ज्यादा महत्त्व दिया। श्रीमद्भागवत में अर्जुन ने भगवान् से पूछा कि कर्म क्या है? यज्ञ क्या है? (8/1, 2, 3)। श्रीकृष्ण बताते हैं कि यज्ञों में दी जानेवाली आहुति जिससे जीवों की उत्पति और पालन होता है, कर्म कहलाता है। इस सृष्टि के क्रम विकास में बहुत गतिविधियाँ चल रही हैं, जो कर्म या क्रिया पर आधारित होती हैं। यह कर्म और क्रिया ही बोलचाल की भाषा में प्रक्रिया कही जाती है। प्रत्येक जीव के द्वारा, जो प्रक्रिया की जा रही है, वह कर्म कहलाता है। आगे श्रीकृष्ण बताते हैं कि वस्तुओं का नश्वर पहलू अधिभूत है। यह परिवर्तन के अधीन है, जो प्रत्येक अधिभूत यानी शरीर के अंदर विराजमान है, वह अधिदेव है। यह प्रकृति में विद्यमान दिव्यता है। जिसको हम सदैव देखते और अनुभूत करते हैं। इस प्रकृति के दिव्यतम, जो भी स्वरूप हैं, वह यज्ञ है। वह विष्णु अर्थात् ईश्वर है। यज्ञ केवल आहुति नहीं, बल्कि गहनतम् और दिव्यतम रूप में दिव्यता के स्वरूप के साथ एकीकरण है। वह स्वयं देवत्व है। तैतिरीय उपनिषद् में इसी कारण, विष्णु अर्थात् ईश्वर के अनेक नामों में से एक नाम को यज्ञ भी कहा गया है।

अतएव हमारे कर्म हमारी चेतना का प्रकटीकरण है। यह कर्म ही यज्ञधर्म है। हम जो करते हैं, वह पहले हमारे हृदय में अंकुरित होते हैं और वहीं प्रकट होते हैं। यह हृदय यज्ञवेदी है, कर्म का अंकुरण ही फल है। इसलिए कर्म ऐसा करना चाहिए ताकि उसकी स्मृति कभी भी हमको पश्चाताप करने पर विवश न करे। कर्म क्या होगा? कैसा होगा? यह हमारे दिल में अवस्थित है। इसलिए कर्म को उत्तम करने के बदले व्यक्ति को उचित कर्म करना होगा। कर्म तो व्यक्ति की क्रिया है। क्रिया एक गति है। एक स्पंदन है। उसको उत्तम करने के लिए व्यक्ति को अच्छा करना होगा। एक दिन का आरंभ कृतज्ञता से करें। उसका अंत प्रभु के आभार के साथ। आभार इस बात के लिए कि आज का दिन अच्छा रहा और सुबह इस कृतज्ञता के साथ अपने को विनम्र बनाएँ। इस स्मृति को सदैव स्मरण रखें, जो कहता है कि जीवन यज्ञ है।

सूर्य का तपना यज्ञ है, चंद्रमा का सोम की बौछार यज्ञ है, पृथ्वी का वनस्पति और अन्न का उत्पन्न करना यज्ञ है, वृक्ष और पौधे के जल को मीठा करना एवं फल को रसदार बनाना भी यज्ञ है। प्रारंभ में भले ही यज्ञ का अर्थ आहुति रहा हो, लेकिन बाद में ऋषियों ने प्रत्येक शुभता और शिवत्व से जुड़े कर्म को यज्ञ कहा। दिन-रात का दिवस यज्ञ, ऋतु परिवर्तन में संवत्सर यज्ञ, रसोई कर्म में पाकयज्ञ, गृहस्थ जीवन में दांपत्य यज्ञ, अध्ययन और अध्यापन में ज्ञान यज्ञ, हमारे पूजा-पाठ, तप, साधना के अनुष्ठान में

धार्मिक यज्ञ है। यह सृष्टि भी एक यज्ञीय भाव से विस्तार और विकास कर रही है। उस परम पुरुष यानी मन्वंतरगर्भ का विकास भी यज्ञीय भाव से हो रहा है।

जब हम कहते हैं कि जीवन एक यज्ञ है, तो इसका तात्पर्य होता है कि हम सबको कर्म करना है, तपना है, धर्म का निर्वहन करना है। ऋत का पालन करना है। कर्म करना है ताकि फल प्राप्त हो। शतपथ ब्राह्मण में कहा गया है कि "यज्ञो वै श्रेष्ठतम कर्मम्।" (1/9/11) इस विराट कर्मचक्र में निरंतर परिवर्तनशील जीवन यज्ञ है। यज्ञ अर्थात् कर्म से जीवन विकास करता है। इस प्रकार सृष्टि क्रिया के प्रसव और फल को केंद्रीय रूप से यज्ञ का रूप बताया गया। तब विष्णु यज्ञ है। अग्नि यज्ञ है, आत्मा ही यज्ञ का रूप है। अंत में कहा गया कि जगत् में मानव की उत्पति भी यज्ञ है। पुरुष सूक्त में कहा गया कि ईश्वर अपनी ही आहुति देकर सर्वहुत यज्ञ करता है और विश्व लीला को जन्म देता है। अंततः यज्ञ एक विश्वव्यापी एवं सर्वकालिक क्रिया बन जाती है। चैरासी लाख योनियों की आहुति अर्थात् यात्रा के पश्चात् हम अपने मूलस्वरूप को प्राप्त करते हैं।

उपनिषद् में कहा गया है कि सृष्टि में निरंतर यज्ञ चल रहा है। बीज से पौधे का बनना, पहाड़ से पानी के रूप में नदियों का बहना, पर्वत पर जड़ी-बूटियों से आच्छादित हरीतिमा, पेड़ में फल का आना और उसका पकना। फिर समाप्त हो जाना। यह सारा कर्म ही यज्ञ है। छह ऋतुओं का चक्र यज्ञ है। आकाश में सूर्य, चाँद, तारों का परिभ्रमण भी यज्ञ है। अतिथि को भोजन देना यज्ञ है, तो अपनी भूख मिटाना भी यज्ञ ही है।

भक्त को भगवान् से एकत्व स्थापित करता है यज्ञकर्म। अर्थात् सजीव यज्ञकर्त्ता है। यजमान ईश्वर है। विराट से अंश का एकत्व ही सच्चा यज्ञ है। जीवन का स्वाभाविक कर्म और एकमेव यज्ञ ईश्वर की ओर अंतर्यात्रा है। मन की साधना रूपी आहुति से चेतना का जागरण ही मूल कर्म है। अर्थात् सजीव के भीतर उस दिव्य अनुभूति को प्रतिष्ठित करने के लिए ही सारा प्रयास होता है। जीव में देवत्व की प्रतिष्ठा ही यज्ञ है। जीवन स्वयं एक यज्ञ है और सदकर्म ही होमषिखा है। गृहस्थ जीवन को आगे बढ़ाने के लिए रतिक्रिया भी यज्ञ है, अन्यथा यह कामभाव की आहुति है।

प्राचीन भारत में यज्ञों का लक्ष्य स्वर्ग है। अग्नि देवता और मनुष्यों के बीच की कड़ी है। देवता क्योंकि सूक्ष्म देह में है, इसलिए यज्ञों के माध्यम से उनको प्रसन्न किया जाता है, ताकि स्वर्ग पहुँचा जाए। महर्षि विश्वामित्र इसको चुनौती देते हैं। उनका स्पष्ट मत है कि यदि स्वर्ग वास्तव में कोई जगह है, तो वहाँ व्यक्ति को अपने स्थूल देह के साथ जाना चाहिए। एक आदमी मरने के बाद कहाँ गया? इससे धरती और यथार्थ जीवन में क्या अंतर पड़ता है। इसलिए विश्वामित्र त्रिशंकु को स्वर्ग भेजने के लिए यज्ञ की प्रणाली को ही बदल देते हैं। वह अंततः रूपांतरण पर बल देते हैं।

जीवन में स्वर्ग स्वयं के अंदर है और बाहर नरक है। ज्यां पाल सार्त्र की एक

प्रसिद्ध उक्ति है कि "दि अदर इज हेल।" दूसरा नरक है। वे ठीक कहते हैं। दूसरों पर निर्भरता से स्वतंत्रता, निजता, अनुभूति और अभिव्यक्ति के हम आधीन हो जाते हैं। यह पराधीनता ही नरक है। भीतर स्वर्ग है। कहते हैं कि माता गंगा जब स्वर्ग से धरती पर आईं, तो उनकी आधी धारा स्वर्ग में रह गई। भारतीय जीवन में उस धारा को आकाशगंगा के नाम से पुकारा गया। गंगा की आधी ही धारा धरती पर आई। संसार में जो धारा आई, वह नरकगामी है। कदाचित इसी कारण उस स्वर्ग की अनुभूति के लिए हम जीवन भर जल में डुबकी लगाते हैं, ताकि स्वयं को नरक से मुक्त कर सके।

भारतीय चिंतन में जो मिथकीय धारणा का विकास हुआ उसमें देवों, अप्सरा और गंधर्वों के लिए आकाश को उनका वास बताया गया, जबकि पाताल लोक में नाग और असुरों का राज चलता है। यह पृथ्वी है, जहाँ केवल मानव, राक्षस तथा यक्षों का निवास स्थल है। ये तीन लोक है—आकाश में स्वर्ग लोक, सबसे नीचे पाताल लोक और मध्य में भूलोक स्थित है।

यज्ञ शब्द का पहला उल्लेख ऋग्वेद के पहले ही मंत्र में है। यह मंत्र इतना महत्त्वपूर्ण है कि इसका पहली बार लाउडस्पीकार से मैक्स मूलर ने पाठ किया। यह मंत्र है—"अग्निमीले पुरोहितं यज्ञस्य देवं ऋत्विजम्। होतारं रत्नधात्मम।" ऋग्वेद के इस पहले छंद को ग्रामोफोन पर रिकॉर्ड करने के लिए मैक्स मूलर ने थॉमस अल्वा एडिसन से निवेदन किया। क्या है यह ऋचा? अग्निमीले (प्रकाश रूप ईश्वर की उपासना करो) पुरोहितं यज्ञस्य देवं (वह अभिमुख है, साधना का लक्ष्य है) ऋत्विजम् होतारं (सतत साधना से प्रकट होता है प्रेरक) रत्नधात्मम (सकल ऐश्वर्यों का स्वामी है)। अर्थात् आओ हम प्रकाश रूपी ईश्वर की उपासना करें। वही अभिमुख है, साधना का लक्ष्य है। वह सकल ऐश्वर्यों का स्वामी है, जो सतत साधना से प्रकट होता है। ऋषि-मुनियों के हजारों वर्षों के उत्तम कर्म की स्मृति हजारों वर्ष से अच्छाई की प्रेरणा दे रही है। अच्छाई के लिए स्मृति का होना जरूरी है, लेकिन स्मृति के लिए सतत साधना भी होनी चाहिए। यह साधना यज्ञ है।

दिवस कर्मयज्ञ है और रात्रि भावयज्ञ है। भावरहित कर्म में थकान रहती है और कर्मरहित भाव एक आत्मविलास होता है। जब दिन रूपी अग्नि या ताप का रात रूपी सोम या मधु के साथ समागम होता है और अग्नि में सोम की आहुति तो यज्ञ देवता प्रज्जवलित हो उठते हैं। यह हवन कर्म या यज्ञ कर्म लगातार चलता रहता है। रस, मधु, भाव, सुख, जल आदि विभिन्न रूप रात अर्थात् सोम के प्रतीक हैं। वही अग्नि, ताप, प्रकाश, बल, कर्म, शक्ति आदि रूप दिन के प्रतीक हैं। अग्नि भूख है, सोम अन्न हैं। बिना सोम की आहुति के अग्नि निर्जीव है। सोम के संपर्क और संबंध से अग्नि हमारे जीवन का प्राण और ऊर्जा बनती है।

श्रौतकर्म में परमात्मा का आत्ममेघ और विश्वव्यापी सविता, शक्ति के विविध कर्मों से लेकर यज्ञ यगादि मानवीय कर्म सब कुछ आ जाते हैं। यज्ञ भी कर्म है, क्योंकि यजन एक कर्म है। आकाश में सूर्य का तपना, उसके तप से निकली मधु का वनस्पति और औषधि में मिलना, धरती पर हरीतिमा का विस्तार सब कुछ कर्म है। वही सूर्य सृष्टि में तपता है। देह में वैश्वानर बनकर बैठता है, भोज्य पदार्थ को तपाता है, पचाता है, यह यज्ञ है। धरती पर गार्हपत्य अग्नि बनकर आकाश में, आदित्य बनकर यज्ञ कर्म में लगा है। इस सूर्य रूपी अग्नि के सारे कर्म ही यज्ञ हैं। यज्ञ का अर्थ आग में घी डाल कर मंत्र पढ़ना नहीं होता। यज्ञ का अर्थ है—शुभ कर्म। श्रेष्ठ कर्म। सतकर्म। वेदसम्मत कर्म।

वेदानुसार यज्ञ पाँच प्रकार के होते हैं-(1) ब्रह्म यज्ञ (2) देव यज्ञ (3) पितृयज्ञ (4) वैश्वदेव यज्ञ (5) अतिथि यज्ञ। उक्त पाँच यज्ञों को पुराणों और अन्य ग्रंथों में विस्तार दिया गया है। वेदज्ञ सार को पकड़ते हैं, विस्तार को नहीं।

ब्रह्म यज्ञ—जड़ और प्राणि जगत् से बढ़कर है मनुष्य। मनुष्य से बढ़कर है पितर, अर्थात् माता-पिता और आचार्य। पितरों से बढ़कर है देव, अर्थात् प्रकृति की 5 शक्तियाँ और देव से बढ़कर है—ईश्वर और हमारे ऋषिगण। ईश्वर अर्थात् ब्रह्म। नित्य संध्या वंदन, स्वाध्याय तथा वेदपाठ करने से यह ब्रह्म यज्ञ संपन्न होता है। इसके करने से ऋषियों का ऋण अर्थात् ऋषि ऋण चुकता होता है। इससे ब्रह्मचर्य आश्रम का जीवन भी पुष्ट होता है।

देवयज्ञ—देवयज्ञ जो सत्संग तथा अग्निहोत्र कर्म से संपन्न होता है। इसके लिए वेदी में अग्नि जलाकर होम किया जाता है यही अग्निहोत्र यज्ञ है। यह भी संधिकाल में गायत्री छंद के साथ किया जाता है। इसे करने के नियम हैं। इससे देव ऋण चुकता होता है। हवन करने को देवयज्ञ कहा जाता है। हवन में सात पेड़ों की समिधाएँ (लकड़ियाँ) सबसे उपयुक्त होतीं हैं—आम, बड़, पीपल, ढाक, जांटी, जामुन और शमी। हवन से शुद्धता और सकारात्मकता बढ़ती है। रोग और शोक मिटते हैं। इससे ग्रहस्थ जीवन पुष्ट होता है।

पितृयज्ञ—सत्य और श्रद्धा से किए गए कर्म श्राद्ध और जिस कर्म से माता, पिता और आचार्य तृप्त हों वह तर्पण है। वेदानुसार यह श्राद्ध-तर्पण हमारे पूर्वजों, माता, पिता और आचार्य के प्रति सम्मान का भाव है। संतानोत्पत्ति से यह यज्ञ सम्पन्न होता है इसी से पितृ ऋण भी चुकता होता है।

वैश्वदेव यज्ञ—इसे भूत यज्ञ भी कहते हैं। पंच महाभूत से ही मानव शरीर है। सभी प्राणियों तथा वृक्षों के प्रति करुणा और कर्तव्य समझना उन्हें अन्न-जल देना ही भूत यज्ञ या वैश्वदेव यज्ञ कहलाता है। अर्थात् जो कुछ भी भोजन कक्ष में भोजनार्थ सिद्ध हो उसका कुछ अंश उसी अग्नि में होम करें जिससे भोजन पकाया गया है। फिर कुछ अंश

गाय, कुत्ते और कौवे को दें। ऐसा वेद-पुराण कहते हैं।

अतिथि यज्ञ—अतिथि से अर्थ मेहमानों की सेवा करना उन्हें अन्न-जल देना है। अपंग, महिला, विद्यार्थी, संन्यासी, चिकित्सक और धर्म के रक्षकों की सेवा-सहायता करना ही अतिथि यज्ञ है। इससे संन्यास आश्रम पुष्ट होता है। यही पुण्य है। यही सामाजिक कर्तव्य है।

भारतीय संस्कृति में ब्रह्म यज्ञ का अनुष्ठान करते हैं। वह प्रजापिता हैं। जनता के पिता हैं। अतएव यज्ञकर्म से वह प्रकृति पर विजय प्राप्त करने की अभिलाषा रखते हैं। वह कर्म के बाहरी ताप (प्रभाव) से सफलता चाहते हैं। जीवन में श्रेष्ठता के लिए कर्म आवश्यक है, लेकिन कर्म के साथ व्यक्ति की धारण शक्ति भी चाहिए। कर्म से इच्छित फल मिलता है, लेकिन धारण शक्ति से वह फल जीवन का स्थाई भाव बन जाता है। इसलिए यज्ञकर्म के साथ तप आवश्यक है। यज्ञ बाहरी जीवन को संवारने का कर्म है और तप आंतरिक सक्रियता का कर्म है। जीवन में मूल्य के अन्वेषण के लिए आंतरिक सक्रियता आवश्यक है। भगवान् शिव सदैव विकास के लिए तप को आवश्यक मानते हैं। व्यक्ति का शिखर की ओर आरोहण स्वयं व्यक्ति के अंत:प्रेरणा, अंतक्रिया और अंत:चिंतन पर निर्भर है। आंतरिक अग्नि को प्रज्जवलित करने का कर्म ही तप साधना है। जब व्यक्ति स्वयं पर प्रभुत्व प्राप्त कर लेता है, तो समाज उसे स्वीकार करता है।

ब्रह्म और शिव के बीच विष्णु का विविध रूप हमारे समक्ष आता है, ताकि समाज की अंत:चेतना को रास्ता दिखाने के लिए प्रश्न उठाए जाएँ। वामन और परशुराम के अवतार में वे यज्ञकर्म को अपना समर्थन देते हैं, लेकिन जब यज्ञ बाहरी प्रदर्शन और आडंबर का मंडप बनने लगा, तो श्रीराम और श्रीकृष्ण के रूप में वे यज्ञ के स्थान पर कर्म और धर्म को अपना समर्थन देते हैं। उस यज्ञ पर प्रश्न खड़ा करते हैं, जहाँ व्यक्ति का श्रम और विवेक गौण हो जाता है। बाद के काल में महात्मा बुद्ध ने उसका सर्वथा परित्याग कर दिया। सूर्य की तरह विष्णु केवल कर्म नहीं करते हैं, बल्कि उस लोक के साथ साहचर्य हो जाते हैं, उस विवेक को स्वयं जीवन में अंगीकार करते हैं, जिससे समाज व्यवस्था के साथ ही जीवन के विधान संरक्षित और संवद्धित होते रहे हैं।

तप हमारे शरीर की अग्नि है। इस अग्नि को प्रज्ज्वलित करने के लिए ध्यान और साधना का मार्ग है। तप से सिद्धि प्राप्त होती है, तप से शक्ति मिलती है। व्यक्ति स्वयं को अपने अंदर खोजता है। यह भी यज्ञ है। आंतरिक यज्ञकर्म चलता है, जिसका परिणाम बाह्य जीवन में मिलता है। संकुचित रूप में यज्ञकर्म के माध्यम से हम अपने बाहरी जीवन में ज्ञान, संपदा और सत्ता का प्रदर्शन करते हैं। जबकि तपकर्म के माध्यम से आंतरिक जीवन को वीर्यवान और शक्तिशाली बनाते हैं।

जीवन को संयम और संतुलन के माध्यम से मन का भय समाप्त होता है, जीवन

की गाँठें स्वत: खुल जाती हैं और हम अपने सच्चे अस्तित्व की खोज में निकल पड़ते हैं। यज्ञ कर्म और तपकर्म का आकाश जब विस्तृत हो जाए, जब उसमें एक संतुलन बनाया जाए दो दोनों ही अहम् को समाप्त कर मन को मनस्वी और तेजस्वी बनाते हैं। ऐसा जब होता है, तब वेद का वह उदघोष सुनाई पड़ता है—अहं ब्रह्मास्मि, तत् त्वम् असि। तुम भी वही हो।

यज्ञ कर्म में भौतिक जीवन से आत्मिक जीवन की यात्रा करते हैं, जबकि तपकर्म में आत्मिक उन्नयन के साथ में भौतिक जीवन की अंतर्यात्रा की जाती है। यज्ञ कर्म तब अपनी प्रासांगिकता पर प्रश्न खड़ा कर लेता है, जब हम भौतिक प्रचुरता, धन प्रवर्धन और शारीरिक संतुष्टि के माध्यम से आत्मिक जीवन को चुनौती देते हैं। अगर जीवन के प्रश्न का उत्तर मिलता है तो यज्ञ आवश्यक है। जीवन ही यज्ञ है। रसोई पहली यज्ञ–शाला है। रसोई में ही कच्चे भोजन को पके भोजन में बदला जाता है। यह पका भोजन हमारे शरीर को पोषित करता है, मन की जिज्ञासा का समाधान करता है और चित्त को ऊर्ध्व गमन को प्रेरित करता है। भोजन अगर पोषण है, तो जीवन बिना यज्ञ के एक दिन भी नहीं चल सकता। इसलिए जहाँ पोषण है, जहाँ जीवन का अंकुरण है। उसे हमने माता का स्थान दिया। अन्न को हमने अन्नपूर्णा कहा। वह पार्वती का पर्यायवाची है। वह भगवती है, जो त्यागी और योगी शिव को कैलाश से काशी लाई, ताकि गृहस्थ जीवन यज्ञ को साकार किया जा सके। माता ने सिखाया कि तप मन के लिए आवश्यक है, लेकिन यज्ञ के बिना शरीर धारण करना भी संभव नहीं है। भोलेबाबा जब योगी से गृहस्थ बने, तब उनको भी अनुभूति हुई कि यज्ञ और तप रूपी कर्म एक–दूसरे के पूरक हैं। एक शरीर के लिए आवश्यक है, तो दूसरे के बिना व्यक्ति का उन्नयन ही संभव नहीं है।

यज्ञ नियम का प्रारंभ है। यज्ञ वह कर्म है, जिससे व्यक्ति विकास करता है। पुराण में आख्यान है कि वेण की मृत्यु पश्चात् ऋषियों ने पृथु को राजा बनाया। राजा बनने के बाद पृथू ने धरती रूपी गाय से प्रार्थना कि वह समस्त प्रजा का पालन–पोषण करे। धरती रूपी गाय ने इसे अस्वीकार कर दिया। इसके बाद पृथु ने शस्त्र उठा लिया। शस्त्र देखकर गाय ने कहा कि मेरा वध हो जाएगा, तो प्रजा का पोषण कौन करेगा? पृथु ने कहा कि यदि आप ऐसे ही भागती रहेंगी, तो भी तो प्रजा का पोषण नहीं हो पाएगा। प्रजा भूख से मर जाएगी। यह वृतांत बताता है कि कैसे प्रारंभिक काल में पृथ्वी को पोषण योग्य बनाया गया।

पहली बार धरती कृषि कर्म के लिए उपयोग में लाई गई। इसके पूर्व पशुचारण और वनचारण पर ही जीवन का पोषण होता था। पृथु की याचना पर धरती एक जगह स्थिर हुई। तब धरती ने कहा कि मेरा दोहन हो, लेकिन शोषण नहीं होना चाहिए। इससे हमें कष्ट होता है। पृथु ने कहा कि प्रकृति में कोई नियम नहीं होने के कारण शोषण

स्वाभाविक है। अतएव शोषण को रोकने के लिए नियम का निर्माण करूँगा ताकि समाज संस्कृति पर आधारित हो। पहली बार राजा पृथु ने धरती पर संस्कृति के निर्माण के लिए सामाजिक व्यवस्था बनाई। प्रकृति के दोहन का नियम बनाया ताकि प्रकृति और मानव संस्कृति के बीच में संतुलन रहे। पहली बार समूची धरती यज्ञशाला बन गई और राजा पृथु के कारण पृथ्वी कहलाई। प्रकृति और संस्कृति के बीच संतुलन के लिए ही यज्ञकर्म और तपकर्म के बीच समन्वय जरूरी है। सदैव ही गाय को भरण-पोषण और संतोष का प्रतीक माना गया है। इसलिए यज्ञशाला में भी ऋषियों के साथ गायशाला होती थी। जीवन में जो भी भरण-पोषण करता है। वह यज्ञशाला है। चाहे वह धरती हो, गाय हो या घर की रसोई। पोषण करनेवाली धरती, गाय और माता इस कारण ही भगवती स्वरूप हमारे जीवन चिंतन में आदर पाती है।

मनुष्य को भोजन की आवश्यकता होती है, भोजन के लिए अन्न चाहिए। अन्न के लिए हमारी निर्भरता वर्षा पर होती है। आकाश से वर्षा आती है। इसके लिए सूर्य का ताप जरूरी है। ताप के लिए यज्ञ एक कर्म है, जिसके माध्यम से बारिश की संभावना बनाई जाती हैं। यज्ञ संस्कृति की आधारशिला है। हमारा जीवन ही यज्ञ है। एक का कर्म दूसरे के लिए फल होता है। यज्ञ भी कर्म है। गीता में कर्मयोग के अध्याय तीन के दस श्लोक में भगवान् अर्जुन को कहते हैं कि "सृष्टि के प्रारंभ में प्रजापति ने यज्ञ के साथ मानवजाति का प्रक्षेपण किया और कहा कि तुम संख्या में विस्तार पाओ। तुम्हारी इच्छाओं का फल प्राप्त हो।"

ऐसे में यज्ञ पृथ्वी पर भारतीय मनीषियों की केवल खोज नहीं है। यज्ञ का एक वृहद् ब्रह्मांडीय आयाम है। सारी सृष्टि ही यज्ञ पर आधारित है। हर जगह व्यापार है। जिसमें कुछ लेना है, तो कुछ देना है और लेने के पूर्व देना पड़ता है। जीवन साँस को तभी हम लेते हैं, जब हम पादप जगत् के लिए कार्बन रूपी प्राण को छोड़ते हैं। वैसे कुछ अंगीकार करने के पूर्व हमें अपने में जगह बनानी पड़ती है। जब देंगे, तभी हमारा विस्तार होगा, श्रेष्ठ बनेंगे।

कर्म के बिना कोई फल नहीं है। यह कर्म ही यज्ञ है। मानव जाति का जब इस जगत् में प्रक्षेपण किया गया, तो यह आशीर्वाद भी दिया गया कि यज्ञकर्म से व्यक्ति महान् बने। हमारा कर्म ही वह कामधेनु है, जो सदैव फल रूप दूध देती है। यज्ञकर्म में देव ऋण का विधान है। यह प्रकृति का हम पर उपकार है, जिसे हमें जीवन में चुकाना होता है। प्रकृति की कृपा के कारण हमारा जीवन सफल होता है, लेकिन हम अपने कर्मों से प्रकृति को बौना बनाने में लगे रहते हैं। गीता में श्रीकृष्ण कहते हैं कि "यज्ञ आदान और प्रदान का व्यापार है। जब एक स्वार्थी व्यक्ति केवल अपने लिए कर्म करता है तो उसका संकुचन होता जाता है।"

श्लोक नौ में तदर्थ कर्म कौंतेय कहा गया है अर्थात् वह कर्म जो आसक्ति को त्याग कर किया जाए, वही कर्म यज्ञ है। उसी श्लोक में भगवान् बताते हैं कि जब आसक्ति को त्याग कर अर्थात् यज्ञ भाव से कर्म नहीं किया जाता है, तब वह कर्म ही हमें बंधन में जकड़ता है। यह 'वसुधैव कुटुंबकम' का भाव है। जिसमें समूची वसुधा को एक परिवार माना जाता है।

भारतीय वाङ्मय में भोगवादी कर्म को काम कहा गया है और त्यागपूर्ण कर्म को क्रतु कहा गया है। काम का अर्थ है इच्छा, लोभ, वासना, आसक्ति, व्यापार। दूसरी क्रतु का अर्थ है त्याग, वैराग्य, अनासक्ति और पुरुषार्थ। इस सबके केंद्र में यज्ञ है। कुबेरनाथ राय ने अपनी पुस्तक 'चिन्मय भारत' में यज्ञ का अर्थ ब्रह्म, ज्ञान, तप, सत्य, कर्म, आहुति आदि को बताया है, जो कर्म अस्तित्व के विधान के अनुकूल है, वह कर्म यज्ञ है। कौन-सा कर्म यज्ञ है? इसके निर्धारण के लिए ब्रह्म के क्रियाशील कर्म को आधार बनाया गया। ब्रह्म यानी ईश्वर या अस्तित्व सत्य है। उसकी क्रियाशीलता का व्यक्त रूप ऋत पर आधारित है। सृष्टि में जो कुछ भी शुभ और सद् पर आधारित है, वहाँ ब्रह्म की शक्ति ऋत है। इस प्रकार भारतीय दर्शन मूलतः सत्य और ऋत के दो किनारों पर चलती है। ब्रह्म का शाश्वत रूप सत्य है और उसका क्रियाशील रूप ऋत है। सत्य और ऋत भारतीय चिंतन के दो आधार स्तंभ हैं। कर्म की शुभता का नाम सत्य है और विचार की शुभता का नाम ऋत है।

कोई भी देश कर्म और विचार के सत्य से ही महान् बनता है, जो भारतीय चिरंतन यात्रा का केंद्रीय भाव रहा है। सत्य रूप को दर्शन में अस्ति और ऋत को भवति कहा गया। इस प्रकार कोई कर्म यज्ञ है, इसका निर्धारण सत्य और ऋत के आधार पर किया जाता है। जीवन में वासना और वैराग्य एक-दूसरे के विरोधी हैं। एक में कामतत्त्व की प्रधानता है दूसरे में धर्मतत्त्व यानी ऋत की प्रधानता है। गृहस्थ जीवन में कामतत्त्व एक यज्ञीय कर्म है, जिससे संतति का संवर्द्धन होता है, अतएव वह धर्म है। यह ऋतकर्म है। यह यज्ञ है। उल्लेखनीय है कि विष्णु के सहस्त्रनामों में प्राग्वंश यानी पत्नीकक्ष भी एक नाम आता है। विष्णु यहाँ काम है। दूसरी ओर विष्णु गायत्री है। जब 'यज्ञो वै विष्णुः' कहा जाता है, तो वही विष्णु यज्ञ हो जाते हैं।

यज्ञ हो या तप कर्म। इसका कभी भी उद्देश्य संपदा, शक्ति और सत्ता प्राप्त करना नहीं रहा। यज्ञशाला में अग्नि आधारित कर्मकांड का लक्ष्य अपने हृदय की गांठ को खोलना रहा। व्यक्ति अग्नि के समीप शरीर से दूर उस अनंत अस्तित्व के साथ एकाकार हो, जिसके ताप से यह जीवन चल रहा है। उसी ताप के साथ यज्ञशाला की अग्नि का साक्षात्कार हो रहा है। एक अग्नि यज्ञशाला से निकल रही है, दूसरी अग्नि इस सृष्टि के समस्त चराचर चेतन में परिव्याप्त है। जब तक दोनों अग्नि का मिलन नहीं होता, तब तक

यज्ञ का मूल लक्ष्य ही पूरा नहीं होता है। समिधा के साथ जब प्रत्येक आहुति अग्नि को समर्पित होती है, तब अहम् के मकरजाल से हम मुक्त नहीं होते, आत्मा का आरोहण उस परम शिखर की ओर नहीं होता है, तब तक यह यज्ञ कर्मकांड ही रह जाएगा।

ऐसे कर्मकांड पर प्रत्येक युग में मनीषियों ने सवाल उठाया। यज्ञवेदी से उठनेवाली अग्नि की ज्वाला संदेश देती है कि संसार को सदैव अपने दृष्टिकोण से देखने के बदले दूसरे के दृष्टिकोण से देखना चाहिए। जब हमारे अंदर ऐसे विचार आते हैं, तब हमारा रूपांतरण हो जाता है। यह रूपांतरण ही यज्ञकर्म का लक्ष्य है। इस रूपांतरण के साक्षी बनने पर ही एक ऋषि कौशिक बदले स्वरूप में ब्रह्मर्षि विश्वामित्र कहलाए।

ऋषियों ने नदियों के किनारे अपनी यज्ञशाला को केवल समिधा एकत्रीकरण और आहुति का केंद्र नहीं बनाया था, जैसा कि आमलोगों की धारणा रही है। ये यज्ञशाला हमारे राष्ट्र निर्माण की प्रयोगशाला थे। हिमालय की तराई में गौतम, तो गंगा के किनारे भारद्वाज, दक्षिण में अगस्त्य, विभिन्न केंद्रों के माध्यम से विश्वामित्र द्वारा समाज निर्माण की कार्यशाला बनाई गई थीं। जहाँ पर व्यक्ति के निर्माण से लेकर समाज और राष्ट्र के विकास पर चिंतन और मंथन चलता रहता था। यूँ ही अचानक एक दिन विश्वामित्र को अंतर्ज्ञान नहीं हो गया और वह दशरथ के दरबार में श्रीराम को माँगने पहुँच गए। उनको देश की दशा और दिशा का संपूर्ण ज्ञान था।

यह भी स्पष्ट परिलक्षित था कि वर्तमान भारतवर्ष में केवल श्रीराम ही अपनी नवीन विचार और चिंतन के माध्यम से एक आदर्श रख सकते हैं। श्रीराम की विश्वामित्र के साथ यात्रा के पूर्व भी एक समूचे भारतवर्ष की यात्रा हो चुकी थी, जिसके बाद उनके मन में वैराग्य का जन्म हुआ और तब उन्होंने सांसारिक जीवन की नश्वरता पर प्रश्न खड़ा किया। इसके बाद ही वशिष्ठ के साथ उनका संवाद हुआ, जो राम-वसिष्ठ के संवाद से योगवशिष्ठ बना।

तीर्थयात्रा के पश्चात् श्रीराम के मन में भी वैराग्य उत्पन्न हुआ था। उनको भी योगी और संन्यासी बनना ज्यादा श्रेयष्कर लगा। उस समय वशिष्ठ ने कहा कि योगी बनना है तो बनो, लेकिन गृहस्थ जीवन में योगी बनकर दिखाओ। जीवन की सार्थकता तभी है, जब तुम गृहस्थ योगी बनकर एक आदर्श प्रस्तुत करो। तपरूपी अग्नि को अपने अंदर जलाकर स्वयं को रूपांतरित करो और यज्ञ कर्म के माध्यम से समाज का रूपांतरण करो। तप से एक व्यक्ति की भूख मिटेगी, यज्ञ से समाज का भरण पोषण होगा। तप की क्रिया स्वयं पर होती है और उसका प्रभाव समाज पर दिखता है। यज्ञ का प्रभाव समाज पर होता है, हम इसके माध्यम से एक प्रेमबंधन में बंधते हैं। ऋषि वसिष्ठ ने सदैव ही समाज के लिए महान् यज्ञकर्म किया और उस यज्ञकर्म के अनुष्ठान के पूर्व स्वयं को तप की अग्नि से तपस्वी बने।

यज्ञकर्म के माध्यम से तप, साधना, चिंतन, मनन, विद्या, अनुसंधान, समाज निर्माण के कार्यों को जब ऋषियों ने सर्वप्रथम भारत भूमि में आगे बढ़ाया, तो इसके लिए ऋषियों की पूरी परंपरा समर्पित हो गई। सप्तर्षि की अवधारणा का विकास इस यज्ञकर्म का ही परिणाम रहा जिसमें चिरंतन भारत के लिए पीढ़ी दर पीढी इस के सर्वश्रेष्ठ भावों की खोज और अन्वेषण किया गया। उसे अपनी संतति के माध्यम से आगे बढ़ाया गया। इन भावों के साथ ऋषियों ने चिरंतन यात्रा में अस्तित्व के धारण करनेवाले सत्य और ऋत के भाव को सदैव संजो का रखा।

ऋषियों के सात कुल वसिष्ठ, विश्वामित्र, कंव, भारद्वाज, अत्रि, वामदेव गौतम और शौनक गृत्समद: कुलों को वैदिक चिंतन के माध्यम से भारतवर्ष के आर्य भावों को विश्व के समक्ष रखा। वे यज्ञकर्म के माध्यम से वैदिक ऋचाओं की रचना ही नहीं कर रहे थे, अपितु उन्होंने राष्ट्र निर्माण की चिरंतन यात्रा को गतिशील रखा। उन्होंने सभ्यता के विकास में अद्भुत योगदान किया। आद्यवसिष्ठ ने राजसत्ता पर ब्रह्मदंड का अनूठा अंकुश लगाया। नगरों में रहकर गुरुकुल आश्रम की व्यवस्था की। विश्वामित्र ने गायात्री मंत्र के साथ सत्य और ऋत के साथ खड़ा होने का स्वाभिमान दिया। जब समाज़ और देश की आवश्यकता हुई, उन्होंने आदर्श स्थापित किया। जनमानस ने केवल राम के साथ उनके योगदान को याद रखा है। उनके लिए यह बताना आवश्यक है कि जब पहली और अंतिम बार यज्ञ के माध्यम से शुन:शेप की नरबलि देने का प्रयास हुआ, तो वह उठ खड़े हुए। शुन:शेप को अपना पुत्र बनाया, बाद में शुन:शेप ने स्वयं ही खुद के देवरात विश्वामित्र के रूप में ख्याति प्राप्त की। यज्ञकर्म की शक्ति के माध्यम से महर्षि विश्वामित्र ने इंद्र की भौतिक सत्ता को सफल चुनौती दी। त्रिशंकु के इंद्रासन पर बैठने के दु:साहस ने समूचे देवमंडल में चिंता व्याप्त कर दी थी।

अत्रि ऋषि ने यज्ञकर्म के माध्यम से ही राजा पृथु द्वारा शुरू किए गए, कृषि कार्य को देश देशांतर तक फैलाया। कृषक सभ्यता के विकास के लिए अत्रि कुल के ऋषि ईरान और मध्य एशिया गए। महर्षि भारद्वाज की कहानी और ही अद्भुत है। उन्होंने स्वयं को दुष्यंत पुत्र भरत का उत्तराधिकारी बनना स्वीकार कर लिया और एक साथ राजकाज तथा धर्मकाज को विद्यमान रखा। वामदेव गौतम ने इस देश में व्याकरण, न्याय और संगीत के विकास में योगदान दिया, तो शौनक ऋषियों ने गुरुकुल के माध्यम से समाज को शिक्षित और संस्कारित करने का कार्य किया। ऋषियों ने सत्य और ऋत पर आधारित जीवन को अपने यज्ञकर्म का केंद्रीय भाव बनाया।

भारतीय जीवन की चिरंतन यात्रा में सत्य और ऋत दो आधार स्तंभ रहे हैं। कर्म के सद् का नाम सत्य है और विचार के सद् का नाम ऋत है। कोई भी देश कर्म और विचार के सत्य से ही महान् बनता है, जिसे हमारे ऋषियों ने सदैव अपने मनस, वचन

और कर्मणा में केंद्रीय स्थान दिया। भारतीय लोक में शाश्वत जीवन को प्रश्रय मिलता है, जिससे मूल्यों, आदर्श, जीवन के उदात्त भाव को संपोषित और सवंद्धित किया जाता है। चैतन्य भारत के निर्माण में चिरंतन की अंतर्यात्रा के साथ शाश्वत जीवन की अभिव्यक्तियों एवं अनुभवों को अनुप्राणित और अंतर्निहित करने की परंपरा ही भारतीय जीवन की विशेषता रही है। ऋषियों ने सदैव ही सत्य, यज्ञ, कर्म और साधना के आधार पर चैतन्य भारत के निर्माण में योगदान दिया। इसके लिए तप, कर्म और यज्ञ की साधना ही उनके चिरंतन यात्रा पथ के साधन रहे।

जहाँ तप स्वयं में यज्ञ है, वही यज्ञ भी तप कर्म है। हम यज्ञ के लिए प्रकृति की बलि नहीं चढ़ा सकते, ठीक उसी प्रकार तप के बिना यज्ञ का लक्ष्य प्रकृति पर अधिकार हो जाएगा। अंततः तप की साधना ही यज्ञ पर अंकुश लगाती है। अंतर्मन के नियंत्रित नहीं होने पर व्यक्ति अति भोग का शिकार हो जाता है। इससे भौतिक संसाधनों की बरबादी होती है। ऋषियों ने अपने मंत्रों के माध्यम से बताया कि प्रकृति स्वाभाविक है और स्वभाव पर मन का नियंत्रण आवश्यक है। इससे व्यक्ति का प्रकृति के प्रति स्नेहपूर्ण व्यवहार होता है। याद कीजिए इस जगत् पर सर्वप्रथम भगवान् शिव ने प्रजापति के यज्ञ का विध्वंस किया था। क्यों? वह यज्ञ अतिभोग और अपनी सत्ता का प्रदर्शन था। ऐसा यज्ञ जिसमें भौतिक सुख के लिए व्यक्ति की गरिमा को एक प्रजापति भूल गया था। यज्ञ का उद्देश्य अगर भय उत्पन्न करना है, तो उस यज्ञ का विध्वंस आवश्यक है। यज्ञ सदैव ही भय से ऊपर उठने का माध्यम है। इंद्र का भय जब व्याप्त हो गया, तो भगवान् श्रीकृष्ण ने गोवर्धन उठाकर इंद्र के यज्ञकर्म पर प्रश्न उठाया। फिर उसी यज्ञकर्म को अपना समर्थन देकर युधिष्ठिर को महाराजा बनाया, ताकि एक राजा अपने समाज और प्रजा का भरण-पोषण करे। उसी यज्ञ में जब नियम को चुनौती दी गई, तो श्रीकृष्ण ने शिशुपाल का वध भी किया। भारतीय चिंतन में यज्ञ का उद्देश्य ही राजाओं को विष्णु बनाना है। राजा भगवान् विष्णु की भाँति अपनी प्रजा का भरण-पोषण करें, उसकी चिंता करें। अगर वह अपनी प्रजा में भय पैदा करने का प्रयास करेगा, तो उसको अस्वीकार कर दिया जाएगा।

जब तप और यज्ञ की बात आती है, तो भारतीय चिंतन में शिव और विष्णु पर चर्चा आवश्यक है। शिव योगी हैं, तपस्वी हैं। कैलाश पर ध्यानस्थ हैं, लेकिन आवश्यक पड़ने पर वह गृहस्थ बनते हैं और यज्ञ कर्म के बीच अपने तप से संतुलन लाते हैं। दूसरी ओर विष्णु गृहस्थ हैं। क्षीरसागर में सोए हुए हैं, लेकिन सदैव योगी की तरह विचरण करते हैं। चाहे राम का जीवन हो या कृष्ण का और चाहे तथागत। गृहस्थ जीवन में योग को धारण करना है। अतएव भारतीय चिंतन में यज्ञ में तप और तप में यज्ञ कर्म का विधान बनाया गया, ताकि संतुलन बना रहे।

सभ्यता के उषा काल में वैदिक ऋषियों ने प्रकृति के प्रत्येक परिवर्तन को उल्लास और उमंग से मनाने की संस्कृति विकसित की। इसमें भी तप और यज्ञ कर्म का विधान जोड़ा गया। कृषिकर्म से जुड़े सृजनधर्म को पर्व का रूप दिया गया और वे हमारे जीवन के चिरंतन यात्रा के सहभागी हो गए। भारत इसलिए मातृभूमि और पुण्यभूमि है, क्योंकि यहाँ प्रत्येक क्षण को जीवंत और इसे शाश्वत काल का एक भाग बनाकर प्रस्तुत किया जाता है। हरेक क्षण को शाश्वत बनाने की परिपाटी का नाम उत्सव है।

उत्सव भी तीन प्रकार के हैं। व्रत में सत्त्वगुण प्रधान होता है, जिसमें व्यक्ति तप, साधना और ध्यान के कर्म से अपना आत्मिक उन्नयन करता है। दूसरा हैं पर्व। इसमें यज्ञ, अनुष्ठान के साथ कर्मकांड का विधान है, जिससे समाज, परिवार को एकत्रित किया जाता है। इसमें रजस गुण की प्रधानता होती है। व्रत में व्यक्ति स्वयं जुड़ता है, तो पर्व में परिवार और समाज के साथ एकत्रित होता है। उत्सव का एक तीसरा प्रकार त्योहार का होता है, जो मूलत: तमस प्रधान होता है। यह वृहद्, आडंबर से परिपूर्ण होता है।

व्रत और पर्व के लिए दिन का भी निर्धारण किया गया। जब चंद्रमा का पूर्ण आलोक धरती पर होता है, तब भारतीय समाज पर्व और त्योहार का अनुष्ठान करता है। अर्थात् पूर्णिमा को पर्व का उत्सव मनाया जाता है। जबकि अमावस्या की तिथि को सामान्यत: व्रत का विधान होता है। पूर्णिमा को यज्ञ और अमावस्या को तप का विधान होता है। पूर्णिमा के दिन मास का अंत होता है और सामान्यत: यह अवकाश का दिवस होता है, अतएव व्यक्ति और समाज अपने दैनिक कार्य से मुक्त होकर पूर्णिमा के दिन उत्सव मनाता है। यज्ञ करता है और सामूहिक उत्सव के आयोजन किए जाते हैं। यज्ञ का अनुष्ठान वैसे भी ऋतु संधि पर किया जाता है। अतएव पूर्णिमा इसके लिए उपर्युक्त काल होता है। इस दिन सत्यनारायण की कथा के अतिरिक्त विविध प्रकार के याज्ञिक अनुष्ठान किए जाते हैं।

कर्म इतना महत्त्वपूर्ण है कि देवी-देवता भी इससे परे नहीं हो सकते हैं। पुराणों में कथा है कि एक दिन देवों को असुरों से बचाने के लिए विष्णुजी ने अपने सुदर्शन चक्र से शुक्राचार्य की माता को मार दिया, क्योंकि असुर शुक्राचार्य की माताजी के पीछे छिप गए थे। इस स्त्री हत्या के पाप के लिए शुक्राचार्य ने उन्हें श्राप दिया कि वे तीन बार मनुष्य रूप में भूलोक में आएँगे और तीनों बार उन्हें स्त्रियों की पीड़ा को समझना होगा। भगवान् विष्णु अपने तीन रूप परशुराम, रामचंद्र और श्रीकृष्ण के रूप में आए और उन्होंने क्रमश: रेणुका, माता सीता और राधा, रुक्मिणी तथा द्रौपदी के दुख को समझा।

वैदिक ऋषिका विश्ववारा को कर्म सिद्धांत का उद्गाता माना जाता है। ऋग्वेद के पाँचवे मंडल की द्वितीय अनुवाक में 28 सुक्त की छह ऋचाओं का उन्होंने साक्षात् किया। उन्होंने बताया कि क्रिया के प्रभाव तत्काल होते हैं, जबकि कर्म के प्रभाव जन्म-

जन्मांतर तक होता है। क्रिया में किसी प्रकार की इच्छा, भावना, संकल्प का संयोग नहीं होता है। जबकि कर्म में संस्कारों की प्रेरणा के साथ गहरे संकल्प की प्रधानता होती है। कर्म के तीन घटक हैं—क्रिया, विचार और भाव। कोई भी कर्म पहले भाव तल पर अंकुरित होता है, फिर इसके अनुरूप योजनाएँ बनती हैं और तब क्रिया घटित होती है।

कर्म हों और कर्मफल नहीं हों, तो कर्म के बंधन भी नहीं होंगे। यह तभी संभव है जब कर्म में हमारी कोई इच्छा, भावना और संकल्प न जुड़ें। जब हमारा प्रत्येक 'कर्म इदं न मम्' अर्थात् 'त्वेदीय वस्तु गोविंदम, त्वमेव ही समर्पणायम्' के भाव से किया जाए। यह सारा किया जाना वाला कर्म ईश्वर का है। हमें यह मानकर चलना होगा कि जगत् में कुछ भी असंबंधित नहीं है। यहाँ सब कुछ जुड़ा हुआ है।, यहाँ टूटा कुछ भी नहीं है। यहाँ पत्थर से आदमी संयुक्त है ? जमीन से चाँद तारे संयुक्त हैं, चाँद-तारों से हमारे हृदय की घड़कनें संयुक्त हैं। हमारे विचार सागर की लहरों से जुड़े हैं। पहाड़ों के ऊपर चमकने वाली बर्फ हमारे मन को उद्वेलित करती है। सपनों को बुनते हैं। यहाँ टूटा हुआ कुछ भी नहीं है, सबकुछ संयुक्त है। यहाँ विभक्त होने का कोई उपाय ही नहीं है, क्योंकि बीच में कहीं भी अंतराल नहीं है, जहाँ से चीजें टूट जाएँ। ऐसे में कर्म हो और फल नहीं हो, यह संभव नहीं है।

गीता में भगवान् श्रीकृष्ण कहते हैं कि मैं भी अपने कर्मों से बंधा हूँ और कर्म करते हुए लोक की यात्रा करनी होती है। यदि मैं लोक की यात्रा नहीं करूँ तो लोक नष्ट हो जाए। लोक संग्रक के पथ पर ब्रह्मज्ञानी जनक को भी यात्रा करनी पड़ती है और भगवान् श्रीराम को भी वन-वन भटकना पड़ा है। जितना कार्य हम कर्त्ता भाव से करते हैं, वे सब विलीन हो जाते हैं। कर्म से भर कर हम कहीं नहीं पहुँचते हैं, बल्कि सारी चीजें खोते जाते हैं।

पश्चिमी दुनिया कर्त्ताभाव से कर्म करता है। उसने सबसे पहले कहा कि ईश्वर मर चुका है। मनुष्य को केंद्र में रख लिया, तो सबकुछ भोग करने की वस्तु हो गई। कुछ हीं बचा। कहा गया है कि "गहना कर्मणो गतिः" अर्थात् कर्मों की गति बड़ी गहन होती है। संसार में कर्म ही सबकुछ है। कर्म में ही हमारा जीवन है। प्रकृति भी कर्म के सिद्धांतों का पालन करती है। यह परमात्मा के करीब माना जाता है। यही कारण है कि श्रीकृष्ण कहते हैं कि ऐसा कुछ नहीं, जो मैं बिना किए न प्राप्त कर सकूँ ,फिर भी समाज एवं देश काल के लिए कर्म करता हूँ। कर्म और यज्ञ को हमने फल से संयुक्त कर दिया और फिर उसको हमने भाग्य का पर्यायवाची बना दिया।

कर्मफल को कर्म से काटने की बात मिथ्या है, यह होता नहीं है। इसलिए गीता में अकर्म की बात कहीं गई है। अकर्म अर्थात् वह स्थिति जहाँ हमारी चेतना होती है, बस और कुछ नहीं। वह स्थान जहाँ पर करने का कोई भाव नहीं होता है। जहाँ मात्र

चेतना होती है, अस्तित्व होता है। वैसे अस्तित्व ही सदा से विद्यमान रहा है। इस भाव बोध की स्थिति में हमें आत्मज्ञान होता है, बोधि की प्राप्ति होती है कि करने वाला शरीर है और भोगने वाला शरीर ही है। उसी प्रकार कराने वाला मन है, इसमें मैं कहीं नहीं हैं। इस आत्मबोध के साथ ही हमारे समस्त कर्म का भार और भाग्य के कारण का ज्ञान तिरोहित हो जाता है। कर्म में एक खतरा यह है कि हम फल के बारे में अधिक सोचने लगते हैं, जो हमें चंचल बना देता है। इसलिए व्यवहार में यज्ञ की बात को अधिक प्रचारित किया गया। प्रचार में हम यह भूल गए कि यज्ञ भी एक कर्म है। कर्म का फल है, लेकिन वह फल हमारे कर्म की प्रकृति पर निर्भर करता है, जिसका निर्धारण व्यक्ति स्वयं सारी सावधानी के बावजूद भी नहीं कर सकता है। किंतु यदि हम यह बात जान लें कि पूर्ण अनाशक्ति और पवित्रता ही लक्ष्य है, तो हम फलों की चिंता नहीं करेंगे और मन की चंचलता हम अभिभूत नहीं करेंगे। जब साधक यह जान लेगा कि कर्म का उद्देश्य उसकी स्वयं की आध्यात्मिक प्रगति के लिए आवश्यक चित्तशुद्धि है, तो वह कर्म को और अधिक श्रद्धा और उत्साह के साथ करेगा। तभी कर्म कर्मयोग में परिवर्तित होगा। हमें कर्म के फल के बदले अपनी चित्तशुद्धि के लिए कर्म करना चाहिए। फल तो केवल प्रभु के हाथ है और बात समाप्त हो जाती है।

बीज रूप में हमारी उतनी ही शक्ति है, जितना महात्मा बुद्ध, ईसा मसीह या किसी और महापुरुष की है। परमात्मा ने इस आधार पर कोई भेदभाव नहीं किया है। सबको एक समान शक्ति दी है। संभावनाएँ सबकी समान है, लेकिन वास्तविकताएँ एक सी नहीं है। क्योंकि संभावनाओं को वास्तविकता में बदलने के लिए कर्म की आवश्यकता है। कर्म ही वह क्रिया है, जिसके कारण अंतर आता है।

महात्मा बुद्ध से उनके शिष्य ने कहा कि आप कहते हैं कि हर कोई मोक्ष चाहता है, लेकिन सबको मोक्ष प्राप्त क्यों नहीं होता है।

महात्मा बुद्ध ने कहा कि हर आदमी पाना चाहता है, लेकिन उसके लिए प्रयास नहीं करता है। जीवन में बहुत बीज उत्पन्न होते है लेकिन उनमें से बहुत कम ही वृक्ष बन पाते हैं। एक पत्थर के छोटे टुकड़े से परमाणु विस्फोट किए जा सकते हैं, तो मानवीय बीज का बुद्ध और श्रीकृष्ण बनने की भी संभावना है।

यज्ञ की प्रधानता के पीछे स्वर्ग की लालस भी है। शारीरिक और मानसिक कर्म विचार करे या नहीं याज्ञिक कर्मकांड से सामान्य जन स्वर्ग और मुक्ति के मार्ग को सहज बनाना चाहते हैं, लेकिन भारतीय जीवन में स्वर्ग की चाह के बीच जीवन और जगत् के बुनियादी सत्य का अन्वेषण भी चलता रहा है। यह प्रश्न भी उठाया गया कि क्या स्वर्ग ही जीवन का एकमात्र लक्ष्य है? या इससे भी बड़ी कोई चीज है। जिसके लिए स्वर्ग को छोड़ा जा सकता है। राजर्षि विश्वामित्र की ब्रह्मर्षि होने की यात्रा यह सिखाती है कि

अस्तित्व की विराटता में स्वर्ग-नरक हमारे यथार्थ के अंतर्विरोध का नाम है। जब व्यक्ति स्वयं को सुख-दुख, विशिष्टता के भाव से अपने को ऊपर कर विराट से जोड़ देता है, तब वह ब्रह्मर्षि बनकर राम को पुरुषोत्तम का मार्ग दिखाता है। युधिष्ठिर स्वर्ग पहुँचकर भी बेचैन हैं कि वहाँ दुर्योधन क्यों है ? व्यक्ति का अपना विकार और विरोध इतना प्रबल है कि वह स्वर्ग के विरोधाभास को समझ नहीं पाता।

दूसरी ओर महात्मा बुद्ध अपनी मुक्ति को तब तक टाल देते है, जब तक इस धरती के प्रत्येक व्यक्ति को निर्वाण प्राप्त न हो जाए। वह प्रतीक्षा करते हैं, ताकि सब मुक्त हो। महात्मा बुद्ध से पूर्व रामकथा में भी एक वर्णन आता है। वनवास के दौरान लक्ष्मण अत्रि मुनि से कहते हैं कि क्या तपस्या व यज्ञ का लक्ष्य यह नहीं है कि वह सब पाया जाए, जो इंद्र के पास है ?

इस पर मुनिवर कहते हैं कि इंद्र के पास सबकुछ है। स्वर्ग का वह राजा है, लेकिन इसके बाद भी उसका मन निरंतर उन सबको खोने के भय से व्याकुल रहता है। स्वर्ग भले ही देवलोक है,किंतु मुझे वहाँ जाने की कोई इच्छा नहीं है। मुनि अत्र कहते हैं कि मैं वहाँ जाने की इच्छा रखता हूँ, जहाँ कोई भूख नहीं हो।

ये कहानियाँ हमें न केवल नरक से बाहर निकालने की राह दिखाती हैं, बल्कि स्वर्ग की आकांक्षा को छोड़कर उससे ऊँचे यथार्थ की ओर जाने का संदेश देती हैं।

अतएव यह जीवन यज्ञ है। यह संपूर्ण जीवन ही यज्ञकुंड की अग्नि की तरह जल रहा है। इसमें अब हम क्या डालते हैं ? इस प्रज्जवलित अग्नि में हम अहंकार या वासना डालते हैं, या चावल, गेहूँ, अन्न, भोग, वासना, इच्छा, या कर्म, तप, श्रद्धा, शक्ति करे अर्पित करते हैं। हम जो अर्पित करेंगे, वही फल बनकर हमें मिलेगा। यही जीवन का सत्य है। हम मानते हैं कि परमात्मा, आत्मा और संसार सत्य है। जैन मानते हैं कि आत्मा और संसार सत्य है और बुद्ध तीनों को नहीं मानते हैं, न आत्मा, न परमात्मा और न ही संसार। शून्यता की स्थिति। लेकिन एक मामले में तीनों सहमत है वह है—कर्म का सिद्धांत। इसका अर्थ है, हम उत्तरदायी हैं। हम जहाँ हैं, अपने कारण हैं। हम जो हैं उसका कारण खुद हैं। हम जैसे हैं और होंगे उसके उत्तरदायी भी हम ही होंगे। अगर यह जगत् है, तो वह हमारा बनाया है। इसे किसी परमात्मा ने नहीं बनाया है, लेकिन हमने कर्म के सिद्धांत को ही भाग्यवादी बना दिया। लोग कहते हैं कि अब क्या किया जा सकता है। यह पिछले जन्मों के फल का परिणाम है। हम जहाँ हैं, जो हैं, स्वयं के कारण हैं।

□

मानव सभ्यता का पहला राष्ट्र है भारतवर्ष

भारत एक सनातन राष्ट्र है, क्योंकि यह मानव सभ्यता का पहला राष्ट्र है। श्रीमद्‍भागवत के पंचम स्कंध के चर्तुथ अध्याय के श्लोक नौ में भारत राष्ट्र की स्थापना का वर्णन आता है। राष्ट्र की स्थापना का यह वर्णन भारतीय इतिहास की परंपरा के अंतर्गत किया गया है। भारतवर्ष की स्थापना का इतिहास भारत नाम से जुड़ा है। भारत नाम को लेकर कई भ्रम फैलाए गए। इस संबंध में महाभारत के भीष्म पर्व के नौंवे अध्याय में धृतराष्ट्र से संवाद के दौरान उनके सारथी व मंत्री संजय कहते हैं, जिसका वर्णन भारतीय भुवनकोष की भूमिका में है—"हे महाराज धृतराष्ट्र, अब मैं आपसे उस भारतवर्ष का बखान करता हूँ, जो भारत देवराज इंद्र को प्यारा था। जिस भारत के विवस्वान के पुत्र मनु ने अपना प्रिय स्थान बनाया था। ययाति हो या अम्बरीष, मांधाता रहे हो या नहुष, मुचुकुंद, शिवि, ऋषभ या महाराज नग रहे हों। इन सभी राजाओं को तथा इनके अलावा जितने भी महान् और बलवान राजा हुए उन सबको भारत देश प्रिय रहा है। महाराज कुशिक और महाराज गाधि, प्रतापी सोमक और व्रती दिलीप जिस भारत के प्रति भक्ति रखते थे, उसे मैं आपसे कहता हूँ। हे महाराज! अनेक बलशाली क्षत्रियों ने जिस भूमि को प्यार किया है तथा और भी समस्त जनता जिस भारत को चाहती है। हे भरतवंशी राजन, उस भारत देश का मैं आपसे वर्णन करता हूँ।"

इस संदर्भ से दो बातें स्पष्ट होती हैं। पहला, भारत की वंदना में जिन चक्रवर्ती राजाओं के नाम हैं, वे स्वयं देश की एकता और अखंडता, उसकी सभ्यता और संस्कृति के निर्माण, धर्म और परंपरा के वाहक थे। इन पुण्यात्माओं के चरित्रों से यह भारत भूमि धन्य हुई। इन महान् राजाओं के जीवन में स्थापित मानदंड व आदर्श ही परवर्ती काल में राजाओं और आम भारतीयों के लिए मानक स्तम्भ के रूप में बने रहे। दूसरी बात, इस श्लोक से यह भी ज्ञात होता है कि महाभारत काल से पहले भी भारत नाम प्रचलित था और इस श्लोक में गाधि का वर्णन आता है, लेकिन उसके पुत्र विश्वामित्र, विश्वामित्र की पुत्री शकुंतला के पति दुश्यंत और उसके पुत्र अर्थात् भरत का वर्णन नहीं आता।

ब्रह्मवैवर्त पुराण में उल्लेख है—"चक्रवर्ती सुतो जज्ञे दुष्यंतस्य महात्मनः शकुन्तलायां भरतो यस्य नाम्तु भारताः अर्थात् महात्मा दुष्यंत का शंकुतला से चक्रवर्ती पुत्र उत्पन्न हुआ जिसकी उपाधि भारत हुई। इस भरत वंश के लोग भारत कहलाए। यहाँ भारताः से इस भारत की धारणा बनी, जबकि यह भरत के वंशजों से जुड़ी उपाधि है। जिसका आरंभ ब्रह्मा से अत्रि, अत्रि से चंद्र, चंद्र से बुध, बुध से इला पुत्र पुरुरवा हुए। बाद में इसी वंश परंपरा में आयु, नहुष, ययाति, पुरु तथा भरत हुए।"

इस भरत के बाद कुरु का जन्म हुआ। इसी वंश परंपरा में आगे चलकर शांतनु हुए। इसी कारण पांडव को कुरुवंशी तथा भरतवंशी कहा गया। अगर ऐसा नहीं होता, तो श्रीमद्‌भागवत में भगवान् श्रीकृष्ण नहीं कहते—"यदा यदा हि धर्मस्य ग्लानिर्भवति भारतः।" भगवान् श्रीकृष्ण बार-बार अर्जुन को भारतः के संबोधन से उसके वंश की बारंबार याद कराते हैं। जबकि शंकुतला पुत्र भरत के कारण भारत नाम को और प्रसिद्धि मिली और कालानंतर में भारतवर्ष के नाम और कीर्ति पताका के साथ उनका भी नाम जुड़ गया।

महाभारत रूपी महाकाव्य को भारत नाम से भी जाना जाता है। वेद व्यास ने सबसे पहले एक लाख श्लोकों के साथ 'भारत' नामक ग्रंथ की रचना की थी, जिसमें उन्होंने भारतवंशियों के चरित्रों के अतिरिक्त अन्य कई महान् ऋषियों तथा चंद्रवंशी और सूर्यवंशी राजाओं की कथाओं सहित कई धार्मिक उपाख्यान भी दिए। बाद में व्यासदेव ने 24 हजार श्लोकों, को बिना किसी अन्य ऋषियों, चंद्रवंशी और सूर्यवंशी राजाओं के उपाख्यानों के केवल भारतवंशियों को केंद्रित करके भारत काव्य बनाया। इसके अलावा भी भारतीय इतिहास में दो भरत का और वर्णन है। उनमें से एक अयोध्या के राजा राम के भाई भरत और दूसरे नाट्यशास्त्र के प्रणेता गुरु भरत कहलाए।

इसके अतिरिक्त भारत नाम की उत्पति का संबंध प्राचीन भारत के चक्रवर्ती सम्राट मनु के वंशज भगवान् ऋषभदेव के पुत्र भरत से है। भरत एक प्रतापी राजा एवं महान् मनीषी थे। श्रीमद्‌भागवत के पंचम स्कंध एवं जैन ग्रंथों में उनके बारे में वर्णन मिलता है। इन्हीं भरत के बारे में स्मरण करते हुए वेद व्यास अपनी कृति श्रीमद्‌भागवत में लिखते हैं—"येषां खलु महायोगी भरतो ज्येष्ठः श्रेष्ठगुणाश्रयः।" अर्थात् श्रेष्ठगुणों के आश्रयभूत, महायोगी भरत अपने सौ भाईयों में ज्येष्ठ थे। उनके नाम पर ही इस देश का नाम भारतवर्ष पड़ा है।[1] लिंग पुराण के 47-21-24 में कहा गया है कि इंद्रिय रूपी सांपों पर विजय पाकर ऋषभ ने हिमालय के दक्षिण में जो राज्य भरत को दिया, तो इस देश का नाम उसी समय से भारतवर्ष पड़ गया। इसी बात को वायु और ब्रह्मांड पुराण में दोहराया गया है। विष्णु पुराण के 2-3-1 तथा अग्नि पुराण के 10-10 एवं मार्कंडेय पुराण में भी इसी बात का उल्लेख किया गया है। इसी ऋषभदेव को देश के ऋषि एवं

मुनि परंपरा ने समान रूप से आदरणीय माना है। इन्हें जैन परंपरा में आदिनाथ के रूप में तो कश्मीर के शैवदर्शन में शिवरूप में सम्मान दिया गया है।

एकनाथी परंपरा में एक जगह यहाँ तक लिखा है कि ऋषभ के पुत्र भरत ऐसे थे, जिनकी कीर्ति सारे संसार में आश्चर्यजनक रूप से फैली हुई थी। भरत सर्वपूज्य हैं और इस कारण कार्य प्रारंभ करने के पूर्व भरतजी का नाम स्मरण किया जाता है।[2] इस काल में भारतवर्ष के विविध मतावलंबियों को कोई सर्वमान्य नाम नहीं था। उस समय विविध मतावलंबियों के लिए सनातन धर्म नाम से पुकारा जाता था। यह एक शास्त्रीय नाम अधिक था। तद्पश्चात इसके बाद जितने भी नाम हुए, वह सभी क्षेत्र विशेष के संदर्भ में अर्थ लिए हुए थे। नाम की आवश्यकता नहीं होने का एक कारण और था। अनादिकाल से ही राष्ट्र की अवधारणा से हम परिचित थे, लेकिन यह परिचय माता-पुत्र के रूप में था और भारतीय परंपरा में माँ के नाम को बुलाना अभद्रता एवं अशिष्टता मानी जाती है। अतएव मातृभाव को परम् श्रेष्ठ प्रजावत्सल भरत के साथ जोड़कर भारत यानी भरत की माँ कहा गया। उस समय से इस भूमि के साथ एक आत्मीय संबंध बन गया। विविध पूजा पद्धति, विचार, एवं मत होने के अलावा भी एक सर्वमान्य नाम भारतवर्ष के धार्मिक समूह के लिए नहीं था। इस राष्ट्र का नाम ही यहाँ के लोगों की पहचान थी और यही नाम अर्थात् भारत एवं भारतीय मोटे तौर पर विविध विचारों एवं संप्रदायों के लिए उपयोग में आता रहा। बाद में भारतीय के बदले हिंदुस्तान एवं हिंदू नाम सर्वमान्य हो गया।

यह सत्य है कि भारतवर्ष का नामकरण ऋषभदेव के पुत्र भरत के नाम पर पड़ा। इसके बाद इस भारत भूमि को भरतवंशी एवं शकुंतला पुत्र भरत यश और कीर्ति के नए शिखर तक पहुँचाया। ऋषभदेव के पुत्र भरत ने अपने त्याग एवं तप से जहाँ इस राष्ट्र को नैसर्गिक रूप से पहचान दी, वहीं शकुंतला पुत्र भरत अपने यशस्वी कर्म से भारतवर्ष के मान-सम्मान को एक नई ऊचाईयाँ प्रदान कीं। महाभारत के आदि पर्व (69-45) में कहा है कि भरत के जन्म के तदुपरात दुष्यंत ने शकुंतला को उसे सौंपते हुए कहा कि तुम्हारे द्वारा इसका भरण पोषण करना आवश्यक है। अतएव इसका नाम भरत होगा। जब भरत बड़े हुए, तो युवराज पद पर अभिषेक किया गया और तब महाप्रतापी भरत का लोकों को गुंजानेवाला रथ चक्र अप्रतिहतगति से और प्रभास्वर तेज के साथ चारों दिशाओं में घूम गया। इसके बाद चक्रवर्ती भरत का विजित प्रदेश 'भारत' कहलाया। ऐतरेय ब्राह्मण (8-23) एवं शतपथ ब्राह्मण (13.5.4.11) के अनुसार—"दुष्यंत पुत्र भरत ने अठहत्तर यज्ञ यमुना के किनारे और पचपन गंगा के तट पर किए थे। दुष्यंत पुत्र भरत के बारे में विभिन्न ग्रंथों में वर्णित विवरण से स्पष्ट है कि उन्होंने राज विस्तार के माध्यम से पृथ्वी के अधीश्वर एवं एकराट जैसी उपाधि भी धारण की। इतिहास के

अध्याय में भरत नाम का यशगान और कीर्ति पताका इतनी उच्ची थी कि प्रत्येक राजा के लिए भरत नाम ही आदर्श हो गया।"

वैदिक काल से ही समूचे राष्ट्र एवं इसके समस्त जन को एक ही भाव में समेटने वाला शब्द था। उस समय भावों की अभिव्यक्ति आर्य शब्द से होती थी। स्वयं भरत को श्रेष्ठ आर्य कहकर संबोधित किया गया है। आर्य अर्थात् मानवीय श्रेष्ठता का अटल मानदंड। चीनी यात्री इत्सिंग भारत के बारे में बताता है कि यह समूची दुनिया में आर्यदेश के नाम से जाना जाता है। आर्यदेश का तात्पर्य—आर्य अर्थात् श्रेष्ठ, देश अर्थात् क्षेत्र अर्थात् श्रेष्ठ क्षेत्र। ऐसा इसलिए कहा जाता है क्योंकि यहाँ के लोगों में श्रेष्ठ एवं उच्च विचार तथा चरित्र पाया जाता था।[3] यही कारण है कि जब वैदिक ऋषियों ने 'कृण्वन्तो विश्वमार्यम्' की घोषणा की, तब उसके सामने संपूर्ण मानव जाति को सांस्कृतिक रूप से श्रेष्ठ बनाने का भाव सम्मुख था। भारत से जिस तरह राष्ट्र का भाव प्रकट होता है, उसी तरह आर्य और हिंदू शब्द का तात्पर्य श्रेष्ठता एवं जातिवाचक के रूप में रहा है। भारतीय चिंतन में आर्यभाव अर्थात् सर्वश्रेष्ठ ज्ञान, संस्कार, जीवनमुक्ति एवं जगदीश्वर के साक्षात्कार की खोज सदैव होती रही। महात्मा बुद्ध ने जब चार सत्य की खोज की, तो उसे चार आर्य सत्य कहा। रामधारी सिंह दिनकर ने अपनी पुस्तक संस्कृति के चार अध्याय में लिखा कि "उन्नीसवीं सदी के आरंभ में जब भारत में फिरंगियों का अत्याचार बढ़ गया था और जागरण की लहर चली, तब बहुत से व्यक्ति हिंदू नाम त्याग कर अपने को आर्य कहने लगे। समूचे भारत से हीनता के क्षुद्रभाव को मिटाने के लिए स्वामी दयानंद सरस्वती ने आर्यधर्म का प्रतिपादन किया। वे कहते थे कि आत्मज्ञान ही आर्य धर्म की प्राधनता का सूचक है। आत्मज्ञान आर्यों की प्रधानता का सूचक है। आत्मज्ञान से आर्यों का पहले उत्कर्ष हुआ था। अपकर्ष काल में भी इन्हें आत्मज्ञान की आवश्यकता है। आत्म विवेक तो इनकी अर्थात् भारतीयों की निजी धरोहर है। धर्म, आत्मज्ञान तथा आत्मतत्त्व का मूल वह सतयुगीन वेद है। वे समाज को जगाने के लिए ऋग्वेद के सूक्त का स्मरण करते। उसमें कहा गया है कि जो मनुष्य पावक के समान पवित्र, जल के समान कोमल, सिंह के समान पराक्रम करनेवाला और वायु के समान बलिष्ठ होकर अन्याय को निवृत करे, वह समस्त सुखों को प्राप्त करता है।"

सिंधु पार के समुद्रपर्यंत फैले जीवनदर्शन के साथ भौगोलिक संबंध में संपूर्ण रूप की एकात्मकता होने के कारण ही आर्य शब्द भारतवर्ष के लोगों का गुणवाचरक संबोधन तथा आर्यदेश अर्थात् आर्यावर्त इस भू-भाग का शास्त्रीय नाम हो गया। आर्य धर्म का संबोधन इस भारत भूमि के समूचे जन से रहा है। जिसमें बौद्ध, जैन, लोकायत, सांख्य, मीमांसा आदि विचार दर्शन के आविर्भाव पश्चात् भी आर्य धर्म तथा आर्यावर्त का संबंध इन सबसे था। ऐसा होने का कारण था कि इन अनीश्वरवाद मत के पूर्व भी

भारत में अनेक मत थे। वैष्णव, शैव, शाक्त तथा अन्य अनेक वैदिककालीन भौतिकवादी मत, जो वेद तथा वैदिक परंपरा को नहीं मानते थे जैसे—असुर, नाग, किन्नर, गंधर्व आदि। परंतु सभी जाति में श्रेष्ठ विचारवान लोगों के होने के कारण इसे आर्यभूमि कहा गया। यह समूचे भारतवर्ष के लिए संबोधन था। इस प्रकार आर्यावर्त और भारतवर्ष तथा अजनाभवर्ष सब एक-दूसरे के पर्यायवाची हो गए।

भारतवर्ष नाम सूचित करता है कि यह सारा भूखंड एक ही वृष्टि संस्थान के अंतर्गत उत्पन्न मेघमालाओं और वायु समूह के अंतर्गत है, जो एक-दूसरे के साथ संबंधित है और दक्षिण के समुद्रों तथा उत्तर के हिमालय से नियंत्रित है। इस वृहत वर्षण क्षेत्र की ही प्राचीन संज्ञा भारतवर्ष थी। महाभारत के भूमि संकीर्तन में सारे देश को भारतवर्ष कहा गया है—"अत्र ते कीर्तयिष्यामि वर्षं भारत भारतम।"[4]

भारतवर्ष को ऋग्वेद और अथर्ववेद में पृथिव्या: के रूप में चित्रित किया गया है। अथर्ववेद के दूरदर्शी कवि पृथिवीसूक्त (12-1-45) में भूमि के विषय में लिखा है—"यह पृथिवी अनेक भाषाओं के बोलने वाले, अनेक धर्मों के मानने वाले, विविध प्रकार के जन को धारण करती है। यह उसी प्रकार है जैसे एक घर में कोई रहे। उसी तरह धारण करनेवाली, जिसका नाश न हो, इससे स्थिर भूमि हजारों तरह से मुझको, धेनु जैसी दूध देती है, उसी तरह हमें धन दे। यहाँ जिस पृथिवी की बात कही गई है, वह इसी भारत की धरती है।"[5]

पृथिवी की ही आध्यात्मिक शक्ति राष्ट्र है। मातृभूमि के जाग्रत चैतन्य का रूप राष्ट्रीयता है और राष्ट्रीयता का पर्याय भारत है। अथर्ववेद के पृथ्वीसूक्त में जिस जन और पृथिवी के संबंधों का वर्णन है, वह दृढ़ राष्ट्रीयता की नींव है। प्रश्न यह उठता है कि पृथ्वी या भारत को मातृभूमि के रूप में क्यों स्वीकारा गया? मनुष्य रहता है पृथ्वी पर, देखता है सूर्य को आकाश में। जीने का अर्थ है सूर्य को देखते रहना। ऋग्वेद की ऋचाओं में हजारों साल पहले तत्त्वज्ञानी ऋषियों ने (1-89-4, 1-31-4, 5-84-1,2,3) ने लिखा कि सूर्य जीवन का आधार है। अतएव वह पिता है। पृथ्वी माता है। पृथ्वी माता क्यों? उत्तर है—पृथ्वी धारण करती है, मेघों को प्रेरित करती है, वृष्टि होने पर अपने ओज से वनस्पतियों को धारण करती है।

महाभारत के भीष्मपर्व (9.13-14) में कहा गया है कि भारतवर्ष में आर्य और मलेच्छ तथा इनसे मिश्रित जति के लोग रहते हैं और वे विशाल गंगा, सिंधु, सरस्वती नदियाँ का पानी पीते है। इसी भीष्मपर्व (9. 57-58) में कहा गया है कि भारत में किरात, बरबर, सिद्ध, ताम्रलिप्तक, ओंड, म्लेच्छ, सैसिरिध्र, पार्वतीय जन रहते हैं, और जनपद दक्षिण में हैं, द्रविड़, केरल, प्राच्य, भूषिक, वनवासिक आदि। समग्र मातृभूमि पुण्यभूमि है और वही भारत है। विष्णु पुराण में स्वर्ग और मोक्ष इन दोनों की प्राप्ति के

साधन में भारत का गान किया गया है। इसमें (2-3-24) कहा गया है कि देवता भी स्वर्ग में यह गान करते हैं—"धन्य हैं वे लोग जो भारत-भूमि के किसी भाग में उत्पन्न हुए। यह भूमि स्वर्ग से बढ़कर है, क्योंकि वहाँ स्वर्ग के अतिरिक्त मोक्ष की साधना की जा सकती है। स्वर्ग में देवत्व भोग लेने के बाद देवता मोक्ष की साधना के लिए कर्मभूमि भारत में फिर जन्म लेते हैं। स्वर्ग की कल्पना तो संसार के अनेक देशों में हुई, किंतु मोक्ष की कल्पना भारतीय दर्शन की निजी विशेषता है।"

भारत का समस्त भू-खंड चाहे एक राजनीतिक चक्र के अधीन रहा हो या न रहा हो। यहाँ के नागरिकों के मन में भारत की मौलिक एकता को लेकर कभी प्रश्न नहीं रहा। देश के किसी भी कोने में चला जाए, चाहे आप सुदूर दक्षिण भारत में रहनेवाले किसी गरीब या अर्द्धशिक्षित लोगों से पूछ लीजिए—क्या कश्मीर को पृथक देश बना देना चाहिए? उत्तर पूर्वी राज्यों का अलग विधान होना चाहिए? क्या पंजाब को अलग होने का अधिकार है? यद्यपि कि उनलोगों को भारतवर्ष के मानचित्र में इन राज्यों के बारे में निश्चित पता नहीं होगा, लेकिन इसके बावजूद भी उनका जवाब होगा—ना। यह अतीत के लिए भी सही था और आज के लिए भी। ऐसा क्यों हुआ? अधिकांश भारतीयों ने राष्ट्र-राज्य की मिथकीय कथाओं से स्वयं को अलग रखा। उन्होंने प्रत्यक्ष अनुभव में राष्ट्रदेव का साक्षात किया। राष्ट्र की अनेक संस्थाओं के रूप में यह सत्य प्रमाणित हुआ। विष्णु पुराण के लेखक ने इसी एकता की ओर लक्ष्य करते हुए लिखा—

"गायन्ति देवाः किल गीतकानि, धन्यास्तुते भारतभूमि भागे।"

(विष्णुपुराण 2.3.24)

इसमें पृथक-पृथक खंड की कल्पना नहीं की गई। उत्तर प्रदेश, गुजरात, महाराष्ट्र, दक्षिण देश, उड़ीसा, बंगाल या बिहार में जिसने जन्म लिया है, वह धन्य है—ऐसा नहीं कहा गया। गुजरात के महाकवि नरसी मेहता ने गाया—"भरत खंड भूतले मां जनम्यो।" भारत में जन्म लेने के कारण उसकी प्रजा अर्थात् संतान को भारती कहा गया।

असम के महान् संत शंकर देव और माधव देव कहते हैं—"धन्य-धन्य कलिकाल, धन्य नर तनुमाल, धन्यजन्म भारतवरिषे।" ऐसी बातों और भावों का वर्णन भारतवर्ष के लगभग हर ग्रंथ में मिलता है। भारतवर्ष की संस्कृति ने भेदों को स्वीकार किया, लेकिन निजी विशेषता उसकी एकता में है। इस एकत्व का भाव धर्म, दर्शन, समाज और राजनीति में परिलक्षित हुआ।

महाभारत के भूमि संकीर्तन में सारे देश को भारतवर्ष कहा गया है—"अत्र ते कीर्तयिष्यामि वर्षं भारत भारतम।" भारतवर्ष के पर्वत, नदी और जनपदों का विस्तृत परिचय एकता की सर्वसम्मत भावना और देश की भौगोलिक इकाई को प्रमाणित करता

है। महाभारत, पुराण और काव्यों जहाँ भी भारतवर्ष का वर्णन आया है, वहाँ सर्वत्र हिमालय से समुद्रपर्यंत भूखंड की इकाई को स्वीकार किया गया है। अथर्ववेद के पृथ्वीसूक्त में जिस जन और पृथिवी के संबंधों का वर्णन है, वह दृढ़ राष्ट्रीयता की नींव है। भारत राष्ट्र को इस महापृथिवी के रूप में चित्रित एवं यशोगान किया गया।

दीर्घनिकाय के महागोविंदसुक्त में, आपस्तम्ब श्रौतसूत्र (30-1-1), ऐतरेय ब्राह्मण (8-15.23), शतपथ ब्राह्मण (13.5.4.11) और महाभारत के आदिपर्व (69.45-47) के अनुसार किसी राजा के अपने जनपद के राज्य विस्तार को पृथिवी कहते थे, जिसके कारण राजा पार्थिव कहलाता था। एक-एक जनपद का स्वामी राजा वहाँ का पार्थिव होता था। किंतु एक जनपद की सीमा से आगे बढ़कर समुद्रपर्यंत पृथिवी के लिए महापृथिवी शब्द का प्रयोग होने लगा था। पाणिनी ने महापृथिवी के समानार्थक शब्द सर्वभूमि का प्रयोग किया। दीर्घनिकाय में महापृथिवी या भारतवर्ष की भौतिक आकृति का उल्लेख किया गया है। इसके तीन प्रकार कूर्म संस्थान, कार्मुक संस्थान और शकटमुख संस्थान हैं, जो महापृथिवी पर शासन करता, उसे ही सार्वभौम राजा या चक्रवर्ती कहलाने का अधिकार होता था। और वही अश्वमेध यज्ञ करने का अधिकारी होता था।

देश की भौगोलिक एकता को स्पष्ट रूप से राजनीतिक एकता के साथ मिलाया गया, तो प्रत्येक राजा के लिए राज्याभिषेक के समय समुद्रपर्यंत पृथिवी का एकराट बने, इसकी शपथ दिलाई जाती थी। दुष्यंत पुत्र भरत के समुद्रपर्यंत शासक होने के कारण ऐतरेय ब्राह्मण एवं शतपथ ब्राह्मण में उनकी प्रशंसा की गई। जिस समुद्रपर्यंत पृथिवी को एक राजनीति के सूत्र में बांध लेने की जिस कल्पना का आरंभ भरत के साथ हुआ, उसकी पुनरावृत्ति इतिहास में बार-बार होती है। इसके लिए कई शासकों ने सफल प्रयास किए, जिनमें यौनाश्व अश्वपति, अंबरीष, ययाति, हरिश्चंद्र, भरत, मांधाता, सगर, रघु युधिष्ठिर आदि प्रमुख हैं। परवर्ती काल में भी महापदमनंद, चंद्रगुप्त, अशोक, विक्रमादित्य, समुद्रगुप्त आदि ने इसके प्रयास किए और सफल भी हुए।

'भारत' शब्द का अर्थ भौगोलिक नहीं, अपितु एक चैतन्य जगत् है, जो हजारों साल से चिरंतन ही इस भारत भूमि पर आलोक के माध्यम से संस्कार, सभ्यता, शब्द और स्वरों की आत्मिक अनुभूति से अनुप्राणित करता रहा है। कुबेरनाथ राय का मानना है कि ऐतिहासिक दृष्टि से भारत एक पौराणिक शब्द है। इस शब्द की व्याख्या महाकाव्यों एवं पुराणों में वर्तमान है। भरत का अर्थ सूर्य भी होता है।

निरुक्तकार यास्क ने लिखा है "भरतः आदित्यः तस्य भा भारति।" अर्थात् भरत का अर्थ आदित्य होता है और उससे भारती शब्द निकला है। इक्ष्वाकुवंशीय परंपरा में भरता का उल्लेख आता है। इक्ष्वाकुवंशीय भरतों की संतति ने निषादों के साथ सरस्वती और गंगा के तट पर आर्यत्व की नींव रखी और वे सब आर्य कहलाए, जिन्होंने श्रेष्ठता

का एक मापदंड बनाकर उसका जीवन में पालन किया। वे आदि पुरुष ही भारतीयता के उदगाता है, जिन्होंने आर्य अर्थात् श्रेष्ठता को विकास का मापक बनाया। इन इक्ष्वाकु वंशीय भरत के संतति के नेतृत्व में इस देश की वर्तमान आकृति और अमिट संस्कृति की नींव रखी गई। इसी से इस देश को भारतों यानी भरतवंशियों का देश अर्थात् वर्ष यानी भारतवर्ष कहा जाने लगा।

भरत के संतति, शस्त्र में निपुण थे, शिल्प में सिद्धहस्त थे और शास्त्र रचने में निपुण थे। उन्होंने लोक संस्कृति के साथ मिलकर अपनी भरतवंशीय संस्कार एवं सभ्यता के साथ देशी चित्त और देशज अंतर्मन का निर्माण किया, जिसने ऋग्वेद की ऋचाओं के संग दिग्विजई मंत्रों का आह्वान किया। इस पर भारतखंड की प्रकृति साम के संगीत में उत्साह के साथ उत्सव में स्वयं को प्रस्तुत करने से नहीं रोक सकी। यजुर्वेद के कर्म और यज्ञीय भाव ने भारतखंड को कर्मभूमि बनाया और तब सब एक साथ अथर्ववेद के मंत्रों में गा उठे—"माता भूमिः पुत्रो अहम् पृथिव्याः।" यही इस भूमि पर राष्ट्रीयता का जयघोष था, जो केवल कर्म पर आधारित था।

सब भौतिक सुख और समृद्धि से संयुक्त राष्ट्र की उपलब्धि स्वर्ग है और उन सुखों का त्याग मोक्ष है। जो संस्कृति इस मार्ग को सिखाती है, वही भारत की संस्कृति है। देश के सभी भाग उसके अंतर्गत हैं। इसीलिए कहा गया कि "धन्यास्तु ते भारत भूमि भागे।" भारत के किसी भी भाग में मनुष्य जन्म ले, स्वर्ग और अपवर्ग वाली संस्कृत से उसका जन्मसिद्ध नाता जुड़ जाता है। यहाँ यह नहीं कहा गया कि देश का एक प्रदेश या एक प्रांत या एक नगर मोक्ष प्रधान संस्कृति का अधिकारी है, बल्कि देश का प्रत्येक भाग मातृभूमि के सत्यात्मक हृदय के साथ मिला हुआ है। सुदूर मलाबार के शंकराचार्य, तमिल के कंबन, महाराष्ट्र के ज्ञानेश्वर, असम के शंकरदेव, आंध्र के पोतनामात्य, बंगाल के चैतन्य, उत्तरापथ के वाल्मीकि और तुलसीदास, बिहार के बुद्ध और महावीर, राजस्थान की मीराबाई, कश्मीर की लल्लेश्वरी, गुजरात के नरसी मेहता, पंजाब के नानक देव, इन सबकी सांस्कृतिक भाषा एक है। यद्यपि उनका जन्म भारतभूमि के भिन्न-भिन्न भागों में हुआ, पर जीवन का तप और त्याग ही प्रधान मार्ग है, जो उन सब का एक है।[6]

जिस पृथ्वी यानी मातृभूमि की बात को भारतीय वाङ्मय में बार-बार दोहराया गया है, जिस सांस्कृतिक एवं राष्ट्रीयता की अवधारणा को कहा गया है, वह भारतभूमि है। इस भारतभूमि के भौतिक पक्ष के संबंध में वायुपुराण, विष्णुपुराण, मत्स्यपुराण सहित महाभारत, एवं देश के विभिन्न भागों में रचित काव्यों एवं ग्रंथों में भारत, भारतवर्ष का यशोगान किया गया। वर्तमान में भारतवर्ष का दो आधिकारिक नाम हैं, हिंदी में भारत और अंग्रेजी में इंडिया। इंडिया नाम की उत्पति सिंधु नदी के अंग्रेजी नाम इंडस से हुई है। सिंधु द्वारा सिंचित प्रदेश को इंडिया नाम सबसे पहले हखामनी ईरानी लोगों के द्वारा दिया गया।

पारसियों के ग्रंथ जेंद अवेस्ता में सरस्वती की सात नदियों के क्षेत्र का उल्लेख करते हुए सप्त सिंधु शब्द का उपयोग किया गया है। यूनानियों ने बाद में यह शब्द ईरानियों यानी पर्शियनों से उधार लेकर सिंधु नदी को इंडोस के नाम से पुकारा। पर्शियनों की पुस्तक 'मेहरे याश्त और यास्ना' में हफत हिंदू के स्थान पर हिंदू शब्द का उपयोग किया गया। इससे पता चलता है कि इस शब्द का विस्तार इंडस यानी सिंधु प्रदेश के आगे तक था। यूनानी इतिहासकार हेरोडोटस ने भी इंडोस शब्द का प्रयोग पर्शियन साम्राज्य के क्षत्रपों के लिए किया, जो बाद में पूरे देश के लिए पर्यायवाची हो गया।[7] ईसा की प्रथम शताब्दी में चीन में बौद्ध धर्म के प्रवेश होने पर चीनियों ने भारत के लिए 'तिएन-चू' अथवा 'चुआंतू' शब्द का प्रयोग किया, लेकिन ह्वेनसांग के बाद वहाँ पर यिन-तू शब्द का प्रचलन हो गया। भारत के लिए, जो भी नाम प्रयोग में लाया जाता रहा हो, चाहे वह फारसी का हिंदू, यूनानी का इंडोस, हिब्रू का होड्डू, लैटिन का इंडस या चीनी का तिएन-चू नाम हो। स्वयं इस देश के लोगों ने भारतवर्ष नाम को ही समान एवं समग्र रूप से स्वीकार किया। चीनी यात्री ईत्सिंग का तो यहाँ तक कहना है कि हिंदू नाम का प्रयोग केवल उत्तरी जनजातियों द्वारा किया जाता है और स्वयं भारत के लोग इसे नहीं जानते।[8]

भारतवर्ष नाम किसी भी काल में हिंदू या इंडिया की भाँति केवल भौगोलिक अभिव्यक्ति का पर्याय नहीं रहा। इसका ऐतिहासिक महत्त्व रहा है। जिस मातृभूमि का वर्णन वेद और वैदिक वाङ्मय में बार-बार किया गया है, वह पृथिवी की संज्ञा के लिए है। इस पृथ्वी यानी भारतवर्ष के लिए और भारत रूपी राष्ट्र के लिए वेद और वैदिक वाङ्मय का कई बार यशोगान किया गया है। जहाँ वेद और उपनिषद् में पृथ्वी की संज्ञा से विभूषित किया गया, वहीं पुराण एवं महाभारत युग में माँ भारती नाम से विख्यात हो गया। वेदों का उदघोष है—"माता भूमिः पुत्रो अहम् पृथिव्याः" अर्थात् भूमि माता है, मैं पृथ्वी का पुत्र है। वहीं यजुर्वेद का अमृत मंत्र प्रत्येक संकट काल में गूँज उठा, जिसमें कहा गया कि—"वयं राष्ट्रे जागृयाम पुरोहिताः" हम जागते रहेंगे और राष्ट्र को जागृत रखेंगे। वहीं वाल्मीकि रामायण में कहा गया कि "जननी जन्मभूमिश्च स्वर्गादपि गरीयसी" अर्थात् जननी और जन्मभूमि का स्थान स्वर्ग से भी ऊपर है।

भारतवर्ष को इतिहास के विभिन्न कालक्रमों ने न केवल स्वीकारा गया बल्कि इस मातृभूमि का माँ भारती या भारतमाता के रूप में जयघोष भी किया गया। युग बदला, समय बदला, लेकिन भारतमाता नामक मील का पत्थर भारतीय जनमानस से कभी नहीं मिटा। हाँ, आजादी के बाद इंडिया के माध्यम से उसे मिटाने का प्रयास किया गया। यह कहा गया कि भारतमाता एक मिथ है। हालाँकि प्रश्न यह है कि मनुष्य का मस्तिष्क तो मिथ नहीं, वह तो यथार्थ है। एक अरब से अधिक मस्तिष्क का भारतमाता में विश्वास, उस भारतमाता का जयघोष वास्तविकता है। अखंडता और संप्रभुता जैसे भारी भरकम

शब्द हैं, जिनको जानने और समझने के लिए शब्दकोष का सहारा लेना पड़ सकता हैं। लेकिन जब इस अखंडता पर खतरा आता है, तो आम आदमी क्रोधित होने लगता है—भारत माँ की कसम¨।

भारतमाता की अवधारणा लोगों को अपने राष्ट्र के प्रति गौरव के धागे से बाँधती है। इतना ही अटूट बंधन वह धरती के साथ संयुक्त है। माटी या धरती गौण और निजी हैं, लेकिन भारत माता की विराटता, भू अभिलेखों में उनकी चर्चा अमिट है।[9] भारत के साथ जुड़ी कहानियाँ, संघर्ष की यादें, अनंत बलिदान झूठे नहीं हैं। इस माँ भारती के लिए सिकंदर के आक्रमण से लाखों ने बलिदान एवं पराक्रम की वीरगाथाएँ लिखी हैं, जो मिथ नहीं वास्तविकता है। वास्तविकता इसलिए कि भारतमाता अनंत शक्ति की स्त्रोत है।

इतना अवश्य हुआ कि अंग्रेजों के आगमन से भारत का अंग्रेजी नाम भी प्रचलन में आ गया। अंग्रेजी नाम का अंगीकरण यह बताता है कि किस प्रकार 150 साल का पश्चिमी शासन भारत पर भारी पड़ा। अंग्रेजों के आने के पूर्व सैकड़ों वर्ष तक तुर्क, मुगल, अफगान भारत के अधिकतर भू-भागों पर शासन करते रहे, लेकिन भारत का नाम नहीं बदला। यह अपने नाम के शब्दार्थ के अनुसार, भारतीय को प्रकाश के पथ पर अग्रसर कराता रहा। भारत का शाब्दिक अर्थ है भा + रत् अर्थात् आंतरिक प्रकाश या प्रकाश में लीन। इसके अलावा भी भारतवर्ष के दो और नाम रहे जो क्रमशः हिंदुस्तान और आर्यावर्त हैं।

मनुस्मृति (2-22) के अनुसार आर्यावर्त की परिभाषा में हिमालय और विंध्य पर्वत तथा पूर्व और पश्चिमी समुद्रों की भूमि सम्मिलित है। भारत प्राचीन राष्ट्र है। यही कारण है कि अंग्रेजों के विरुद्ध स्वतंत्रता की लड़ाई के समय प्रायः भारत माता की जय के नारे लगाए जाते थे। ऐसे ही नारेबाजी के बीच पंडित नेहरु ने एक सभा में भीड़ से पूछा—"यह भारतमाता कौन है?"

एक व्यक्ति ने कहा कि यह धरती।

पंडितजी ने पूछा—"कौन-सी धरती? किसी खास गाँव की? जिले की? या पूरे भारत की? फिर पंडित नेहरू ने स्वयं उत्तर दिया कि भारत वह सब कुछ है, जो वे सोचते हैं, लेकिन इससे भी कुछ अधिक है। पर्वत, नदियाँ, वन, विशाल खेत, मैदान और आपसब, हमसब। आप भारतमाता के अंग हैं। आप स्वयं भारत माता हैं।"[10] न भावों एवं विचारों के बावजूद संविधान निर्माण के दौरान भारत को राज्यों की यूनियन बना दिया गया। यह राज्यों की यूनियन मात्र नहीं है। यह जीता-जागता राष्ट्र पुरुष है। हिमालय से लेकर कन्याकुमारी और द्वारिक तक विस्तृत इस भारतभूमि की अपनी विशिष्ट सत्यखोजी परंपरा है, लेकिन भारत के संविधान निर्माताओं ने अनुच्छेद एक में इसे, "राज्यों की यूनियन की संज्ञा दी है।" भारत एक जीवंत सांस्कृतिक, भौगोलिक प्राकृतिक सरंचना

है। ऋग्वेद का विराट पुरुष और गीता का विश्व रूप है। यह एक संस्कृति, एक जन, एक राष्ट्र है। इतना सब होने के अतिरिक्त भी इसे संविधान में राज्यों की यूनियन अर्थात् संघ संगठन कहा गया है। संविधान में भारत का नाम इंडिया है—इंडिया दैट इज भारत (अनुच्छेद-1)।

संविधान निर्माता भारत के नाम पर भी सर्वसम्मत नहीं थे। भारत की संविधान सभा में नामकरण पर भी तीखी बहस हुई। मतदान हुआ। भारत को 38 और इंडिया को 51 वोट मिले। भारत हार गया, इंडिया जीत गया। हरिविष्णु कामथ ने भारत या अंग्रेजी भाषा में इंडिया नामकरण का संशोधन पेश किया। कामथ ने कहा कि भारत पसंद न हो तो विकल्प में हिंद या अंग्रेजी भाषा में इंडिया रख दिया जाए (संविधान सभा कार्यवाही 18 सितंबर, 1949)। अपने भाषण में उन्होंने भारत, हिंदुस्तान, हिंद, भरतभूमि, भारतवर्ष आदि नामों के सुझाव देते हुए दुष्यंत पुत्र भारत की कथा से भारत का उल्लेख किया। सेठ गोविंद दास ने कहा कि इंडिया दैट इज भारत यह नाम रखने का तरीका बहुत सुदंर नहीं है। भारत जिसे विदेशों में इंडिया भी कहा जाता है, यह नाम ठीक होता। सेठ ने इंडिया नाम को यूनानी प्रदाय बताया और भारत को महाभारत से खोजत हुए—'अथते कीर्ति पष्यामि, वर्ष भारत भरतम' को सुनाकर भारत पर जोर दिया।

मद्रास के के.एस. सुब्बाराव ने भारत को प्राचीन नाम बताकर अपना पक्ष रखा और कहा कि भारत नाम ऋग्वेद में है। पंडित कमलापति त्रिपाठी ने नामकरण प्रस्ताव पर बोलते हुए कहा था—अध्यक्ष महोदय, इंडिया दैड इज भारत के स्थान पर भारत दैट इज इंडिया लगाया जाता तो वह अधिक उपयुक्त होता। एक हजार वर्ष की पराधीनता में हमारे देश ने अपना सब कुछ खो दिया। संस्कृति, सम्मान, मनुष्यता, गौरव, आत्मा, स्वरूप और अपना नाम भी। त्रिपाठी ने तमाम वैदिक, पौराणिक तर्क दिए। डॉ. अंबेडकर ने कहा कि यह सब सुनने के लिए मेरे पास समय नहीं है। पी.एस. देशमुख ने कहा—तो आप जा सकते है। हर गोविंद पंत ने कहा भारतवर्ष नाम सीधे क्यों नहीं ग्रहण किया जाता। इंडिया से हमारी ममता क्यों है ?[11] इस प्रकार भारतवर्ष नाम, इंडिया, आर्यावर्त या हिंदुस्तान की तरह केवल भौगोलिक, मानवीय विशिष्टता या सांस्कृतिक अभिव्यक्ति मात्र नहीं है। इसका ऐतिहासिक महत्त्व है, जो सभ्यता के उषा काल से लेकर ऋग्वेद के ऋचाओं तक, महाभारत के श्लोकों से लेकर पुराण एवं ग्रंथों तक विस्तृत रूप से बिखरा है। भारतवासियों के लिए भारतवर्ष स्वाभाविक रूप से राजनीतिक प्रभुसत्ता का एक अहम् अवयव रहा है। भारत में शासन चाहे जिसका रहा हो, संप्रदाय एवं पंथ भिन्न रहे हों, मंदिर में देवी की प्रतिमा की तरह भारतवासियों, राजाओं ने भारतवर्ष को ही अपनी संस्कृति का प्रतीक बना लिया। प्रत्येक भारतीय ने अपनी आत्मा को, स्वयं को उस भारतवर्ष के साथ आत्मसात् कर दिया, भारत के जन-जन की चेतना में स्वयं को

विसर्जित कर इस देश को एक विराट रूप प्रदान किया।

प्राचीन काल से ही राजा प्रभुसत्ता (भारतवर्ष की सत्ता) को प्राप्त करने के लिए एकराट, सम्राट, राजाधिराज की उपाधि धारण करते और इसके लिए राजसूय, वाजपेय एवं अश्वमेघ यज्ञ करते। वेद, वेदांग और महाकाव्य में ऐसे महान् राजाओं एवं सम्राटों का उल्लेख किया गया है। वर्तमान युग यानी महाभारत काल के बाद भी कई शासकों ने राजसूय एवं अश्वमेघ यज्ञ के माध्यम से अपनी सार्वभौम प्रभुसत्ता की घोषणा की। इसमें पुष्यमित्र, समुद्रगुप्त, कुमारगुप्त प्रथम, आदित्यसेन, पुलकेशिन प्रथम आदि के नाम प्रमुख हैं।

जिस प्रकार महाभारत युग तक भरत नाम स्मरणीय रहा, उसी प्रकार महाभारत काल के बाद विक्रमादित्य की उपाधि अनुकरणीय हो गई। ठीक इसी प्रकार जनक, वसिष्ठ, विश्वामित्र और महाभारत काल के पूर्व तक गोरखनाथ और शंकराचार्य नाम की परंपरा महाभारत काल के बाद देश की सांस्कृतिक एकता का वाहक बन गई।

केवल राष्ट्र या राजनीतिक रूप से राष्ट्र के रूप में ही नहीं, वरन् बहुजातीय, बहुभाषीय एवं बहुपंथीय राष्ट्र के निर्माण में भारत सारी दुनिया के लिए मार्गदर्शक है। यूरोप के अधिकांश देश बहुजातीय है, वहाँ प्रत्येक देश में अधिकतर किसी एक भाषा का प्रभुत्व देखा जाता है। इससे यह भ्रम होता है कि ये एक जातीय देश हैं। ब्रिटेन में वेल्श और गैलिक भाषाओं को अंग्रेजी के पक्ष में दबाया गया है। अमरीका में बहुत आदिवासी जातियाँ अब भी बची हुई हैं, पर यूनाइटेट स्टेट्स में आदिवासियों के लिए कोई भी स्टेट नहीं है। भारत में महाराष्ट्र के समानांतर जैसे तमिलनाडु है, वैसे अमरीका में कोई भी राज्य इंडोयूरोपीयन भाषा के साथ रेड इंडियन भाषा का व्यवहार नहीं करता।

यूरोप में किसी समय रोमन साम्राज्य का विस्तार हुआ था। इससे यूरोप में एक राष्ट्र नहीं बना। रोमन के बाद जर्मन साम्राज्य स्थापित हुआ। इस समय यूरोप में सभी देश ईसाई थे, ईसाई धर्म केंद्रबद्ध और सुसंगठित था, उसके महासंचालक पोप हुआ करते थे, इससे यूरोप राष्ट्र नहीं बना। इसलाम के अभ्युदय के बाद उसका प्रसार एशिया और अफ्रीका में हुआ, पोप की तरह उसका महासंचालक खलीफा होता था, अरबों और गैरअरबों को मिलाकर राष्ट्र बनना तो दूर, जो अरबी थे या अरबी बोलते थे, वे भी कभी राष्ट्र में संगठित नहीं हो पाए।

इतना ही नहीं जातीय एवं भाषीय आधार पर काव्यों एवं महापुरुषों को जितना सम्मान एवं ख्याति मिली, उतना संसार में और कहीं किसी को नहीं मिली। इसे अनुकरण एवं आदर्श के रूप में विविधता के बाद अंगीकार किया गया। चाहे वह असम के शंकरदेव हों, बंगाल के जयदेव या चैतन्य, महाराष्ट्र के ज्ञानदेव, रामदेव या तमिल के कंब हों। उनकी रचनाओं को भी पूरे भारतवर्ष में सम्मान मिला। चौदहवीं सदी में दाँते

ने फलोरेंस जनपद की भाषा में महाकाव्य लिखा, तो वहाँ के मानवतावादियों ने उसे अस्वीकार कर दिया। 17वीं सदी में इंग्लैंड के बेकन को अपना दार्शनिक ग्रंथ 'नोवुम ओर्गानॉन' तथा न्यूटन को प्रकृति विज्ञान का ग्रंथ लैटिन में लिखना पड़ा।[12] भारत में भाषाई शुद्धता का विचार तो हिंदी में नहीं रखा गया। तुलसी ने रामचरितमानस की रचना अवधीशैली, में तो सूरदास ने अपने काव्य की रचना व्रजशैली में की। कबीर की रचना को हिंदी के कौन सी शैली में रखा जाएगा? एक बात और, शेक्सपीयर, मिल्टन युग के पश्चात् शेली और वर्डस्वर्थ की रचनाओं के प्रभाव स्वरूप इंग्लैंड में नवजागरण हुआ। उस समय तक एक जाति एक भाषा के रूप में अंग्रेजी का इंग्लैंड पर प्रभुत्व नहीं बना था। यही बात इटली या यूनानी नवजागरण के साथ रही है, लेकिन जिस भारतवर्ष में ऋग्वेद और उपनिषद् काल में नवजागरण हुआ, उस देश में छठीं सदी ईसा पूर्व में बृहस्पति, चार्वाक, अजित केशकंबली और मक्खली गोसाल ने भौतिकवादी दर्शन को प्रतिष्ठित कर दिया था।

महावीर और बुद्ध अपने संप्रदाय के माध्यम से तथा चाणक्य, पतंजलि और कालिदास के महाकाव्य तथा संगम साहित्यों के माध्यम से भाषाई और राष्ट्रीय चेतना का विकास हो चुका था, जो दार्शनिक यथार्थवाद यूरोप के नवजागरण अथवा पुनर्जागरण का आधार बना था। वह दार्शनिक यथार्थवाद की धारा 17वीं सदी में इंग्लैंड से होते हुए 18वीं सदी में फ्रांस पहुँचा, फिर 19वीं सदी में जर्मनी के मार्क्स और एंगेल्स ने उसका विकास किया। इसे मार्क्स ने स्वीकार किया था—सन् 1853 में भारत के बारे में उन्होंने कहा था कि वह हमारी भाषाओं, हमारे धर्मों का स्त्रोत रहा है।[13] एक-दूसरे अध्यात्मवादी विचारक रोमाँ रौला ने लिखा—"एशिया, महाभूखंड, यूरोप जिसका प्रायद्वीप मात्र है, सेना का अग्रदल, भारी पोत का शीर्ष भाग, वहाँ से सदा हमारे देवता और हमारे विचार आए हैं।[14] बाद में वहीं रोमाँ रौला को प्रथम विश्व युद्ध के नरसंहार के कारण पश्चिमी राष्ट्रों से ऊब पैदा हो गई, तो उन्होंने कहा कि "आइए, हम इस रक्तरंजित भगदड़ से अपनी आत्माओं को बाहर खींच लें। हम उस महान् चतुष्पथ को फिर पाने का प्रयास करें, जहाँ से आकाश की चारों दिशाओं में मानव प्रतिभा की धाराएँ प्रवाहित हैं। हम एशिया के ऊँचे मैदानों पर फिर चढ़ चलें।"[15] इंग्लैंड के नवजारण में प्रमुख भूमिका निभानेवाले कवि शेली ने धर्म और संस्कृति पर भारतीय प्रभाव को स्वीकारा था। श्रीकृष्ण कहते हैं कि (गीता, 8-20) न विनश्याति, वह सनातन नित्य वास्तविकता नष्ट नहीं होती। एक रहता है, अनेक परिवर्तित होते हैं और चले जाते हैं। यह ब्रिटिश कवि शैली की कविता एडोनैस का अंश है—एक रहता है, अनेक परिवर्तित होते हैं और समाप्त हो जाते हैं, स्वर्ग का प्रकाश सदा चमकता है, पृथ्वी की छायाएँ उड़ जाती हैं। यूरोपीय नवजागरण के अग्रदूत रहे ब्राउनिंग और शैली जो ब्रिटिश कवि हैं, उनके विचारों पर वेदांत का प्रभाव परिलक्षित

होता है। दिव्य जगदंबा की स्तुति देवी माहात्म्य (1-47) में कहा गया है। दिव्य माँ को आद्या प्रकृति कहा गया है। परा प्रकृति और समस्त ब्रह्मांड उनकी ऊर्जा की अभिव्यक्ति है, शक्ति की अभिव्यक्ति। भारत में दिव्य माँ व नारी की सदैव चर्चा की जाती रही है। देवी माहात्म्य के कई श्लोकों में इसका वर्णन भी आता है। दिव्य नारीत्व यानी इंटरनल फिमिनाइन एक सुंदर शब्द है, जिसका जर्मन कवि और नाटककार गेटे ने अपनी पुस्तक 'दी फॉस्ट' में प्रयुक्त किया है। इस पुस्तक की अंतिम पंक्ति आश्चर्यजनक है। दिव्य नारीत्व हमें गतिशील बनाता है और सदैव चलायमान रखता है। गीता के कई श्लोकों एवं पंक्तियों की प्रतिध्वनि पाश्चात्य साहित्य ब्राउनिंग व शेली जैसे, अनेक ब्रिटिश कवियों में टेनिसन और वर्डसवर्थ तथा यूरोपीय महाद्वीप में गेटे व अन्य कुछ कवियों की कृतियों में मिलती है। ये विचार पूर्व से पश्चिम की ओर प्रवाहित होने लगे थे और तब से यह प्रक्रिया तीव्रतर और गहनतर होने लगी थी।[16] जब यूरोप में पुनर्जागरण हुआ, तो वह प्रचंड ऊर्जा का देश बन गए, लेकिन इस ऊर्जा का सकारात्मक उपयोग नहीं किया गया, बल्कि भौतिक सुख की अनंत कामना के साथ दिग्विजय प्राप्त करने की ओर ये देश उन्मुख हो गए। वे बाहर जाकर अन्य देशों पर विजय प्राप्त करने, प्रकृति को मानव का साधन बनाने, उपनिवेश बनाकर यूरोप के विकास करने तथा शोषण एवं विनाश की कहानियाँ लिखने लगे। यह पहली बार नहीं हुआ। यही यूरोप पहले भी ऐसा कर चुका था। ढाई लाख की जनसंख्या वाला एथेंस नगर जब यूनानी साम्राज्य का केंद्र बन गया, तो सिकंदर के नेतृत्व में ऐसा ही रक्तरंजित एवं विध्वंसक इतिहास लिखा गया था। 16वीं सदी में इतिहास स्वयं को दोहरा रहा था।

ठीक इसके विपरीत, भारत में अंग्रेजों का साम्राज्यवादी प्रभुत्व अभी ठीक से जमा भी नहीं था कि भारतीय पुनर्जागरण के नवीन विचार एवं आदर्श भी दुनिया के समक्ष रखे जाने लगे थे। भारत ने पश्चिम के विचारों का केवल स्वागत ही नहीं किया। एक भारतीय चिंतन एवं आदर्श की सनातन परंपरा का अपना दृष्टिकोण भी रखा। यह दृष्टिकोण जीवन के सभी क्षेत्रों में विविध महापुरुषों द्वारा दिया गया था। सिकंदर के आक्रमण के तुरंत बाद अशोक, विक्रमादित्य एवं समुद्रगुप्त आदि शासकों ने कई उदाहरण प्रस्तुत किए। उसी प्रकार अंग्रेजी साम्राज्यवादी प्रभुत्व के दौरान स्वामी विवेकानंद, दादा भाई नौरोजी, राजाराम मोहन राय, महात्मा गांधी, रवींद्र नाथ टैगोर आदि ने सार्वजनिक जीवन में सादगी, आत्मसंयम, करुणा और सेवाभाव के उच्चतम मानदंडों को लक्ष्य की शुद्धता और साधन की पवित्रता के साथ प्रतिस्थापित किया। राजनीतिक जीवन में, सार्वजनिक द्वंद्व के दौरान अहिंसा एवं सत्याग्रह का सफलता पूर्वक प्रयोग किया गया।

याद कीजिए। दक्षिण अफ्रीका में रेल से फेंके गए व्यक्ति को जिसका नाम मोहनदास था। जब उठा, तो पूरे राष्ट्र का साहस और स्वाभिमान उठ खड़ा हुआ। यह

राष्ट्र और इतिहास की बात कोई नई नहीं थी। हाँ, उन भारतीयों के लिए नई थी, जो यूरोपीय मानस से प्रभावित थे। यूरोपीय जीवन में अंदर तक प्रवेश करनेवाले भारतीय महर्षि अरविंद ने भारत के भविष्य के संदर्भ में कहना था कि हिंदू राष्ट्र का जन्म सनानत धर्म के साथ ही हुआ। उसी के साथ चला और विकसित हुआ। मैं यह नहीं कहा कि राष्ट्रवाद एक नस्ल, एक धर्म, एक पंथ है। मैं कहता हूँ कि सनातन धर्म ही राष्ट्रवाद है।[17] ईसा की पाँचवीं सदी में जब आक्रमण का दौर आरंभ हुआ, तो महात्मा बुद्ध और भगवान् महावीर ने समाज की कुरीतियों एवं बुराइयों को दूर कर चैतन्य किया। इसके बाद चाणक्य ने समूचे भारत को एक मातृभूमि अर्थात् माँ भारती की एकता के लिए प्रयास किया। यह प्रयास विभिन्न युगों में चलता रहा। जिस मातृभूमि को वेद और उपनिषद् में पृथ्वी की संज्ञा से विभूषित किया गया, वहीं पुराण एवं महाभारत युग में माँ भारती नाम से विख्यात हो गया।

अंग्रेजों के खिलाफ जब स्वतंत्रता का संघर्ष 160 साल पहले शुरू हुआ, तो देश के विभिन्न भागों से विभिन्न क्षेत्रों से राष्ट्रीय भाव का उदघोष हुआ। इस भारतभूमि को महायोगी अरविंद एक जगनमाता! आदिशक्ति! महामाया के रूप में देखा। रवींद्रनाथ टैगोर ने इसे 'देवि भुवन मनमोहनी निर्मल सूर्य करोज्ज्वल धरणी, जनक-जननी-जननी।। नीलसिंधू जल द्यौत चरण तल के रूप में स्तुति गान किया।

कवि वंकिमचंद्र ने अपनी अमर रचना वंदेमातरम् में इसे…' त्व हि दुर्गा दश प्रहरणधारिणी कहा।

किरणचंद्र बंदोपाध्याय द्वारा लिखित सन् 1973 ईस्वी में भारतमाता नाटक खेला गया था। इसी नाम से 20 वीं सदी के शुरुआती दौर में सुमित्रानंदन पंत ने एक काव्य लिखा। रवींद्रनाथ टैगोर ने भारतमाता को चारभुजाधारी हिंदू देवी के रूप में चित्रित किया, जो केसरिया वस्त्र धारण किए हैं, हाथ में पुस्तक, माला, श्वेत वस्त्र तथा धान की बाली लिए हैं। बाद में सन् 1936 में बनारस में शिव प्रसाद गुप्ता ने भारतमाता का मंदिर निर्मित कराया, जिसका उद्घाटन महात्मा गांधी ने किया था।

पाश्चात्य एवं तथाकथित बौद्धिक वर्ग द्वारा कहा जाता है कि भारतमाता तो मिथक है। अखंडता और संप्रभुता जैसे शब्द के अर्थ के लिए शब्दकोष जरूरी होता है। लेकिन जब उसपर खतरा आता है, तो आदमी गरजने लगता है—'भारत माँ की कसम।' अंग्रेजों के गुलामी के दौर में भी राज्य के लोप रहने पर राष्ट्रीय स्वाभिमान को जाग्रत रखा गया। आखिर वे कौन थे? जिन्होंने अपने पूरे जीवन को कालापानी की सजा में बिता दिया। सन् 1905 के बंग-भंग के साथ पूरा भारत एकाकार कैसे हो गया? वे कौन थे, जिन्होंने वंदे मातरम् की घोषणा बंद नहीं की, चाहे प्राण समाप्त हो गए! निश्चित ही वह राष्ट्र का भाव था, राष्ट्रीयता की चेतना थी। यह राष्ट्रीयता की चेतना देश के वर्ग, भाषा और क्षेत्र

की सीमा का अतिक्रमण कर चुकी थी। भोजपुरी कवि रघुवर नारायण ने सन् 1911 ईस्वी में 'बटोहिया' नामक कविता लिखी, जिसे राष्ट्रकवि दिनकर ने पूर्वी भारत का नवजागरण गीत कहा। नवजागरण के गीत में पूरे भारत के भावदशा को दर्शाया गया—

'जाऊ-जाऊ भैया रे बटोही हिंद देखी आऊ।
जहाँ ऋषि चारों वेद गावे रे बटोहिया।
नानक, कबीर, गौरीशंकर, श्रीराम कृष्ण।
अलख के गतिया बतावे रे बटोहिया॥'

देश की एकता और उसके साथ संबंधित राष्ट्रीयता का प्रश्न सदैव भारतीयों के लिए जीवन-मरण का प्रश्न रहा है। भारत के सभी प्रमुख धार्मिक संप्रदाय जैसे-वैष्णव, शैव, शाक्त या और कोई मतवादी हो। उनके तीर्थ पूरे भारत में अवस्थित रहे हैं। सारे संप्रदाय एक मत से अपने-अपने मतावलंबियों से आग्रह करते हैं कि वे भारत के दूर-दूर स्थानों पर स्थित अपने तीर्थ-स्थलों की यात्रा करें। इस प्रकार उनमें अपनी सबकी मातृभूमि के बारे में जीवंत भावना उत्पन्न होती है। आज भी कोई मत एवं संप्रदाय का व्यक्ति, जब तीर्थाटन पर निकलता है या भारत भ्रमण करता है, तो वह देश के दूर-सुदूर प्रदेशों तक जाता है और वहाँ के विविध संप्रदाय के प्रमुख स्थानों को देखता है और उससे स्वयं को जोड़ता है। इस प्रकार हम देखते हैं कि भारत में संप्रदाय अथवा पंथ राष्ट्रीयता के सहायक हैं।

भागवत पुराण और मनुस्मृति जैसे धार्मिक ग्रंथों में देशभक्ति की भावना से ओत-प्रोत अंश पाए जाते हैं, जिसमें भारतवर्ष को देवताओं द्वारा निर्मित भूमि बताया गया है और कहा गया है कि देवता भी पृथ्वी के इस स्वर्ग में जन्म लेने की इच्छा रखते हैं। भारतीयों ने देश शक्ति को धर्म में एक उच्च स्थान दिया गया है। एक सुप्रतिष्ठित ब्रिटिश आलोचक के शब्दों में—"हिंदू भारत को न केवल एक राजनीतिक इकाई, अपितु स्वाभाविक रूप से प्रभुसत्ता की एक वस्तु मानता है—चाहे वह प्रभुसत्ता किसी की भी हो-चाहे अंग्रेजों, मुसलमानों या हिंदुओं की हो, बल्कि उसे मातृदेवी के मंदिर की तरह अपनी संस्कृति का मूर्त रूप समझता है। उसने भारत को अपनी संस्कृति का प्रतीक बना लिया है, उसने इसमें अपनी आत्मा को स्वयं को आत्मसात् कर दिया है। उसकी चेतना में यह देश उसका अपना ही वृहत्तर रूप है।"

प्रत्येक प्रश्न का उत्तर राजनीति एवं इतिहास की स्थापित मान्यताओं के आधार पर खोजना ही 20वीं सदी की सबसे बड़ी समस्या रही। हम अगर हरेक प्रश्न का जवाब राजनीति में खोजने की प्रयास करेंगे, तो समस्या उत्पन्न होगी। हमारे समग्र जीवन का कितना भाग राजनीति या इससे निर्धारित है। इससे ही व्यवस्था को उचित विकल्प

मिलेगा। कुल मिलाकर हमें मानव जीवन को राजनीतिकरण से बचाना होगा, क्योंकि जब हमारे जीवन का कुछ अंश राजनीति से प्रभावित है, तो पूरे जीवन को उससे संचालित करना अनुचित होगा। विश्व में नहीं, लेकिन भारत में इसके सफल प्रयोग हुए। राजनीति की एक नई विचारधारा का जन्म, 20वीं सदी में दो महापुरुषों ने राजनीति में रहकर अपने समग्र जीवन को अराजनीतिक बनाया, तथा समग्र मानवीय व सांस्कृतिक आधार पर राजनीति को प्रभावित किया, वे महर्षि अरविंद और महात्मा गांधी थे।

दोनों ने ही पश्चिमी संस्कृति और सभ्यता के भीतर कितनी लंबी यात्रा की, कितनी गहरी डुबकी लगाई। इसके बाद भी उन्होंने अपनी अस्मिता खोने के बजाय उसे नए सिरे से उपलब्ध और परिपुष्ट कर के लौटे। इसमें भी गांधीजी जीवन के संपूर्ण राजनैतिकिकरण के दुष्परिणामों को अच्छी तरह समझते थे। इसलिए उनके राजनीतिक चिंतन में सदैव व्यापक धार्मिक और आध्यात्मिक संदर्भों के जुड़ने का उल्लेख मिलता है।[18] स्वतंत्रता संघर्ष के दौरान जब गांधीजी ने सार्वजनिक जीवन में अहिंसा और सत्याग्रह का सिद्धांत सम्मिलित किया तो यह महात्मा बुद्ध या महात्मा ईसा की अहिंसा नहीं थी, यह भारतीय परंपरा का आधुनिक रूप था। बुद्ध की अहिंसा व्यक्ति के आत्मिक उन्नयन के लिए लक्षित थी, परंतु गांधीजी की अहिंसा में यह भी सम्मिलित था, परंतु उसमें अपने समय का समूचा बोध भी था। इस अहिंसा के परिपार्श्व में जनशक्ति का उभार और प्रतिकार भी थे और यह अहिंसा भी कोई सर्वकालिक सत्य न थी। युग इसकी भी सीमा था। हर युग में सत्य को स्वयं परिभाषित किया गया।[19] प्राचीन काल से ही भारतीय समाज व्यवस्था ने एक ऐसा ढाँचा विकसित कर लिया था, जिसके लिए पूरे भारत में एक राजसत्ता के होने या नहीं होने का कोई अर्थ नहीं होता था। स्वतंत्रता के पूर्व आंदोलन में आंदोलन की धाराओं में यह देखने को मिला था। तब भी सामाजिक संस्थाओं को तोड़ने के हर प्रयास विफल हुए, उल्टे भारतीय समाज ने अपनी कई कुरीतियों एवं अंधविश्वासों को छोड़ एक सशक्त एवं मुखर संस्थाओं के माध्यम से साम्राज्यवादी विचारों का प्रतिवाद किया। इसके साथ ही प्रशासनिक ढाँचा, पुलिस, न्याय व्यवस्था, शिक्षा एवं अन्य सेवाओं को प्रदत्त करने की प्रणाली विकसित की गई।

स्वतंत्रता के बाद की व्यवस्था को ठोस बनाने के लिए भारत में साम्यवादी तंत्र तथा उदारीकरण के बाद पूँजीवाद तंत्र की कुछ मुख्य व्यवस्था को अपनाया गया। ऐसा करते हुए भारतीय मनीषा को सदैव केंद्र में रखा गया। स्वतंत्रता के संघर्ष के समय यह कहा और स्वीकारा गया कि भारत राष्ट्र निर्माण के दौर से गुजर रहा है। यह राष्ट्र का निर्माण या राष्ट्रीयता को राजनीतिक एकता से जोड़ा गया। यह इतिहास की विडंबना ही तो है कि राजनीतिक आधार पर राष्ट्र के विकास के 65 वर्ष बाद भी भारतवर्ष की राज व्यवस्था की संस्थाएँ आज भी अशक्त हैं। चाहे वह पुलिस, नौकरशाह और न्याय

व्यवस्था ही क्यों न हो। एक सड़क या अस्पताल बनवाने में पूरी पंचवर्षीय योजना बीत जाती है या वह हर वित्तीय साल में बनता ही रहता है। न्याय पाने के लिए आज भी लंबी अवधि तक प्रतीक्षा करनी होती है।

देश में 600 से अधिक समितियाँ बनीं, इनसे भी अधिक योजनाएँ बनाई गईं, लेकिन विकास का जो लक्ष्य निर्धारित किया गया था, वह नहीं पाया जा सका। कारण स्पष्ट है कि भारत राजनीतिक नहीं सामाजिक स्तर पर हमेशा सशक्त रहा है। आज भी, समाज ही राजनीति को दिशा-निर्देशित करता है, राजनीति नहीं। विश्व के अन्य देश से इतर भारत को उसके राज्यतंत्र नहीं, बल्कि गाँव, जातियाँ, सामाजिक व्यवस्था एवं पारिवारिक मूल्यों के कारण जाना जाता था और है। ये संस्थाएँ जो राष्ट्रीयता के आधार रही है, उनका निर्बल होना ही अधिक चिंता का कारण है।

लेकिन इतिहास, राष्ट्र और संस्कृति से सबंधित सारे प्रश्न गौण हो गए हैं। पश्चिम की भौतिक सभ्यता को कोस कर या पूर्व की आध्यात्मिकता का गुणगान कर कुछ प्राप्त नहीं किया जा सकता। जिस इतिहास एवं राष्ट्र को आधार बनाकर देश एवं उसके नागरिकों का शोषण किया जाता था, उस इतिहास एवं उसके अवयव राष्ट्र, राजनीति, सभ्यता, संप्रदाय, विचार का पटाक्षेप हो चुका है। ग्लोब के ओर छोर तक मनुष्य का इतिहास एक है। उसकी नियति अब एक हो गई है। अब पूर्व और पश्चिम के आधार पर कुछ बाँटा नहीं जा सकता। जिस प्रकार जीवन अखंड है, उसी प्रकार इस जीवन के आधार सृष्टि और उसकी प्रकृति अखंड है। पृथ्वी पर संपूर्ण मानव जाति की नियति एक है, तो देश और काल (टाइम और स्पेस) के बोध को समझना होगा। क्या यह संभव है ?

संदर्भ ग्रंथ

1. http://hi.wikipedia.org/wiki/
2. कैलाश वाजपेयी—अनहद, पृष्ठ 20।
3. जवाहर लाल नेहरु—डिस्कवरी ऑफ इंडिया, पृष्ठ सन् 197।
4. वासुदेव शरण अग्रवाल—भारत की मौलिक एकता, पृष्ठ 08।
5. रामविलास शर्मा—भारतीय नवजागरण और यूरोप, पृष्ठ 326।
6. वासुदेव शरण अग्रवाल—भारत की मौलिक एकता, पृष्ठ 08।
7. मक्खन लाल, प्राचीन भारत-भारतीय इतिहास की भौगोलिक पृष्ठभूमि, पृष्ठ 35-36।
8. वहीं, पृष्ठ 36।
9. गोपालकृष्ण गांधी, भारतमाता—रसरंग, दैनिक जागरण, 14 अगस्त, 2011, पृष्ठ 01।
10. जवाहर लाल नेहरु: डिस्कवरी ऑफ इंडिया, एशिया पब्लिशिंग हाउस, संस्करण 1961, पृष्ठ 60।
11. http://savitanshbharti.mywebdunia.com/2009/01/02/1230838380000.html

12. कैलाश वाजपेयी—अनहद, पृष्ठ 20।
13. रामविलास शर्मा भारतीय नवजागरण और यूरोप, पृष्ठ 19।
14. आनंद कुमार स्वामी—दि डांस ऑफ शिवा, पृष्ठ 05।
15. वासुदेव शरण अग्रवाल—भारत की मौलिक एकता, पृष्ठ 08।
16. स्वामी रंगनाथानंद, भगवतगीता का सार्वजनीन संदेश, द्वितीय भाग, रामकृष्ण मठ, पृष्ठ 283, 79 एवं 50।
17. प्रभात खबर, रविवारीय 15 अगस्त, 1999, पृष्ठ 4।
18. अज्ञेय : खुले में खड़ा पेड़, वाग्देवी प्रकाशन 1999, पृष्ठ 165।
19. अहा जिंदगी, अक्तूबर 2011, पृष्ठ 82।

□

अंतर्मन में चिरंतन ऋतु अनुराग

वसंत ऋतु आती है और चली जाती है। पुनः कुछ दिनों के बाद इसका पुनर्जन्म होता है। भारतीय मन कहता है कि अस्तित्व में सदैव ही वसंत है, शरद है, हेमंत है और पतझड़ है। समय की गति यद्यपि रैखिक नहीं वृत्तीय होती है, अतएव ऋतुएँ बार-बार आती हैं। उसी प्रकार इस जीवन में शरद, हेमंत और वसंत का रस, रंग और भाव भी हमारे चित्त को बार-बार रंगता है, भिगोता है और हमारा निर्माण करता है। ऋतुएँ हमारे मन का निर्माण करती हैं।

हमारा मन शाश्वत की खोज करता है, चित्त सदैव चिरंतन शिखर की ओर उन्मुख होता है, तो इसके पीछे की उत्प्रेरक शक्ति ऋतुएँ हैं। ऋतु के संग जीवन के राग आलाप लेते हैं, चित्त में अनुराग का संचार होता है और अंतर्मन सदैव राग और अनुराग के बीच अठखेलियाँ करता रहता है। ये ऋतु हमारे अंदर विश्वास लाती हैं, संघर्ष की शक्ति देती हैं, साधना और आराधना को प्रेरित करती हैं तथा उत्साह और उत्सव के संग स्वयं को बार-बार धरती से जोड़ती हैं। इन ऋतुओं का एक रक्त संबंध अस्तित्व के तत्त्वों से है, जिससे कुछ विशेष मिलता है। सूर्य की कला में मधु है, चंद्रकला में सोम है, नदी में जल है, गाय में दूध है और धरती में हवि यानी अन्न है। यह सब ऋत बंध हमारे जीवन के सूत्रधार है। सुखकर हैं। इन रस धराओं के कारण ही जीवन में आनंद का बोध है, जीवन में ऊर्ध्व गमन का उत्साह है और अस्तित्व से एकाकार होने का कर्म है।

भारतीय जीवन में उत्सव, साहित्य, दर्शन और परंपरा का सनातन सूत्र भी इन ऋतुओं के कारण मिला है। एक बच्चा जन्म लेता है और बड़ा होकर जवान, युवा और बूढ़ा होता है और फिर मृत्यु को प्राप्त हो जाता है। जैसा ऋतु परिवर्तन है, वैसा ही परिवर्तन हमारे जीवन काल में आता है। उम्र का बढ़ना, ऋतुओं का परिवर्तन और समय का विभिन्न स्थितियों में रूपांतरण जीवन नहीं है। परितर्वन में जीवन नहीं है। परिवर्तन समय है। संसार में सब कुछ परिवर्तित होता है। इन काल, इन ऋतु और इन परिवर्तन में जीवन नहीं है। जीवन इनके प्रति जागरण में है। जागरण ही उत्सव है। हमारे अस्तित्व

में सदैव उत्सव है। उत्सव हमारे जीने के ढंग में है। जीने के ढंग में आनंद समाहित है। इसलिए भारतीय मन प्रति समय, ऋतु और परिवर्तन का उत्सव मनाता है। आनंद खोजता है। जहाँ आनंद है, वहाँ जागरण है और जहाँ जागरण है वहाँ जीवन है।

जीवन ही ईश्वर है। ईश्वर कोई वस्तु या व्यक्ति नहीं है। वह संपूर्ण जीवन है। इस जीवन की खोज ही हमारा लक्ष्य है, जो जीवन हमारे अंदर है, वही जीवन हमारे बाहर है। इस अस्तित्व के चराचर तत्त्वों—सूर्य, तारे, आकाश, बादल, पृथ्वी, जंगल, समुद्र, हवा, वृक्ष, जानवर में जीवन है। यह सारा अस्तित्व जीवन का ही नृत्य और संगीत है। ऋतु हमें जीवन की संपूर्णता का भाव देते है। वह परिवर्तन, रूपांतरण और बढ़ाव तथा घटाव में मदमस्त होना सिखाती है। एक फक्कड़ फकीर गरमी की तपती धूप में भी धूनी लगाता है और मदमस्त हो जाता है। एक सामान्य मन भी बरसात में बालपन की हट करता है। बारिश में भींगता है, दूसरे को भिगोता हैं और तनमन को रसरंग से भर लेता है। शरद के शीत में भी भारतीय मन तल्लीन हो जाता है। शक्ति की आराधना करता है और स्वयं को ओज और तेज से भर लेता है। इसी प्रकार एक संन्यासी, जो निरासक्त होता है, लेकिन वसंत में नाचता है, गाता है। उस दिव्यता को संपूर्णता में जीता है।

ऋतु का दर्शन है कि प्रति समय और स्थिति का उत्सव मनाया जाना चाहिए। प्रत्येक को प्रेम करना चाहिए और जीवन को संपूर्णता में जीना चाहिए। इसी कारण भारतीय मन कर्म पर बल देता है, उसके फल की बात नहीं करता है। वह जानता है कि वसंत के फूल, बरसात के पत्ते, हेमंत में शरीर (वृक्ष रूपी देह) की साधना से ग्रीष्म में फल मिलेंगे। ऋतु सदैव जीवन को खोजने की बात करती है। हम जीवित हैं, लेकिन जीवन के साथ तारताम्य नहीं हैं। हम समय में, परिवर्तन में और रूपांतरण में जीवन की खोज करते हैं और असफल होते हैं। ऋतु में नई खोज के साथ स्वयं को नूतन और नवीन करना ही जीवन है।

ऋतु सदैव यह बताती है कि वसंत, ग्रीष्म, बरसात, शरद एक परिवर्तन है। हमको उस परिवर्तन के साथ सदैव नया होना है। नूतन रहना है। भारतीय जीवन पर ऋतु प्रभाव के कारण ही हमारा मन सदैव नवीन रहता है। थकता नहीं है। परिवर्तन के साथ स्वयं को बदल लेता है। गरमी में सत्तू का शर्बत तो जाड़े में उसी सत्तू से लिट्टी बनाकर स्वयं को सनातन का सहभागी बना लेता है। बरसात में पत्तों से भोलेनाथ का शृंगार करनेवाला वसंत में फूल और फल का भोग लगाता है।

भारतीय जीवन में धर्म का आधार ऋतु को माना गया है। यह विराट भी ऋतु का ऋत यानी अनुशासन पर आधारित है। अस्तित्व में जीवन चल रहा है। इसमें वृक्ष में कब फूल खिलेंगे, कब फल और कैसे पौधे बड़े होंगे। इसका निर्धारण कोई नहीं करता है। यह अपरिवर्तित नियम यानी ऋत पर यह स्वाभाविक होते हैं। इसे धम्म, धर्म, शील

कहा गया है। भारतीय जीवन में सूर्य को ऋत का नियामक माना गया है। वह ऋत का अनुगमन भी करता है। यह ऋत नियमचक्र है।

वेद के 'ऋत' शब्द से ही ऋतु का उद्भव हुआ है। ऋत का तात्पर्य है अस्तित्व का सहज और स्वाभाविक कर्म। इसी प्रकार ऋतु का अर्थ है कि अस्तित्व की सहज प्रक्रिया के तहत वसंत आ जाए, जीवन में मधुमास की वर्षा हो और फिर हमारा जीवन पतझड़ में बदल जाए। हमारे अस्तित्व के आचरण का नाम ऋत है और उस आचरण अर्थात् प्रकृति की सहज गति का नाम ऋतु है। वसंत में फूल खिलते हैं। यह अस्तित्व की सहज गति का परिणाम है। पतझड़ में पत्ते चले जाते है। इस विराट में, जो फूल को खिलाता है, पतझड़ को बुलाता हैं। उस अदृश्य नियम और लयबद्धता का नाम ऋतु है।

ऋतुओं की तरह हमारे जीवन का स्वभाव है। हम उस स्वभाव को स्वीकार नहीं करते हैं। अस्तित्व परिवर्तन लाता है, ताकि हम सीख सकें। हमारी क्षमताओं का विकास हो सके। इच्छा के द्वारा कुछ पाना संभव नहीं है। उसके बोझ से भीतर एक तनाव अवश्य रहेगा। इच्छा का होना भी थकाता है। ऊर्जा का अपव्यय होता है। हमारी इच्छा और प्रयास से जो प्राप्त होता है, वह बोझ बन जाता है। केवल वही सदैव हमारे साथ रहता है, जो प्राकृतिक होता है। अंटार्कटिका में जब हजारों पेंग्विंस अपने अंडे देते हैं, तब तापमान माइनस में होता है। जीवन बचाना संभव नहीं लगता है। ऐसी स्थिति में सारी पेंग्विंस अपने-अपने अंडों को बचाने के लिए एक-दूसरे से सटकर खड़े हो जाते हैं, ताकि उनके शरीर को गरमी मिले और अंडों का प्रजनन हो सके। भयमुक्त जीवन और विकास के लिए बदलाव को स्वीकार करना होता है।

प्रकृति में मौसम का आना, मौसम के अनुरूप नदी, पहाड, मैदान अपनी प्रकृति और स्वरूप को निर्धारित करते हैं। जंगल, पेड़-पौधों में गति और विकास होता है। एक मौसम में प्रकृति अपने को सहजती है, तो दूसरे मौसम में चहकती है। दिन में सूर्योदय के साथ जीव का जाग जाना, रात को अपने घर को वापस जाना सब कुछ ऋतु है। ऋतु के अनुसार हमारे शरीर की क्रिया घटती और बढ़ती है। भोजन को पचाना बरसात में कठिन, जाड़े में सहज होता है। जिससे हम आते हैं और जिसमें अंत में लीन हो जाएँगे। वह अचेतन नियम के तहत यात्रापथ का निर्धारण करते हैं। कुछ फल मौसम के अनुसार आते हैं, तो कुछ फल जैसे बेल के लिए पूरे संवत्सर तक प्रतीक्षा करनी होती है।

अस्तित्व में जो भी दिव्य है, वही वास्तविक है। अपने वास्तविक स्वभाव को परिवर्तित करने का प्रयास सदैव ही पीड़ा लाता है। इस अस्तित्व में हम एक छोटे अणु हैं और यह अस्तित्व विराट है। विराट को यह अणु अपनी इच्छा के अनुसार परिवर्तित नहीं कर सकता है। विराट ही जीवन और जगत् को चलाएगा, बस हमें साथ चलते जाना है। ऋतुएँ इस भाव को अभिव्यक्त करती हैं। अस्तित्व में ऋतुएँ परिवर्तित होती

हैं, परिस्थितियाँ भी परिवर्तित होती जाती हैं, लेकिन हम उसे देख नहीं पाते हैं। एक ऋतु के बाद दूसरी ऋतु आती है। यह स्वभाविक है। अब इस परिवर्तन में अवसर देखने की बजाय हम परिवर्तन से दुखी हो जाते हैं। पहले एक ऋतु आती है, उसके बाद दूसरी ऋतु। एक में सुख और दूसरे में दुख की अनुभूति करना अनुचित है। दुख परिवर्तन के कारण नहीं होता है। यह हमारे स्वभाव के कारण होता है, जो एकरेखीय गति करता हैं।

परिवर्तन का उपयोग करने में जब हम अपने को असमर्थ पाते हैं, तो परिवर्तन को दोष देते हैं। गरमी में ताप रहेगा, बरसात में बारिश होगी। ऋतु का स्वभाव है परिवर्तन। यह अस्तित्व का नियम चक्र है। इसमें परिवर्तन होगा। बादल के टूटने से बारिश होती है। मिट्टी को तोड़ या कोड़ कर खेत बनाया जाता है। बीज जब टूटता है तो पौधे का जन्म होता है। पत्थर टूटता है, खंडित होकर शालीग्राम बन जाता है। अस्तित्व में टूट, खंडन, बदलाव अकारण नहीं होता है। यह बेहतर के लिए होता है। ऋतुएँ यह सीख हमारे जीवन में देती हैं।

ऋतु जीवन है। ऋतु उत्सव है। ऋतुओं के कारण प्रकृति की गति और जीवों में नृत्य होता है। ऋतु हमारे जीवन के विधान का निर्धारण करती हैं। यह विधान सदैव ही सूर्य को केंद्र में रखकर किया जाता है। जब जीव की आयु एक ऋतु की होती है, तो यह सोच सकते हैं कि सृष्टि पर सनातन रूप से वसंत या वर्षा या शरद ऋतु ही रहेगी और काल की गति एकरेखीय है। यह वृत्तीय नहीं है, परंतु हम जीवन काल में देखते हैं कि ऋतुएँ आती हैं और चली जाती हैं। यह ठहरती नहीं है, परंतु इनका आगमन और गमन होता है। अस्तित्व में यह परिवर्तन चक्र निरुद्‌देश्य नहीं है। इस स्वभाविक क्रिया को समझने और इसका सहभागी होने के लिए अस्तित्व के विकास के साथ मनुष्य का तथा मनुष्य के विकास के साथ में सूर्य और ऋतुओं के ऋतचक्र यानी नियत विधान का जन्म हुआ।

जो हम पाना चाहते हैं और जो हमें मिलता है। उसमें बहुत बड़ा अंतर होता है। हमारी इच्छाएँ और हमारी पूर्ति के बीच एक क्षितिज का अंतर रह जाता है। जहाँ ऊर्जा का आवेग तीव्र है, वहाँ दूरियाँ रह जाना स्वाभाविक है। इसलिए ऊर्जा के चरणबद्ध रूपांतरण में ही हमारी सफलता का रहस्य छिपा है। यह रूपांतरण कैसे हो ? ऋतु से हम सीख सकते हैं। गरमी के बाद बरसात का आना स्वाभाविक है। जब धरती पर गरमी है, तो उसी के अनुरूप प्रकृति फल, फूल और सब्जी तथा अन्न उपजाती है। ताप में रस और जल चाहिए, तो आम, तरबूज जैसे फल उपलब्ध होते हैं। यह एक सीख है कि कैसे हम भी जब कठिन समय हो, तो अपने को मधुर और सरल बनाए। जब बरसात आए, तो उसमें भीगें। यह शरीर के ताप को मिटाने का अवसर है। अब इन ऋतुओं के विपरीत हमारे हावभाव या चाल से हमारे जीवन में पीड़ा और दुख ही आएँगे। मौसम संकेत देते

हैं, सिखाते हैं और प्राकृतिक तरीके से सिखाते हैं कि ऋतुएँ परिवर्तित होती हैं, तो हमारे जीवन की स्थितियाँ भी परिवर्तित होती रहेंगी। यह स्थिर नहीं रह सकतीं।

भारतीय जीवन में ऋतु और उत्सव के माध्यम से चिरंतन में शाश्वत की यात्रा है। ऋतुएँ चिरंतन हैं और उत्सव शाश्वत फूल है। इसमें भारतीय अंतर्मन सार की खोज करता है। चिरंतन और शाश्वत के दो किनारों के बीच भारतीय जीवन सदैव ही चिन्मय को स्वीकार और एकत्रित कर उस अखंड और अनवरत भारतीय जीवन को समृद्ध करता चलता है। भारतीय जीवन में ऋतु एक चिरंतन सत्य है। उसके साथ भारतीय मन उत्सव के संग सदैव शाश्वत की खोज भी करता है। इसमें नूतन और अभिनव प्राप्त होता है, जिससे चिन्मय भारत का निर्माण होता है।

वैदिक ऋचाओं में ऋतुओं के बारे में स्पष्ट रूप से उल्लेख किया गया है। ऋग्वेद (10/85/18-19) में ऋचाकार कहते हैं कि सूर्य और चंद्र अपने स्वयं की शक्ति से चलायमान हैं, एक के बाद एक या पूर्व से पश्चिम की ओर, क्रीड़ारत बच्चों के समान वे यज्ञ की परिक्रमा करते हैं। इसमें कहा गया है कि एक यानी सूर्य सभी लोकों पर अपनी पैनी दृष्टि रखता है, उसको आलोक से भरता रहता है। दूसरा चंद्रमा बार-बार जन्म लेता है ताकि ऋतुएँ के आगमन और गमन का समय तय कर सके। चंद्रमा का कार्य प्रत्येक ऋतु के समय और प्रकृति का निर्धारण करना है। वह सभी देवताओं के लिए यज्ञ और उनके भविष्य को भी तय करता है। वैदिक काल में ऋतु और यज्ञ की आपसी निकटता के कारण पुरोहित को संबोधित किया जानेवाला शब्द ऋत्विग बना। इसका अर्थ ऋतुओं को बलि देने वाला होता है।

भारतीय जीवन में व्यक्ति ही नहीं, बल्कि ऋतु भी यज्ञ के भविष्य अपिर्त करती है। ऋतु के माध्यम से यज्ञ की भविष्य अर्पित कर देवताओं और धरती को संपन्न और पुष्ट किया जाता है। यह ऋषियों का अनुपम चिंतन है। प्रत्येक ऋतु अपने गुण के अनुसार, भविष्य यानी भोग देश और काल को चढ़ाती है। गरमी में ताप, बरसाता में बारिश, शरद में ओस, हेमंत में शीतलता, शिशिर में पतझड़ और वसंत में सुवास ही वह भविष्य है, जो अर्पित किया जाता है। इसके अतिरिक्त प्रतिदिन सुबह, दोपहर, शाम का यज्ञ, पूर्ण और नवचंद्र यानी दरसंपूर्णमास, चतुर्मास, कर्क और मकर संक्रांति का भविष्य अर्पण के अलावा खरीफ और रवि फसल के पकने पर देवताओं को अलग से यज्ञ, अग्निहोत्र के माध्यम से भविष्य अर्पित किया जाता है।

लोक के निरंतर यात्रा में ऋतु भी भविष्य है। इसका आगमन और गमन भी लोक रूपी यज्ञवेदी पर अर्पण है, जो अपनी प्रकृति के अनुसार फल देते जाता है। इन ऋतुओं के कारण ही भारतभूमि उर्वर और ऊर्जा से परिपूर्ण हुई है। पृथ्वी सूक्त में ऋचाकार कहते हैं—"ऋतुओं की प्रकृति के कारण धूल, पत्थर, पानी, वायु, चट्टान और मिट्टी

परस्पर गूंथने के लिए प्रेरित हुए। जलवायु, मौसम के चिरंतन यात्रा में भूमि दृढ़ हुई और उसमें बीज को धारण करने की शक्ति आई। (शिला भूमि रश्मा पांसुः सा भूम्रिः संवृता धृता तस्यै मन्वंतरवक्षसे पृथिव्या अकरं नमः।। 26) जिस प्रकार पर्वत और नदियों ने भारतवर्ष के निर्माण में योगदान दिया, उसी प्रकार ऋतुओं ने इस भूखंड की एकरूपता और नियमन में मुख्य भूमिका निभाई है। वर्षा का एक समान चक्र होने के कारण ही इसका अजनाभवर्ष, हिमवर्ष और भारतवर्ष आदि नाम मिला।"

ऋतु की भारत में एक विशिष्ट प्रकृति और इकाई है, जो हमारे जीवन में एकता की अविच्छिन्न श्रृंखला का निर्माण करती है। इसी सूक्त के 11 एवं 12 वें मंत्र में मानवीय चेतना के लिए उत्कृष्ट प्रार्थना है। पृथ्वी के सभी गुणों का वर्णन करते हुए अपने अपराध के लिए मानवजाति क्षमा माँगती है, "हे माता हमारे दाएँ और बाएँ पैर के चलने, बैठने और खड़े होने के कारण आप दुखी न हों। सोते हुए, करवट बदलते और पाँव पसारते हुए हम भूमि पर पैर रखते हैं, इस कारण आप दुखी मत होना। हम औषधि, बीज बोने या निकालने के लिए आपको खोदें तो आपका परिवार, घासफूस, वनस्पति फिर से तीव्र गति से उगे-बढ़े। आपके मर्म को चोट न पहुँचे।"

भारतीय जीवन की चिरंतन यात्रा में षड् ऋतुओं के जन्म का बहुत ही सुंदर आख्यान है। यह उस समय की बात है जब समुद्र मंथन के बाद असुरों में देवताओं को लेकर खटास उत्पन्न हो गई थी। उनको इस बात का दुख था कि मंथन से प्राप्त अमृत पर देवताओं ने एकाधिकार कर लिया। इससे चिढ़कर असुरों ने निर्णय किया कि समुद्र यानी पृथ्वी से बड़े तत्त्व आकाश का वे लोग मंथन करेंगे। असुरों ने अपने गुरु के समक्ष अपनी इच्छा प्रकट की। उन्होंने कहा कि द्युलोक का मंथन कर सारे बहुमूल्य रत्नों को असुर लोग अपने पास रख लेंगे। असुरों की हठधर्मिता के कारण असुर गुरु भी झुक गए और उन्होंने आकाश के मंथन की अनुमति दे दी। हालाँकि उन्होंने असुरों को समझाया कि आकाश का दोहन नहीं किया जा सकता है। दुहने के लिए धरती है। धरती स्त्री है और आकाश पुरुष होता है। धरती के मंथन से चौदह रत्न के अलावा और बहुत कुछ मिल सकता है। धरती तो रत्नगर्भा है। इसलिए आकाश मंथन को भूल कर धरती का मंथन करो और अनगिनत रत्नों को प्राप्त करो। आकाश वृषभरुप होता है। उसको दुहने से दूध नहीं प्राप्त होगा। दूध की प्राप्ति धरती से ही होगी।

लेकिन असुरों को देवताओं से हार का बदला लेना था और अपने अहंकार की भी पुष्टि करनी थी कि वे शक्तिशाली हैं, महान् हैं। अतएव उन्होंने अपने राजगुरु को आकाश के मंथन के लिए सहमत कर लिया। उनके मस्तिष्क में एक ही बात थी कि समुद्र के मंथन से इतने सारे रत्नों की प्राप्ति हो सकती है, तो आकाश के मंथन से और बहुत से रत्नों की प्राप्ति होगी। आकाश विशाल है और अनंत है। उसके समक्ष पृथ्वी और पृथ्वी

के समक्ष समुद्र छोटा है। आकाश वृहत्तर है।

असुरों ने शुभ मुहूर्त में नीले आकाश के मंथन का कार्य शुरू किया। पुराणों में आख्यान है कि असुरों के असीम बाहुबल ने आकाश का जब मंथन शुरू किया तो नीले नभ के चाँद, तारे, आकाशगंगा आदि ग्रह, नक्षत्र सब इधर-उधर खिसकने लगे। सब अपने पथ से विचलित हो गए, कितने तारेगण तो पथ को भूल गए। कथा है कि धुव्र को छोड़कर नभमंडल के समस्त तारों की स्थिति में विचलन आ गया। इससे व्यग्र होकर ब्रह्मदेव प्रकट हुए, क्योंकि असुर भी ब्रह्मदेव का आदर करते थे, अतएव विरोचन और सुमाली आदि असुर नेताओं ने मंथन को रोक दिया।

ब्रह्मदेव ने कहा—"हे असुरगण! अमृत का वास आकाश में नहीं धरती में होता है। समुद्र मंथन के पश्चात् वह अमृत देवलोक होते हुए पाताल लोक चला गया है। जहाँ वह सुरक्षित है। तुमको यदि अधिक रत्नों और बहुमूल्य पदार्थों की आवश्यकता है, तो समुद्र के साथ धरती का मंथन करो। धरती पर पर्वत, वन, नदी, समुद्र, जंगल, रेगिस्तान और मैदान का मंथन करो। इस सृष्टि के सारे रत्न इसमें ही संग्रहित है। आकाश में अमृत नहीं होता है, वहाँ ऋत का वास है। यह ऋत ही आकाश का धर्म है, उसका शील है। उसका सत्य रूप है, जो उसके कर्म से उद्भाषित होता है।

ब्रह्मदेव ने बताया कि आकाश का ऋत-चक्र वास्तव में काल-चक्र का रूपांतरण है। यह ऋत-चक्र अदृश्य रूप में मरुद्गण यानी वायु के माध्यम से भगवान् विष्णु के परमपद से झरते दूध को धरती पर पहुँचाएँगे। विष्णु ने जल की सृष्टि की है। जल का दूसरा नाम 'नार' है, क्योंकि इसकी उत्पति भगवान् 'नर' से हुई है। वह जल पूर्वकाल में भगवान् का अयन (निवास स्थान) हुआ। इसलिए वे नारायण कहलाते हैं। जल में अपनी शक्ति का आधान किया। उससे एक सुवर्णमय अणु प्रकट हुआ। उसी में स्वयंभू ब्रह्माजी उत्पन्न हुए। मरुद्गण साल में छह बार परमपद से निकलते सुधा को ऋत-चक्र के माध्यम से धरती पर लाएँगे। इसके बाद से ही मरुद्गण संवत्सर में छह बार वसंत ऋतु में चारों ओर सुगंध का, ग्रीष्म ऋतु में उष्णता का अनुभव करते हैं, उसी प्रकार वर्षा ऋतु में परमपद से झरते दूध का स्वरूप जल हो जाता है। शरद में आकाश से अमृत की वर्षा होती है, तो हेमंत में आनंद की अनुभूति मिलती है। शिशिर में वसंत के माध्यम से सुवास समूचे धरती पर फैल जाती है। परमपद का वह रस संवत्सर के प्रत्येक दिन और दिन के प्रत्येक क्षण में झरते रहते हैं, उनका झरना ही ऋतुओं का सुवास बनता है। यह सुवास ही भारतीय जीवन में शाश्वत की खोज है।

जीवन में शाश्वत की खोज के लिए चिरंतन ऋतुओं के साथ मास और उत्सव के द्वय को जोड़ा गया है। भारतीय ऋतुओं में वसंत ऋतु का आरंभ है। फाल्गुन और चैत्र मासों को वसंत ऋतु के माह माने गए हैं। फाल्गुन वर्ष का अंतिम मास है और चैत्र पहला

महीना है। वसंत का अर्थ है—मंगल कार्य, विवाह, सुहाना मौसम, आम की मोहनी खुशबू, कोयल की कूक, शीतल मंद सुरभित हवा, खिलते फूल, मतवाला माहौल, सुहानी शाम, फाल्गुन के मदमस्त करने वाले गीत ये सब मिलकर अनुकूल वातावरण बनाते हैं। यह ऋतु सुहावनी होती है। पेड़ों में नए पत्ते आने लगते हैं। आम बौरों से लद जाते हैं और खेत सरसों के फूलों से भरे पीले दिखाई देते हैं।

जीवन के साथ अंतर्मन पर वसंत के वास के कारण पूरा वातावरण राग-रंग और उत्सव के लिए सर्वश्रेष्ठ माना गया है, और इसलिए ऋतुराज कहा गया है। इसमें होली, धुलेंडी, रंगपंचमी, बसंत पंचमी, नवरात्रि, रामनवमी, नव-संवत्सर, हनुमान जयंती और सीता जयंती उत्सव मनाए जाते हैं। रंगपंचमी और बसंत पंचमी जहाँ जलवायु परिवर्तन की सूचना देती हैं वहीं चैत्र शुक्ल पक्ष की प्रतिपदा से नव-संवत्सर आरंभ होता है। इसके अलावा होली-धुलेंडी जहाँ भक्त प्रहलाद की याद में मनाई जाती है वहीं, नवरात्रि माँ दुर्गा का उत्सव है, तो दूसरी ओर रामनवमी, हनुमान जयंती और बुद्ध पूर्णिमा के दिन दोनों इन महान् पुरुषों का जन्म हुआ था। वसंत ऋतु का भारतीय संगीत साहित्य और कला में महत्त्वपूर्ण स्थान है। संगीत में एक विशेष राग वसंत के नाम पर बनाया गया है, जिसे राग बसंत कहते हैं। राग की खोज ही चिन्मय भारत की पहचान है। जीवन को उत्सव और उमंग से भरना ही सनातन की यात्रा है और उसमें अखंड तत्त्वों की खोज शाश्वत की खोज है। ऋग्वेद में भगवती सरस्वती का वर्णन करते हुए कहा गया है—

'प्रणो देवी सरस्वती वाजेभिर्वजिनीवती धीनामणित्रयवतु'

अर्थात्—ये परम् चेतना हैं। सरस्वती के रूप में ये हमारी बुद्धि, प्रज्ञा और मनोवित्तयों की संरक्षिका हैं। हममें जो आचार और मेघा है, उसका आधार भगवती सरस्वती ही हैं। इनकी समृद्धि और स्वरूप का वैभव अदभुत् है।

'वामन पुराण' में कामदेव के भस्म होकर अनंग हो जाने का वर्णन नहीं मिलता, बल्कि वह सुगंधित फूलों के रूप में परिवर्तित हो गया। इस पुराण में बसंत का बड़ा ही सुंदर वर्णन किया गया है—

'ततो वसंते संप्राप्ते किंशुका ज्वलनप्रभाः।
निष्पत्राः सततं रेजुः शोभयन्तो धरातलम्॥'

(वामन पुराण 1/6/9)

अर्थात् बसंत ऋतु के आगमन पर ढाक के वृक्ष, लाल वर्ण वाले पुष्पों के कारण अग्नि के समान प्रभा वाले वसंत के बाद ग्रीष्म ऋतु का आगमन होता है। प्राणीमात्र के लिए कष्टकारी मास माना जाता है, पर भारतीय जीवन मानता है कि तप के बिना जीवन में चिन्मय की खोज पूरी नहीं होती है। वसंत का अंत होते ही ग्रीष्म की प्रचंडता आरंभ हो जाती है। वसंत ऋतु काम से, ग्रीष्म क्रोध से संबंधित है। ग्रीष्म ऋतु, भारतवर्ष

की छह ऋतओं में से एक ऋतु है, जिसमें वातावरण का तापमान प्राय: उच्च रहता है। दिन बड़े हो जाते हैं, रातें छोटी। शीतल सुगंधित पवन के स्थान पर गरम-गरम लू चलने लगती है। धरती जलने लगती है। नदी-तलाब सूखने लगते हैं। कमल कुसुम मुरझा जाते हैं। दिन बड़े होने लगते हैं। सर्वत्र अग्नि की वर्षा होती-सी प्रतीत होती है। शरद ऋतु का बाल सूर्य ग्रीष्म ऋतु को प्राप्त होते ही भगवान् शंकर की क्रोधाग्नि-सी बरसाने लगा है। ज्येष्ठ मास में तो ग्रीष्म की अखंडता और भी प्रखर हो जाती है। छाया भी छाया ढूँढ़ने लगती है।

भारतीय मन सदैव सबको स्वीकार करता है। वह ग्रीष्म को भी अपनाता है और कहता है कि गरमी के स्वाद चखो, तभी गरमी की एकरसता मन से हटेगी। हम धरती से नहीं जुड़ेंगे, आसमान को अपने मन में नहीं उतारेंगे। पवन से डरेंगे तो जीवन आगे नहीं बढ़ेगा। सदाबहार होने से एकरसता आएगी। गरमी की सौगात तो देखो। आम और लीची की सुगंधि से इठलाते बगीचे, कोयल की कुकू, शरबत की महफिलें, दही की लस्सी, सत्तू एवं टीकोरे की सुगंध, आचार के सतरंगी प्रकार और उससे परे करारी कलफ, बेल-गजरे, कुरता-पैजामा की करक, तांत की साड़ी, कोल्हापुरी चप्पलें, घर की खिड़कियों की भीनीभीनी खस और भी बहुत कुछ। कहाँ मिलेगा यह सब। यह सनातन यात्रा में शाश्वत की खोज है।

जब आने वाले मेहमान का हम दिल खोलकर स्वागत नहीं करेंगे, उसके स्वाद को नहीं चखेंगे, तो उकताहट आएगी ही। मन एकरस होगा ही। मौसम तो मेहमान है। आया है, तो चला जाएगा। मौसम से बचकर जीना उपयुक्त नहीं। यह दुराव, बचने की प्रवृत्ति उपयुक्त नहीं है। इसके साथ हमजोली का संबंध बनाकर ही गरमी का भी सकारात्मक उपयोग कर सकेंगे।

अंतर्मन में ध्वनि उठनी चाहिए कि मौसम बदलें, तो मन बदलिए। जीवन में उमंग बढ़ेंगी। गरमी का उत्सव जमेगा, तो उल्लास बढ़ेगा। गरमी के विविध रूपों के साथ मिलने वाले स्वाद का स्वागत कीजिए। एहसास से जीवन मिलेगा। ठीक बीज में रहने वाले जीवन की तरह। बरसात आती है, तो मन प्रसन्न हो जाता है, लेकिन हम यह भूल जाते हैं कि वह गरमी का हिस्सा है। जितनी गरमी, उतनी अच्छी बरसात। गरमी न हो, तो जीवाणुओं पर नियंत्रण संभव नहीं हो पाए। बरसात और शीत ऋतु में कीटाणु और जीवाणु हमारे पौधों एवं जानवरों के मृत शरीर का भक्षण करते हैं। अगर गरमी न हो तो इनकी संख्या अनियंत्रित हो जाएगी।

'ग्रीष्म' शब्द ग्रसन से बना है। ग्रीष्म ऋतु में सूर्य अपनी किरणों द्वारा पृथ्वी के रस को ग्रस लेता है। भागवत पुराण में कृष्ण द्वारा कालिया नाग के दमन की कथा आती है। शतपथ ब्राह्मण में ग्रीष्म का स्तनयनध्वगर्जन से तादात्म्य कहा गया है, जिसकी

व्याख्या अपेक्षित है। जैमिनीय ब्राह्मण 2.51 में वाक् या अग्नि को ग्रीष्म कहा गया है। तैत्तिरीय संहिता में ग्रीष्म ऋतु यव प्राप्त करती है। तैत्तिरीय ब्राह्मण में ग्रीष्म में रुद्रों की स्तुति का निर्देश है। तैत्तरीय संहिता में ऋतुओं एवं मासों के नाम बताए गए हैं, जैसे—बसंत ऋतु के दो मास-मधु माधव, ग्रीष्म ऋतु के शुक्र-शुचि, वर्षा के नभ और नभस्य, शरद के इस ऊर्ज, हेमंत के सह सहस्य और शिशिर ऋतु के दो माह तपस और तपस्य बताए गए हैं।

ऋतुओं में श्रावण और भाद्रपद 'वर्षा ऋतु' के मास हैं। एक शिव का मास है तो दूसरा माता पार्वती का महीना है। संपूर्ण श्रावण माह में उपवास रखा जाता है। इस ऋतु के तीज, रक्षाबंधन और कृष्ण जन्माष्टमी सबसे बड़े त्योहार हैं। वर्षा का, मानव जीवन में बहुत महत्त्व है, क्योंकि पानी के बिना जीवन संभव नहीं है। वर्षा से फसलों के लिए पानी मिलता है तथा सूखे हुए कुएँ, तालाबों तथा नदियों को फिर से भरने का कार्य वर्षा के द्वारा ही किया जाता है। इसीलिए कहा जाता है कि जल ही जीवन-वेदों में वर्षा ऋतु से संबंधित अनेक सूक्त हैं जैसे—पर्जंय सूक्त (ऋग्वेद 7/101,102 सूक्त), वृष्टि सूक्त (अथर्ववेद 4/12) एवं प्राणसूक्त (अथर्ववेद 11/4) मंडूक सूक्त (ऋग्वेद 7/103 सूक्त) आदि। पर्जंय सूक्त मेघ के गरजने, सुखदायक वर्षा होने एवं सृष्टि के फलने-फूलने का संदेश देता है। जबकि मंडूक सूक्त वर्षा ऋतु में मनुष्यों के कर्तव्यों का प्रतिपादन करता है। ऋग्वेद में वर्षा ऋतु को उत्सव मानकर शस्यश्यामला प्रकृति के साथ अपनी हार्दिक प्रसन्नता की अभिव्यक्ति की गई है—

ब्राह्मणासो अतिरात्रे न सोमे सरो न पूर्णमभितो वर्दन्तः।
संवत्सरस्य तदहः परि छु यन्मण्डूकाः प्रावृषीण बभूव॥

अर्थात् जिस दिन पहली वर्षा होती है, उस दिन मेढक सरोवरों के पूर्ण रूप से भर जाने की कामना से चारों ओर बोलते हैं, इधर-उधर स्थिर होते हैं, उसी प्रकार हे ब्राह्मणों! तुम भी रात्रि के अनंतर ब्रह्म-मुहूर्त में जिस समय सौम्य-वृद्धि होती है, उस समय वेद ध्वनि से परमेश्वर के यज्ञ का वर्णन करते हुए वर्षा-ऋतु के आगमन को उत्सव की तरह मनाओ।

वर्षा ऋतु के साथ श्रावणी पर्व का आगमन होता है—इस पर्व में मनुष्यों को वेद का पाठ करने का विधान है। मंडूक सूक्त के प्रथम मंत्र का संदेश, ईश्वर के महत्त्व गायन से वर्षा का स्वागत करने का संदेश है। तुलसीदास रामचरितमानस में एक चौपाई मंडूक सूक्त से संबंध में आती है—

दादुर धुनि चहुँ दिशा सुहाई। बेद पढ़हिं जनु बटु समुदाई॥
नव पल्लव भए बिटप अनेका। साधक मन जस मिले बिबेका॥

किष्किंधा कांड

अर्थात् वर्षा का वर्णन में श्रीरामजी, लक्ष्मण को कहते हैं—"वर्षा में मेढकों की ध्वनि इस तरह सुनाई देती है जैसे बटुकसमुदाय (ब्रह्मचारीगण) वेद पढ़ रहे हों। पेड़ों पर नए पत्ते निकल आए हैं। एक साधक योगी के मन को यह विवेक देनेवाला है।"

वर्षा काल में 'चातुर्मास' आता है। आषाढ़ी पूर्णिमा से कार्तिक पूर्णिमा तक का समय 'चातुर्मा' कहलाता है। 'चातुर्मास' का समय आत्म-वैभव को पाने और अध्यात्म को जीवन में उतारने की दृष्टि से उचित माना जाता है। इसी कारण से अविरल पदयात्रा करने वाले साधु-संत भी इस समय एक जगह स्थिर प्रवास करते हैं और उन्हीं की प्रेरणा से धर्म जागरण में वृद्धि होती है।

शतपथ ब्राह्मण में कथित है कि प्रजापति ने आदित्य से चक्षु को तत्पश्चात् चक्षु द्वारा वर्षा को बनाया। वर्षा की व्युत्पत्ति देते हुए 'निरुक्त' में वर्णित है कि इनमें बादल बरसता है, इसीलिए वर्षा नाम पड़ा। वस्तुतः वर्षा ऋतु नभ और नभस्य नामक मासों पर आधारित मानी गई है और इन मासों का स्वभाव है बरसना। तैत्तिरीय संहिता (1.1.14) के भट्टभास्कर भाष्य तथा वाजसनेयी संहिता (7.30) के उवट भाष्य में कथित है कि "नभ दृ नह्यति बध्नाति जंतुनिति नभः। नभस्य दृ न भातीति नभः।

अर्थात् जिस काल में मेघों की प्रचुरता होती है, वह काल वर्षा ऋतु के नाम से जाना जाता है। वस्तुतरु शतपथ ब्राह्मण में वर्षा ऋतु के विषय में सबसे अधिक वर्णन मिलता है।

जिस प्रकार वसंत ऋतु में चारों ओर सुगंध का, ग्रीष्म ऋतु में उष्णता का अनुभव होता है, उसी प्रकार वर्षा ऋतु का स्वरूप जल से ही बनता है। इस विषय में कहा गया है कि वर्षा ऋतु में, जो वर्षा आती है, वह अग्नि से बनती है, अर्थात् अग्नि के प्रज्वलित होने से भाप बनती है, जिससे काले-काले मेघ बनते हैं और इस प्रकार वर्षा होती है। शतपथ ब्राह्मण में वर्षा ऋतु की रूप-रेखा इस प्रकार दी गई है—वर्षा अग्नि है, संव्रत्स, समिधा, बिजली लौ, बादल धुआँ, चमक अंगारा, गरज चिंगारियाँ हैं।

वर्षा के बाद शरद भारत की सबसे मनोहर ऋतु है। बारिश का मौसम समाप्त होने के बाद शरद ऋतु का आगमन होता है। इस ऋतु में प्रकृति का सौंदर्य काफी निराला होता है। इसकी छटा देखते ही बनती है। इसमें आकाश निर्मल हो जाता है। आश्विन और कार्तिक शरद ऋतु के दो मास होते हैं। इस ऋतु में सूर्य पिंगल और उष्ण होता है। आकाश निर्मल और कहीं-कहीं श्वेत वर्ण मेघ युक्त होता है। सरोवर कमलों सहित हंसों से शोभायमान होते हैं। सूखी भूमि चीटियों से भर जाती है। शरद पूर्णिमा की रात को चंद्रमा का पूजन कर खीर का भोग लगाया जाता है, जिससे आयु बढ़ती है व चेहरे

पर कांति आती है एवं शरीर स्वस्थ रहता है। शरद पूर्णिमा को रातभर पात्र में चंद्रमा की रोशनी में रखी खीर सुबह खाई जाती है। शरद पूर्णिमा की मनमोहक सुनहरी रात में वैद्यों द्वारा जड़ी बूटियों से औषधि का निर्माण किया जाता है।

शरद ऋतु अपने साथ कई त्यौहार लाती है। जैसे—दशहरा और दीपावली। कार्तिक पूर्णिमा का स्नान आता है। इसके साथ ही शरद ऋतु की समाप्ति, हेमंत के आगमन को सूचित करती है। श्राद्ध पक्ष, नवरात्रि, दशहरा, करवा चौथ। इस ऋतु में ही शारदीय नवरात्रि की धूम रहती है। जगह-जगह उत्सव का माहौल रहता है। इस ऋतु के अन्य व्रत और उत्सव—छठ पूजा, गोपाष्टमी, अक्षय नवमी, देवोत्थान एकादशी, बैकुंठ चतुर्दशी, कार्तिक पूर्णिमा,उत्पन्ना एकादशी, विवाह पंचमी, स्कंद षष्ठी आदि व्रत-त्योहार भी आते हैं।

आषाढ़ शुक्ल एकादशी को भगवान् विष्णु क्षीरसागर में चार मास के लिए योगनिद्रा में लीन हो जाते हैं। कार्तिक शुक्ल एकादशी को चातुर्मास संपन्न होता है और इसी दिन भगवान् अपनी योग निद्रा से जागते हैं। भगवान् के जागने की खुशी में ही देवोत्थान एकादशी का व्रत इसी ऋतु में संपन्न होता है। ऋग्वेद में शरद ऋतु का वर्णन करते हुए कहा गया है—तुलसीदासजी ने रामचरितमानस में शरद ऋतु का गुणगान करते हुए लिखा है—पंचवटी में श्रीराम-लक्ष्मण से शरदागम का वर्णन करते हुए कहते हैं कि—बरषा बिगत सरद् ऋतु आई। लछिमन देखहु परम सुहाई। फूलें कास सकल महि छाई। जनु बरषाँ कृत प्रगट बुढ़ाई।।

अर्थात् हे लक्ष्मण! देखो वर्षा बीत गई और परम सुंदर शरद ऋतु आ गई। फूले हुए कास से सारी पृथ्वी ढँक गई। मानो वर्षा ऋतु ने कास रूपी सफेद बालों के रूप में अपना वृद्धापकाल प्रकट किया है। वृद्धा वर्षा की ओट में आती शरद नायिका ने तुलसीदास के साथ कवि कुल गुरु कालिदास को भी इसी अदा में बाँधा था। ऋतु संहारम के अनुसार, "लो आ गई यह नव वधू-सी शोभती, शरद नायिका! कास के सफेद पुष्पों से ढँकी इस श्वेत वस्त्रा का मुख कमल पुष्पों से ही निर्मित है और मस्त राजहंसी की मधुर ध्वनि ही इसकी नूपुर ध्वनि है। पकी बालियों से नत, धान के पौधों की तरह तरंगायित इसकी तन-यष्टि किसका मन नहीं मोहती।"

शास्त्रों में शरद ऋतु को अमृत संयोग ऋतु भी कहा जाता है, क्योंकि शरद की पूर्णिमा को चंद्रमा की किरणों से अमृत की वर्षा का संयोग उपस्थित होता है। वही सोम चंद्र किरणें धरती में छिटक कर अन्न-वनस्पति आदि में औषधीय गुणों को सींचती हैं। आश्विन शुक्ल पक्ष पूर्णिमा यानी शरद पूर्णिमा के दिन यमुना के तट पर भगवान् श्रीकृष्ण ने गोपियों के साथ महारास किया था। श्रीमद्भागवत के दशम् स्कंद में रास पंचाध्यायी में

भगवान् श्रीकृष्ण द्वारा इसी शरद पूर्णिमा को यमुना पुलिन में गोपिकाओं के साथ महारास के बारे में बताया गया है।

मनीषियों का मानना है कि जो श्रद्धालु इस दिन चंद्रदर्शन कर महारास का स्वाध्याय, पाठ, श्रवण एवं दर्शन करते हैं, उन्हें हृदय रोग नहीं होता, साथ ही जिन्हें हृदय रोग की संभावना हो गई हो उन्हें रोग से छुटकारा मिल जाता है। वस्तुतः समस्त रोग कामनाओं से उत्पन्न होते हैं, जिनका मुख्य स्थान हृदय होता है। मानव अच्छी-बुरी अनेक कामनाएँ करता है। उनको प्राप्त करने की उत्कृष्ट इच्छा प्रकट होती है। इच्छा पूर्ति न होने पर क्रोध-क्षोभ आदि प्रकट होने लगता है। वह सीधे हृदय पर ही आघात करता है।

प्राचीनकाल से शरद पूर्णिमा को बेहद महत्त्वपूर्ण पर्व माना जाता है। शरद पूर्णिमा से हेमंत ऋतु आरंभ होती है। शीत ऋतु दो भागों में विभक्त है। हल्के गुलाबी जाड़े को हेमंत ऋतु का नाम दिया गया है और तीव्र तथा तीखे जाड़े को शिशिर। यह दिसंबर से लगभग 15 जनवरी तक रहती है। यह ऋतु हिंदू माह के मार्गशीर्ष और पौष मास, मास के बीच रहती है। हेमंत ऋतु में कार्तिक और अगहन और शिशिर ऋतु में पौष और माघ माह आते हैं।

भारत की भौगोलिक एकता की अतल गहराइयों में है अंतर्निहित एकता, जिसकी नींव सदियों के चट्टानों, भूमियों और इसकी ऋतुओं पर प्रतिष्ठित भारतीय इतिहास के लेखक विंसेंट ए. स्मिथ ने लिखा है कि समुद्रों एवं पहाड़ों से घिरा भारत निर्विवाद एक भौगोलिक इकाई है और इसे सही ही एक नाम दिया गया है। भूगोल के सुप्रसिद्ध विद्वान चिशलॉम के शब्दों में, "वर्मा को छोड़कर दुनिया का कोई भाग नहीं, जो भारत से बेहतर अपने ही प्राकृतिक क्षेत्र से सीमांकित हो। यह क्षेत्र वस्तुतः भौगोलिक आकृतियों एवं मौसम के मामलों में विविधतापूर्ण है लेकिन, जो भौगोलिक आकृतियाँ इसे आस-पास के क्षेत्रों से पृथक एक संपूर्णता प्रदान करती हैं, उन्हें अनदेखा करना कठिन है।"

विश्व की प्राचीनतम पुस्तक ऋग्वेद में ऋषियों ने भारत की राजनीतिक व्यवस्था और संस्कृति को व्यक्त करने में लिए भारतभूमि की माता के रूप में आराधना की हैं। इसका विवरण ऋग्वेद की नदीसूक्त में मिलता है।

हमारे अंतर्मन में चिरंतन ऋतुराग के कारण ही हमारे पूर्वज समूची प्रकृति को देवरूप ही देखते थे। उनका स्पष्ट मानना था कि शांत मन, चिंतन और वातायन से पर्यावरण और परिस्थिति तंत्र प्रेय और श्रेय बनते हैं। अशांत माता पृथ्वी और विक्षुब्ध पिता आकाश हमारी अशांति का कारण बनते हैं। यजुर्वेद में पर्यावरण को शांतिमय बनाने की स्तुति है। इस मंत्र में द्युलोक, अंतरिक्ष और पृथ्वी से शांति की भावपूर्ण प्रार्थना है।

ॐ द्यौः शान्तिरन्तरिक्षँ शान्तिः,
पृथ्वी शान्तिरापः शान्तिरोषधयः शान्तिः।
वनस्पतयः शान्तिर्विश्वे देवाः शान्तिर्ब्रह्म शान्तिः,
सर्व शान्तिः, शान्तिरेव शान्तिः, सा मा शान्तिरेधि॥
।।।ॐ शान्तिः शान्तिः शान्तिः॥

(यजुर्वेद–36/17)

अर्थात् "जल शांति दे, औषधियाँ–वनस्पतियाँ शांति दें, प्रकृति की शक्तियाँ हमारे अंदर भरें। विश्वदेव और संपूर्ण ब्रह्मांड शांति दे। सब तरफ शांति हो, शांति भी हमें शांति दे।"

उल्लेखनीय है कि यहाँ शांति भी एक देवता हैं। हमने शांति को छोड़ अशांति और भागमभाग को जीवन मान लिया। जिसके परिणामस्वरूप दुर्भाग्य भी हमारे साथ जुट गए।

वैदिक ऋषियों ने प्रकृति को पंचभूत माना, उनको ऋतु के अनुसार, उत्सव और अनुष्ठान से जोड़ा और इसी प्रकृति में उन्होंने मधु को देखा। उन्होंने कहा कि प्रकृति में रूप है, रस है, गंध है, ध्वनियाँ हैं। वे दिग्दिगंत 'मधु' कामना करते हैं। (ऋग्वेद 1/90,6,7,8)। हमारे पूर्व के लिए पृथ्वी के हरेक कण में मधुरता रही, पिता आकाश मधु के सृजक हैं, सूर्य की रश्मियाँ उस मधु को पृथ्वी पर लाती हैं। नदियाँ मधुर हैं, वनस्पतियों में मधु स्थिर है। अथर्ववेद की भूमिसूक्त के 12/1/7 और 8वें मंत्र में कहा गया है कि "हे पृथ्वी माता आप हिम से आच्छादित हैं। आप हमारे शरीर को पोषण दें। आप हमारी माता और हम आपके पुत्र हैं।

इसी सूक्त के 11वें एवं 12वें मंत्र में मानवीय चेतना की उत्कृष्ट प्रार्थना है। इसमें पृथ्वी के सभी गुणों का वर्णन करते हुए अपने अपराध के लिए मानवजाति क्षमा माँगती है। "हे माता! हमारे दाएँ और बाएँ पैर के चलने, बैठने और खड़े होने के कारण आप दुखी न हों। सोते हुए, करवट बदलते और पाँव पसारते हुए हम भूमि पर पैर रखते हैं, इस कारण आप दुखी मत होना। हम औषधि, बीज बोने या निकालने के लिए आपको खोदें तो आपका परिवार, घासफूस, वनस्पति फिर से तीव्र गति से उगे–बढ़े। आपके मर्म को चोट न पहुँचे।" इसी कारण पृथ्वी सूक्त को अमरीकी विद्वान ब्लूमफील्ड ने उत्कृष्ट स्तुति करार दिया। पंचभूत, ऋतुराग और उत्सव का त्रिकोण ही भारतीय जीवन की निरंतरता की आत्मा है और इसकी पहचान भी है।

□

भरतखंड में चेतना का अखंड प्रवाह

जंबूद्वीप में भरतखंड का उल्लेख एक भू-भाग से ज्यादा चरित्रतगत परिचय है। भरतखंड से एक सभ्यता, एक जीवन दृष्टि, एक आध्यात्मिक जीवन पद्धति और उससे परे एक सनातन राष्ट्र के प्रवाह की स्पष्ट झलक मिलती है। पृथ्वी पर भरतखंड पर ही चेतना का विकास हुआ। पुरुष को पुरुषोत्तम की यात्रा का मूलमंत्र मिला। ऋग्वेद में पहली बार भरत शब्द का चरित्रगत परिचय मिलता है।

ऋग्वेद (3.23.2) में कहा गया है कि भरत के पुत्रों ने ही अग्नि की उत्पति की। उस भरत का नाम है—देवश्रवा भारत और देववात भारत। इन दोनों ऋषियों का कुल और गोत्र भरत होने के कारण दोनों ऋषियों के साथ भारत विशेषण प्रयुक्त हुआ था। ऋग्वेद (3.23.2,4) आदि मंत्रों से यह भी विदित होता है कि भरत ऋषियों ने नदी तट पर यज्ञ के माध्यम से आर्य संस्कृति को समृद्ध किया था। ये भरत ऋग्वैदिक काल से पूर्व में भी थे। इतना ही नहीं 'भारत' शब्द भरण-पोषण करनेवाले, ईश्वर, पालनकर्त्ता और आश्रयदाता के रूप में प्रयोग हुआ है। ऋग्वेद (3.25.4 एवं 6.16.15 तथा 19)। भारत शब्द का संधि विच्छेद करने पर आता है कि 'भा' यानी प्रकाश और ज्ञान और 'रत' यानी संलग्न या शामिल। इस प्रकार भारत का अर्थ हुआ जो सदैव प्रकाश और ज्ञान में संलग्न है। भरत खंड का अर्थ हुआ ईश्वर का घर। जहाँ भरत हमारे पिता हैं। अतएव भरतखंड के लोग भारत कहलाए।

कहा गया कि भरतस्य अपत्यम, भारतम्। यानी भरत की संतति ही भारत है। पूर्व में प्रतापी भरत के वंश के पूर्व भारतवर्ष के इस भू-भाग को भरतखंड की तरह सत्य खंड, स्वर्ग खंड, धर्म खंड कहा गया। इस भरतखंड के साथ कई नाम जुड़े और कालक्रम में विलीन हो गए, लेकिन भरतखंड सदैव इस भारतवर्ष के साथ जुड़ा रहा। कालक्रम में ऋषभदेव के पुत्र भरत, शकुंतला और दुष्यंत के पुत्र भरत के नाम पर इस भरतखंड को भारतवर्ष कहा गया। तब यह भारतवर्ष नवद्वीप के संयोजन से भारत राष्ट्र को परिभाषित करता रहा।

संकल्प मंत्र का भारतवर्ष और भरतखंड में अंतर है। भारतवर्ष में दक्षिण पूर्व एशिया के द्वीपों को मिलाकर नवद्वीपात्मक भारतवर्ष बनता था। जिसमें आस्ट्रेलिया भी शामिल होता रहा है। भरतखंड कोई भौगोलिक या राजनीतिक प्रदेश के नाम से नहीं जुड़ा था, बल्कि यह हमारी चरित्रगत विशेषता को दर्शाता रहा है, जो भारतवर्ष के वासी रहे। अथर्ववेद (1.21.4) में जब इस भारतवर्ष के भू-भाग का महिमा गान करता है, तब वास्तव में वह भरतखंड का परिचय देता है। अथर्ववेद की ऋचाएँ कहती हैं कि हिमवान पर्वत जिसकी महिमा का बखान होता रहा है, नदियाँ सहित सागर जिसके यशोगान में मग्न है और बाहु सदृश दिशाएँ जिसकी कीर्ति गाथा का बखान सुना रही है। उस परम् प्रभु को हम भविष्य समर्पित करे। यह भरतखंड की विशेषता है, जहाँ वैदिक ऋचाओं को गाया गया।

भरतखंड मूलत: उस क्षेत्र के लोगों से जुड़ा है, जहाँ वैदिक ऋषियों ने सूक्तों, मंत्रों और स्तुतियों के माध्यम से भूखंड को चैतन्यता और अलौकिकता प्रदान की। यह भारतवर्ष रूपी भौगोलिक प्रदेश से लघु भाग है। संकल्प में जिस भरतखंड का वर्णन है, वह आज का सार्क देशों का सम्मिलित भाग है, जिसमें भारत के अलावा, पाकिस्तान, अफगानिस्तान, नेपाल, भूटान, वर्मा, बंगलादेश आदि भूखंड आते हैं। जंबूद्वीप में पूरा एशिया और आस्ट्रेलिया तथा दक्षिण धुव्र आता है, जबकि भारतवर्ष में भरतखंड के अलावा दक्षिण पूर्व एशिया के सारे देश आते हैं, जिसमें इंडोनेशिया, मलेशिया, अंडमान-निकोबार शामिल है। भारतवर्ष के अंतर्गत आनेवाले भरतखंड को वामन पुराण में कुमारिल द्वीप कहा गया है।

प्रश्न उठता है कि क्या है भरतखंड? यह प्रश्न सदैव मन में उभरता रहा है। इस भरतखंड को समझने का हर युग में प्रयास किया गया। 19वीं सदी में राष्ट्र को समझने के लिए ही गांधीजी देश भ्रमण को निकले। उनके पूर्व विवेकानंद, शंकराचार्य, महात्मा बुद्ध, चाणक्य, श्रीकृष्ण और महर्षि विश्वामित्र-अगस्त्य कर समूचे देश का भ्रमण कर चुके थे। इसी कारण कहा गया कि कोई भौगोलिक सीमाओं और एक इतिहास में सिमटा देश नहीं है—भारतवर्ष। दुनिया के अन्य देशों से इतर इसकी सीमाएँ पृथ्वी के जन्म से ही प्रकट हो गई थीं। यहाँ के नागरिकों को इसका ज्ञान भी भारत में राजनीति के पाश्चात्य विचार की परंपरा भले ही नहीं रही हो, लेकिन राजनीति, संप्रभुता, देश, कानून एवं व्यवस्था का ज्ञान यहाँ के जनमानस में रहा है और उसको कई बार महापुरुषों ने अपने कर्म एवं ज्ञान के माध्यम से देश के समक्ष रखा।

भारत को परिभाषित करने के लिए कई युद्ध भी हुए हैं। जैसे—देवासुर संग्राम, इंद्र और वृत्तासुर युद्ध, हैहय-परशुराम युद्ध, राम-रावण का युद्ध, दाशराज्ञ का युद्ध, महाभारत युद्ध, चंद्रगुप्त मौर्य-धननंद का युद्ध, सम्राट अशोक-कलिंग का युद्ध, विक्रमादित्य का

शक पर विजय, समुद्रगुप्त का अभियान, चोल शासक राजराजा और राजेंद्र चोल का उत्तर और दक्षिण का विजय अभियान, मिहिरभोज का म्लेच्छों के विरुद्ध संघर्ष। उक्त सभी युद्ध के अंतर्गत भारत को सशक्त और अखंड किए ज़ाने का कार्य ही किया जाता रहा। भारतवर्ष के इतिहास में ये युद्ध मील के पत्थर की तरह है।

मनीषियों ने कहा है कि "भारत अनंत यात्रा है। अनुभूति का स्मरण है। यह भूमि हमारे लिए तीर्थ और पुण्य है। पूजा की वह विधि है, जो भौगोलिक चेतना को बढ़ाती है, प्राकृतिक सौंदर्य से जोड़ती है, चित्त को इतिहास बोध का चिंतन कराती है, कला और शिल्प का साक्षात् दर्शन है और इनको जोड़नेवाले पर्वत, नदी, भूमि की गोद में ज्ञानियों की प्रज्ञा के सृजन की वेदी है। सुबह जागने पर आसपास से, जो ध्वनि आती है, उसमें साम का संगीत और यजु के मंत्र का संयोजन होता है, जो ऋग की ऋचाओं के साथ अंतर्मन में गहराई तक प्रवेश कर जाता है। ऐसा अनुभव जो क्षण में शाश्वत की यात्रा कराता है। आँख बंद कर लेने पर अनुभव होता है कि सूक्ष्म रूप में भारत का रजकण हमारे शरीर के माध्यम से प्रतिबिंबित हो रहा है।"

भारत एक भूमि का अंश नहीं है। यह चैतन्य देहात्मा है। इसमें चिरंतन यात्रा का सुवास है, जो भौगोलिक, आर्थिक, सामाजिक और सांस्कृतिक-साहित्यिक जीवन को सत्य और ऋत के आधार पर चलाता है। इस यात्रा के साथ एक शाश्वत सत्ता का सूत्र है, जो समय की अनवरत यात्रा में इस देहात्मा को अविच्छिन्न रूप से एक रखता है। चिरंतन यात्रा और शाश्वत सत्ता के समागम से एक चैतन्य भारत बनता है जिसमें भारतवर्ष का सार, मूल्य और आत्मा का वास होता है। यह आत्मा हजारों वर्षों की यात्रा में कभी ऋग, कभी उपनिषद्, कभी त्रिपिटक, कभी अद्वैत, कभी मानस, कभी वेदांत के माध्यम से स्वयं को प्रकट करता है। जब इस युग में गांधीजी भी राजनीतिक चिंतन में सर्वोदय और टैगोर मानववादी चिंतन में अपनी कर्म और वाणी की शुद्धता के साथ प्रकृति को जोड़ रहे थे, तो वह चैतन्य भारत की आत्मा का ही पुन: प्रकटीकरण था।

भारतखंड सत्य की खोज का नाम है। यहाँ विचार, दर्शन और वाद को कभी महत्त्व नहीं दिया गया। विचार सदैव स्वंतत्र होते हैं, इसे रोकने के लिए ही विचारधारा की बात की गई। भारतीय ज्ञान परंपरा में विचारधारा जैसी बात नहीं रही। भारतीय चिंतनधारा में शास्त्रार्थ, संप्रदाय और स्मृति सूत्र की परंपरा रही है। एक-दूसरे के सम्मान के साथ अपनी स्वतंत्र बात रखने की स्वतंत्रता रही। सदैव नए संप्रदाय और सूत्र लेखन को सराहा और सम्मान दिया गया। किसी भी भिन्न विचारों को लीप-पोत कर मिटाने का प्रयास नहीं हुआ। यह चर्वाक का लोकायत है, तो बुद्ध का श्रमण मत भी है। कबीर, नानक और चैतन्य है, तो शंकर, तुलसी और सूर-मीरा भी है। भारतीय जीवन की सहज उदारता और जन-गण में विविधता के भाव ने चैतन्य भारत को सदैव सवंर्द्धित और संपोषित किया।

भारतखंड में सदैव ही सारी प्रतिभाओं ने अपने सत्य की खोज के लिए अपना-अपना प्रयास किया। सत्य के साक्षात्कार के लिए महलों को त्यागा, अरण्य की यात्राएँ कीं और अपने जीवन को पूर्णतः समर्पित कर दिया। ऋषियों और मनीषियों ने अपने सत्य की यात्रा के साथ पूरी भारतभूमि को दिव्यता से तरंगित और अलंकृत कर दिया। इसके कण-कण से भगवत्ता की पुकार सदैव उठती रही है। भारतभूमि सभ्यता के उषा काल से हमारे चित्त में उस दिव्यता को भरने के लिए आमंत्रित करती रही है। हजारों वर्षों में करोड़ों प्रज्ञावान आत्मा की साधना से तरंगित यह भूमि ऊर्जा से परिपूर्ण हो गई है।

मानव चेतना का ऊर्ध्व विकास और भगवत्ता से तरंगित ऊर्जा के साथ स्वयं को जोड़ना ही यहाँ के लोगों की नियति रही है। सतपथ ब्राह्मण में एक लघु कथा का उल्लेख आता है—अरुण औपवेसी से उसके संबंधी आकर कहते हैं कि आपकी आयु काफी है, आप यज्ञ की अग्नि को स्थापित करें। उसने कहा कि ऐसा कहकर तुम यह कह रहे हो कि मैं मौन धारण कर लूँ, क्योंकि जिसने यज्ञ की अग्नि को स्थापित कर लिया है, उसे असत्य नहीं बोलना चाहिए। और कोई भी व्यक्ति तभी असत्य नहीं बोलेगा, जब वह कुछ नहीं बोले। सदाचार की उच्चतम सीमा तक भारतीय जीवन में सत्य का समावेश था।

जर्मन दार्शनिक मैक्स मूलर का भारतीय के नैतिक चरित्र के संबंध में गाँव के पंचायत का उल्लेख किया है। वह लिखते है कि "गाँव में अधिकारों, कर्तव्यों और स्वार्थों में टकराव होता है लेकिन जनमत उसकी सीमा की परिधि में इतना ठोस दिखता है कि वह किसी भी बुरे व्यक्ति को भी झूठ बोलने से रोकता है। ईश्वर के डर की शक्ति अभी तक समाप्त नहीं हुई है। अधिकतर गाँवों में पीपल का पवित्र पेड़ होता है और ऐसा माना जाता है कि देवतागण इसके पत्तों में बैठे रहते हैं और पत्तों की खड़खड़ाहट का संगीत सुनते हैं। आरोपी अपने हाथ में पीपल का पत्ता लेता है और देवता का आह्वान करता है। फिर वह सत्य ही बोलता है।"

भारत एक सनातन राष्ट्र है, क्योंकि इसकी ऊँचाई को परखने के लिए सागरमाथा की तरह ही ऊँची वेदों की ऋचाएँ, उपनिषद् के दर्शन और पुराणों की कथाएँ हैं। रामायाण और महाभारत के अतिरिक्त स्मृतियों की अखंड परंपरा है। सत्य और ऋत की खोज भारत का लक्ष्य रहा है। यह हमारी चेतना का अभिन्न अंग रहा है। यहाँ के नागरिकों ने सदैव ही तप, यज्ञ, कर्म और साधना पर धन, पद, प्रतिष्ठा और यश तथा कीर्ति को ठुकराया है। सदैव ही सत्य के लिए राजपद छोड़ा, समाज के लिए प्रतिष्ठा। उपनिषद् और वैदिक साहित्य के रचनाकारों ने बिना नाम और यश के विश्व में सर्वप्रथम और सर्वश्रेष्ठ ऋचाओं को उद्भाषित किया।

ओशो का कथन है कि भारत और अध्यात्म पर्यायवाची हैं। भारत और सनातन धर्म पर्यायवाची हैं। भारत एक सनातन यात्रा है, एक अमृत पथ है, जो अनंत से अनंत तक

फैला है। भारत का इतिहास नहीं है। साधारण सी दो कौड़ी की रोजमर्रा की घटनाओं का नाम इतिहास है, जो आज तूफान की तरह उठती हैं और कल जिनका कोई निशान भी नहीं रह जाता। इतिहास तो धूल का बवंडर है। भारत ने इतिहास नहीं लिखा। पुराण लिखा। पुराण का भी एक निश्चित क्रम है। पुराण के माध्यम से भारत ने चिरंतन की ही साधना की है। इतिहास में तिथि का महत्त्व है, तो पुराण में सार का महत्त्व है। इतिहास में व्यक्ति को प्रमुख स्थान दिया गया, तो पुराण में व्यक्ति के चरित्र, ज्ञान और आत्मबोध को।

प्रत्येक हिंदू न केवल भारतवर्ष को एक राजनीतिक इकाई, बल्कि स्वाभाविक रूप से प्रभुसत्ता की एक वस्तु मानता है—चाहे वह प्रभुसत्ता किसी की भी चाहे अंग्रेजों, मुसलमानों या हिंदुओं की हो, बल्कि मातृदेवी के मंदिर की तरह अपनी संस्कृति का मूर्त रूप समझता है।...उसने भारत को अपनी संस्कृति का प्रतीक बना लिया है, उसने इमसें अपनी आत्मा को स्वयं अपने आपको आत्मसात् कर दिया है। उसकी चेतना में यह देश उसका अपना ही वृहतर रूप है। जिस प्रकार भारतवर्ष नाम ने राष्ट्र और राष्ट्रीयता को परिभाषित किया, बल्कि राष्ट्रीय चेतना के विकास एवं विस्तार में सहयोग दिया, ठीक उसी प्रकार भारतवर्ष नाम ने भौगोलिक सीमाओं और इसमें निवास करनेवाले सभी नागरिकों के लिए सभी युगों में प्रभुसत्ता के लिए एक केंद्रीय अवयव का काम किया। सांस्कृतिक एवं धार्मिक रूप से इसकी राष्ट्रीयता सदैव ही असंदिग्ध रही है। सांस्कृतिक एकता जिस भू-प्रदेश में व्याप्त हुई उसका भौगोलिक नाम भारतवर्ष है।

प्रकृति द्वारा भारत को एक राष्ट्र के रूप में, जो एकता मिली, वह एकता का भाव यहाँ के जन में अनुस्यूत हो गया। पाँच हजार वर्ष पहले अथर्ववेद के ऋषियों ने धरती की वंदना करते हुए पृथ्वीसूक्त में लिखा—"माता पृथ्वी को नमस्कार। सत्य और ब्रह्मांडीय नियमों यानी ऋत, परमसत्ता में विद्यमान आध्यात्मिक शक्ति, ऋषियों और मुनियों के समर्पण भाव से किए गए यज्ञ और तप ने ही माता पृथ्वी को युग-युगों से संरक्षित और संधारित किया है। वह पृथ्वी जो हमारे लिए भूत और भविष्य की सहचरी है। हमारी आत्मा को इस लोक से उस लोक की ओर ले जाये, जहाँ उस दिव्य ब्रह्मांडीय जीवन जिसमें में माता की पवित्रता और व्यापकता निहित है।"

धरती केवल मिट्टी का अंश नहीं है। यह बात हजारों वर्ष पहले से जानते हैं, लेकिन भोगवाद के चलते उसे भूल गए। अथर्ववेद के ऋषियों ने कहा कि वह धरती माँ, जो अपने पर्वत, ढलान और मैदानों के माध्यम से मनुष्यों और समस्त जीवों के लिए निर्बाध स्वतंत्रता प्रदान करती है। वह कई पौधों और विभिन्न क्षमताओं की औषधीय जड़ी-बूटियों को जन्म देती है, उन्हें परिपोषित करती है। वह हमें समृद्ध करे और हमें स्वस्थ बनाए। हमारी धरती में समुद्र और नदियों का जल गूँथा हुआ है। इसमें खेती करने

से अन्न की प्राप्ति होती है। जिस पर सभी जीवन आधारित है। वह माँ हमें जीवन का अमृत प्रदान करें। (यस्या समुद्र उत सिन्धुरापो यस्यामन्न कृष्टयः सं बभूवुः, यस्यामिदं जिन्वति प्राणदेजत् सा नो भूमिः पूर्वपेये दधातु॥)

अगले सूक्त में माता को नमस्कार करते हुए कहा गया है कि "हे पृथ्वी माता, आपके पर्व और बर्फ से ढँकी चोटियाँ, घने जंगल हमें शीतलता और सुख की अनुभूति प्रदान करते हैं। हे माँ आप अपने विविध रंगों के साथ विश्वरूपा हो।" भूरा रंग (पहाड़), नीला रंग (समुद्र के जल), लाल रंग (फूलों के लिए) और इन सब विस्मयकारी रूपों के पीछे माता आप ध्रुव की भाँति अडिग हो। दृढ़ और अचल भावभूमि पर हम दृढ़ता से खड़े हैं।

भूखंड पर रहने वाले व्यक्तियों के चरित्र के आधार पर भूखंड प्रिय या अप्रिय बन जाता है। वैदिक काल में लोगों ने भूमि से स्वयं को जोड़ा, इसलिए भूमि को पृथ्वी और उससे आगे बढ़कर राष्ट्र रूप में महापृथ्वी और सृष्टि के रूप में भूमंडल रूप में स्वीकार किया। यह मानवीय चरित्र और उसकी चेतना के उत्तरोत्तर विकास को दिखाता है। अथर्ववेद के 12वें कांड का प्रथम सूक्त ही भूमि सूक्त है, जिसमें 63 मंत्र हैं। चेतना के विकास के साथ ऋषियों ने इस भूमि सूक्त को पृथिवी सूक्त के रूप में भारत की भौगोलिक एकता और पुनः उससे आगे बढ़कर मातृभूमि सूक्त के रूप में वंदन किया।

मातृभूमि के प्रति जो भाव ऋषियों ने व्यक्त किया, वह वर्तमान काल के लिए एक सीख और आदर्श बन सकता है। भूमि को खोदते समय ऋषियों को स्वयं में अपराध बोध होता है और इस कारण वे प्रार्थना करते हैं कि "हे भूमिमाता जहाँ कहीं तुम्हारे ऊपर खोदता हूँ वहाँ शीघ्र भर जाए, कहीं गड्ढ़ा नहीं रहे। हे भूमिमाता तुम्हारे हृदय को मैं कभी चोट नहीं पहुचाऊँ।" इससे आगे बढ़कर ऋषि कामना करता है कि इस पृथ्वी पर जो गाँव हैं, जंगल हैं, सभाएँ हैं, समितियाँ हैं, वहाँ वह सर्वत्र मातृभूमि के लिए प्रिय वचन बोला जाए। जहाँ पृथ्वी के प्रति अप्रिय वचन को अपराध माना गया, वहाँ आज पृथ्वी और उसके अवयव के साथ हमारा क्या व्यवहार है? यही हमारे पतन और हमारे अपराध की कहानी को स्पष्ट करता है। आखिर इस स्थिति के लिए हम स्वयं उत्तरदायी हैं।

वैदिक ऋषियों ने प्रकृति को पंचभूत माना। इसी प्रकृति में उन्होंने मधु का देखा। उन्होंने कहा कि प्रकृति में रूप है, रस है, गंध है, ध्वनियाँ हैं। वे दिग्दिगंत 'मधु' कामना करते हैं। (ऋग्वेद 1/90,6,7,8)। हमारे पूर्व के लिए पृथ्वी के हरेक कण में मधुरता रहीं, पिता आकाश मधु के सृजक है, सूर्य की रश्मियाँ उस मधु को पृथ्वी पर लाती हैं। नदियाँ मधुर हैं, वनस्पतियों में मधु स्थिर है। अथर्ववेद की भूमिसूक्त के 12/1/7 और 8वें मंत्र में कहा गया है कि "हे पृथ्वी माता आप हिम से आच्छादित हैं। आप हमारे शरीर को पोषण दें। आप हमारी माता और हम आपके पुत्र हैं।" इसी सूक्त के 11वें एवं 12वें

मंत्र में मानवीय चेतना की उत्कृष्ट प्रार्थना है। पृथ्वी के सभी गुणों का वर्णन करते हुए अपने अपराध के लिए मानवजाति क्षमा माँगती है। "हे माता हमारे दाएँ और बाएँ पैर के चलने, बैठने और खड़े होने के कारण आप दुखी न हों। सोते हुए, करवट बदलते और पांव पसारते हुए हम भूमि पर पैर रखते हैं, इस कारण आप दुखी मत होना। हम औषधि, बीज बोने या निकालने के लिए आपको खोदें तो आपका परिवार, घासफूस, वनस्पति फिर से तीव्र गति से उगे-बढ़े। आपके मर्म को चोट न पहुँचे।" इसी कारण पृथ्वी सूक्त को अमरीकी विद्वान ब्लूमफील्ड ने उत्कृष्ट स्तुति करार दिया।

भूमि और आकाश के बाद जल को जीवन का आधार रस माना गया है। भारतवर्ष के सारे तीर्थस्थल और पूजास्थल किसी सरोवर, नदी या समुद्र के किनारे हैं। ऋग्वेद के मंत्रों में कहा गया है कि हमें जल को सम्मान देना चाहिए। (ऋग्वेद 10.31.14) कहते हैं—"जल प्रवाह सदा अंतरिक्ष से आते हैं, वे जल-माताएँ, देवियाँ हम सबकी रक्षा करें।" (वही 10.49.1)। ऋग्वेद में जल को सूर्य के निकटस्थ बताया गया है। जल श्रेष्ठतम् सहयोगी वैद्य भी है। जल मेघ है, मेघ के जल से अन्न है। जल से अन्न में रस और पेड़ में फल बनता है। अन्न से प्राणी है और इसी से पोषण है। जल से ही वनस्पतियाँ-औषधियाँ हैं।

शतपथ ब्राह्मण में जल को ही प्राण बताया गया है। सभी देव जल में ही प्रतिष्ठित हैं। देवों तक अपनी स्तुतियाँ पहुँचाने के लिए भी जल ही साधन है। (श.ब्रा. 10.72.6)। वे ही पितरों तक पिंडदान पहुँचाते हैं, लेकिन आज विश्व जल संकट के कगार पर है। नदी, तालाब, पोखर सूखे हैं। जंगल, पहाड़ जो इसके उदगम स्थल हैं, वे नंगे-उजाड़ हैं। बादल बिना बरसे ही घूम फिरकर लौट जाते हैं। हमारी आधुनिक सभ्यता में जल को माता, दिव्य और प्राण का आधार मानने की बात ही पिछड़ेपन की पहचान बन गई है।

प्रकृति के पंचभूतों में भूमि, जल, आकाश की तरह ही वायु को मानव जीवन का प्राण माना गया। वेदों ने कहा—आत्मा देवानां अर्थात् देवों का प्राण भी वायु है। सूर्य की तरह वायु भी प्रत्यक्ष देव है। ऋग्वेद (1/90/9) में स्तुति है कि आप ही प्रत्यक्ष देव हैं, ब्रह्म हैं, आप हमारी रक्षा करें। यह मंत्र इतना शक्तिशाली है कि इसे यजूर्वेद, अथर्ववेद और तैत्तिरीय उपनिषद् में भी लिया गया है। ऋग्वेद (10/16/3) में स्तुति है "तेरी आँखें सूर्य में मिल जायें और आत्मा वायु में।"

तैत्तिरीय उपनिषद् में कहा गया "अग्नि तत्त्व अग्नि में जाए और प्राण तत्त्व वायु में मिल जाए।" ऋग्वेद में मरुतों की ढेर सारी स्तुतियाँ हैं। प्रार्थना है, "हे मरुतो आप दूरस्थ क्षेत्रो में न रुकें, द्युलोक अंतरिक्ष लोक से यहाँ आएँ। (ऋग्वेद 5/53/8)। भारत का प्रकृति, वनस्पति और पंचभूतों के प्रति भावबोध गहरा है।

ऐसा नहीं है कि वैदिक परंपरा के सूत्र हम भूल गए हैं। आज भी लोक जीवन में

यह हमारे कर्म और विश्वास का आधार बना हुआ है। तुलसी का बिरवा हरेक हिंदू घर में रखा जाता है, पीपल और वटवृक्ष की दैनिक पूजा के तत्त्व हमारे मानस में अभी भी व्याप्त हैं। गाँवों में आज भी पेड़ काटने को पाप और वृक्षारोपण को पुण्य बताया जाता है। पीपल का पेड़ काटना तो महापाप होता है, तुलसी के वृक्ष सूख जाने पर उसे जल में प्रवाहित किया जाता है और नदियों का दीपदान ही नदी का सम्मान करना है। यजुर्वेद में यज्ञ और कर्म को केंद्रीय भाव बनाया गया है। इसके मंत्र (6/21) में कहा गया है कि हवि स्वाहा, समुद्र को, अंतरिक्ष को, सूर्य को, वरुण को, दिवस को, पृथ्वी को हवि प्राप्त हो। सभी दिव्य शक्तियों के प्रति भावपूर्ण मानस आहुति और अंत में पर्यावरण यानी छंदस को भी हवि की आहुति दी जाती है।

भारतीय जन का इस भूमि के प्रति उदात्त प्रेम और समर्पण सदैव ही देव, तीर्थ, पुण्य और मातृ भूमि के रूप में प्रकट हुआ है। पंचभूतों के बाद भारतीय ऋषियों ने नदियों, पहाड़ों और जंगल से भरे इस विशाल भरतखंड में भूमि के साथ एक आत्मीय संबंध बनाने के लिए स्थल को देवत्व प्रदान किया। उसको मातृभाव से जोड़ा। उसके साथ आमजन के संबंध में पुण्यभाव बनाया।

देव वह है, जो देदीप्यमान हो, माता वह है, जो हमारा पोषण करे और पुण्य का अर्थ तब है, जब मन में अच्छे भाव को भरे। हमारे पितरों और ऋषियों ने इन नदियों, पहाड़ों और अरण्यों के साथ स्नेह किया, उनके साथ पवित्रता और अमरता का बोध किया और यह अनुभूति की कि बाहर और भीतर के संसार को बदलने में, हमारी भीतर की चेतना को देवत्व का स्वर प्रदान करने में इन स्थानों की प्रमुख भूमिका है। उन्होंने देश की प्रत्येक जलधारा, कुंड-जलाशय, पहाड़, जंगल और चोटियों का नामाकरण किया। उनको तीर्थ, पुण्यभूमि और मातृभावना से जोड़कर देवत्व का स्थान प्रदान किया। हिमालय केवल मिट्टी और पेड़ पौधों एवं जड़ी बूटियों का ढेर भर नहीं है। हिमालय आज पूज्य क्यों है? क्योंकि उसके नाम के साथ देवस्थल और पुण्यता का भाव हमारे अंतर्मन में आता है। नामकरण वह मूल बात है, जिसके इर्द-गिर्द ही हमारे भाव घूमते हैं।

भौगोलिक नाम के साथ देवत्व और भव्यता का भाव ही उसके प्रति श्रद्धा और सम्मान के लिए प्रेरित करता है। इस विषय में भूगोल के विद्वान लेखक बुरर्ड और हेडन ने अपनी पुस्तक, 'एक स्केच ऑफ दी ज्योग्राफी एंड दि ज्योलॉजी ऑफ दि हिमालय', (भाग एक पृष्ठ-7) में लिखते हैं कि प्राचीन नाम अपने संगीत और ताल से प्रभावित करते हैं। हिमालय और कैलाश जैसे नाम प्राचीन स्मारक है, जिनकी तुलना अशोक के स्तंभों से की जा सकती है। गंगोत्री और बद्रीनाथ जैसे नाम उन आर्य यात्रियों के साहस और उद्योग की याद दिलाते हैं, जो हिमालय के जोते घाटे और दरी द्रोणियों में घुस जानेवाले पहले घुमक्कड़ थे।

हिमालय पर गंगा की द्रोणी में नदी धाराओं, देवस्थानों, चोटियों और बस्तियों के नाम संस्कृत भाषा के सौंदर्य के अनुपम उदाहरण हैं। यह नाम ही श्रद्धा के कारण हैं। आखिर गंगा की विभिन्न धाराओं को अलकनंदा, भागीरथी, मंदाकिनी और जाह्नवी नामक चार धाराओं में बाँटने एवं नामकरण करनेवाले ऋषियों एवं महान् भारतीयों ने एक इतिहास का निर्माण किया। शिव और विष्णु की लीला, कर्म और साधना भूमि हिमालय अद्‌भूत है, तो इसको अद्‌भूत हमारे ऋषियों के चिंतन ने बनाया। यहाँ शिव और विष्णु तप करते हैं, साधना के बाद हिमालय प्रदेश में भावभूमि बनाते हैं। कहानी को और विस्तार से स्मरण करते हैं। गंगधमादन पर्वत की चोटी पर नर और नारायण ने आश्रम बनाकर तप किया।

महाभारत के वनपर्व में लिखा है कि कृष्ण ने बद्री विशाल में एक पैर पर केवल वायु के सहारे कई वर्षों तक तप किया। कैलाश पर शिव अखंड समाधि में रहते हैं। उस पर गंगा, यमुना, सिंधु, सरस्वती जैसी पावन नदियों ने भारतीय सभ्यता के विकास में अपना सर्वस्व योगदान दिया। भौगोलिक नामों के पीछे वह मूल भाव छिपा रहता है, जिससे स्थान के साथ वहाँ के लोगों के इतिहास का संबंध होता है।

भारतीय ऋषियों एवं महापुरुषों ने भरतखंड के विभिन्न इलाकों में अपने कर्म और साधना से उस भाग को देवत्व प्रदान किया, तो वह स्वत: भारतीय जीवन के अंग बन गए। भूमि को देवत्व प्रदान करने की पूरी युक्ति वसिष्ठ, विश्वामित्र, अगस्त्य, शौनक, अत्रि, भारद्वाज, गौतम वामदेव, भृगु वंशीय ऋषियों में थी। उन्होंने श्रद्धा से मातृभूमि को प्रणाम किया, वहाँ यज्ञ और तप किए, आश्रम और यज्ञस्थल बनाए, कृषि कार्य किए, मंत्र और सूक्तों की रचना की और उसको देवत्व से जोड़ा।

भारतवर्ष एक चैतन्य देहात्मा है। इसमें चिरंतन यात्रा का सुवास है, जो भौगोलिक, आर्थिक, सामाजिक और सांस्कृतिक-साहित्यिक जीवन को सत्य और ऋत के आधार पर चलाता है। इस यात्रा के साथ एक शाश्वत सत्ता का अटूट बंधन है, जो समय की अनवरत यात्रा में इस देहात्मा को अविच्छिन्न रूप से एक रखता है। चिरंतन यात्रा और शाश्वत सत्ता के समागम से एक चैतन्य भारत बनता है जिसमें भारतवर्ष के मूल्य, प्रकृति, विरासत और आत्मा का वास होता है। यह आत्मा हजारों सालों की यात्रा में कभी ऋग, कभी उपनिषद्, कभी त्रिपिटक, कभी अद्वैत, कभी मानस, कभी वेदांत के माध्यम से स्वयं को प्रकट करती रही है।

भारतीय अंतर्मन सदैव ही चार पुरुषार्थ—अर्थ, काम, धर्म और मोक्ष की साधना में स्वयं को विसर्जित कर देता है। यहाँ देह से मन जुड़ा है और मन से चित्त। इन सबका आत्मा से विलगाव संभव नहीं। इसलिए भारतीय विचार अखंड की स्तुति करता है, अविच्छिन्न को स्वीकार करता है और अटूट में आस्था रखता है। चैतन्य भारत वह विराट पुरुष है जिसकी आत्मा है, शाश्वत सत्ता और चिरंतन भारत की यात्रा ही देह है।

तंत्र शास्त्र में भारतवर्ष को एक भागवती तनु माना गया है और दूसरी ओर प्रत्येक मानव तनु को भारतवर्ष माना है। स्वामी दिव्यात्मानंद ने अपने यात्रा ग्रंथ 'पुण्यतीर्थ भारत' में बताया है कि दक्षिण भारतीय तांत्रिकों की धारणा है कि इस देश का स्थूल मृण्मय आसेतु हिमाचल काया भी एक सिद्ध काया है। जिस स्थूल काया की कुंडलिनी जाग्रत होकर षट्चक्र भेदन करते हुए सहस्त्रार में प्रवेश कर जाती है। उस काया को सिद्धकाया, दिव्यदेह या भागवती तनु कहते हैं। भारतवर्ष के आसेतु हिमाचल काया के भीतर कन्याकुमारी मूलाधार है, जहाँ त्रिकोण के रूप में शक्ति का कन्यारूप निवास करता है। इसी मूलाधार से तीन स्नायु फूटते हैं—इड़ा, पिंगला और सुषुम्ना।

इड़ा पर शैव पीठ स्थित है, पिंगला पर वैष्णव पीठ और दोनों के बीच सुषुम्ना पर षट्चक्र स्थित है। जिनमें से होकर शक्ति ऊर्ध्व गमन करती है। सहस्त्रार है कैलाश और मूलाधार है कन्याकुमारी। इन्हीं के बीच से इस देश की सुषुम्ना नाड़ी का स्नायु प्रवाह निरंतर चल रहा है। मूलाधार कन्याकुमारी से ऊपर उठने पर मदुरई में सुंदरेश्वर शिव और अलायेगढ़ में सुंदर राजन विष्णु के बीच भूमि पर स्वाधिष्ठान चक्र स्थित है। आगे इससे उत्तर की ओर बढ़ने पर चिदंबरम में नटराज शिव और श्रीरंगम में गोविंदराज विष्णु के बीच के भूखंड पर मणिपूरक चक्र की सूक्ष्म स्थिति है। उससे आगे कालहस्ती में कालहस्तीश्वर शिव और तिरुपति में वेंकटेश्वर विष्णु के बीच अनाहत चक्र है। उससे और आगे बढ़ने पर काशी में विश्वेश्वर शिव और वृंदावन के बीच विशुद्ध चक्र है। इससे और उत्तर में केदारधाम में केदारेश्वर शिव और बद्रीधाम में बद्री विशाल विष्णु के बीच आज्ञाचक्र है। इसके आगे कैलाश सहस्त्रार जहाँ सहस्त्रादल कमल के मध्यम इड़ा, पिंगला और सुषुम्ना का अवसान हो जाता है और शिव, विष्णु और शक्ति का समन्वय होता जाता है। इस देश की स्थूल भौतिक काया में सर्वदा से शाश्वत आत्मा का वास रहता है, जिस कारण चैतन्य भारत की देवात्मा के रूप में आराधना होती रही है।

भारतखंड के उत्तर में हिमालय का पूरा प्रदेश ही शिव और शक्ति का केंद्र रहा है। कामरूप से गांधार और उससे भी पश्चिम में बलूचिस्तान तक शक्ति की उपासना का केंद्र रहा है। कालिदास ने हिमालय को पृथ्वी का मानदंड कहा और बताया कि इस मानदंड को महोदधि और रत्नाकर दोनों छोर यानी पूर्व और पश्चिम से हिमालय का अह्वान करते हैं। हिमालय और दो समुद्रों के साथ भरतखंड एक त्रिकोण का निर्माण करता है। जिसका शीर्ष बिंदु कुमारिका अंतरीप है। भारतवर्ष के अनेक नामों में कुमारिका खंड या कुमारिका अंतरीप नाम है। यह नाम माता पार्वती के महान् तप और साधना के कारण पड़ा। पुराणों और परंपरा में एक कहानी है कि माता पार्वती हिमालय पर शिव की प्राप्ति के लिए साधनारत थीं, ताकि महादेव को प्राप्त कर सकें। उनकी साधना और तप से समूचा हिमालय ज्योतिर्मय हो गया था। तब महर्षि अगस्त्य, जो सुदूर दक्षिण में निवास

करते थे, माता पार्वती के पास आए और निवेदन किया कि "आपकी साधना और भक्ति से समूचा हिमालय ज्योतिर्मय हो गया है, हिमालय का प्रत्येक भाग पवित्र और जीवंत हो गया है। अतएव आप अब हिमालय से बाहर आकर मैदान और दक्षिण के पठार को भी अपने चरणरज से सुवासित करें।"

महर्षि के निवेदन को माता पार्वती ने स्वीकार किया और उन्होंने हिमालय से नीचे आकर समूचे दक्षिण में भ्रमण किया। भ्रमण के अंत में माता पार्वती ने हिमालय, महोदधि और रत्नाकर से बने त्रिकोण के अंतिम छोर पर कैलाश की ओर मुखकर भीषण तप किया। उनके तप और साधना के कारण समूचे दक्षिणावर्त में शक्ति और उनकी महिमा का प्रचार-प्रसार हुआ और भारतवर्ष के दक्षिण का त्रिकोण कुमारिका खंड कहलाया। इस भरतखंड में माता पार्वती के चरणरज का प्रताप है कि आर्यावर्त और दक्षिणावर्त सभी भागों में शिव और शक्ति की महिमा और सदाचार आमलोगों के जीवन का अंग बना।

जब भारतभूमि को माता कहकर पुकारते हैं, तब यह केवल भावना और मन की आकुलता की प्रस्तुति नहीं होती है। हमारा अटूट विश्वास रहा है कि इस मृण्मय काया में देवात्मा का सुवास है, जिसका मूल कन्याकुमारी है और शीर्ष कैलाश है। देवी, जो अपना परिचय देवीसूक्त में देती हैं, उनका स्मरण करना आवश्यक है। वह कहती हैं—

अहं राष्ट्री संगमनी वसूनां चिकितुषी प्रथमा यज्ञियानाम्।
अहं जनाय समदं कृणोम्यहं द्यावापृथिवी आ विवेश॥

वह कहती हैं कि मैं ही राष्ट्र की शक्ति हूँ और मैं अपने जन के लिए निरंतर संघर्ष करती हूँ। इस वैदिक सूक्त में माता राष्ट्री शब्द का प्रयोग करती हैं। देवी स्वयं को भगवती या राज्ञी न कहकर समष्टि की पुंजीभूत शक्ति मानती हैं। वैदिक ऋषियों ने भारत को पृथ्वी का पर्याय माना, जो बाद में भारतराष्ट्र के रूप में आता है। भारतीय चितन में जब भी भारतवर्ष की बात आती है, तब इसे समग्र पृथ्वी के साथ संबंधित है और यह देवी का समूचे देश के जन की शक्ति का पर्याय होता है।

हजारों वर्षों से ऋषि, मुनि और मनीषि इन बातों, भावों और विचारों को प्रकट करते आ रहे हैं। सामान्य भारतीय तीर्थ, देवस्थल और पुण्यभूमि के रूप में उन्हीं भावों को और सशक्त करते रहे, जबकि उनको उन उदात्त बातों का ज्ञान ही नहीं रहा। उपनिषद् का आह्वान हो, छठीं सदी का धार्मिक आंदोलन, मध्य काल का भक्ति जागरण या 19वीं सदी का नवजागरण। हमारी चेतना में उस शाश्वत आत्मा की अग्निशिखा का प्रज्जवलन सदैव होता रहा है। एक आम भारतीय तो स्वयं अपने शरीर को भारतवर्ष का लघु रूप मानता है। उनका यह विश्वास है कि हमारे शरीर के कपाल यानी सहस्त्रार में अयोध्या का वास है, जहाँ न द्वंद्व है और न ही कोई दु:ख। सहस्त्रार रूपी अयोध्या में कभी भी विकारों का निवास नहीं हो सकता है।

प्रत्येक मनुष्य के भौंहों के मध्य काशी बसता है। हृदय में वृंदावन का निवासस्थल है। यह भाव चाहे राजा का हो या रंक का हो, सभी जीवित प्राणी स्वयं को भारत का लघु रूप मानते हैं। इसलिए वे सरोवर या बाल्टी का जल हो, गंगा, यमुना, सरस्वती, कावेरी, गोदावरी का नाम लेकर स्वयं को समस्त भारत से जोड़ कर स्वयं का पवित्रीकरण कर लेते हैं। कदाचित इसी को ध्यान में रखकर स्वामी रामतीर्थ ने स्वयं को 'अहं भारतोऽस्मि' कहा था। भरतखंड अपने लोक की गहराई में बहुत व्यापक स्तर तक फैला है। यह केवल भूखंड का सीमांकन नहीं है, बल्कि यह हृदय की धड़कन है और अंतर्मन में शुभता का चिंतन है।

चोल साम्राज्य के महान् शासक राजराजा के पुत्र राजेंद्र चोल ने उत्तर भारत और गंगा के प्रदेशों पर विजय प्राप्त करने के पश्चात् एक नई राजधानी बनाई थी—गंगेईकोंडा चोलापुरम्। गंगा को विजित करने वाले चोल राजा का पुरम्। अपनी राजधानी में राजा ने एक विशाल कुंड बनाया जिसमें गंगा से लाई गई पवित्र नदी के जल से उस कुंड को भरा गया था। उनकी रानी भी इस उत्तर भारत के विजय अभियान में राजेंद्र चोल के साथ थीं। उनको गंगा स्नान और उसकी पवित्रता का ज्ञान था, इसलिए गंगा के निर्मल और पवित्र जल से अपने को पुण्य करने एवं उससे संबंधित करने के लिए प्राप्त अवसर का सदुपयोग किया। दूर दक्षिण में जिस प्रकार गंगा, कैलाश की चाह रही है, उसी प्रकार उत्तर भारत के लोगों में सुदूर दक्षिण में स्थित रामेश्वरम् और माता पार्वती के बाल्य रूप कन्याकुमारी को स्पर्श करने की जीवन में ललक बनी रहती है। इस चाहत और ललक के अमूर्त रूप को ही भरतखंड एक मूर्त परिभाषा देता है और एक पवित्र एवं अटूट बंधन से संलग्न करता है।

केरल का पद्मनाभ मंदिर हो या तिरुपति का भगवान् वेंकटेश का मदिर, विजयनगर साम्राज्य का भग्नावशेष हो या श्रवणबेलगोला का विशाल महाबलि की मूर्ति। भारतवर्ष की भूमि पर अनादि काल से प्रवाहित एक परंपरा, जिसने कभी भी इतिहास की धारा में अपनी चमक पर ग्रहण नहीं लगने दिया। इतिहास की धारा का वह चमक ही भरतखंड कहलाता है।

मदुरई का मीनाक्षी मंदिर हो या जम्मू का वैष्णवी मंदिर, तमिलनाडु का विशाल तंजावुर हो, या उड़ीसा का आदित्य मंदिर। शंकराचार्य के चारों दिशाओं में स्थापित मठ हों या देश में बिखरे स्थापत्य, संगीत, नृत्य और शिल्प की जीवंत प्रदर्शन हों। चारों दिशाओं में युगों से एक ही भारत धड़क रहा है। सभी स्थानों पर भारत का लोक स्पंदित है। हमने हजारों वर्षों के इतिहास में जो सीखा और जो संजोया, उसे इस राष्ट्रात्मा को अर्पित कर दिया। भरतखंड को भौतिक रूप से जीवित रखने और शास्त्रीय तरीके से संजो कर रखने का प्रयास हुआ तो वाचिक और मानसिक रूप से भी भरतखंड को जीवित रखने का कर्म होता रहा।

भारतीय लोक जीवन ने वाचिक परंपरा में भरतखंड को सदैव चैतन्य रखा। लोक जीवन के चिंतन और विचार के अनगिनत चित्र इसी मंदिर, शिल्प और गीतों में देखने को मिलेंगे। लोक की धड़कन मौर्य कालीन शिल्प और प्रस्तर की कलाओं में तो सहस्त्रों वर्षों से सरस्वती और सिंधु तटों पर स्थित हड़प्पा सभ्यता में भी देखने को मिल जाएँगे। भरतखंड के लोक की आवाज आज भी नालंदा, विक्रमशिला और ओदंतपुरम् के खंडहरों में सुनी जा सकती है।

सन् 1892 में जग एक युवा कैलाश की भूमि से भ्रमण करता हुआ पार्वती के खंड कन्याकुमारी के तट पर जब उफनते समुद्र में छलांग लगा रहा था, तब उसकी धड़कनों में भरतखंड की तरंगें हिल्लोरे ले रही थीं। भारती की शिवता और शुभता के लिए वह माता के चरणरज पर बैठकर अपनी धड़कनों को भारत के स्पंदन से जोड़ रहा था। भरतखंड एक अनुभूति है। यह एक तरफ बुद्ध और महावीर के अवतार में अपने नए भारत का दर्शन खोजता है, तो दूसरी ओर चार्वाक और वात्स्यायन में भी ऋषित्व का अंश देखता है। यह एक धड़कन भी है, जो बंगाल के दुर्गापूजा, मैसूर के दशहरा और महाराष्ट्र के गणेशोत्सव में एक ही स्तर पर धड़कता है।

भारतखंड के प्राण बहुत भीतर तक पसरे हैं। इसकी जड़ बरगद के पेड़ की तरह पाताल तक गई है। काशी, नालंदा, अयोध्या, मथुरा जैसे शहर में भारत के अतीत का स्मरण है, जो बुद्ध, राम और कृष्ण से जुड़ा है। यह कोई अवशेष भर नहीं है। फाह्यान हो या ह्वेनसांग या उसके बाद अनगनित इतिहासकार, साहित्यकार या तीर्थयात्री। सबकी रुचि इन स्थानों से रही। वे इन खंडहरों में कुछ अमृतकणों का अन्वेशषण करते रहे। अगर भारतवर्ष मात्र मिट्टी का अंश भर होता, तो लोक स्मृति, लोक परंपरा, लोक जीवन और लोक मान्यताओं में हम इन मानबिंदुओं को क्योंकर जीवित रखते? हमारे वनवासी और अरण्यवासी समाज अपने गीतों, नृत्यों एवं बोलियों में भरतखंड अनवरत अपने को पुनर्जीवित नहीं करता। सुदूर पूर्व के अरुणाचल के मिशमी समुदाय कृष्ण से अपने संबंध को लेकर गर्व क्यों करते? नागालैंड की राजकुमारी हिडिंबा और मणिपुर की चित्रांगदा अपने को भीम और अर्जुन के साथ विवाह संबंध के माध्यम से एक भारत की मान्यता को क्योंकर प्रगाढ़ करते।

भरतखंड को समझना है, तो इतिहास की अज्ञानता और उसकी चाल से अपने को स्वतंत्र करना होगा। हमारा इतिहास बोध लोकाधारित है। हमारे इतिहास बोध में रस है, जीवन है और समय का अतिक्रमण भी है। हमारे लिए त्रेतायुगीन राम और द्वापर युगीन कृष्ण महत्त्वपूर्ण हैं, लेकिन उससे ज्यादा राम की मर्यादा और कृष्ण का कर्मसंदेश प्रमुख है। राम के वचन और कृष्ण के धर्म ने भरतखंड को सदैव ही चैतन्य और चलायमान रखा है। भरतखंड एक जीवित कालपुरुष है, जिसके हम सब अंग है। भरतखंड को

समझना है तो अपनी सोच अखंड एवं असीम करनी होगा। किंतु आज यह दिखता नहीं।

ग्लोबल गाँव में भी आज का मनुष्य छोटा हो गया है। एक काल था, जब हमारे बगीचे में बरगद, पीपल और आम जैसे बड़े-बड़े दरख्तों का हस्ताक्षर होता था, आज युग है बोंजाई का, गमलों का। समय एवं विचार के साथ मनुष्य जब बौना हो जाए, तो उसका काल चिंतन वृहद् कैसे हो सकता है? इस बौनेपन का भाव खानपान से लेकर रहन-सहन और दैनिक जीवन में हस्तक्षेप कर चुका है।

दैनिक जीवन जब दूर आकाश में स्थापित उपग्रह से संचालित हो रहा है, तब भी समय के बोध के लिए एक घड़ी आवश्यक है। यह कैसा मनुष्य है, जो यांत्रिक उपकरण के बिना अपने समय का बोध नहीं कर सकता। ऐसे समय में कालबोध! अनंत की यात्रा। भारतवर्ष की विराटता में स्वयं को विलीन करना कठिन है। हजारों वर्ष तक भारतीय जीवन में ऐसे खगोलशास्त्र का अंगीकरण हुआ। जिसने ब्रह्मांड से तादात्म्य स्थापित करने के उपाय सुझाए और काल निर्धारण के लिए समाधान भी। भारत में समय की कमी नहीं रही। यहाँ एक जन्म नहीं है। जन्म और मृत्यु के बाद पुनर्जन्म। मृत्यु के पूर्व अगले जन्म की तैयारी। अनंतकाल तक मुक्ति और परमसत्य का साक्षात्कार के लिए यात्रा जारी रहती है। इसलिए चिंतन में विराटता का समावेश हुआ। अतएव जरूरी है, मनुष्य फिर से अखंड हो, असीम हो। नाभकीय नहीं संयुक्त। स्वयं को वसुधैव कुटुबंकम में समाहित करे, तब हम भरतखंड के भाव को समझ सकेंगे।

भारत के नेता और बौद्धिक वर्ग द्वारा स्वतंत्रता के पूर्व और तदपश्चात् में पाश्चात्य राजनीतिक विचारधारा एवं राष्ट्रीयता की अवधारणा से परिचित हो रहे थे, भारत दो टुकड़ों में बंट चुका था। स्वतंत्रता के बाद खंडित भारत के कई हिस्से राजनीतिक विचारधारा एवं राष्ट्रीयता की बलिवेदी पर चढ़ चुके थे। जब तक राजनीति का अपना कोई स्वतंत्र अस्तित्व नहीं था, वह धर्म से शासित होता था। तब तक भारत और विश्व एक ही धरती के हिस्से रहे, लेकिन राष्ट्रीयता ने विश्व को कई शक्तियों में बाँट दिया, जिसकी अपनी विचारधाराएँ थीं। अभी हम राष्ट्रीयता और राज व्यवस्था की अवधारणा को समझ रहे थे कि ग्लोब से राजनीति नेपथ्य में चली गई और अर्थनीति केंद्रीय भूमिका में आ गई। अब राष्ट्रीयता, वैकल्पिक राष्ट्रवाद और राजनीति जैसे शब्द गौण हो गए हैं, तो पुनः प्रश्न उभरता है कि इक्सीसवीं सदी में राष्ट्रीयता का तात्पर्य क्या है? भरतखंड को कैसे परिभाषित करेंगे?

भरतखंड की पहचान करना कठिन है। विद्वानजन कहते हैं कि आप उसके अस्तित्व का अनुभव कर सकते हैं और उसे व्यवहार में ला सकते हैं, परंतु उसे गुण-दोष के आधार पर वर्गीकृत नहीं कर सकते। भारतीय पहचान को भाषा, नस्ल, संप्रदाय जैसे लक्षणों के आधार पर नहीं बाँधा जा सकता। इस भारतीय एकता को प्रकट करने के

विविध माध्यम रहे हैं। भारतीयता का अर्थ हमें उन मूल्यों और गुणों में ढूँढ़ना होगा, जो थोड़ा–बहुत सभी भारतीयों में विराजमान है। चरित्र का ऐसा गठन, जो राष्ट्रीयता नीतियों, बाजार और संस्कृति में होते फेरबदल के बाद भी लगभग हर व्यक्ति के अंतरतम चेतना में विद्यमान रहा है।

कुछ मुख्य सामाजिक मूल्यों की खोज, जो हर परिवर्तन के पश्चात् भी भारतीयता को परिभाषित करती रही हो। हर परिवर्तन की लहर के साथ समाज एवं देश से अपनी पहचान को कैसे संवर्द्धित रखा ? जोड़ने का कार्य सदैव ही युगपुरुष यानी लोकनायक के माध्यम से होता आ रहा है। समन्वय एवं संवर्द्धन का नाम ही भारतीयता है। समन्वय धर्म और राजनीति का, लोक जीवन और शास्त्रीय जीवन का, भौतिकवाद एवं भाववाद का और विविध वादों एवं प्रतिवादों का। इन सब का समन्वय ही भारतीयता को परिभाषित करता है। जीवन की आपाधापी में भी व्यक्ति व समाज के लिए उत्सवधर्मिता के सूत्र खोज लिए जाए। विपरीत स्थिति में आस्तिकता को ताकत बनाकर, आगे बढ़ने का संकल्प पैदा हो। इन परस्पर गति एवं प्रवाह के बीच भारतीयता का रक्षा एवं संवर्द्धन ही सनातन राष्ट्र का संरक्षण है।

□

आर्यावर्त-दक्षिणावर्त

मानवीय उदात्त चरित्र और अंतर्मन की उदारता और मेधा की विशालता का नाम आर्य है। 'आर्य' शब्द के मानक और गुण का विकास भारतीय भूमि पर हुआ। इसलिए यह भारतभूमि ही आर्यावर्त है। भारतवर्ष की गुणात्मक पहचान का नाम आर्यावर्त है। इसमें भारत के रहनेवाले सभी द्रविण, कोल-निषाद और किरातों का योगदान है। भारतवर्ष का जो श्रेष्ठ मूल्य है वह आर्यत्व में निहित है। यह आर्यत्व जितना वेद के मानने वालों में रहा, उतना ही इसके नहीं मानने वालों में रहा। भारतीय आर्य का तात्पर्य इस भारतवर्ष के रहने वाले उन सभी नागरिकों से है, जिनका लक्ष्य सदाचार का पालन, सत्य और धर्म पर जीवन का आरोहण करना और इसको विश्व में प्रसारित और प्रचारित करना रहा है।

आधुनिक काल में स्वामी विवेकानंद, स्वामी रामतीर्थ, महात्मा गांधी, रवींद्रनाथ टैगोर, ज्योतिबा फुले, भीमराव अंबेडकर आदि भारतीय आर्य के प्रतीक पुरुष हैं। यूँ ही कोई आर्य नहीं कहलाता हैं। उसके लिए भारतीय चिरंतन सभ्यता में डुबकी लगाकर शाश्वत सत्य को समाज के समक्ष रखना होता है। आर्य का मतलब यह नहीं होता है कि सभी लोग वेद को मान्य ग्रंथ मानते हों। उसी प्रकार वैदिक काल का तात्पर्य आर्यों नामक समुदाय से नहीं है। वैदिककाल का तात्पर्य उस कालखंड से है, जब तक वैदिक भाषा आम भारतीय की राष्ट्र भाषा रही। यह कालखंड सतयुग से लेकर त्रेतायुग अर्थात् ईसा के छह हजार से लेकर तीन हजार वर्ष तक रहा। महाभारत काल वैदिक युग की सीमारखा है। जब वेदों को व्यास मुनि द्वारा संकलित किया गया।

भारतीय चिंतन में कहा गया कि आर्य वह है, जो भारतीय सभ्यता में डुबकी लगाकर चिरंतन सत्य को समाज के समक्ष रखता है। भारतीयों का एक वेदवाक्य रहा—'कृण्वन्तो विश्वमार्यम'। जब यह जयघोष किया गया, तब उसके साथ आर्य बनाने की प्रक्रिया भी बताई गई थी। वेदों ने कहा कि 'विश्वं भद्रं कुर्वंतु'। अर्थात् जगत् को भद्र बनाकर उनकी अपनी योग्यता की रक्षा करते हुए, पूर्ण बनाने का प्रयास किया जाएगा।

भारतवर्ष को ही बहुत से लोग आर्यावर्त मानते हैं, जबकि यह भारत का एक हिस्सा मात्र था। लोकाचार और सामान्य जीवन में उत्तरी भारत को आर्यावर्त कहा गया है। दक्षिण भारत को दक्षिणावर्त या दक्षिणापथ कहा गया, लेकिन समूचा भारतवर्ष ही आर्यों की कर्मस्थली रही।

'आर्य' शब्द का आरंभ वैदिक काल में उस समय शुरू हुआ जब वैदिक युग के प्रारंभिक कालखंड में ऋचाओं की रचनाएँ हुईं और परवर्ती कालखंड में उसकी व्याख्या और कर्मकांड का कार्य संपन्न हुआ। प्रारंभिक कालखंड ऋग्वेद की रचनाओं का और परवर्ती काल यजुर्वेद, सामवेद, अरण्यक और ब्राह्मण, उपवेद आदि ग्रंथों की रचनाओं का रहा। इन वैदिक ग्रंथों के माध्यम से समाज, जीवन, दर्शन, आत्मा और विज्ञान जैसे प्रश्नों का उत्तर खोजा गया।। वैदिक युग का प्रारंभिक कालखंड भारतवर्ष का सप्तसिंधु का भाग रहा, जो काबुल स्थित कुंभा नदी से लेकर दिल्ली स्थित यमुना और आगे गंगा तक फैली थी। इसी सप्तसिंधु प्रदेश में द्रविड़, कोलमुंडा-निषाद, किरात एवं अन्य भारतवंशियों ने श्रेष्ठ जीवन के लिए सत्य और ऋत अर्थात् धर्म पर आधारित जीवन की रूपरेखा बना रहे थे। यह पाषाण, पशुपालन और पशुचारण से कृषि, ग्राम्य और नगर सभ्यता की ओर बढ़ने का कालखंड था।

जब हम सत्य के साथ ऋत यानी धर्म की बात करते हैं, तो यह ऋत यानी धर्म जीवन की सभी व्यवस्था, सरोकार और नियम को समेटने वाला कार्य करता रहा था। इसकी परिधि में पूजा पद्धति, उपासना और कर्मकांड के अतिरिक्त दर्शन, नैतिकता, कानून, अध्यात्म, योग, विज्ञान और राजव्यवस्था भी आती थी। वैदिक ऋचाओं और उसके चिंतन पर जीवन व्यवस्था अपनाने वालों को आर्य कहा गया। ऐसे आर्यों के लिए सारा जीवन ही धर्म और सदाचार पर आधारित रहा है। धर्म के बिना जीवन का कोई भी सार नहीं है।

प्रारंभ में जो लोग विविध कार्यों को करते थे, उनको आर्य कहा गया। ऐसे लोग कृषि कार्य में निपुण थे, यज्ञ और तप के माध्यम से व्यक्तिगत और सामाजिक उन्नति का मार्ग प्रशस्त करते थे। जिन्होंने नगर बसाए। बाद में ऐसे लोग ही कृषि संपदा के स्वामी बने। वैदिक कार्य में कृषि के कारण आर्य (अर्य) सामाजिक श्रेष्ठता के अधिकारी हुए। बाद में कृषि के साथ शिल्प और व्यापार जुटा, तो आर्य शब्द भूस्वामी और व्यापारी के लिए प्रयुक्त होने लगा। सभ्यता के विकास में लगे राजवंश और सामान्य लोगों के लिए भी आर्य शब्द का प्रयोग होता था।

ऋषि निधुव्रि काश्यप (ऋ. 9.63.5) में कहते हैं कि प्रजा को सन्मार्ग की ओर प्रेरित करो और संपूर्ण विश्व को आर्य बनाने का प्रयास करो। ऋषि वसुकर्ण (ऋ. 10.65.11) में कहते हैं कि श्रेष्ठ दानदाता देवगण अर्थात् आर्य भूलोक में सभी स्थानों

पर विद्यमान हैं, उनके द्वारा ही श्रेष्ठ हितकारी सत्कर्मों का विकास संभव है। ऋग्वेद के अनुसार कृषि कार्य सर्वप्रथम राजा वेन के पुत्र पृथु के समय प्रारंभ हुआ (ऋ. 8.9.10)। इसका स्पष्ट उल्लेख अथर्ववेद के 8.10 एव 11 सूक्त में भी मिलता है।

आर्य लोग स्वयं को श्रेष्ठ मानते थे क्योंकि वे लोग वैदिक धर्म और नीति-नियम अनुसार जीवन यापन करते थे। उन्होंने समाज, विज्ञान, दर्शन, ईश्वर और जीवन के संबंध के बारे में उच्चतर मापदंड स्थापित किए थे, जो वैदिक ऋचाओं के माध्यम से प्रस्फुटित होकर आर्यवर्त और तद्पश्चात में भारतवर्ष तथा भारतवर्ष से बड़े व्यापक क्षेत्र जंबूद्वीप तक फैले गए। वैदिक ऋचाओं पर आधारित विचारों को इसके विपरित, जो भी व्यक्ति वेद विरुद्ध जीवन यापन करता था और ब्रह्म को छोड़कर अन्य शक्तियों को मानता था, उसे अनार्य मान लिया जाता था। आर्य किसी जाति का नहीं बल्कि एक विशेष विचारधारा को मानने वाले का समूह था जिसमें श्वेत, पित, रक्त, श्याम और अश्वेत रंग के सभी लोग सम्मिलित थे। तीसरी सदी की पुस्तक 'अमरकोष' में आर्य की परिभाषा की गई है—

"महाकुल कुलीनार्य सभ्य सज्जनसाधवरू।"

—*अमरकोष 7/3*

अर्थात् आर्य शब्द का प्रयोग महाकुल, कुलीन, सभ्य, सज्जन, साधु आदि के लिए पाया जाता है।

जिस प्रकार वेद कोई इतिहास का ग्रंथ नहीं है, उसी प्रकार आर्य कोई जाति या समूह नहीं रहा है, बल्कि यह उन लोगों का समूह था, जो स्वयं को आर्य कहते थे और इनसे भिन्न-भिन्न जाति समूह के लोग संबंधित थे। इस प्रकार आर्य धर्म का अर्थ श्रेष्ठ समाज का धर्म ही होता है। सायणाचार्य ने अपने ऋग्भाष्य में 'आर्य' का अर्थ विज्ञ, यज्ञ का अनुष्ठाता, विज्ञ स्तोता, विद्वान् आदरणीय अथवा सर्वत्र गंतव्य, उत्तमवर्ण, मनु, कर्मयुक्त और कर्मानुष्ठान से श्रेष्ठ आदि किया है। भारतीय परंपरा और साहित्य में आदरणीय के अर्थ में आर्य शब्द का अनेक बार प्रयोग हुआ है।

प्रारंभ में आर्य शब्द का प्रयोग प्रजाति अथवा वर्ण के अर्थ के लिए नहीं बल्कि इसका नैतिक अर्थ ही अधिक प्रचलित था, जिसके अनुसार किसी भी वर्ण अथवा जाति का व्यक्ति अपनी श्रेष्ठता अथवा सज्जनता के कारण आर्य कहे जाने का अधिकारी होता था। वाल्मीकि रामायण में समदृष्टि रखने वाले और सज्जनता से पूर्ण श्रीरामचंद्रजी को स्थान-स्थान पर 'आर्य' व 'आर्यपुत्र' कहा गया है। विदुर नीति में धार्मिक को, चाणक्य नीति में गुणीजन को, महाभारत में श्रेष्ठबुद्धि वाले को तथा गीता में वीर को 'आर्य' कहा गया है। महर्षि दयानंद सरस्वतीजी ने 'आर्य' शब्द की व्याख्या में कहा है कि "जो श्रेष्ठ स्वभाव, धर्मात्मा, परोपकारी, सत्य-विद्या आदि गुणयुक्त और आर्यावर्त देश में पूर्व समय

से रहने वाले हैं, उनको आर्य कहते हैं।"

प्रकृति में पशु, पक्षी, वृक्ष आदि का भिन्न-भिन्न समुदाय है, उसी तरह मनुष्य भी एक समुदाय है। इसका मूल एक ही है। समुदाय रूप से तो मनुष्यों में कोई भेद नहीं है, परंतु गुण, कर्म, स्वभाव व व्यवहार आदि में भिन्नता होती है। कर्म के भेद से मनुष्य समुदाय में दो भेद किए जा सकते हैं—आर्य और अनार्य। एक ही परिवार में यह दोनों हो सकते हैं। आर्य में भी कोई देव, मानव, किन्नर, गंधर्व, यक्ष, राक्षस, असुर भी हो सकते हैं और इसी प्रकार अनार्य में भी कोई हो सकता है। वेद में आर्य (श्रेष्ठ मनुष्यों) को ही पद दिए जाने का विधान किया गया है। आर्य परिश्रम से अपना कल्याण करता हुआ, परोपकार वृत्ति से दूसरों को लाभ ही पहुँचाएगा। दूसरी ओर अनार्य हो, दस्यु हो या दुष्ट, स्वार्थी सब प्राणियों को हानि ही पहुँचाएगा। अत: दुष्ट को अपनी भूमि आदि संपत्ति नहीं दी जानी चाहिए चाहे वह आपका पुत्र ही क्यों न हो। रावण के पिता आर्य थे, लेकिन रावण एक दस्यु था।

वेद में कहा है, विजानह्याय्यान्ये च दस्यव: अर्थात् आर्य और दस्युओं का विशेष ज्ञान रखना चाहिए। निरुक्त आर्य को सच्चा ईश्वर पुत्र से संबोधित करता है। वेद मंत्रों में सत्य, अहिंसा, पवित्रता आदि गुणों को धारण करने वाले को आर्य कहा गया है और सारे संसार को आर्य बनाने का संदेश दिया गया है। आर्यावर्त का अर्थ होता है श्रेष्ठ जनों का निवास स्थान। भारतवर्ष की इस संपूर्ण धरती के मध्य में आर्यावर्त था, जिसकी सीमाएँ वक्त के साथ बदलती रहीं। यह मध्यभूमि सरस्वती के इस किनारे से लेकर सिंधु के उस किनारे तक फैली थी। जिसके चलते सिंधु और सरस्वती सभ्यता का जन्म हुआ।

वेदों में खासकर सिंधु और सरस्वती और इनकी सहायक नदियों का अधिक उल्लेख मिलता है। आर्यभूमि का विस्तार काबुल की कुंभा नदी से भारत की गंगा नदी तक और कश्मीर की वादियों से नर्मदा के उस पार तक था। हालाँकि हर काल में आर्यावर्त का क्षेत्रफल अलग-अलग रहा। प्राचीन काल में दक्षिण भारत में बहुत कम ही भूमि रहने लायक थी बाकी संपूर्ण भूमि जंगल और जलाशय से पटी हुई थी। सिन्धु की पश्चिम की ओर की सहायक नदियों—कुंभा, सुवास्तु, कुमु और गोमती का उल्लेख भी ऋग्वेद में है। इस नदी की सहायक नदियाँ—वितस्ता, चंद्रभागा, ईरावती, विपासा और शुतुद्री रही है।

प्रारंभ में आर्यभूमि का विस्तार काबुल की कुंभा नदी से भारत की गंगा-यमुना नदी तक था। यह सप्तसिंधु का प्रदेश था। कृत युग और त्रेता के संधिकाल में जल प्लावन हुआ जिससे पृथ्वी का एक बड़ा भाग जल मग्न हो गया। इससे बहुत नुकसान हुआ। इसे अवांतर प्रलय कहा गया। जल प्लावन से पूर्ण सृष्टि का ह्रास नहीं हुआ, जो लोग बचे उनमें से वैवस्वत मनु और उनके कुछ साथी थे, जिन्होंने तिब्बत, ईरान, यूरोप से

लेकर समूचा भारतवर्ष में आर्य विचार फैल गया। भारतीय आर्य का तात्पर्य निषाद, द्राविड़, किरात से समंवित एवं पूर्णतर आर्य जिसका लक्ष्य है भद्र को देखना, भद्र को सुनना, भद्र का स्वयं में आरोहण करना और समस्त विश्व में वितरण करना। जिस प्रकार आर्य का अर्थ किसी जाति या समुदाय नहीं श्रेष्ठता के भाव से है, उसी प्रकार वैदिक काल का यह अभिप्राय नहीं है कि सब वेद को मान्य ग्रंथ मानते हो। आदिकाल में भी और जल-प्लावन के उपरांत वेद पर अविश्वास करनेवाले लोग भी थे। एक ही वंश में मन्वंतरकाशिपु को वेद पर विश्वास नहीं था, लेकिन उसके पुत्र और पौत्र यानी पह्लाद और विरोचन को विश्वास था। फिर बाद में बालि ने इस वेद के सहगामी देवताओं के विरुद्ध संघर्ष किया और देवताओं को झुकाया।

भारतीय के संदर्भ में सामान्यत: वेद से इतिहास के प्रसंग को खोजा जाता है, जो अनुपयुक्त है। वेद और पुराण में इतिहास के तत्त्व को खोजने के पूर्व यह ज्ञात होना आवश्यक है कि साधारण राजाओं और महाराजाओं के जीवन वृतांत को लिखने की भारतीय परंपरा में न तो परिपाटी थी और न ही इसके लिए भारतीय साहित्य में बल दिया गया। इसका कारण यह है कि राजा-महाराजा की वंशावलियों को पूर्णत: लिखा जाता, तो वह व्यर्थ का प्रायोजन सिद्ध होता। इस कारण उन्हीं सूर्य और चंद्रवंशी राजाओं को स्मरण किया गया है, जो भारतवर्ष की शाश्वत परंपरा के वाहक बने। श्रीराम, कृष्ण जैसे राजाओं की स्तुति की गई, जो भारत के प्रतिमान बने। इनके वंश में भी केवल मुख्य राजाओं का उल्लेख है। स्वयं श्री राम के पश्चात् एक हजार वर्ष तक इक्ष्वाकु वंश में कोई प्रतापी राजा नहीं हुआ, जबकि इस दौरान चंद्रवंश में दुश्यंत पुत्र भरत, कुरु, सुदास जैसे महान् शासक हुए। सदाचार, मर्यादा और श्रेष्ठ जीवन मूल्य स्थापित करनेवाले राजाओं को ही महाभारत के रचयिता वेद व्यास ने स्मरण किया लेकिन सामान्य जीवन वाले राजाओं को समाज, राज्य और देशकाल के लिए निरर्थक माना है।

महाभारत के आदि पर्व 239, 240 में संजय महाराज धृतराष्ट्र के वंश नष्ट हो जाने पर सांत्वना देते है कि—लाखों अन्य राजा-महाराजा हो चुके हैं, जो मृत्यु को प्राप्त कर चुके हैं जैसे आप के पुत्र भी मृत्यु को प्राप्त हो गए हैं। यही नहीं कई राजाओं ने राजपाट को धर्म और अध्यात्म के लिए ठुकरा दिया। ऋषभदेव ने अपने पुत्र के लिए राजगदी छोड़ दी थी। चंद्र के पुत्र बुद्ध ने राज्य की लालसा न रखने के कारण इला को ही राज्य सौंप दिया और स्वयं चले गए। वर्तमान में चंद्रगुप्त मौर्य ने राजपद छोड़कर जैन संन्यासी बनना स्वीकार किया था। भारत में राजपाट को जीवन का एक भाग माना गया, लेकिन उसी को प्रमुखता नहीं दी गई। हम पुरुरवा, वेणु और नहुष पर भी एक दृष्टि डालते हैं, ताकि यह याद रहे कि जब राजा अपनी प्रजा को कष्ट पहुँचाता है, तो उसका नाश कर देने में ही भला होता है।

इसी प्रकार वैदिक ग्रंथों में इंद्र, वरुण और मित्र नाम के आधार पर इतिहास की खोज भी बेमानी है, क्योंकि वेदों में इतिहास नहीं, सृष्टि, अस्तित्व, ब्रह्मांड और प्रकृति के रहस्यों, उत्पति और उपयोगिता के बारे में बताया गया है। उदाहरण के लिए वेद में वर्णित नहुष का उल्लेख चंद्रवंशीय नहुष के लिए नहीं बल्कि अंतरिक्ष में नक्षत्रादि में घटी घटनाओं के संदर्भ में किया गया है। (ऋ. 8/8/3)। यह मंत्र यूँ है—

आ यात। नहुषस्पर्यांतरिक्षात्सुवृक्तिभिः।
पिबाथो अश्विना मधु कंवानां सबने सुतम्।

इस मंत्र का अर्थ है—हे (अश्व) सूर्य (नहुषःपरि) श्रेष्ठ उद्देश्यों से (आ यत्म) आया करो। (कंवानां) कर्मशील मनुष्यों के (सबने) श्रेष्ठ कामों में (सुतम्) तैयार किए हुए (मधु) अच्छे परिणमों का (पिबाथो) पान कराओ।

इस प्रकार यजुर्वेद में अप्सरा का वर्णन आता है, जिसे कई इतिहासकारों ने मेनका और सहजंया माना है। जबकि ऐसा नहीं है। मंत्र यह है—

"सूर्यो गंधर्वस्तस्य मरीचयोऽप्सरस।" अर्थात् सूर्य ही गंधर्व है और उसकी किरणें अप्सरा हैं। अगर कोई व्यक्ति वेदों में उल्लेखित नामों के आधार पर अपने वंश और संतानों का नाम रख ले, तो इसका अर्थ यह नहीं हो जाएगा कि उसका संबंध वेद से है। गुरुदत अपनी पुस्तक 'इतिहास में भारतीय परंपराएँ' में लिखते है कि अथर्ववेद में (20-17-4) में इंद्र शब्द आता है। वहाँ इंद्र एक पद है— इंद्र मन्दिनश्चमूषद। इसका तात्पर्य परमात्मा में निरत और आनंद रस में तृप्त होता है। इसी प्रकार अथर्ववेद (सन् 20-16-5) में बृहस्पति शब्द आता है— "बृहस्पतिरनमृश्या वलस्याभ्रमिव" अर्थात् वेद ज्ञान का पालक परमेश्वर अपने ज्ञान बल से तामस बादलों की भाँति छिन्न भिन्न करे। इन मंत्रों में तो देवराज इंद्र और न ही देवगुरु बृहस्पति के बारे में वर्णन किया गया है। अथर्ववेद (20-127-7) में एक मंत्र आया है, जिसमें परीक्षित और विश्वजनीनस्य शब्द आया है। इससे कई भाष्यकारों ने महाभारत कालीन राजा परीक्षित से इसको संबंधित किया गया है, जबकि अथर्ववेद का ब्राह्मण गोपथ (2-6-12) इसे अन्य प्रकार से परिभाषित करता है। पहले अथर्ववेद का वह मंत्र—

राज्ञो विश्वजनीनस्य यो देवोऽमत्र्यां अति।
वैश्वानरस्य सुष्टुतिमा सुनोता परीक्षितः॥

गोपथ में इसका भाष्य यूँ किया गया है—संवत्सर ही परीक्षित है क्योंकि संवत्सर ही इस सबमें, सब ओर से वास करता है। यहाँ यह बताना इसलिए आवश्यक है कि अथर्ववेद के भाष्य करते समय भी गोपथ ब्राह्मण के टीकाकार की बातों का कौत्स ने खंडन किया था। इस पर यास्काचार्य ने लिखा कि यदि किसी अंधे को सूर्य नहीं दिखाई देता है, तो इसमें भुवन भास्कर का कोई दोष नहीं है। वेदों की रचना के बाद ब्राह्मण और

निरुक्त काल में भी वेदों के ज्ञाता बहुत कम थे। इसी कारण ही वेदों पर ब्राह्मण और निरुक्त जैसे भाष्य लिखे गए। वेदों के उपवेदों की रचना की गई। अतएव वेदों में मानव गाथाएं नहीं है, या नगण्य है।

महाभारत के समय (तीन हजार ईसा पूर्व) में ही वेदों के संकलन के पश्चात् ही लोगों को समझने में कठिनाई होने लगी थी। उन्हें उस समय की भाषा और शैली में सरल तरीके से समझाने के लिए महदास ऐतरेय (एक आदिवासी संत) ने ऐतरेय ब्राह्मण नामक ग्रंथ की रचना की। वेदों में इंद्र और वृत्रासुर का वर्णन है, लेकिन वृत्र को बादल भी कहा गया है। उसी प्रकार इंद्र सूर्य है। वेदों में कृष्ण गोपियों के वर्णन से इसे मानव गाथा से जोड़ा गया, जबकि गोपियों का अर्थ सूर्य की किरणें होती हैं, जो उपवन में नृत्य करती रहती हैं। ऋग्वेद में सीता शब्द के उल्लेख को लेकर भी भ्रम पैदा किया जाता है। ऋग्वेद में पर्जंय के देवता इंद्र हैं, परंतु मेघ या पर्जंय सदैव कृषि के लिए नहीं होता है। कृषि में हराई (सीता) की स्तुति एक जगह की गई है। हे सौभाग्यवती सीते, तुम अभिमुखी होओ। हम तुम्हारी स्तुति करते हैं। तुम हमें धन और फल प्रदान करो। इंद्र सीताधार काष्ठ को ग्रहण करो। पूषण सीता को नियमित करे। अब इन मंत्रों में सीता का अर्थ वाल्मीकि रामायण के राम–सीता से नहीं है, लेकिन इतिहास के संदर्भ में यह कहा जाता है कि राम और सीता का उल्लेख ऋग्वेद में है।

इसी प्रकार वेद में इंद्र, वरुण, विवस्वान और विष्णु आदि का उल्लेख है। वेद में वर्णित ये नाम देवताओं के हैं, लेकिन ठीक इसी प्रकार मनु के पिता विवस्वान और उनके भाइयों के नाम भी इंद्र, वरुण, विष्णु आदि हैं, जो मानवों के नाम थे। वेद में वर्णित नाम देव के हैं, मानव के भी हैं। लेकिन वेदों के विश्लेषण करते समय समान नामों का उपयोग अपने हिसाब से करना अनुचित है, किंतु लोगों ने अपनी समझ के अनुसार वेदों का विश्लेषण विभिन्न प्रकार से किया है।

आर्य इरा विशाल भूमि के संतान थे, उसी प्रकार अनार्य भी इस भूखंड के सपूत थे। आर्य होना एक विचार, जीवनशैली और एक संस्कार रहा है। यह धर्म का मार्ग है। भावों की श्रेष्ठता ही आर्य है, इसकी व्यक्ति के पद, प्रतिष्ठा और पहचान से कोई मतलब नहीं है और न ही संपदा या राजपद से कोई संबंध नहीं है। धर्म का परित्याग करनेवाला राजा नहुष अपने पुण्य का क्षय कर अनार्य बन जाते हैं, तो ययाति को अपना यौवन देकर पुरु श्रेष्ठ आर्यों में अपनी गिनती करते हैं। इसी प्रकार राष्ट्र के लिए त्याग करनेवाले श्रीराम और शत्रु के सौ गलती माफ करनेवाले श्रीकृष्ण आर्य थे, तो परपत्नी का हरण करनेवाला रावण जन्म से ब्राह्मण होने के बाद भी अनार्य था। युद्ध में दयाभाव दिखानेवाले वीर पृथ्वीराज आर्य थे, अपने धर्म के लिए घास की रोटी खाने वाले महाराणा प्रताप आर्य थे और अहिंसा और सत्याग्रह को आजादी का हथियार बनानेवाले महात्मा गांधी भी आर्य थे।

आर्य और अनार्य होने का संघर्ष हमारे अंदर भी चलता है। आर्य होना अपने अंदर अग्नि को जलाना है, अंधेरे को दूर करना है। स्वर्ग की कामना नहीं बल्कि इस धरा को स्वर्ग बनाना है, जो तम को काटती है और अंधेरे को दूर करे, वही आर्य है। वामदेव गौतम (ऋ. 4.26.2) इंद्र से कहते हैं—"मैंने यह भूमि कर्म और धर्म के अनुसार जीवन यापन करनेवाले शिष्टजनों को सौंपी है, मैं ऐसे दानी मनुष्य के लिए ही वर्षा करवाता हूँ, वायु को प्रवाहित करता हूँ। समस्त देवता और विद्वानजन मेरे इस संकल्प का अनुसरण करें।" यह वैदिक आर्य के सदाचार की अभिव्यक्ति है। ऋग्वेद के सूक्त 10.53.6 में अग्नि देवता का आह्वान किया गया ताकि मनुष्य देवोपासना की ओर अग्रसर हो सके। ऋषि निधुव्रि काश्यप (ऋ० 9.63.5) में सारी धरती को श्रेष्ठभाव यानी विश्वमार्यम् बनाने के लिए मंत्र से स्तुतिगान करते हैं।

जिस संकल्प मंत्र में श्वेत वराह कल्प के सातवें मन्वंतर में जंबूद्वीप और भरतखंड में आर्यावर्त की बात होती है, उस सृष्टि रचना को ऋग्वेद के ऋषि नासदीय सूक्त के माध्यम से व्यक्ति करते हैं। इस सूक्त के ऋषि प्रजापति परमेष्ठी हैं। ऋग्वेद के 10.129.1-3 में कहा गया है कि तब न कोई भाव था, न अभाव था। न आकाश था और न परमाणु। तब न दिन था, न रात। उस समय एकमात्र ब्रह्म था। आगे मन्वंतरगर्भ सूक्त (ऋ. 10.121) में सृष्टि रचना का उल्लेख है, जिसमें कहा गया है कि मन्वंतरगर्भ पृथ्वी और द्युलोक को धारण किए हुए है। इसके बाद ऋषि प्रजापति परमेष्ठि (ऋ. 10.129.4) में कहते हैं कि ब्रह्म के मन में सृष्टि को उत्पन्न करने की इच्छा प्रबल हुई, तत्पश्चात सृष्टि निर्माण हुआ।

प्रश्न यह उठता है कि वेद क्या है? वेद पूर्ण धर्म का मूल है। धर्म हिंदू समाज के कई सरोकारों में से एक कार्य भर नहीं है, यह जीवन की सभी व्यवस्था, सरोकार और नियम को समेटने वाली इकाई है। इसकी परिधि में पूजा पद्धति, उपासना और कर्मकांड के अतिरिक्त दर्शन, नैतिकता, कानून, अध्यात्म, योग, विज्ञान और राजव्यवस्था भी आती थी। इसमें हमारे वर्तमान जीवन, सृष्टि, प्रकृति के बारे में समस्त परिचय है। हिंदुओं के लिए सारा जीवन ही धर्म रहा है। धर्म के बिना जीवन का कोई भी सार नहीं है।

यास्क वेदों के भाष्यकार और व्याकारण के महान् ज्ञाता थे। उन्होंने अपने ग्रंथ निरुक्त के 1-18 में लिखा है कि जो वेद को पढ़ता है, बिना अर्थ जाने, वह भार उठाने वाला खंभा होता है, जो अर्थ को जानता है, वह कल्याण को प्राप्त करता है। जिस प्रकार तपस्या का अर्थ शरीर को कष्ट देना नहीं होता है, बल्कि अपनी अंतरात्म को साधना होता है, उसी प्रकार वेद का अर्थ उन शब्दों के भावार्थ में है। वेद के मंत्रों को ऋषियों ने अपनी साधना और ध्यान के क्षणों में श्रवण किया, जो अस्तित्व के विविध आयामों अग्नि, सूर्य, सोम, जल, वायु और आकाश की तरंगों के माध्यम से प्रसारित हो रहे

थे। उन्होंने तरंगों और ऊर्जा को योगबल से समझा और फिर मानवी भाषा में उसको सूक्तबद्ध किया। वेदों में अग्निसूक्त, इंद्रसूक्त, सृष्टिसूक्त और पृथ्वीसूक्त है। भूमिसूक्त में पृथ्वी से हमारे रक्त संबंध जोड़ने के विधान है, तो सृष्टिसूक्त में परमेष्ठि के प्रश्नों का उत्तर है। देवीसूक्त में माताभाव का ध्यान है तो इंद्र व अग्नि सूक्त में प्रकृति का अह्वान है। वेद में सूक्त है अर्थात् सुंदर अभिव्यक्ति। यह मानव, जगत् और सृष्टि के बीच के संबंधों का एक दस्तावेज है, जिससे पुरुष की यात्रा पुरुषोत्तम की ओर हो सके।

वैदिक काल व सूर्यवंश

भारतीय चिंतन में प्रत्येक मन्वंतर में एक ब्रह्मा की उत्पति होती है। पूर्ण ब्रह्मदिन को 14 मन्वंतर में बाँटा गया है। इस प्रकार सात मन्वंतर में सात ब्रह्मा हो चुके हैं। भारतीय दर्शन के अनुसार मन्वंतरगर्भ, सूर्य, चंद्र, पृथ्वी आदि का बनना अंतरिक्ष की एक घटना है, जो स्वयंभुव मन्वंतर में आरंभ हुआ था। इस मन्वंतर में एक अंडा बना जिसे नेब्युला या मन्वंतरगर्भ कहते हैं। दूसरे मन्वंतर यानी स्वारोचिष में पृथ्वी के बनने की प्रक्रिया शुरू हुई। सूर्य और अंतरिक्ष का निर्माण हुआ। तीसरे मन्वंतर यानी उत्तम में पृथ्वी से चंद्रमा अलग हुआ। इसमें आकाशगंगा स्थित हुई और बाद में इसका परिभ्रमण शुरू हुआ। चौथे मन्वंतर यानी तामस में पृथ्वी जल से ढँक गई। पाँचवें मन्वंतर रैवत में पृथ्वी जल से निकलना शुरू की और वनस्पतियाँ इसपर आने लगीं। आकाशगंगा चमकने लगी और अपने प्रकाश से अपने ग्रहों को प्रदीप्त करने लगी। इसी मन्वंतर में सोम उत्पन्न हुआ, जिससे इस मन्वंतर का नाम रैवत हुआ। इस मन्वंतर का प्रभाव छठे मन्वंतर पर हुआ, जिसे चाक्षुष कहा गया। सोम और सूर्य के कारण वनस्पतियाँ उत्पन्न हुईं और जीव-जंतु का उद्भव हुआ। सांतवें मन्वंतर में मनुष्यों का जन्म हुआ।

भारतीय परंपरा के अनुसार पृथ्वी पर वनस्पति और प्राणी आज से 12 करोड़ वर्ष पहले आए थे। भारतीय परंपरा में कल्प की आयु चार अरब 32 करोड़ तथा इस कल्प में सृष्टि यानी जीवन का काल एक अरब 97 करोड़ वर्ष बीत चुका है। सातवें मन्वंतर के 27 चतुर्युग के ग्यारह करोड़ 66 लाख वर्ष व्यतीत हो चुके हैं। अभी 7वाँ मन्वंतर का 28वाँ चतुर्युग चल रहा है। वर्तमान चतुर्युग के भी 38 लाख 93 हजार वर्ष समाप्त हो गए हैं।

पृथ्वी पर मनुष्य का आविर्भाव काल वर्तमान चतुर्युग से माना जाता है, जो 38 लाख वर्ष पूर्व का कालखंड है। भारतीय चिंतन में कहा गया है कि वेद का आरंभ लाखों साल पुराना है। यह मान्यता भारतीय जनमानस में है, हालाँकि अभी इसकी ऐतिहासिकता सिद्ध होना बाकी है, लेकिन यह सत्य है कि पृथ्वी पर अमैथुनीय रूप से ऋषि की उत्पति हुई, जिन्होंने वेदों को अंतर्ज्ञान से श्रवण किया। ऋग्वेद के 10वें मंडल के 130 सूक्त के

छठें मंत्र में बताया गया है कि अग्नि के ध्यान से गायत्री, सूर्य के संधान से उष्णिन छंद, सोम से अनुष्टुभ छंद, इंद्र से त्रिष्टुप, मित्र और वरुण से विराट छँट की उत्पति हुई। इन छंदों को ऋषियों ने अंतर्मन और आत्मा से अनुभव किया था।

ऐसा कहने का आधार यह है कि जब सतयुग और त्रेता के संधिकाल में जल प्लावन हुआ, तब वेद के ज्ञाता ऋषियों के साथ मनु बच गए थे। शतपथ ब्राह्मण में इस प्लावन का उल्लेख है। इसके अलावा महाभारत, रामायण तथा पुराणों में भी इसके बारे में जानकारी प्राप्त होती है। भारत के अतिरिक्त विभिन्न सभ्यताओं-मिश्र, यहूदी, जेद अवेस्त, सुमेरू साहित्य और परंपरा में भी इस जल प्लावन को स्मरण किया गया है। इस जल प्लावन से पृथ्वी का बड़ा भू-भाग जलमग्न हो गया। इस कारण भी उस कालखंड के बारे में कम जानकारी प्राप्त है और उस समय का इतिहास बहुत कम ही उपलब्ध है।

जल प्लावन के पूर्व का काल सतयुग था। महाभारत के शांत पर्व और विष्णु पुराण के अनुसार—"वर्तमान चतुर्युग यानी सतयुग के प्रारंभ में परमात्मा से वेद का ज्ञान ब्रह्मा को मिला। पहले ब्रह्मा को स्वयंभुव मनु कहा गया है। कई बार स्वयंभुव मनु और स्वयंभुव मन्वंतर के कारण भ्रम हो जाता है। मन्वंतर काल विभाजन का नाम है जबकि स्वयंभुव मनु इस धरती पर जल प्लावन के पूर्व उस व्यक्ति का नाम है जिसका उल्लेख वायु पुराण, भगवत पुराण आदि ग्रंथों में मिलता है, जिसका विस्तार से उल्लेख जंबूद्वीप अध्याय में किया गया है।"

इसी प्रकार कई विद्वान ब्रह्मा और मनु में भी अंतर करते है, तो कई विद्वानों का मत है कि दोनों एक ही व्यक्ति का नाम है। ब्रह्मा को विश्व के आद्य सृष्टा, प्रजापति, पितामह तथा मन्वंतरगर्भ कहते हैं। पुराणों में, जो ब्रह्मा का रूप वर्णित मिलता है वह वैदिक प्रजापति के रूप का विकास है। पुराणों ने इनकी कहानी को मिथक रूप में लिखा। पुराणों के अनुसार क्षीरसागर में शेषशायी विष्णु के नाभिकमल से ब्रह्मा की उत्पत्ति हुई, इसलिए ये स्वयंभू कहलाते हैं। फिर ब्रह्मा के 17 पुत्र और एक पुत्री शतरूपा का जन्म हुआ। ब्रह्मा के उक्त 17 पुत्रों के अतिरिक्त भी उनसे अन्य पुत्रों का जन्म हुआ।

ब्रह्मा के पुत्र विश्वकर्मा, अधर्म, लक्ष्मी, आठ वसु, चार कुमार, 14 मनु, 11 रुद्र, पुलस्य, पुलह, अत्रि, कृतु, अरणि, अंगिरा, रुचि, भृगु, दक्ष, कर्दम, पंचशिखा, वोढु, नारद, मारीचि, अपांतरतमा, वसिष्ठ, प्रचेता, हंस, यति आदि मिलाकर कुल 59 पुत्र थे। ब्रह्मा के प्रमुख पुत्रों में मन से मारीचि, नेत्र से अत्रि, मुख से अंगिरस, कान से पुलस्य, नाभि से पुलह, हाथ से कृतु, त्वचा से भृगु, प्राण से वशिष्ठ, अंगुष्ठ से दक्ष, छाया से कदर्भ, गोद से नारद, इच्छा से सनक, सनंदन, सनातन और सनतकुमार, शरीर से स्वायंभुव मनु और शतरूपा और ध्यान से चित्रगुप्त का जन्म हुआ।

इनमें दक्ष और वसिष्ठ भी मानस पुत्र थे, लेकिन वे ऋषि नहीं थे। इसके अलावा

नारद, सनक, सनंदन, सनातन और सनतकुमार आदि भी उनके मानस पुत्र थे, लेकिन ऋषि नहीं थे। मारीचि के पुत्र कश्यप थे, कश्यप का विवाह दक्ष की 13 कन्याओं से हुआ, जिनके नाम है—अदिति, दिति, दनु, काला, दनायु, सिंहिका, क्रोधा, प्राधा, विश्वो, विनता, कपिला, मुनि और कद्रु। अदिति से आदित्य (देवता), दिति से दैत्य, दनु से दानव, काष्ठा से अश्व, अनिष्ठा से गंधर्व, सुरसा से राक्षस, इला से वृक्ष, मुनि से अप्सरागण, क्रोधवशा से साँप, सुरभि से गौ और महिष, सरमा से श्वापद (हिंस्त्र पशु), ताम्रा से श्येन-गृध्र आदि, तिमि से यादोगण (जलजंतु), विनता से गरुड़ और अरुण, कद्रु से नाग, पतंगी से पतंग और यामिनी से शलभ वंश इस धरती पर फैला।

ऋषि कश्यप और उनकी पत्नी अदिति से 12 पुत्र हुए जिनके नाम हैं— धाता, मित्र, अर्यमा, इंद्र, वरुण, अंश, भग, विवस्वान (सूर्य), पूषा, सविता, त्वष्टा (विश्वकर्मा) और त्रिविक्रम (भगवान् वामन)। माना जाता है कि ऋषि कश्यप के पुत्र विवस्वान से वैवस्वत मनु का जन्म हुआ। इन नामों का उल्लेख वेद में भी आया है, लेकिन इसका तात्पर्य यह नहीं है कि अदिति पुत्र कोई देवता थे। अदिति के पुत्र होने के कारण वे आदित्य कहलाए।

वेद में वर्णित समरूप नाम का तात्पर्य देवता से है, जैसे कि इंद्र को वर्षा का, विष्णु को सृष्टि का पालक, विवस्वान को सूर्य और वरुण को वायु देव माना गया। कश्यप और अदिति के पुत्रों को मानव की श्रेणी में तथा वैदिक ऋचा के नाम को देव श्रेणी रखा गया। इसी प्रकार कश्यप और दिति से मन्वंतरकशिपु था। इस वंश में प्रह्लाद, विरोचन, बालि जैसे प्रतापी राजा हुए यह काल सतयुग यानी जल-प्लावन के पूर्व का है। अमृत मंथन की घटना भी इसी सतयुग की है। इस काल में आदित्यों और दैत्यों को ब्रह्मा से ज्ञान और आशीर्वाद सदैव प्राप्त होता रहा और दैत्य एवं आदित्यों में संघर्ष भी सामान्य बात रही थी।

सतयुग के अंत में जल प्लावन के समय राजा मनु अपने साथ सात ऋषियों के साथ जल से प्लावित धरती पर विचरण करते रहे। यह मनु कौन थे? ब्रह्मा के पुत्र मारीचि और मारीचि के पुत्र कश्यप थे। कश्यप के 12 पुत्रों में से प्रतापी पुत्र विवस्वान (सूर्य) का विवाह विश्वकर्मा की पुत्री संज्ञा से हुआ। विवाह के बाद संज्ञा ने वैवस्वत और यम (यमराज) नामक दो पुत्रों और यमुना (नदी) नामक एक पुत्री को जन्म दिया। यही विवस्वान यानि सूर्य के पुत्र वैवस्वत मनु कहलाए। वैवस्वत मनु के नेतृत्व में त्रिविष्टप अर्थात् तिब्बत या देवलोक से प्रथम पीढ़ी के मानवों (देवों) का मेरु प्रदेश में अवतरण हुआ। उनके साथ पवित्र वेद भी साथ था। इसी से श्रुति और स्मृति की परंपरा चलती रही। जल प्लावन के बाद त्रेतायुग के आरंभ में इसी वैवस्वत मनु ने सृष्टि एवं धरती पर मानव इतिहास को दिशा दी। इस कालखंड के बारे में महाभारत के शांतिपर्व में

वेद की परंपरा के संबंध में एक वर्णन आया है—यह जो ब्रह्मा है, वह स्वयं नारायण से जन्मा है। परमात्मा से वेद का ज्ञान ब्रह्मा को मिला। ब्रह्मा ने इस धर्म का उपदेश अपने पुत्र दक्ष को दिया। दक्ष से यह ज्ञान उनके ज्येष्ठ दौहित्र कश्यप और कश्यप से उनके पुत्रों यानी आदित्यों को यह ज्ञान प्राप्त हुआ। आदित्यों में यह ज्ञान सविता और विवस्वान को मिला। फिर त्रेता युग में यह ज्ञान विवस्वान से मनु को मिला। मनु से यह ज्ञान उनके पुत्र इक्ष्वाकु को प्राप्त हुआ जिससे संपूर्ण जगत् के प्राणियों के कल्याण में इस ज्ञान को लगाया गया। वैवस्वत मनु के इल, इक्ष्वाकु, कुशनाम, अरिष्ट, धृष्ट, नरिष्यंत, करुष, महाबली, शर्याति और पृषध पुत्र थे। सातवें मन्वंतर का स्वामी सत्यवत बने और वही वैवस्वत मनु के नाम से भी जाने गए।

माना जाता है कि राजा बालि के बाद धरती पर जलप्रलय हुआ था। जलप्रलय के बाद धीरे-धीरे जल उतरने लगा और त्रिविष्टप (तिब्बत) या देवलोक से वैवस्वत मनु (6673 ईसा पूर्व) के नेतृत्व में प्रथम पीढ़ी के मानवों (देवों) का मेरु प्रदेश में अवतरण हुआ। वे देव स्वर्ग से अथवा अंबर (आकाश) से पवित्र वेद पुस्तक भी साथ लाए थे। इसी से श्रुति और स्मृति की परंपरा चलती रही। वैवस्वत मनु के काल के प्रमुख ऋषि-वशिष्ठ, विश्वामित्र, अत्रि, कंव, भारद्धाज, मार्कंडेय, अगस्त्य आदि थे।

वैवस्वत मनु की शासन व्यवस्था में देवों में पाँच तरह के विभाजन थे—देव, दानव, यक्ष, किन्नर और गंधर्व। दरअसल ये पाँच तरह की मानव जातियाँ थीं। प्रारंभ में ये सभी जातियाँ हिमालय से सटे क्षेत्रों में ही रहती थीं फिर धीरे-धीरे वहाँ से नीचे फैलने लगीं।

वैवस्वत मनु के बाद भगवान् श्रीराम तक का कालखंड त्रेतायुग (सात से छह हजार वर्ष पहले यानी 5000 से 4000 ईसा पूर्व) है। भगवान् श्रीराम के बाद से श्रीकृष्ण यानी महाभारत तक का कालखंड द्वापरयुग (छह से पाँच हजार वर्ष पहले यानी 4000 से 3000 ईसापूर्व) है। इस प्रकार महाभारत युद्ध त्रेता के अंत में पाँच हजार वर्ष पूर्व, राम-रावण युद्ध द्वापर के अंत में छह हजार साल पूर्व और हैहय परशुराम युद्ध सतयुग के अंत में सात हजार वर्ष पहले हुआ। राम और श्रीकृष्ण के काल के बीच दुश्यंत पुत्र भरत और उसके बाद दाशराज्ञ का प्रसिद्ध युद्ध हुआ था।

जल प्लावन एक काल विभाजक रेखा है। जल-प्लावन के पूर्व में सतयुग की अवधि है जिसमें वैदिक ज्ञान ब्रह्मा और उसके माध्यम से आदित्यों को मिला। फिर जल प्लावन के बाद त्रेतायुग के आरंभ में वही ज्ञान आदित्यों के माध्यम से विवस्वान के पुत्र मनु को मिला। इस प्रकार दो वैदिक काल हुए है। दूसरा वैदिक काल भारतवर्ष में इक्ष्वाकु से आरंभ हुआ और दशरथ पुत्र राम के बाद तक विद्यमान रहा। तब भी आमलोगों की भाषा वेद भाषा थी। पौराणिक परंपरा के अनुसार इक्ष्वाकु, विवस्वान् (सूर्य) के पुत्र वैवस्वत मनु के वंश में थे। सूर्यवंशी राजाओं में इक्ष्वाकु पहले राजा माने जाते हैं।

इक्ष्वाकु वंशी राजाओं की राजधानी कोसल (अयोध्या) थी। वैवस्वत मनु के दूसरे पुत्र नाभागादिष्ट ने वैशाली राज्य की स्थापना की। वैवस्वत मनु के पुत्र शर्याति और उसके पुत्र आवर्त ने गुजरात स्थित द्वारिका में अपने राजवंश स्थापित की। बाद में इसी वंश के लोगों ने हैहय वंश की नींव डाली।

इससे यह स्पष्ट होता है कि भारतवर्ष में सभ्यता का विकास पूर्व से पश्चिम की ओर हुआ। सूर्य वंशी राजाओं की तरह ही सरस्वती तट के समीप रहने वाले चंद्रवंशी राजा पुरुरवा के दो पुत्र-आयु और अमावसु में से आयु ने पूरब में जाकर कुरु, पाँचाल और काशी में राजवंश की स्थापना की जबकि अमावसु ने पश्चिम की ओर गांधार, पर्शु यानी पर्शिया और अरट्ट यानी अर्मेनिया में अपनी सत्ता की स्थापना की।

वैवस्वत मनु के बाद इक्ष्वाकु के 100 से अधिक पुत्र हुए जिनमें ज्येष्ठ विकुक्षि थे, जो इक्ष्वाकु के बाद अयोध्या के राजा हुए। इक्ष्वाकु के एक-दूसरे पुत्र निमि ने मिथिला में राजकुल स्थापित किया। इक्ष्वाकु के सबसे छोटा पुत्र का नाम दंड था, जो विंध्याचल और शैवल के बीच अपना राज्य स्थापित किया। बाद में शुक्राचार्य की कन्या के साथ बलात्कार करने के कारण उसको श्राप मिला और उसका पूरा भू-भाग जल कर नष्ट हो गया। उसके नाम पर ही विंध्य के दक्षिण के भाग को दंडाकारण्य कहा गया।

इक्ष्वाकु का नाम, केवल एक बार ऋग्वेद में भी प्रयुक्त हुआ है, जिसे मैक्समूलर ने राजा की नहीं, बल्कि जातिवाचक संज्ञा माना है। तीसरे इक्ष्वाकु राजा विकुक्षि के पुत्रों ने हिमालय की तलहटी में अपना राज्य स्थापित किया। विकुक्षि के पुत्रों ने हिमालय की तलहटी में जाकर कपिल मुनि की बताई धरती (बधुवस्तु) पर कपिलवथु (कपिलवस्तु) नगर बसाया था।

इक्ष्वाकु के वंश परंपरा में कई प्रतापी राजा हुए, जिनमें 21वें शासक मांधाता हुए। इनके बारे में विष्णु पुराण में लिखा है कि जहाँ से सूर्य उदय होता है और जहाँ अस्त होता है उसके अंतर्गत सारी पृथ्वी युवनाश्व के पुत्र मांधाता की है। इनका उल्लेख ऋग्वेद की ऋचाओं 8,43,9 में आता है। महाभारत में वर्णन है कि इनके समय में गांधार देश के चंद्रवंशी राजा द्रुहकुल का अंगार था। मांधाता का विवाह चंद्रवंशी पुरुकुल में यदुवंशी शासक शशविंदु की बेटी से हुआ था। शशविंदु यदुवंश का 13वाँ शासक था और मनु के बाद सातवाँ शासक यदु था। इस सूर्यवंश के 31वें और 32वें शासक त्रिशंकु और हरिशचंद्र हुए। 40वें शासक सगर, 44वें शासक भगीरथ थे। इनके काल में ही गंगा को हिमालय से धरती पर लाया गया। 47वें शासक अंबरीष, 59वें शासक दिलीप, 61वें शासक रघु और 64वें शासक श्रीराम थे। महाभारत युद्ध के समय इक्ष्वाकु वंश के 94वें शासक वृहद्बल थे, जिनका युद्ध में अभिमन्यु ने वध कर दिया था।

इसी प्रकार सूर्यवंश के विदेह शाखा में इक्ष्वाकु के बाद निमि और निमि के बाद

मिथि हुए। इस वंश के 24वें शासक सीरध्वज अयोध्या के राजा दशरथ के समकालीन थे। आरंभ में सूर्यवंश के अयोध्या और मिथिला शाखा के कुल पुरोहित ऋषि वशिष्ठ हुए। बाद में मिथिला के राजपुरोहित वामदेव-गौतम कुल के ऋषिगण हुए। श्रीराम और सीता के विवाह का कर्मकांडीय अनुष्ठान गौतम और अहिल्या के पुत्र शतानंद द्वारा संपन्न कराया गया।

सूर्यवंश की एक दिष्ट शाखा वैशाली में चली। वाल्मीकि रामायण के अनुसार राजा विशाल ने वैशाली नगरी की नींव डाली। जब विश्वामित्र और राम व लक्ष्मण के साथ महाराज जनक की यज्ञशाला में जा रहे थे, तब एक रात वैशाली में बिताई थी, तब वैशाली में दिष्ट वंश के 36वें शासक सुमति राजा थे। उन्होंने श्रीराम और लक्ष्मण का बहुत आदर सत्कार किया। भारत में यह चक्रवर्ती राजाओं की परंपरा रही है। प्रारंभिक समय में महाराजा शशबिंदु चक्रवर्ती हुए। यह एक यदुवंशी राजा थे। दूसरे चक्रवर्ती राजा इक्ष्वाकुवंशी मांधाता हुए। उनके शासन में सप्तद्वीप था। मरुत तीसरे चक्रवर्ती शासक हुए। मांधाता के अलावा इक्ष्वाकु वंश में हरिश्चंद्र और सगर भी चक्रवर्ती शासक माने जाते हैं।

चंद्रवंशी राजा और राज्य

आर्यों के प्रथम शासक (राजा) वैवस्वत मनु हुए जिनके पुत्रों से सूर्यवंशियों का प्रारंभ हुआ। मनु की एक कन्या भी थी—इला। उसका विवाह बुध से हुआ, जो चंद्रमा का पुत्र था। उनसे पुरुरवस की उत्पत्ति हुई, जो ऐल कहलाया और चंद्रवंशियों का प्रथम शासक हुआ। उसकी राजधानी प्रतिष्ठान थी, जहाँ आज प्रयाग के निकट झूँसी बसी है। पुरुरवा के छह पुत्रों में आयु और अमावसु अत्यंत प्रसिद्ध हुए। आयु प्रतिष्ठान का शासक हुआ और अमावसु ने कान्यकुब्ज में राजवंश की स्थापना की। कान्यकुब्ज के राजाओं में जह्नु प्रसिद्ध हुए जिनके नाम पर गंगा का नाम जाह्नवी पड़ा। आगे चलकर विश्वरथ अथवा विश्वामित्र भी प्रसिद्ध हुए, जिनकी आपसी प्रतियोगिता कोसल के पुरोहित वसिष्ठ के साथ चलीं। तपश्चात वे तपस्वी हो गए तथा उन्होंने ब्रह्मर्षि की उपाधि प्राप्त की।

आयु के बाद उनका जेठा पुत्र नहुष प्रतिष्ठान का शासक हुआ। उसके छोटे भाई क्षत्रवृद्ध ने काशी में एक राज्य की स्थापना की। नहुष के छह पुत्रों में यति और ययाति सर्वमुख्य हुए। यति संन्यासी हो गया और ययाति को राजगद्दी मिली। ययाति शक्तिशाली और विजेता सम्राट् हुए। उसके पाँच पुत्र हुए-यदु, तुर्वसु, द्रहयु, अनु और पुरु। इन पाँचों ने अपने-अपने वंश को चलाया और उनके वंशजों ने दूर-दूर विजय अभियान चलाया। ऋग्वेद में इन्हीं को पंचकृष्टयरु कहा गया है। यदु से यादव, तुर्वसु से यवन, द्रहयु से भोज, अनु से मलेच्छ और पुरु से पौरव वंश की स्थापना हुई। ययाति ने पुरु को अपने

पैतृक प्रभुसत्ता वाला क्षेत्र प्रदान किया, जो कि गंगा-यमुना दोआब का आधा दक्षिण प्रदेश था। अनु को पुरु राज्य का उत्तरी, द्रहयु को पश्चिमी, यदु को दक्षिण-पश्चिमी तथा तुर्वसु को दक्षिण-पूर्वी भाग प्रदान किया।

पुरु के वंश में भरत और भरत के कुल में राजा कुरु हुए। यादवों की एक शाखा हैहय नाम से प्रसिद्ध हुई, जो दक्षिणापथ में नर्मदा के किनारे जा बसी। माहिष्मती हैहयों की राजधानी थी और कार्तवीर्य अर्जुन उनका सर्वशक्तिमान राजा हुआ। तुर्वसु के राजा पश्चिमोत्तर प्रांत में चले गए। द्रहुयुओं ने सिंध के किनारों पर अधिकार जमा लिया और उनके राजा गांधार के नाम पर प्रदेश का नाम गांधार पड़ा। आनवों की एक शाखा पूर्वी पंजाब और दूसरी पूर्वी बिहार में बसी। पंजाब के आनव कुल में उशीनर और शिवि नामक प्रसिद्ध राजा हुए। पौरवों ने मध्यदेश में अनेक राज्य स्थापित किए और गंगा-यमुना-दोआब पर शासन किया।

इसी पौरव वंश में दुष्यंत नामक राजा हुए। शकुंतला से उसे भरत नामक मेधावी पुत्र उत्पन्न हुआ। उसने दिग्विजय द्वारा एक विशाल साम्राज्य की स्थापना की। वेद और पुराणों में भारतीय ऋषि और राजाओं के बारे में विस्तार से वर्णन मिलता है। ऐसे कई राजा हैं जिनको भारत के लोग बहुत कम ही जानते होंगे जबकि ये राजा उतने ही महान् थे, जितने की चक्रवर्ती राजा भरत और सम्राट अशोक। भारतीय इतिहास में इक्ष्वाकु वंशी राजा मांधाता, अंबरीष, रघु, सगर, भागीरथ और भगवान् राम तथा चंद्रवंश में पुरु, ययाति, कुरु, भरत, नहुष का नाम प्रसिद्ध हुआ।

भारतीय पुराण में कई मनु का वर्णन है। स्वयंभू मनु जल प्लावन के पूर्व हुए जिनके वंशमें पृथु हुए जिनके नाम पर धरती का नाम पृथ्वी पड़ा। इनके वंश में धुव्र, उत्तानपाद, ऋषभदेव, बाहुबलि, भरत आदि शासक हुए जल प्लावन के पूर्व में देवासुर संग्राम है, अमृत मंथन है। यक्ष, किन्नर और गंधर्व हैं। ऋषभदेव के पुत्र भरत हैं, जिनके नाम पर इस देश का नाम भारतवर्ष पड़ा। वैदिक सूक्तों से संबंधित ऋषियों के कर्म क्षेत्र हैं। सारे राजाओं के राजवंश और उनका कार्यों की दास्तान है।

इसके बाद वैवस्वत मनु और उनके बाद कई राजाओं ने भरत की उपाधि धारण की। भरत और सूर्य वंश का वर्णन जल प्लावन के पूर्व और बाद में होता है। वैवस्वत मनु के वंश में सूर्य और चंद्र वंशी राजा हुए। इसी सूर्य वंशी राजाओं में एक भागीरथ हुए, जो गंगा को हिमालय से धरती पर लाए। स्मृति, पुराण, अरण्यक, उपनिषद् और ब्राह्मण हैं। देव और असुर दोनों हैं। दुष्यंत पुत्र भरत का यशोगान है, जिसने अपने अकर्मंय पुत्रों के बदले राजगद्दी पर भारद्वाज ऋषि को बैठा दिया था। एक ओर अगस्त्य, विश्वामित्र, गौतम, कंव, अत्रि भारद्वाज और वसिष्ठ जैसे ऋषियों का धर्म है तो दूसरी ओर ययाति, नहुष, मांधाता, रघु, सगर, अंबरीष, दिलीप जैसे प्रताप राजाओं का कर्म है, लेकिन इन सबके

बीच इस बात का उल्लेख कहीं नहीं मिलता है—आर्य कहाँ से आए? फिर भी, भारतीय इतिहास पर पिछले एक सौ साल से अधिक समय से थोपने का प्रयास चला आ रहा है। इसके लिए वेद और अन्य ग्रंथों के मंत्र, सूक्त तथा कथनों का आश्रय लिया जाता है और ऐसा करने के क्रम में हम यह भूल जाते हैं कि एक शब्द के कई मतलब हो सकते हैं।

हमारी स्मृति और जीवन में आर्य का अर्थ श्रेष्ठ है। आर्यपुत्र है। भारत में आर्य के कई वर्ग या समुदाय थे। इसके लिए तर्क दिया जाएगा, लेकिन यह नहीं बताया जाएगा कि ये सारे आर्य के वर्ग या समुदाय का संबंध या तो सूर्यवंशी राजा इक्ष्वाकु से हैं या चंद्रवंशी राजा पुरु, कुरु, ययाति से हैं। जिस सुदास और दिवोदास के बारे में जोर-शोर से उल्लेख किया गया है, उसके बारे में भी यह नहीं बताया जाता है कि सुदास वही राजा हैं, जिनके वंश में पहले दुश्यंत पुत्र भरत हो चुके हैं और जिसके बाद कुरु जैसे प्रतापी राजा हुए। इसे समुदाय का युद्ध करार दिया गया, जबकि यह महाभारत के पूर्व और राम-रावण युद्ध के बीच कालखंड का सबसे बड़ा युद्ध था।

दाशराज्ञ युद्ध यानी दस राजाओं के संघर्ष पर वैदिक ग्रंथों में विस्तार से चर्चा की गई है। आखिर यह युद्ध क्या था? पुरुवंशी सम्राट भरत के बाद उस वंश में राजा हस्ति हुए जिन्होंने अपनी राजधानी हस्तिनापुर बनाई। राजा हस्ति के पौत्र अजामीदा को पंचाल का राजा कहा गया है। राजा अजामीदा के वंशज में राजा संवरण जब हस्तिनापुर के राजा थे, तो पंचाल में उनके समकालीन राजा सुदास का शासन था। राजा संवरण ने सूर्य की पुत्री ताप्ती से विवाह किया था, जिससे कुरु का जन्म हुआ था। यह कुरु द्वितीय थे, जिन्होंने कुरुवंश की स्थापना की। राजा सुदास का संवरण से जो युद्ध हुआ उसे दाशराज्ञ युद्ध कहा जाता है।

भारत के राजवंश का राजा था सुदास जिसने अपने ही वंश के अन्य राजाओं से युद्ध लड़ा था। माना जाता है कि वह पुरु, यदु, तुर्वश, अनु, द्रुह्यु, अलिन, पक्थ, भलान, शिव एवं विषाणिन राजवंश सहित कई जनजातियों राजाओं से लड़ा था। कहते हैं कि इस युद्ध का एक कारण परुष्णी नदी (रावी) के जल का बंटवारा भी था।

दाशराज्ञ के युद्ध में एक ओर जहाँ सुदास की ओर से सलाहकार ऋषि वशिष्ठ थे, तो दूसरी ओर संवरण के सलाहकार ऋषि विश्वामित्र थे। कहते हैं कि शुरू में विश्वामित्र सुदास के पुरोहित थे, पर बाद में सुदास ने विश्वामित्र को हटाकर वशिष्ठ को नियुक्त कर लिया था। बदला लेने की भावना से विश्वामित्र ने दस राजाओं के एक राज्यों के संघ का गठन किया और फिर हुआ दशराज्ञ का युद्ध। इस युद्ध में इंद्र और वसिष्ठ की संयुक्त सेना के हाथों विश्वामित्र की सेना को पराजय का मुंह देखना पड़ा था।

यमुना किनारे तीन राजाओं से लड़ाई के बाद सुदास ने अपने राज्य की सीमा उत्तर में पाँचाल के दोआब, गंगा किनारे और सरस्वती नदी के इलाके पर भी अपना अधिकार जमा

लिया। राजा सुदास के समय पाँचाल राज्य का विस्तार हुआ। राजा सुदास के बाद उसके पोते राजा सोमक को भी उन लोगों से लड़ाई लड़नी पड़ी थी। कहते हैं कि हारकर, जो लोग सिंधु पार चले गए थे उन्होंने ही पार्थी, पर्सियन, बलोच, पख्तून और पिशक (कुर्द) राज्य की नींव रखी। बाद में प्रतापी भरत के वंश में संवरण द्वितीय के पुत्र कुरु द्वितीय ने अपने साम्राज्य को बढ़ाकर पाँचाल राज्य को अपने अधीन कर लिया तभी यह राज्य संयुक्त रूप से कुरु-पंचाल कहलाया, परंतु कुरु के कुछ समय बाद ही पंचाल पुनः स्वतंत्र हो गया।

जिस प्रकार राजाओं और वंशों के बारे में इतिहासकारों द्वारा सामान्यः तरीकों से उल्लेख कर दिया जाता है, ठीक उसी प्रकार से वेदों के बारे में भी विश्लेषण रखा जाता है। वेद के सूक्तों की भाषा और छंद हजारों वर्ष पुराने हैं, लेकिन हमारे इतिहासकार सहज ही उसका अर्थ कर देते हैं, जो कदापि संभव नहीं है। चारों वेदों में संकलित 20 हजार से अधिक मंत्र इतने पुराने और गूढ़ हैं कि उसका सही अर्थ का दावा कई बार गलतफहमी पैदा करता है।

यही कारण है महर्षि अरविंद कहते हैं कि वेदों को समझने के लिए पहले विचार की शुद्धता और विराटता अपने अंतर्मन में पैदा करनी होगी, जो वैदिक ऋचाओं के रचयिता ऋषियों के पास थीं। वेदों को अंतिम बार पाँच हजार वर्ष पूर्व महाभारत काल के समय संकलित किया गया। यानी वेदों के मंत्र कई हजार वर्षों तक लिखे और वाचिक परंपरा के माध्यम से जीवित रखे गए। इन मंत्रों और सूक्तों को मन, वचन और कर्म की शुद्धता से सालों दर साल हमारे सनातन परंपरा में बनाए रखा गया। वेदों को जानने, समझने और जीवन में उतारने के लिए वेदों के बाद उपवेद, उपवेद के बाद ब्राह्मण, ब्राह्मण के बाद अरण्यक आदि लिखे गए। इतना से काम नहीं बना, तो उपनिषद्, श्रुति, स्मृतियों की शृंखलाएँ लिखी गईं।

वेदों के गूढ़ भावार्थो को समझने के लिए सैकड़ों ग्रंथ लिखे गए। वेदों के बारे व्याकरणचार्य यास्क ने कई प्रकार से विश्लेषण किया—इतिहास के तरीके से, अध्यात्म के तरीके से, महाकाव्य के तरीके से। यास्क ने अपनी पुस्तक निरुक्त में ऐसे ही कई तरीकों से समझाने का प्रयास किया है। बाद के कालखंड में सायणाचार्य ने तुगंभद्रा नदी के किनारे 12 सालों तक वेदों के भाष्य में व्यतीत कर दिया। ऐसे ही प्रयास बाद में स्कंदस्वामी, वेंकटस्वामी, स्वामी दयानंद सरस्वती आदि महान् विचारक ऋषियों ने किए।

वेदों की रचना पाँच हजार वर्ष पूर्व समाप्त हो गई, जो उसके पहले तीन हजार वर्ष से अधिक समय से लिखी जाती रहीं। भारतीय इतिहास में जब पृथ्वीराज रासो, कल्हण, यास्क की रचनाओं को समझने के अनेक प्रयास किए गए, तब वेद जैसे पुराने ग्रंथों की सहज व्याख्या संदेह से परे नहीं हो सकती। वेद हमारे राष्ट्रीय जीवन की धुरी रहे हैं। यह

भारत के शाश्वत परंपरा का केंद्रीय भाव रहा है और हमारी सनातन परंपरा की अखंड धारा है। वेदों के दो हजार मंडल और 20 हजारा से अधिक मंत्रों में मनुष्य के जीवन, प्रकृति, जगत् और ब्रह्मांड के बारे में सारगर्भित और विस्मयकारी वर्णन है।

ऋग्वेद, सरस्वती व हड़प्पा सभ्यता

भारतीय परंपरा में चार युग हैं। सतयुग में स्वायंभुव मनु और शतरूपा के साथ मानव के सभ्य और संस्कार का इतिहास शुरू होता है। यह वैदिक काल का प्रारंभिक युग था। इसके पूर्व मानवीय सभ्यता पाषाण, पशुचारण और पशुपालन तथा कृषि के विभिन्न दौर से गुजरीं। इसे आधुनिक भाषा में पाषाण काल कहा गया। उस दौर में आर्य और अनार्य सभी वनवासी, पशुपालक और पशुचारण के दौर से गुजर रहे थे। उनके देव रुद्र थे। ये आदिदेव ही बाद में महादेव हुए। उनकी स्तुति यजुर्वेद के मंत्रों में की गई है। उसी प्रकार इंद्र, जो शुरू में वर्षा के देवता थे, वे बाद में व्यापार, वाणिज्य के देव हो गए। पशुचारण के दौर में अग्नि देव पशुओं से रक्षा करते थे, जो बाद में कृषि के लिए जंगल को जलाने और सफाई के देव हो गए। वैदिक काल में सभ्यता की जरूरत के हिसाब से देवता के गुण और कर्म बदलते रहे और उनकी मानव के लिए अहमियत भी बदलती रहीं।

वैदिक सभ्यता के पूर्व काल (सत या कृतयुग) के मानव वनवासी थे, लेकिन वे असभ्य नहीं थे। उनकी भौतिक इच्छाएँ भी कम थीं। इसलिए कहा गया कि तब न कोई राजा था न राज्य। न दंड का विधान था, न ही शासन की आवश्यकता होती थी। आम जीवन धर्म के चारों स्तंभों पर आधारित था, तो त्रेता में तीन यानी श्रीराम के काल तक तीन स्तंभों पर हो गया। श्रीराम से लेकर महाभारत काल तक यानी द्वापर तक यह धर्म दो स्तंभों पर खड़ा था। कलियुग यानी श्रीकृष्ण के बाद यह धर्म एक स्तंभ पर खड़ा है।

जब मानव वनाधारित था, तब उसके लिए वृक्ष देवता था। वृक्षों को अरण्यानी कहा गया है। ऋषि देवमुनि ऐरंमद (ऋ. 10.146.5 व 6) में घोषणा करते हैं कि अरण्यानी किसी भी प्राणी की हिंसा नहीं करती है, कोई और भी यहाँ आक्रमण नहीं करता है। मधुर फलों का आहार लेकर जीवन शांतिपूर्वक बिताया जा सकता है। ऋषि वामदेव गौतम (ऋ. 4.26.1) में कहते हैं कि मैं ही मनुरूप में उत्पन्न हुआ हूँ। मैं ही आदित्य हूँ और मैं ही क्रांतिदर्शी उशना ऋषि हूँ। सभ्यता के इस दौर में सात महान् ऋषि थे—वसिष्ठ, विश्वामित्र, भारद्वाज, वामदेव गौतम, शौनक (भार्गव वंश जिसमें जमदग्नि हुए), कंव और अत्रि। ऋग्वेद के ऋषि पूरे उत्तर भारत के ऋषि थे। इक्ष्वाकु के बाद मिथिला में जब मिथिवंश की स्थापना हुई तब पहले वसिष्ठ बाद में वामदेव गौतम कुल के लोग पुरोहित होते थे। बिहार में ही वैशाली, जो इक्ष्वाकु के भाई द्वारा स्थापित की गई, वहाँ दीघतमा मामतेय पुरोहित थे। भारद्वाज वंश के ऋषि स्वयं पुरुवंशी भरत के बाद राजगद्दी पर

बैठे। जमदग्नि अर्थात् भार्गव कुल के ऋषियों का कार्यक्षेत्र गुजरात और दक्षिण भारत था, इस कुल में परशुराम, जमदग्नि, दधीचि, भृगु आदि हुए तो विश्वामित्र का कार्यक्षेत्र कुरु, पाँचाल तथा वसिष्ठ का कौशल प्रदेश रहा। इस प्रकार समूचे भारतवर्ष में सभ्यता के उषा काल (जल प्लावन के बाद और त्रेतायुग के शुरू में) में ही राजा और उनके राजपुरोहितों का कार्यक्षेत्र आर्यावर्त बना हुआ था।

सरस्वती नदी के तट पर ही वैदिक सभ्यता प्रारंभ हुई, जो बाद में सिंधु नदी और उसकी सहायक नदियों के तट पर आगे चलीं। भारतीय परंपरा में यह सतयुग के अंत का कालखंड था, जब पूरी दुनिया हिमयुग के दौर में थी। उस समय सरस्वती की सहायक विवस्ता (झेलम) नदी के तट पर स्वयंभु मनु अपनी पत्नी शतरूपा के साथ सूर्य की वंदना कर रहे थे। ऋग्वेद में सबसे महत्त्वपूर्ण नाम भरत गण के थे। यह स्वयंभु मनु के वंश में ऋषभदेव के पुत्र भरत के वंशों के बारे में है। इस सरस्वती के तट पर पाँच हजार ईसा पूर्व में भरत के वंशजों ने ऋग्वेद के मंत्रों की रचना की। सरस्वती में भीषण बाढ़ के बाद सरस्वती सभ्यता पूरब में कुरु पाँचाल के क्षेत्रों में ब्रह्मर्षि प्रदेश यानी मध्यदेश पहुँच जाती है और इतिहास में भरतों का महत्त्व कम हो जाता है।

डॉ. रामविलास शर्मा का मानना है कि भरतों के इन्हीं वंशजों ने बाद में जल प्लावन के बाद हड़प्पा और मोहनजोदड़ो में सभ्यता की नींव डाली। इसके पीछे सबसे बड़ा कारण यह है कि हड़प्पाई सभ्यता के 800 स्थलों में से 530 से अधिक स्थल सरस्वती के प्राचीन जल मार्ग पर मिले हैं। इसी काल में ऋषभदेव के पुत्र भरत शासक बने और उनकी ख्याति का गायन ऋग्वेद में किया गया है। इस सदंर्भ में वेद की एक ऋचा बहुत ही रोचक है—

प्रप्नाायमग्निर्भरतस्य श्रृण्वे। अभियः पूरुं पृतनासु तन्थौ॥

अर्थात् भरत की वही अग्नि है, जिसने पुरु का पराभाव किया था। विद्वानों का मत है कि इसमें अगर शंकुतला पुत्र भरत का उल्लेख होता तो उसकी अग्नि से उसके पूर्व के वंश परंपरा के राजा पुरु कैसे परास्त हो सकते हैं? इस मंत्र से विदित होता है कि इसमें पुरु पूर्व के भरत का वर्णन है। ऋग्वेद के तीसरे और चौथे मंडल में भरत का नाम बार-बार आया है। इस मंडल में सुदास त्रित्सु के संबंध में यह नाम आया है। भरतों के पुरोहित वसिष्ठ को बताया गया है, जबकि वसिष्ठ चंद्रवंशी नहीं सूर्यवंशी राजाओं के पुरोहित थे। विश्वामित्र ने ऋग्वेद की एक ऋचा 3.53.12 में भारतं जनम् कहा है। स्वाभाविक रूप से भारत शब्द का यहाँ पर उल्लेख उनकी पुत्री शकुंतला के पुत्र दुश्यंति भरत के लिए नहीं आया है। राम-रावण के युद्ध के सैकड़ों साल बाद दुश्यंत और शकुंतला के पुत्र भरत हुए और उसके बाद दशराज्ञ का युद्ध संपन्न हुआ। ऐसे में भरत का अर्थ दुश्यंत पुत्र भरत से कदापि संभव नहीं है।

इस वर्णन का काल दुश्यंत पुत्र भरत, श्री राम और राजा पुरु के पूर्व का प्रतीत होता है। अतएव यह जल-प्लावन के पूर्व की घटना है। ऋग्वेद का यह मंत्र ऋषभ पुत्र भरत के बारे में उल्लेख करता है, जिसका प्रताप भरत के बाद वैवस्वत मनु और दोनों सूर्य और चंद्रवंशी राजाओं यथा—पृथु, पुरु, इक्ष्वाकु आदि राजाओं पर पड़ा। यही कारण है कि इक्ष्वाकु के साथ जो वंश चला उसे भी ऋषभदेव के कुल की तरह सूर्यवंशी कहा गया। ऋषभदेव के कुल के राजा भरत के राज्य की राजधानी अयोध्या थी, जो इक्ष्वाकुवंशी राजाओं की भी राजधानी रही। कई जगह पर भरतों को मनु भी कहा गया है।

आर्य सभ्यता का विकास और विस्तार पहले सरस्वती नदी के तट पर हुआ, फिर इसका पश्चिम में सिंधु और पूर्व में गंगा-यमुना के तटों पर विकास हुआ। सरस्वती नदी आर्यों के लिए सबसे पवित्र नदी थी। ऋषि गृत्समद (ऋ. 2.41.18) कहते हैं कि सरस्वती अन्न और धन देनेवाली है। यह सर्वोत्तम नदी है। यह हिमालय से लेकर समुद्रपर्यंत बहती है। (ऋ. 7.95.2)।

इन मंत्रों के संदर्भ में रामविलास शर्मा ने अपनी पुस्तक 'पश्चिमी एशिया और ऋग्वेद' में इतिहासकार रेनफ्रीव को उद्धृत किया है। वह लिखते हैं कि यह कहा जाता है कि सप्तसिंधु की भूमि पंजाब पर आर्यों का आक्रमण हुआ, लेकिन ऋग्वेद में सप्तसिंधुआँ के दर्जन भर प्रसंगों में ऐसा कुछ नहीं मिलता है, जिससे आक्रमण का कोई एक संकेत भी मिले। यही नहीं ऋग्वेद के सप्तसिंधु प्रदेश से जुड़े मंत्रों से यह नहीं लगता है कि आर्य इस भूमि से अजनबी हैं और न ही परकोटे वाले नगरों के वासी (दस्यु) स्वयं आर्यों से अधिक आदिवासी थे।

भरतों के सामूहिक विनाश का उल्लेख भारत की साहित्य परंपरा में है। ऋग्वेद में इसका उल्लेख नहीं है। जल प्रलय का प्राचीन उल्लेख अथर्ववेद (19.39.8) में है। इसके बारे में शतपथ ब्राह्मण में एक कथा है। जल प्रलय की कथा पारसी ग्रंथ जेद अवेस्ता में है। जब जल और सरस्वती के प्रति ऋग्वेद के रचनाकार ऋषियों में इतनी अगाध श्रद्धा थी, तब जल-प्लावन का वर्णन नहीं होने से यह पता चलता है कि यह घटना ऋग्वेद के बाद हुई। ऋग्वेद के परवर्ती काल में सरस्वती नदी में प्रलयकारी बाढ़ के कारण सभ्यता सिंधु और यमुना से पूर्व गांगेय प्रदेश की ओर बढ़ी। यह काल वैवस्वत मनु के बाद इक्ष्वाकु के सूर्यवंश और इला के चंद्रवंश के इतिहास से जुड़ा है। भारतीय साहित्य में इसे त्रेतायुग का प्रारंभिक कालखंड माना गया है। इस संदर्भ में ऋषि प्रतर्दन दैवोदसि का उल्लेख आवश्यक है, जो कहते हैं कि (ऋ. 9.96.12) "हे सोम! जिस तरह आप पूर्व में मनु के लिए अन्न और धन देनेवाले हुए थे, उनके शत्रुओं के संहारक बने, उसी प्रकार हमें भी धन और अन्न दें।" ऋग्वेद के मंत्र 1.114.12 में भी मनु के प्राचीन काल के राजा के रूप में उल्लेख किया गया है। इससे यह विदित होता हैं कि मनु

सबसे पुराने ऋग्वैदिक मंत्रों की रचना से भी पूर्व हुए। ऋग्वेद के मंत्र 1.80.16 में कहा गया है। मनु और ऋषि अथर्वा ने एक साथ इंद्रदेव की स्तुति की थी। मनु के बाद पृथु ने जल प्रलय के बाद सभ्यता के विकास का क्रम टूटे नहीं, इसके लिए कृषि का विस्तार किया, गाँव और नगर बसाए।

सरस्वती में बाढ़ की घटना एक अहम् काल विभाजक रेखा है। जल-प्लावन के बाद भरतों के वंश और कुल का अस्तित्व बना रहा, लेकिन उनके प्रताप और यश में अल्पता आ गई। भरतों के लोप के बाद भी उनके राजाओं की ख्याति बनी रही। यही नहीं त्रेता काल के साथ जब जल प्रलय से मनुष्य जाति नष्ट हो गई, तब मनुष्य के साथ वेद की रक्षा भगवान् विष्णु ने मत्स्यावतार के माध्यम से की। ऋग्वेद में विष्णु की प्रतिष्ठा प्रमुख देवता के रूप में नहीं है, विष्णु का त्रिदेव के रूप में महता ब्राह्मण काल में बढ़ीं।

जल-प्रलय के बाद इस सभ्यता का विकास और विस्तार देश के अन्यंत्र क्षेत्रों में चलता रहा। जल-प्रलय की घटना इतिहास की सच्चाई है, जिसका सुमेरु सभ्यता के अतिरिक्त अन्य स्थानों पर भी उल्लेख है। वाल्मीकि रामायण के अनुसार भी भरत जब अपने नाना के घर जा रहे थे, तो रास्ते में सरस्वती के मिलने का वर्णन है। (71.5)। प्रलयकारी बाढ़ के कारण सरस्वती सूखने लगी, जो महाभारत काल यानी पाँच हजार वर्ष पहले सूख गई। इसका उल्लेख ऋग्वेद में नहीं बल्कि पंचविंश ब्राह्मण में हुआ है, जो वेदों के बहुत बाद लिखा गया। इस जल-प्लावन जिसका उल्लेख न ग्रीक, रोमन, मेसोपोटामिया आदि सभ्यता में भी किया गया है, के बाद एक बार फिर आर्यजन गांगेय और सैंधव क्षेत्रों में बसे।

इससे यह निष्कर्ष निकलता है कि वेदों के मंत्रों की अर्थात् यजुषों और ऋचाओं की रचना प्रारंभ में पश्चिम और उत्तर नहीं बल्कि पूर्व में अयोध्या, वैशाली और कान्यकुब्ज क्षेत्रों में हुई, जिसका विस्तार क्रमशः पश्चिम और उत्तर में हुआ। वैवस्वत मनु और महाभारत के बीच 109 सूर्यवंशी राजाओं का इतिहास है। स्वयंभु मनु से मानव का इतिहास आरंभ होता है, ऋषभदेव के पुत्र भरत पहले राजा और उनके वंश के पृथु का पहली बार राज्याभिषेक हुआ। जल-प्लावन के बाद वैवस्वत मनु के समय से सभ्यता का विकास शुरू हुआ।

भार्गव वंशी ऋषियों ने मध्यम भारत में, वसिष्ठ ने अयोध्या में इक्ष्वाकु वंश का, दीर्घतमा ने वैशाली और बाद में भारद्वाजवंशी ऋषियों ने पुरुवंशी राजाओं के कुल पुरोहित बन कर सभ्यता का विकास किया। अत्रिकुल के ऋषि यज्ञसंस्था के माध्यम से सभ्यता का विकास पश्चिम भारत और उसके बाहर के प्रदेशों में किया। विश्वामित्र ने इस देश में पौरुष भरने का कार्य किया। ऋग्वेद के अथर्वा ऋषि जिन्होंने अथर्ववेद की रचना की। अथर्वा ऋषि पश्चिमोत्तर भाग से कई प्रदेशों में गए और वैदिक संस्कृति को प्रचारित

और प्रसारित किया। बेबीलोन के कई राजाओं और देवताओं के नाम पर वैदिक सभ्यता का प्रभाव परिलक्षित होता है। उनके देवताओं के नाम हैं—सूर्यस, मरुत्तस, अबिरत्तस। एशिया माइनर में प्राप्त अभिलेखों में वैदिक देवताओं के नाम प्रयुक्त हैं।

मनु के बाद महाभारत काल के तीन हजार वर्षों में वेदों के मंत्र लिखे जाते रहे हैं और वाचिक परंपरा में उसका अपनी भारतीय चेतना का अक्षुंण अंग बनाया जाता रहा है। ऋग्वेद के मंत्रों से देवताओं की स्तुति की गई, तो यजुर्वेद के मंत्रों के माध्यम से प्रकृति और मनुष्य के बीच एक रिश्ता बनाया गया। यजुष की सहायता से अग्नि में आहुति डालने को यज्ञ कहा गया। यह यज्ञ प्रकृति के साथ मैत्री, उसके साथ समर्पण और कृतज्ञता का भाव हमारे जीवन में लाया। चार वेदों में यजुर्वेद का दूसरा स्थान है। इसमें कुल मंत्र 1975 हैं। इसमें कर्म का प्रतिपादन किया गया है। वैदिक ऋषि जिस प्रकार मनुष्य और प्रकृति तत्त्वों के साथ एक समन्वय और संबंध का निर्माण करते हैं। उस संबंध के निर्माण के माध्यम को यजुष कहा गया है। इस यजुष के माध्यम से ही अग्नि में आहुति डाली जाती है। इस संपूर्ण विधि को यज्ञ कहा गया। यजुर्वेद की 101 शाखाएँ हैं। जिनमें से मात्र छह ही आज उपलब्ध हैं। सामवेद उपासना का वेद है। इसमें 1875 मंत्र हैं। सामवेद में परमात्मा की शक्ति, प्रार्थना, उपासना और साधना का विषय समाहित है। सामवेद के मंत्रों का गायन होता है। अथर्ववेद एक ज्ञान-विज्ञान का संकलन है।

ऋग्वैदिक काल के ऋषियों ने जिस प्रकार दार्शनिक चिंतन को मंत्रों और सूक्तों में अभिव्यक्त किया है, वह भारतीय जीवन और सनातन परंपरा का पहला नवजागरण है। रामविलास शर्मा इसे विश्व दर्शन के इतिहास में क्रांतिकारी घटना मानते हैं। ऋग्वेद और उपनिषद् के सृष्टि संबंधी चिंतन में यह विचार है कि प्रकृति स्वतः विकसित हुई है और फिर विश्व, मन अथवा इच्छा से उत्पन्न हुई हैं। यह चिंतन और इस चिंतन पर समाज, दर्शन और व्यवस्था के निर्माण में समूचे भारतवर्ष के विराट मन और मस्तिष्क का योगदान है। इसमें सभी द्रविड (दक्षिणावर्त), निषाद (आस्ट्रिक या कोल-मुंडा समाज), आर्य, किरात (उत्तर पूर्वी भारत के किरात या मंगोलियन) चारों वर्ग का महान् योगदान है। हालाँकि यह विभाजन जातीय कभी नहीं रहा। भारतीयता के निर्माण में आर्य चरित्र की चिंतन, प्रवीणता के साथ बौद्धिकता थी, तो द्रविड मन की भावुकता, कल्पनाशीलता और शिल्पकारी का समावेश था। कोल-मुंडाओं के प्रसन्नचित और सरल स्वभाव का दर्शन तो किरात समाज के सौंदर्यबोध और अलंकारिकता का स्पंदन था।

वैदिक ग्रंथों के माध्यम से भारतवर्ष के समाज में इहलौकिक और परालौकिक रूप से विस्तार और विकास के दर्शन को प्रस्तुत किया जा रहा था। उस आर्यत्व की उत्कृष्ट व्याख्या रामायण नामक महाकाव्य है। यद्यपि इसके पूर्व वेण पुत्र पृथु और निषाद के माध्यम से समाज को सदाचार, चरित्र और व्यवस्था का मार्ग दिखाया गया था, लेकिन

भारत आर्य भूमि है, यहाँ के लोग आर्य हैं, गंगा आर्य नदी है, लेकिन निषादीय शब्द है। यह सब बिना चरित्र और आदर्श के बिना संभव नहीं है। इसी प्रकार माता सीता के प्रति निषादीय भाव के कारण ही केवट प्रभु श्रीराम का पांव पखारना चाहता है। उसे लगता है कि अपने समाज की बेटी के पति का पांव नहीं धोया, तो मुक्ति नहीं मिलेगी। हनुमान, शबरी, रावण आदि के प्रसंगों को छोड़ भी दिया जाए तो यह मानना ही होगा कि भारतीय सनातन परंपरा में कई तत्त्वों का समावेश रहा है और सब मिलकर आर्यत्व यानी श्रेष्ठता को ही व्यक्त किए हैं।

इसका उत्कृष्ट उदाहरण वाल्मीकिकृत रामायण है। रामायण की महानता का आधार देनेवाले वाल्मीकि कवि के छंद और कविता का जागरण एक निषाद के क्रौंचवध के परिणाम स्वरूप ही संभव हुआ। स्वयं वाल्मीकि गंगा और तपसा नदी के बीच के जंगल में रहते थे, जो निषादों के जीवन से समृद्ध रहा है। वाल्मीकि रामायण में वर्णन है कि केवटों और माझियों को उतना ही सम्मान था, जितना किसी इक्ष्वाकुओं का। कुल पुरोहित वसिष्ठ उनको आर्य महिमा के गुणगान कर स्मरण करते हैं। गंगा और यमुना के तट पर इक्ष्वाकु और निषाद वंशियों का सदैव ही परस्पर संबंध रहा है।

लोक साहित्य के मर्मज्ञ कुबेरनाथ राय (निषाद बाँसुरी के पृष्ठ-40) का कहना है कि गंगा मूलत: निषादों की नदी है। माँ निषाद प्रतिष्ठा के आदि श्लोक के अपराधी एवं वाल्मीकि के पड़ोसी निषादों ने ही प्रथम इस नदी की धारा को हार फूल, अर्ध्य एवं युग्म-हंसों की बलि प्रदान की थी। बाद में आर्य जनों ने इसका अनुकरण किया। जिसने भी श्रेष्ठता के आदर्शो और शाश्वत मूल्यों के विकास में योगदान दिया, वे सब आर्य कहलाए। भारतीय ही आर्य हैं और इस भारतीयता के विकास में सबका योगदान रहा है।

आर्यत्व की सबसे उत्कृष्ट व्याख्या रामायण नामक महाकाव्य में हुई है। गंगा को सबसे पहले माता निषादों ने कहा। उन्होंने मातृका शब्द का उपयोग कर अपने श्रद्धा गुगन अर्पित किए। जब निषादों ने गंगा को माता माना था, उस समय भारतीयों का एक वर्ग सरस्वती और सिंधू की प्रवाह में मातृदेवि के रूप और गान का सस्वर पाठ कर रहे थे। कुबेरनाथ राय के शब्दों में कहा जाए तो गंगा नदी को विस्तार संस्कार और महिमा तब मिली, जब श्यामलगात निषाद पुरुषों की भुजाओं को इक्ष्वाकुओं का बौद्धिक मानसिक नेतृत्व मिला।

यहाँ यह जानना आवश्यक है कि पहले गंगा एक पहाड़ी नदी थी, जिसे इक्ष्वाकु वंशीय राजा सगर ने 100 साल से अधिक लंबी योजना चलाकार गंगा के बहाव पथ को सुंस्कारित और विशाल बनाकर, बाँध और विशाल नहर बनाकर इसको संवर्द्धित किया। इसमें इक्ष्वाकु वंश की पाँच पीढ़ियों का योगदान रहा। सगर के पौत्र अंशुमान, अंशुमान के पुत्र दिलीप प्रथम और दिलीप के पुत्र भागीरथ ने 100 साल से अधिक समय तक

विराट आयोजन एवं परिश्रम से गंगा को समूचे भारतीय समाज के लिए उपलब्ध कराया।

आर्य कहलाने के लिए ऐसे ही विराट और समाज उपयोगी महान् कार्य करने होते हैं। कोई उच्चकुल में जन्म लेकर आर्य नहीं हो जाता है। राम आर्य हैं, तो उतना ही निषादकुल के वाल्मीकि आर्य हैं। उतना ही केवट आर्य हैं। आर्य जाति खोजनेवालों के लिए महाभारत के रचयिता के बारे में जान लेना चाहिए। वेद व्यास के रक्त में निषाद और आर्य दोनों का मिलन था। अब इसमें कौन आर्य और कौन अनार्य?

सनातन परंपरा

हजारों वर्ष पहले की वैदिक-हड़प्पा कालीन संस्कृति की अमिट छाप आज भी भारतीय जीवन पर है। पिछले आठ हजार वर्ष से भारतीय जीवन एवं संस्कृति अविच्छिन्न एवं अक्षुंण रूप से विविध बाधाओं एवं विघ्नों के बावजूद भी प्रवाहित होती रही है। हड़प्पा कालीन नगरीय स्वरूप और भवन निर्माण योजना आश्चर्यजनक रूप से उसी मौलिकता के साथ आगे बढ़ीं। भवन निर्माण के तहत प्रत्येक घर में एक आंगन होता था, जिनके चारों ओर कमरे बनाए जाते थे। मकान में रसोईघर, शौचालय एवं स्नानघर का प्रबंध होता था। कमरे में ऊँचाई पर झरोखे बनाए जाते थे। आज भी भवन निर्माण की यह व्यवस्था पाँच हजार वर्षो के पश्चात भी बाद बदस्तूर जारी है। सत्ता के विकेंद्रीकरण की व्यवस्था भारतीय इतिहास की एक केंद्रीय विशेषता रही है, जो सभी राजवंश और राजाओं के शासन का अंग रही। यही गणतंत्र भारत में भी संचालित रही। जब हड़प्पा सभ्यता का प्रशासनिक स्वरूप सत्ता के विकेंद्रीकरण पर आधारित था, तब मिश्र में सत्ता वहाँ के राजा (फराओ) के हाथों में केंद्रित थी। व्यापार की सुविधा के लिए माप-तौल की प्रणाली में पूरे हड़प्पा सभ्यता में एकरूपता देखने को मिलती है। तौलने की इकाई के रूप में 16 या उसके गुणक अंक का व्यवहार किया जाता था।

सामाजिक जीवन की निरंतरता का प्रभाव अमिट रहा। भारतीयों के खान-पान, रहन-सहन, वस्त्र-आभूषण की परंपरा परिवर्तित एवं कुछ एक अंश तक संशोधित रूप से लगातार प्रचलन में रही है। हड़प्पा के नौशारो स्थान पर स्त्रियों की कुछ मिट्टी की ऐसी मूर्तियाँ पाई गई हैं, जिनकी माँग में अब भी सिंदूर भरा हुआ है। माँग में सिंदूर भरना विवाहित हिंदू स्त्रियों के लिए सुहाग का प्रतीक है। हड़प्पा से प्राप्त एक मिट्टी की पट्टी पर एक महिष यज्ञ का दृश्य चित्रित है, जो महिषासुर मर्दिनी की याद दिलाता है।

चालाक लोमड़ी और प्यासे कौए की कहानियाँ हड़प्पा के कलशों पर चित्रित पाई गई हैं। हिंदुओं का पवित्र चिन्ह स्वास्तिक मुद्राओं और चित्रकारियों में पाया गया है। हवन कुंडों के रूप में काम में ली जाने वाली अग्नि वेदिकाएँ भी हड़प्पा की सभ्यता का अभिन्न अंग हैं।[1] हड़प्पा में मिट्टी की नारी मूर्तियाँ बड़ी संख्या में मिली हैं। इनके विषय में यह मत

स्वीकार किया गया है कि ये महामातृ देवी की मूर्तियाँ हैं। हड़प्पा में एक मूर्तिका में स्त्री के गर्भ से निकलता हुआ एक पौधा दिखाया गया है। यह संभवतः पृथ्वी माता की प्रतिमा है। एक मुहर पर एक पुरुष देवता को तीन मुखों के साथ चित्रित किया गया है। वह एक योगी की मुद्रा में नीचे सिंहासन पर बैठा है और उसके दोनों ओर दो पशु दिखलाए गए हैं—दाहिनी ओर हाथी तथा बाघ है और बाईं ओर गैंडा और भैंसा। दो हिरन सिंहासन के नीचे खड़े हैं। मौर्य वंशी शासक अशोक महान् के काल में देश के विभिन्न भागों में स्तंभ एवं शिलालेखों के माध्यम से नागरिकों से संवाद स्थापित किया गया। इस स्तंभ में चक्र और उसके इर्द-गिर्द सिंह, हाथी, हिरण, मोर एवं अन्य पशु-पक्षियों की आकृति मिलती है। और ठीक यही चिह्न आजाद भारत राष्ट्र का प्रतीक चिह्न बना।

हड़प्पा के प्राकृतिक जानवरों को अशोक ने अपने शिलालेख एवं स्तंभों में स्थान देकर अपने विचारों एवं आदर्शों को संसार के समक्ष रखा, जो परवर्ती काल में शासक के लिए उदाहरण बना। सातवाहन, चालुक्य, कुषाण आदि राजवंशों ने शिलालेख एवं स्तंभों को अपने विचारों के प्रकटीकरण का माध्यम बनाया। जहाँ चंद्रगुप्त और अशोक ने अपने नागरिकों एवं प्रजा के साथ पिता एवं पुत्र का संबंध रखा। धर्मविजय के माध्यम से देश का विकास और विस्तार किया तथा राष्ट्र को सशक्त बनाया। वही गुप्त काल में चंद्रगुप्त और समुद्रगुप्त ने दिग्विजय के माध्यम से देश का विस्तार और विकास किया। इनके भी सिक्के और स्तंभ में बाघ, गरूड़, सिंह और घोड़ा के चिन्ह मिले हैं। अशोक और समुद्रगुप्त प्राचीन कालीन भारत के शासकों में प्रेरणा एवं आदर्श के प्रतीक रहे। जहाँ प्रथम ने धर्मविजय की नीति अपनाई, वहीं द्वितीय ने दिग्विजय की। दोनों ने पराक्रम पर बल दिया, प्रजा की भलाई का ध्यान रखा, पराजितों के साथ सहानुभूतिपूर्ण व्यवहार किया और धर्म पर बल दिया।[2] समुद्रगुप्त ने अपने दिग्विजय अभियान के दौरान विजित प्रदेश को अपने राज्य में नहीं मिलाया, विजित प्रदेश के राजा पूर्ववत् शासन करते रहे। उनकी नीति में ग्रहण, मोक्ष और अनुग्रह की नीति शामिल थी। यह नीति हजारों साल से भारतीय राजाओं की युद्ध नीति रही थी।

हड़प्पा संस्कृति में वृक्ष को दो रूपों में पूजे जाने का साक्ष्य भी मिलता है। एक रूप में वृक्ष को उसके अपने प्राकृतिक रूप में पूजा जाता था और दूसरे रूप में वृक्ष की नहीं बल्कि वृक्ष में निवास करनेवाली आत्मा की पूजा की जाती थी। मोहनजोदड़ो में पाई गई एक विशिष्ट मुहर में एक देवता को पीपल के वृक्ष की दो शाखाओं के बीच में खड़ा हुआ दिखाया गया है। सात मानव आकृतियाँ एक पंक्ति में खड़े होकर उसकी पूजा कर रही हैं और एक लंबे बालों वाली आकृति भक्ति भाव से आधे घुटने टेककर नतमस्तक है, उसके पीछे एक बकरा/बकरी है, जिसका मुंह आदमी जैसा है। इस धार्मिक परंपरा का सातत्य भरहुत और सांची की प्रतिमाओं में पाया जाता है, जिनमें

यक्षियों को वनदेवी के रूप में दिखाया गया है।

हड़प्पा काल के पाए जानेवाले जानवर भैंसा, सांड, गैंडा, कूबड़ वाल बैल, बाघ, हाथी आदि परवर्ती काल में भिन्न-भिन्न देवताओं के वाहन बने। उदाहरणार्थ शिव का वाहन नंदी अर्थात् बैल, यम का वाहन भैंसा, दुर्गा का वाहन शेर, इंद्र का वाहन हाथी।[3] प्राकृतिक शक्तियों की आराधना भारतीयों के धार्मिक जीवन का मुख्य विषय रही है। इसकी प्रधानता हडप्पा काल में भी देखने को मिलती है और आधुनिक युग में भी। पशु-पक्षी के पूजने की प्रथा, शक्ति के विविध रूपों की पूजा जिसमें शिव की शिशन और शक्ति की योनी के रूप में पूजा तब से बिना किसी व्यवधान के प्रचलित है। आज भी वही शक्ति की योनी की पूजा कुलदेवी, ग्राम देवी, शक्ति की सातों बहनों, शीतला माता के रूप में घर-घर, गाँव-गाँव व्याप्त है। शिव के विविध रूपों-नारी रूप, नागधारी रूप, धनुर्धर रूप और नर्तक रूप तब भी व्याप्त और स्वीकार्य था, आज भी है। पीपल के प्रति भक्तिभाव, साँढ़, नाग की पूजा, अग्नि पूजा की निरंतरता हमारे जीवन में स्पष्ट है। सूर्य और स्वास्तिक के प्रति श्रद्धा और यज्ञ प्रधान जीवन की विशेषता आज भी भारतीय जीवन का विशिष्ट अंग है। दाह कर्म की व्यवस्था के अनुसार उस समय शव को अग्नि के सुपुर्द कर दिया जाता था। भष्मावशेष को मिट्टी के पात्रों में रखकर दफनाया जाता था। शव को चिता पर रखने का क्रम भी निश्चित था। सर उत्तर और पैर दक्षिण की ओर रखा जाता था। अंत्येष्टि कर्म का वह विधान आज भी ज्यों का त्यों प्रचलित है।

इस संसार में और भी अनेक सभ्यताएँ प्रकट हुईं और कुछ शताब्दियों तक उन्होंने अपनी भूमिकाएँ अदा कीं। इसके बाद क्षय हुआ और उनका विनाश हो गया। जबकि हमारी सभ्यता में निरंतरता बनी रही। वैदिक काल से लेकर आजतक धर्म में, समाज में तथा हमारे देश में कई परिवर्तन हुए और उसके बाद भी हम अब भी वहीं हैं, जो पाँच हजार वर्ष पूर्व वैदिक युग, हड़प्पा सभ्यता के काल में थे। हम सनातन है और इसके बावजूद सतत परिवर्तनशील भी।

भारत की आयु निरंतर बढ़ रही है, परंतु यह कभी वृद्ध नहीं होता। यह इस कारण हुआ कि भारतीय समाज ने बीच के कालखंड में संघर्ष के दौरान और बाद में यानी हर युग में समायोजन करता रहा। सदैव आवश्यक परिवर्तनों को आत्मसात कर, व्यर्थ को अस्वीकार करते हुए वही प्राचीन भारत रहा। साथ में आधुनिक भी। भारत ही एक मात्र देश है, जिसने स्मृति को बदलने का साहस दिखाया।

यह सनातन इसलिए है कि भारतीय जीवन में जो कुछ अनुपयोगी था, उसे हम कालक्रम में प्रक्रियागत तरीके से समाप्त करते चलते हैं। उसे वैदिक युगीन कर्मकांड एवं बलिप्रथा बौद्धकाल के दौरान क्षीण हो गया। विधवाओं का अपने पतियों की चिताओं पर जलाया जाना, बीते काल की बात हो चुकी है। बालिकाओं के बाल विवाह अब मर्यादा या

नैतिक रूप से नहीं होते। मंदिर सब के लिए खुल गए। जातिवाद समाप्त हो गया। इसके लिए पश्चिम की तरह कोई क्रांति की आवश्यकता नहीं पड़ी। वरन् यह सब नवजागरण में सराबोर होकर किया गया। नव जागरण, पुनरोदय इसलिए—ताकि अतीत से जुड़ी कोई अच्छाई क्रांति समाप्त न हो जाए।

उपनिषद् आदि प्राचीन ग्रंथों का अध्ययन करने पर प्रतीत होगा कि आधुनिक युग में जन्मे इन महान् आत्माओं के विचारों में कितना सामंजस्य है। उनमें एक ऐतिहासिक निरंतरता है। यह नया सामंजस्य भी वर्तमान अवस्थाओं के संदर्भ में वही पुराना सामंजस्य है। भारत में यही बात बारंबार सिखाई गई है। परिस्थितियाँ बदलती रहती हैं और हमें उस प्राचीन सत्य के एक नए प्रतिपादन की आवश्यकता होती है। सत्य वही रहता है, केवल उसका आवरण बदल जाता है। हमें अपनी प्राचीन तथा अब भी प्रचलित परंपरा से यही सीखने को मिलता है। दो शब्द हैं—श्रुति और स्मृति। एक है सनातन धर्म का तत्त्व और दूसरा है युगधर्म। युगधर्म बदलते रहते हैं, जबकि सनातन व शाश्वत धर्म के तत्त्व नहीं बदलते हैं।[4] भारत में एक स्मृति बदलने का साहस और वह भी शांतिपूर्वक, यह विशुद्ध रूप से भारतीय विरासत है। यहाँ समय और काल की माँग के अनुसार स्मृतियाँ आती हैं और चली जाती है। भारत में न जाने कितनी स्मृतियों का प्रचलन रहा और बाद में उसे त्याग दिया गया। ईस्वी सन् के बाद ही पराशर स्मृति, नारद स्मृति, याज्ञवल्क्य स्मृति, विष्णु स्मृति, बृहस्पति स्मृति, कात्यायन स्मृति, वराहमिहिर स्मृति की रचना की गई। इसके अलावा अनेक धर्मसूत्रों के माध्यम से समाज की रचना और उसको दिशा देने का प्रयास किया गया। ईस्वी सन् के बाद ही वसिष्ठ सूत्र, गौतम सूत्र, बौधायन सूत्र, आपस्तम्ब सूत्र, मेधातिथि, विज्ञानेश्वर, अपरार्क जीतूवाहन आदि धर्मसूत्रों की रचना हुईं।

देश काल की माँग के अनुरूप अकेले आठवीं सदी की प्रारंभ से 12वीं सदी के अंत तक दर्जनों स्मृतियाँ, धर्मसूत्र और उनपर टीका एवं भाष्य लिखे गए। उत्तर भारत में विश्वरूप (750 से 1000 ईस्वी के बीच), मेधातिथि (825–900 ईस्वी के बीच), कुल्लक (1150–1300 ईस्वी के बीच) तथा गोविंदराज ने (1008–1110 ईस्वी के बीच) और याज्ञवल्क्य पर दक्षिण भारत में विज्ञानेश्वर (12वीं सदी) तथा अपरार्क (1100–1130 ईस्वी के बीच) ने प्रसिद्ध भाष्य लिखे। इसके अतिरिक्त जीमूतवाहन ने (बंगाल में 1100–1150 ईस्वी के बीच) के व्यवहार मातृका तथ दायभाग नामक ग्रंथ और लक्ष्मीधर (महाराष्ट्र में 1080–1100 ईस्वी के बीच) ने कृत्यकल्पतरु आदि ग्रंथ लिखे।[5] सातवीं सदी से 12वीं सदी में जब भारत में आक्रमण के एक नए युग का आरंभ हुआ, तो भारतीय जीवन भी उसी प्रकार से प्रत्युत्तर देने की तैयारी में लग गया। इस प्रतिवाद के युग में भी जीवन के विविध क्षेत्र पर प्रभाव अधिक नहीं हुआ। शिक्षा के केंद्र पहले नालंदा, तक्षशिला हुए करते थे, जो तब गुजरात में वल्लभी, बंगाल में सोमपुर और जगदल, पल्लव की

राजधानी काँचीपुरम्, राष्ट्कूटों के अधीन सतलोगी का त्रयोपुरुष मंदिर शिक्षा के विख्यात केंद्र थे। साहित्य के क्षेत्र में तब उत्तर भारत के बदले दक्षिण में महान् रचनाएँ हो रही थीं। उदाहरणार्थ भारवि, विल्हण, राजशेखर, सोमेश्वर, दंडिन, कंबन। कन्नड़ में ख्यातिलब्ध विद्वान पंप, पोन्न, तथा रन्न।

धार्मिक उमंग की यह बलवती लहर सातवीं सदी के प्रारंभ में अपने चरमोत्कर्ष पर पहुँच गई और नौवीं सदी के मध्य तक भी उसमें कोई ह्रास नहीं दिखा। ह्वेनसांग 642 में दक्षिण भारत आया था जब हिंदू पुनरुभ्युदयवाद जोर पकड़ रहा था। बाद में इस आंदोलन ने और भी जोर पकड़ा। इसमें सार्वजनिक शास्त्रार्थ ने बहुत बड़ा योगदान किया, क्योंकि प्रायः उसके बाद राजा और शासक एक धर्म बदल कर दूसरा अंगीकार करते थे। कुमारिल और शंकर, जो स्मार्त यानी परंपरावादी थे, जिन्होंने किसी एक विशेष पंथ को नहीं बल्कि पुराने वैदिक धर्म को प्रतिष्ठित करने का परिश्रम किया। उन्होंने यह धार्मिक आदर्श प्रस्तुत किया कि युवावस्था में आदमी धार्मिक कर्मकांड और वृद्धावस्था में दार्शनिक चिंतन करे। समाज व्यवस्था और पुरुषार्थ पर आधारित जीवन को संस्थागत बनाकर भारत को एक देश के रूप में बनाए रखने का प्रयास किया। इस देश को एक बनाए रखने में पथ, मत, भाषा एवं क्षेत्र कभी बाधक नहीं बना।

वेदांत के तीन मुख्य प्रणालियों की आधारशिला रखनेवाले—शंकर, रामानुज और माधव दक्षिण भारत के थे। पाँचवीं सदी तक विभिन्न धार्मिक पंथों के आपसी संबंध में सामंजस्य और सहिष्णुता रही। उदाहारण के लिए संगम साहित्य की प्रसिद्ध रचना मणिमेखला में हम देखते हैं कि नायिका को काँची में वेद, शिव, विष्णु, आजीविक, जैन और सांख्य, वैशेषिक और लोकायत की दर्शन प्रणालियों के अध्ययन का परामर्श दिया जाता है।

नास्तिकता के बढ़ते ज्वार और भौतिकवाद से समाज को दिशा देना आवश्यक था। इस युग में विभिन्न पंथों के समर्थक एक-दूसरे को सार्वजनिक विवादों के लिए चुनौती दिया करते थे। और अग्निपरीक्षा के माध्यम से सत्य की जाँच की जाती थी। किसी प्रतिभाशाली से या किसी और व्यक्ति के नेतृत्व में भक्तों का दल तमाम रास्ते नाचते और गाते तथा धार्मिक विवाद करते हुए देश का बार-बार भ्रमण करते थे।[6] भारतीय विचारधारा में ज्ञान के दोनों अवयवों चिंतन और व्यवहार को सदैव ही प्रमुखता से जीवन एवं राष्ट्र में उतारा गया। भारत में सदैव ही चिंतन के साथ व्यवहार को प्रमुखता दी गई। ऋग्वेद के मंत्रों से ज्ञान के एक उत्कृष्ट अवस्था का संकेत मिलता है, तो उसे सिंधु घाटी एवं धौलावीरा के सभ्यताओं के माध्यम से व्यवहार में उतारा गया। इन सभ्यताओं के पुरावशेषों तथा इंजीनियरिंग, वास्तुशिल्प एवं नगर नियोजन में ज्ञान के व्यवहार का एक उदात्त रूप देखने को मिला।

दक्षिणावर्त

इतिहासकार विंसेंट स्मिथ ने दक्षिणावर्त (दक्षिणापथ या दक्षिण भारत) के बारे में लिखा है कि बहुत लंबे समय तक उत्तर भारत पर, संस्कृत ग्रंथों पर और हिंद-आर्य विचारों पर ध्यान केंद्रित किया गया है। अब समय आ गया है कि अन्य आर्य तत्त्वों पर भी समुचित रूप से ध्यान दिया जाए। इसी प्रकार भारतीय विद्वान सुंदरम पिल्लै ने लिखा कि भारत के वैज्ञानिक इतिहासकारों को अपना अध्ययन कृष्णा, कावेरी और वैगाई नदियों के मैदानों से शुरू करना चाहिए न कि गंगा के मैदान से, जैसा कि बहुत लंबे समय से किया जाता रहा है। भारतीय जीवन में आर्य पूर्व तत्त्व के बदले वैदिक पूर्व तत्त्वों की खोज की जानी चाहिए, ताकि भारतवर्ष के निर्माण में आर्यावर्त और दक्षिणावर्त के योगदान को समझा जा सके। आर्य पूर्व से तात्पर्य वैदिक काल के पूर्व की जीवन व्यवस्था से होना चाहिए, जब भारतीय जीवन अरण्य और पशुचारण आधारित था और जीवन, समाज, विज्ञान एवं दर्शन आधारित विविध श्रेष्ठ विचारों के माध्यम से कृषि आधारित ग्राम्य एवं नगरीय सभ्यता की ओर अग्रसर हो रहा था। यह वैदिक ऋचाओं के प्रस्फुटन का उषाकाल था। ऋग्वेद और ऋचाओं के माध्यम से सप्तसिंधु प्रदेशों में आर्य यानी श्रेष्ठ जीवन को परिभाषित किया जा रहा था, तब दक्षिणावर्त भी वेद, संस्कृत और आर्य तत्त्वों से इतर एक सदाचार आधारित ऊँचे जीवन संरचना को विस्तारित कर रहे थे।

दक्षिण भारत को द्रविड प्रदेश कहने का आग्रह रहा है, जो द्रमिल शब्द से आया है और जिसका आधुनिक रूपांतरण है तमिल शब्द। भारत में कुरु, पाँचाल, मैथिल, कर्नाट, आंध्र, पौंड्र की तरह द्रमिल शब्द भी स्थानवाची शब्द है। भारतीय परंपरा में जाति-प्रजाति आधारित सोच ही नहीं रही।

वैदिक काल के पूर्व पाषाणकालीन सभ्यता के अवशेष अगर कश्मीर के बुजहित में मिलते हैं, तो मैसूर के ब्रह्मगिरि और कर्नाटक के बेलारी शहर के निकट संगनकल्लू में भी समान नवपाषाणकालीन संस्कृति के अवशेष मिले हैं। दक्षिण भारत में गोदावरी और नर्मदा नदियों कि किनारे घाटियों एवं पहाड़ियों पर, जो जीवाश्म और पत्थर के औजार मिले हैं, वे तीन लाख वर्ष पुराने बताए जाते हैं। उत्तर भारत में सोहन की समकालीन सभ्यताएँ जैसी गुजरात और मयूरभंज के अलावो सिंगरौली, मद्रास में अब्बेविलो एशूलियन में सभ्यताएँ प्राप्त हुई हैं।

नीलगिरि में तो समाधि पर बैठाए गए पत्थर और स्तूप मिले हैं, जो मैदानी क्षेत्रों में प्राप्त महापाषाण काल के चिह्नों से भिन्न हैं। भाषा और लिपि के आधार पर देखें तो पूरे भारतवर्ष में इनका मिश्रिण देखने को मिलता है। द्रविड़ भाषाओं के अवसिष्ठ चिन्ह उत्तर-पश्चिम में स्थित बलूचिस्तान के ब्रहुई लिपि तथा झारखंड के कुडुख लिपि में दिखती है, जो आर्य और मुंडारी भाषा की लिपियाँ हैं। इसी प्रकार मुंडारी भाषाएँ मध्य प्रदेश की महादेव

पहाड़ियों के क्षेत्रों में बोली जाती हैं और दक्षिण के गोदावरी नदी तक के क्षेत्रों में इसका विस्तार था। यही नहीं मुंडारी और भिली भाषाओं में समानता है।

इसी प्रकार सुदूर दक्षिण स्थित त्रावणकोर के कक्कलनों की भाषाएँ भी काफी हद तक मुंडा भाषा से मिलती हैं। द्रविड़, मुंडारी यानी निषाद और वैदिक सभ्यता के लोगों का आपस में खूब सम्मिश्रण हुआ, जिसके परिणामस्वरूप ऋग्वेद सहित संहिताओं, अरण्यक, ब्राह्मणों की रचनाएँ हुईं और सभ्यताएँ फैली, तथा साथ में उनके दर्शन, साहित्य, विज्ञान, राजनीति एवं नियमों का विस्तार हुआ।

ऋग्वेद की रचना काल में ही उत्तर से दक्षिण बसने का विवरण वैदिक संहिताओं में आता है। ऋग्वेद की परवर्ती रचना काल में कुछ वैदिक विचार वाले लोगों ने दक्षिण में जाकर शरण ले ली थी। ऐत्तरेय ब्राह्मण में विदर्भ यानी बरार राज्य तथा उसके राजा भीम का उल्लेख मिलता है। ऐत्तरेय ब्राह्मण तथा सांख्यारण श्रौतसूत्र में कहा गया है कि ऋषि विश्वामित्र ने अपने पचास पुत्रों को, जो सुनहशेफ देवरात से ईर्ष्या रखते थे, आर्यावर्त की सीमा पर जाकर रहने का शाप दिया और उनकी संतानें दस्यु हुईं, जैसे आंध्र, पुन्ड्र, शबर, पुलिंद तथा मूतिब।

यह घटना त्रेतायुग के प्रारंभिक काल की है, जब शुन:शेप को विश्वामित्र ने नरबलि होने से बचाया और उसके बाद उनका विश्वामित्र कुल व गोत्र में ही विरोध हो गया। इतिहासकार डॉ. नीलकंठ शास्त्री अपनी पुस्तक 'दक्षिण भारत के इतिहास' में यह लिखते हैं कि वैदिक ऋचाओं के रचनाकाल में कुछ साहसी आर्यजन हिम्मत करके दक्षिण के समाज में चले गए, उनकी स्त्रियों से विवाह कर लिया। उनमें मिश्रित रक्त के बच्चे पैदा किए। गौरतलब है कि ऐत्तरेय ब्राह्मण में सामाजिक व्यवस्था पर सवाल खड़े करनेवाली तीन जातियों में से एक चेरपादा: अर्थात् चेर जाति का उल्लेख मिलता है। इसका यह तात्पर्य है कि केरल के मालाबार क्षेत्र में भी वैदिक संहिताओं के रचनाकाल में ही आर्यजन पहुँच चुके थे। तब भी वैदिक विचारों को सर्वमान्य स्वीकृति नहीं थी। इसका तात्पर्य यह नहीं है कि दक्षिण के समाज संरचना में आर्यजन से कमतर सदाचार और सरोकार था।

दक्षिणापथ में वैदिक चिंतन ऋग्वैदिक काल में ही पहुँच गया था। दक्षिण में बड़े पैमाने पर वैदिक आर्य चिंतन को प्रचारित और प्रसारित करने में ऋषि अगस्त्य का नाम आता है। ऋग्वेद के आख्यान के अनुसार उनका जन्म एक घड़े यानी कुंभ से होता है। विदर्भ की राजकुमारी लोपामुद्रा से उनका विवाह हुआ। उनके संबंध में विंध्य पर्वत को झुकाने और महासमुद्र के पानी को पी लेने जैसे आख्यान जुड़े हैं। उनके माध्यम से ही वैदिक सभ्यता को विंध्य पर्वत से दक्षिण भारत में तथा समुद्र के माध्यम से मलाया और हिंदचीन द्वीप तक पहुँचाया गया।

अगस्त्य के संबंध में उल्लेख वाल्मीकि कृत रामायण में भी आता है। उन्होंने श्रीराम

को वह अमोघ शक्ति दी थी, जिससे रावण का वध हो सका। अगस्त्य ऋषि के गोत्र और कुल के समूचे दक्षिण और उत्तर भारत के अलावा मलाया में आश्रम और पीठ मिलते हैं। अगस्त्य गोत्र के ऋषि कालक्रम में समूचे भारत में अपना आश्रम और गुरुकुल बनाकर फैल गए। परंपरागत कथाओं के अनुसार अगस्त्य तमिल साहित्य के पिता और उसके भाषा व्याकरण के रचइता होने के अतिरिक्त पांड्य राजाओं के राजपुरोहित थे। संगम साहित्य से यह भी पता चलता है कि पाड्य वंश के पहले शासक के रूप में शिव और पार्वती थे, जिन्होंने ऋषि अगस्त्य के अनुरोध पर राजवंश की स्थापना की।

संगम साहित्य को दक्षिण के प्राचीनतम तमिल भाषा का साहित्य माना जाता है, जिसमें अगस्त्य ऋषि के अतिरिक्त दक्षिण भारत में साहित्य और समाज के बारे में उल्लेख किया गया है। संगम साहित्य की रचना कृष्णा और तुंगभद्रा नदियों के दक्षिणी भाग में स्थित तमिलकम प्रदेश में हुई। इस साहित्य के विकास में चेर,पांड्य और चोल राजाओं का योगदान माना जाता है। इतिहासकारों का मानना है कि संगम काल की रचनाएँ दक्षिणावर्त को जानने का दिलचस्प और बहुमूल्य हिस्सा हैं। इस की कालवधि ईसा पूर्व दो सौ से लेकर ईसा पश्चात् के दो सौ साल के बीच की मानी जाती है।

कई इतिहासकार इसे ईसा से हजार वर्ष भी पुराना मानते हैं। संगम साहित्य में तमिल कवियों के संघ, मंडल, परिषद अथवा सम्मेलन में रचित साहित्य को स्थान दिया गया है। ऐसे तीन आयोजित हुए, जिसमें पहला पांड्य शासकों की संरक्षकता में मदुरै में हुआ, जिसकी अध्यक्षता अगस्त्य ऋषि ने की। इसमें 89 पांड्य शासकों का संरक्षण प्राप्त हुआ और 549 से अधिक विद्वानों ने भाग लिया। कथाओं के अनुसार यह संगम चार हजार वर्षों तक संगम चला। इस काल में अक्कतियम, परिपदल, मदुनरै से ग्रंथ रचे गए, जो मदुरै के समुद्र में विलीन हो नष्ट हो गए।

दूसरा संगम साहित्य भी पांड्य राजाओं के संरक्षकता में कपाटपुरम् या अलैवे में आयोजित हुआ, जिसकी अध्यक्षता पहले ऋषि अगस्त्य ने की। इसके बाद उनके शिष्य तोलकप्पियर ने की। इसमें तमिल भाषा के 49 विद्वानों ने भाग लिया। इस संगम को 59 पांड्य राजाओं का संरक्षण प्राप्त हुआ। दूसरा संगम 3700 साल चला और इस दौरान अकतियम, मापुरानम, भुतपुराम, व्यालमलय और तोल्कापियम जैसे ग्रंथ रचे गए। व्याकरण की पुस्तक 'तोल्कापरियम' की रचना ऋषि अगस्त्य के शिष्य तोल्कापियर ने की। तीसरा संगम साहित्य कपाटपुरम् के समुद्र में विलीन होने पर उत्तरी मदुरै में आयोजित किया गया। जिसमें 49 शासकों का संरक्षण प्राप्त हुआ। इसकी अध्यक्षता नक्कीरर ने की।

इन तीनों संगमों का उल्लेख 8वीं सदी के ग्रंथ इरैयनार अग्गापोरूल में किया गया है। इस ग्रंथ के अनुसार संगम साहित्य का काल 9990 वर्षों का है, जिसमें 8598 साहित्यकारों ने भाग लिया और जिसे 197 पांड्य शासकों का संरक्षण मिला। अगर इन बातों को सत्य

न भी माना जाए, तो भी संगम साहित्य की उपलब्ध 2289 रचनाएँ संगम युग की सार्थकता और उपयोगिता को बताती हैं। इससे पता चलता है कि दक्षिणावर्त और विशेषकर तमिल साहित्य व व्याकरण के क्षेत्र में संगम काल में उल्लेखनीय कार्य हुए। तमिल व्याकरण 'तोल्काप्पियम' में व्याकरण के अतिरिक्त धर्म, अर्थ, काम और मोक्ष्ज्ञ के सबंध में वर्णन किया गया है। इस ग्रंथ की कई टीकाएँ लिखी गईं। इन साहित्यों से दक्षिण के राज्यों चोल, चेर और पांड्य के इतिहास की रूपरेखा प्राप्त होती है।

संगम साहित्य से ही पता चलता है कि चेरों के राजा उदियनजेरल ने कुरुक्षेत्र के युद्ध में भाग लेनेवाले सैनिकों को पेटभर का भोजन उपलब्ध कराया था। उस काल में भी संपूर्ण भारतवर्ष के शासक बनने की भावना राजाओं में थी, कदाचित इसी कारण उदियनजेरल के पुत्र नेदुनजेरल ने व्यापक सैन्य अभियान चलाया था और इमयवरंबन यानी जिसकी सीमा हिमालय तक हो, की उपाधि धारण की थी। उन्होंने हिमालय पहाड़ पर चेर राज्य के चिह्न यानी धनुष को अंकित किया। इस वंश के कई राजा और सरदार अपना संबंध ऋषि अगस्त्य और विष्णु से जोड़ते हैं।

पांड्य राजाओं में नेडियोन का नाम आता है, जिसने पहरूली नदी बनाई और समुद्र की पूजा की प्रथा आरंभ करवाई। पांड्य राजा पल्लशालई मुदुकुडुमी ने दक्षिणावर्त में यज्ञ अनुष्ठान को वृहद् पैमाने पर समाज में आरंभ करवाया। उनके यज्ञ अनुष्ठान के कारण उनकी उपाधि पल्शालै अर्थात् अनेक यज्ञशालाएँ बनवाने वाला हो गया। पांड्य शासक नेडुजेलियन का उल्लेख आता है, जिसने उत्तर के आर्य शासक को परास्त किया था। संगम साहित्य से पता चलता है कि दक्षिणावर्त में भी राजा को प्रजा अपना आदर्श मानती थी। इस कारण राजाओं द्वारा भी सदैव आदर्श प्रस्तुत करने का प्रयास किया जाता था। संगम साहित्य के ग्रंथ पुरन्नरारू में चक्रवर्ती शासक के आदर्श का उल्लेख मिलता है। इस ग्रंथ के अनुसार कोई भी राजा सात राजाओं को परास्त कर उनके मुकुटों की माला पहनकर अपनी स्थिति महान् करना और अधिराज की पदवीं प्राप्त करने को इच्छुक होता था। चक्रवर्ती सम्राट बनने के लिए राजाओं में दिग्वियजी की इच्छा और कामना रहती थी।

दक्षिणावर्त में ऋषि अगस्त्य और कौंडिय का बहुत प्रभाव था। दक्षिणावर्त में वैदिक सभ्यता के विकास में पांड्यराजवंशों ने खूब प्रयास किए। पांड्यवंशी राजाओं के कुल पुरोहित अगस्त्यवंशी ब्राह्मण होते थे। मुरुगन या सुब्रहमयं के अतिरिक्त शिव, विष्णु और बलराम की पूजा की जाती थी। विष्णु के अनंतशैयायी रूप तथा शिव के अर्द्धनारीश्वर रूप की उपासना भी प्रचलित थी। तमिल ग्रंथ पदरूप्पतु में विष्णु की पूजा में तुलसी और घंटी के उपयोग की चर्चा की गई है।

दक्षिण भारतीय जीवन में वैदिक तत्त्वों को बहुत ही सहजता और सूक्ष्मता से सामाजिक और सांस्कृतिक जीवन में स्वीकार किया गया है। यह कोई बाहर से थोपा

नहीं, बल्कि सहज रूप से अंगीकार लगता है। चाहे उनका साहित्य और दर्शन हो, धर्म या राजव्यवस्था, कला और वास्तुकला हो, प्रत्येक स्थान पर एक भारतवर्ष का दर्शन होगा, जिसमें सांस्कृतिक रूप से एकत्व के साथ समरसता का बोध मिलता है। काँचीपुरम् का कैलाश मंदिर हो या पल्लव कालीन निर्मित बैकुंठपेरूमाल का मंदिर हो। पल्लव शासन काल में सुदूर दक्षिण महाबलिपुरम् में खुले आकाश के तले निर्मित गंगावतरण जिसे अर्जुन की तपस्या के नाम से जाना जाता है। मामल्लपुरम् के मुख्य पहाड़ी पर पल्लव राजाओं ने वराह, वामन अवतार, सूर्य, दुर्गा और गजलक्ष्मी की मूर्तियाँ बनाईं। यहीं पर अनंत सर्प पर विष्णु द्वारा शयन और भैंस के रूप में राक्षस महिष के साथ दुर्गा की लड़ाई, पंच पांडव मंडप आदि ईसा के कुछ सदी बाद की कलाकृतियाँ पाई जाती हैं।

शाश्वत भारत के निर्माण में आर्यावर्त के लोगों के कला चिंतन जिसमें आभामंडल, विस्तार और दिग्विजय का समावेश रहा, तो दक्षिणावर्त के लोगों का शिल्प चिंतन जिसमें सुंदरता, भावप्रणवता, रस प्रधानता को स्थान मिला। इस ऐलोरा के कैलाश मंदिर और एलीफैंटा के नटराज प्रतिमाओं से समझा जा सकता है। चोलकालीन चिदंबरम के नटराज की विभिन्न मुद्राओं—नादंत तांडव या आनंद तांडव करती कांस्य प्रतिमा। इसमें मूर्तियों के चार हाथ हैं। वाम पग उठा हुआ है और दक्षिण पद राक्षस को कुचलने की मुद्रा है जिससे एक अग्नि वृत में मध्यम शिव आनंद तांडव की स्थिति में है। यह आनंद तांडव-पंच क्रिया नृत्य है-जिसमें सृष्टि, स्थिति, प्रलय, तिरोभाव और अनुग्रह को रेखांकित किया गया है।

तांडव नृत्य के संबंध में एक रोचक कथा तमिल भाषा के कोयिल पुराण में है। उल्लेखनीय है कि कोयिल का मतलब ही देव होता है। इसमें बताया गया है कि एक बार भगवान् शिव अपने तमिल शिष्य अतिशेषन और मोहिनी रूपधारी विष्णु के साथ दक्षिणारझय के तारग्राम गए। वहाँ पर भगवान् शिव ने वेदांत को प्रतिस्थापित किया। इस क्रम में भगवान् शिव का वहाँ के ऋषियों के साथ भीषण शास्त्रार्थ हुआ। जब ऋषिगण शास्त्रार्थ में हार गए, तो उन्होंने गागा, छल और प्रपंच से भगवान् शिव पर प्रहार करने का प्रयास किया। इस क्रम में ऋषियों ने रक्तपाई वामन राक्षस मूलायकन की रचना की और शिव की ओर उसे लड़ने भेजा। भगवान् शिव उस वामन को अपने पैर के नीचे रखकर उन्मुक्त भाव से नृत्य करने लगे, क्योंकि यह पहला नृत्य उनके शिष्य तंडु ने ग्रहण किया।

इस कारण यह तांडव नृत्य कहलाया। इस कोयिल पुराण में पंच क्रिया का वर्णन है। विदेश इतिहासकार ग्राउसेट ने अपनी पुस्तक 'इंडिया' में लिखा है कि यह नृत्य लाश पर किया जाता है लेकिन फिर भी दाहिना हाथ एक आश्वासन देने यानी अभय की मुद्रा में उठता है। यह इतना सत्य है कि विश्व के नियतत्त्वाद की निष्ठुरता भविष्य के जनन सिद्धांत के रूप में दयालुतापूर्ण ही उठती है। भुजाओं का हर जोड़ा अपने में सौंदर्य का एक नमूना

है और इस प्रकार नटराज की पूरी मूर्ति अपने अपार आनंद में एक शानदार सामंजस्य के साथ रोमांचित करती है।

कुबेरनाथ राय ने कामधेनु में लिखा है कि—नटराज मूर्ति भारतीय संस्कृति की महान् आस्तिक परंपरा का प्रतीक है। इसका बीजारोपरण अनार्य मन में हुआ, पर अंकुरण और उसका संवर्द्धन आर्य और अनार्य दोनों की अखिल भारतीय साधना से हुआ। यह नटराज साक्षात् भारत है। जिसे कभी अजनाभ वर्ष और जंबूद्वीप कहा जाता था। इसके ललाट पर स्थित तीसरा नयन अग्नि प्रतिरूप है, जो वैदिक चिंतन का प्रभाव है। वहीं उनके शीश पर चंद्रमा और गंगा की धारा का होना निषाद-कोलमुंडा यानी ऑस्टिक प्रतीक है, तो डमरू की ध्वनि, अभय एवं मंगल की मुद्रा से द्रविड़ अभिव्यक्ति निकलती है। वहीं इसका मुंडमाल श्रृंगार और सर्प की मेखला किरात यानी मंगोलियन अभिव्यक्ति है। भारतवर्ष का निनाद नटराज से अभिव्यक्त होता है। इस नटराज में समूचे भारतवर्ष का शाश्वत बोध समाहित है।

आर्यावर्त और दक्षिणापथ के संबंध में सातवीं सदी के शैव संत तिरुनावुक्कुषु स्वामिंगल तेवरत की प्रार्थना के उन छोटे-छोटे शब्दों को स्मरण करने की आवश्यकता है, जिससे सारे अंतर्विरोध और निषेध की भावना का अंत हो जाता है और अंतर्मन से भारतवर्ष का समवेत स्वर में गान करने का मन होता है। शैव संत की वाणी है—

अरियन कणडै
तमिलन कणडै
अरियन तमिकोडिशै-य-आणवन!

अर्थात् हे प्रभु तुम आर्य हो। हे प्रभु तुम तमिल हो और तुम ही तमिल और संस्कृत के संयुक्त संगीत के प्रतीक हो।

संदर्भ ग्रंथ

1. मक्खन लाल, प्राचीन भारत-वैदिक सभ्यता, एन.सी.ई.आर.टी., पृष्ठ 97।
2. प्रो. एचसी राय चैधरी : पॉलिटिक्ल हिस्टरी ऑफ एंनिशेंट इंडिया।
3. वहीं, पृष्ठ 83-84।
4. स्वामी रंगनाथानंद, भगवतगीता का सार्वजनीन संदेश, द्वितीय भाग, रामकृष्ण मठ, नागपुर, पृष्ठ 42।
5. हरिश्चंद्र वर्मा, मध्यमकालीन भारत हिंदी माध्यम कार्यांवय निदेशालय नई दिल्ली, सन् 1992, पृष्ठ-59।
6. नीलकंठ शास्त्री, दक्षिण भारत का इतिहास : बिहार हिंदी ग्रंथ अकादमी, पृष्ठ 366।

□

उत्सव में शाश्वत की खोज

इस जगत् में बहुत आनंद है। अस्तित्व आलोक से भरा है। समूचा जीवन ही सौंदर्य का पर्याय है, लेकिन वह दिखता नहीं है। उसका स्वाद नहीं मिल पाता है। इस कारण ही जीवन में सबको उत्सव की तलाश है। एक उत्सव, जो हमारे प्राणों को सुवास से भर जाए। हमारी आत्मा को चैतन्य बना दे। फूल एक पदार्थ है, लेकिन जब वह जागता है, खिलता है, तो वह पदार्थ से परे निकल जाता है। उत्सव भी मनुष्य को गहरे प्राणों को झंकृत कर ऐश्वर्य में ले जाने का माध्यम हैं। सभ्यता के उषा काल से ही उत्सव और ऋतुएँ हमारे जीवन को रंगीन और समृद्ध बनाती रही है। उत्सव क्या है? अस्तित्व के असीम आंगन में जहाँ कहीं भी मानव ने अपनी उंगलियों की छाप छोड़ीं, वह छाप हमारे विकास की यात्रा का सहारा बनीं। ऋतुओं के रस और रंग से जीवन को उन्मुक्त, विस्तृत और रंगीन आकाश मिला ऐसे ही छाप और रंग को उत्सव कहा गया, जो जीवन की एकांत और निजता को सामूहिकता के आस्वाद में परिणत करते हैं। नीरस में रंग और रौशनी ही उत्सव का प्रतीक है। एकांत में सुगंध और सुवास ही उत्सव की लयबद्धता को हमारे अंदर संचारित एवं संवर्द्धित करती है।

भारतीय जीवन-सदैव ही प्रकृति के साथ सामाजिक और उत्सवधर्मी बोध को महसूस किया है। उत्सव हमारी सामाजिकता को नया अर्थ प्रदान करता है। उत्सव के कारण ही हमारे राग व रंग की जिजीविषा को एक स्वर मिलता है। यह हमारे जीवन की धड़कन को विस्तार देता है ताकि जिंदगी को नए सिरे से खोजने और समृद्ध करने का अवसर प्राप्त हो सके।

जीवन की आपाधापियों में जिस प्रकार उत्सव की ऊर्जा रहती है, उसी प्रकार पृथ्वी की अपनी धुरी पर घूमना भी उत्सव है। हर सुबह की धूप और शाम की आर्द्रता उत्सव है। अस्तित्व की हरियाली में उत्सव है। धुरी पर घूर्णन से दिवस और परिभ्रमण से ऋतुओं में परिवर्तन होता है। यह परिवर्तन ही हमारे जीवन में वसंत, शरद् और हेमंत का मिठास लाते हैं तो गरमी, बरसात और शिशिर की आर्द्रता से हमको शक्तिशाली बनाते हैं। सूर्य

का उत्तरायण भी उत्सव है, तो उसका दक्षिणायन भी जीवन में उत्सव के आगमन का प्रतीक होता है। उत्सव केवल थिरकना और अपने शरीर को जाग्रत करना भर ही नहीं है। जलप्रपात को देखना, पहाड़ के समीप रहना, नदियों के संग अपने को बहाना और अरण्य में स्वयं की अनुभूति भी एक उत्सव है। इसलिए भारतीय जीवन में उत्सव के साथ तीर्थ और यात्राएँ भी जुड़ी। जहाँ भी अंदर जागरण हो, विद्रोह हो और जीवन तरंगित हो जाए, वह उत्सव का आंगन है। समय के यह ठहराव हैं, जो निश्चित स्पेस में जीवन को नए सिरे से खोजने का अवसर प्रदान करते हैं। यह स्वयं हमको यह बताते हैं कि अब मूल्यांकन का समय आ गया है।

हम अपने जीवन को किस प्रकार देखते हैं, किस प्रकार परिवर्तित करते हैं, उत्सव जीवन जीने की कला सिखाते हैं। उत्सव के पलों में हम जीवन को निचोड़ देते हैं। प्रत्येक क्षण का आनंद अपने अंदर भरते हैं। इस बात का ध्यान करते हैं कि पैर में थिरकन हो, देह तरंगित हो और प्राण में आनंद हो। जीवन के संबंध में नहीं, उन पलों के बारे में सोचना ही उत्सव है, जो हमारे पास आया है। यदि हम स्थिर नहीं होते हैं, तो प्रत्येक पल उत्सव है। नाचना, गाना और स्वयं को प्रकृति के साथ गतिमान रखना भी उत्सव है।

उत्सव शब्द की अभिव्यक्ति में ऊपर उठते हुए रस या भाव सन्निहित है। जब रस और रंग का खुमार हमें ऊपर उठाता है, तब वह उत्सव का क्षण होता है। व्यक्ति की निराशा, अवसाद और पीड़ा के समय में प्राणशक्ति का क्षय होने लगता है, तब उत्सव हमारे भीतर की खुशी को प्रकट करने का माध्यम बनता है। पर्व का एक अर्थ गांठ होता है। इसे पोर भी कहा जाता है, जो ईख में होता है। रसयुक्त ईख को तोड़ने के लिए पोर को खोलना पड़ता है। उसको तोड़ने से रस निकलता है। जीवन भी ऐसा ही है। उत्सव हमारे जीवन की गांठों को तोड़ने व खोलने का माध्यम बनते हैं।

एक सर्वे प्रकाशित हुआ है कि 178 देशों की सूची में दक्षिण प्रशांत महासागर के छोटे से द्वीप पर बसा देश वनुआतु दुनिया का सबसे खुश देश है। जबकि सबसे शक्तिशाली और वैभवशाली देश अमरीका 150वें स्थान पर है। न्यू इकोनॉमिक्स फॉउंडेशन की यह सूची सकल घरेलू उत्पाद के आधार पर नहीं बल्कि उपभोग स्तर, जीवन की अपेक्षाओं और खुशियों के आधार पर बनाया गया। इससे स्पष्ट होता है कि उत्सव और उमंग भीतर की भावनाएँ हैं। भौतिक समृद्धि से जीवन में कोई उत्सव खड़ा नहीं किया जा सकता है, बल्कि उत्सव से जीवन में भौतिक प्रसन्नता को खड़ा किया जा सकता है। उत्सव हमारे मन के रंग होते हैं। यह हमारी अनुभूतियों को पंख देते हैं।

भारतीय जीवन में उत्सव, तीर्थ और यात्रा शाश्वत की खोज के माध्यम थे। तीर्थ में कुछ देखने योग्य नहीं भी मिले, तो उस जगह के रस में व्यक्ति रम ही जाता था। योगिनी तंत्र में कहा गया है कि कामरूप में आकर प्रत्येक नारी ही कामाख्या हो जाती

है। जहाँ कहीं भी रूप में छंद, रस में गंध और जीवन में स्पंदन है, वहाँ प्रत्येक नारी में पार्वती का दर्शन होता हैं और जहाँ कहीं भी विशाल हृदय, असीम प्रेम और चैतन्य श्वाँस की अनुभूति मिलती है, वहाँ शिव रूप में प्रत्येक नर का वास होता है। कंकड़-कंकड में शिवता की खोज पूरी हो, इसलिए उत्सव है। शिवता के संग जीवन में रस, रंग और स्पंदन हो तो जीवन की सार्थकता पूरी हो जाती है। उत्सव, तीर्थ और यात्रा का यही तो लक्ष्य है।

इसलिए कहा गया कि भारतवर्ष की आत्मा उसके धर्म और संस्कृति में बसती है। बिना इसके राष्ट्र-जीवन की कोई कल्पना नहीं है। हमारे पूर्वजों ने देश के दुर्गम और अलघ्य पर्वत शृंखलाओं में तीर्थयात्राओं के लिए कई स्थलों को जाग्रत एवं तपस्थल का रूप दिया। भारतवर्ष एक भौगोलिक अभिव्यक्ति से अधिक सांस्कृतिक एवं ऐतिहासिक एकता से जाग्रत भावनाओं को प्रगाढ़ किया। जीवन मूल्य और सेवा भाव को परिवार एवं समाज और देश में विस्तार देने के लिए गंभीर भावनाओं को लोकजीवन एवं साहित्य के माध्यम से प्रकट किया गया।

एक भारतीय से सदैव यह अपेक्षा की जाती है कि वह भारतभूमि अथवा मातृभूमि का स्मरण भारतवर्ष के सात पवित्र नदियों—गंगा, यमुना, गोदावरी, सरस्वती, नर्मदा, सिंधु और कावेरी के देश के रूप में किया जाए। उसकी वंदना की जाए। उसकी सात पुरियों—अयोध्या, मथुरा, माया यानी हरिद्वार, काशी, काँची, अवंतिका एवं द्वारिका रूपी नगर की यात्रा के माध्यम से देशभाव को गतिमान रखा जाए। सारे मत एवं संप्रदाय के अनुयायियों से आग्रह किया जाता है कि वे देश के दूर-सुदूर भागों की यात्रा करें ताकि उनमें मातृभूमि के प्रति समर्पण एवं सेवा का भाव उत्पन्न हो सके। इन तीर्थयात्राओं के माध्यम से ही प्रांतीय दूरी और पृथकता को दूर किया जा सका।

तीर्थयात्रा के माध्यम से सांस्कृतिक बहुधाराएँ एक-दूसरे में समावेशित हुईं और भारतीयता अधिक विराट रूप में प्रकट हुईं। इस विराटता को व्यक्ति के जीवन में भरने के लिए ही देश में चार धाम, 12 ज्योर्तिलिंग, 51 शक्तिपीठ, चार तीर्थ (पूर्व में श्वेतगंगा, दक्षिण में धनुषतीर्थ यानी धनुष्कोटी, पश्चिम में गोमतीकुंड यानी द्वारिका और उत्तर में तप्तकुंड), चार सरोवर (तुंगभद्रा किनारे पंपासरोवर, भुनेश्वर के समीप बिंदुसर, सिंधुतट पर नारायणसर और मानसरोवर) और चार प्रधान क्षेत्र (कश्मीर स्थित बरामूला स्थित वराहक्षेत्र, कुरुक्षेत्र, हरिहरक्षेत्र और नेपाल सीमा पर मुक्तिक्षेत्र) आदि के माध्यम से राष्ट्रीय एकता को प्रबल किया गया। यह प्रयास इतिहास के विभिन्न कालखंड में उपस्थित रहे।

आदि शंकराचार्य ने इसी भावना के तहत चार मठों की स्थापना की। चार मठों में दक्षिण के शृंगेरी पीठ, पूर्व में जगन्नाथपुरी का गोवर्धनपीठ, पश्चिम में द्वारिका का शारदा

पीठ तथा उत्तर में बद्रिकाश्रम का ज्योर्तिपीठ भारत की एकात्मका को आभी भी दिग्दर्शित कर रहे है। उन्होंने इन मठों के संचालन की व्यवस्था भी अनूठी बनाई गई। बद्रीनाथ स्थित मठ का संचालन दक्षिण तथा दक्षिण के मठ का संचालन उत्तर के नागरिकों को सौंपा गया। यही व्यवस्था पूर्वी और पश्चिम मठ को लेकर बनाई गई, जो आज भी प्रचलित है।

51 शक्तिपीठों के माध्यम से भारतवर्ष के मातृभाव को जोड़ने का सफल प्रयास किया गया। देश में शक्तिपीठ के स्थानों का दर्शन कीजिए। पूर्व में असम की कामाख्या देवी तथा बंगलादेश के चिटगाँव की भवानी शक्तिपीठ, तो पश्चिम में पाकिस्तान के कराची के हिगलाज की कोट्टार देवी, उत्तर में अमरनाथ में महामाया देवी और नेपाल के पशुपुतिनाथ मंदिर के समीप अवस्थित गुजेश्वरी मंदिर की महाशीरा तथा मानसरोवर के समीप अवस्थित दाक्षायानी शक्तिपीठ, धूर दक्षिण में कन्याकुमारी अवस्थित है।

इसी प्रकार 12 ज्योर्तिलिंग का प्रतिस्थापन। उत्तर में पशुपतिनाथ, पूर्वी में बैद्यनाथ, पश्चिम में सोमनाथ, दक्षिण में रामेश्वरनाथ। भारत को राष्ट्रीयता के चिंतन से जोड़ने की यह देशज परिकल्पना है। स्वतंत्रता के पूर्व देश में राष्ट्रीयता का अलख जगाने के लिए तिलक ने दक्षिण भारत में गणेशोत्सव तो स्वतंत्रता के बाद उसी राष्ट्रीयता के भाव को प्रबल करने के लिए लोहिया ने चित्रकूट मेला एवं सिंधू दर्शन जैसे उत्सव शुरू किए थे। भारतवर्ष की महिमा का बखान ओतप्रोत है। भारतवर्ष को देवभूमि कहा गया है।

कहा गया कि देवता भी पृथ्वी के इस भू-भाग पर जन्म लेने की इच्छा रखते हैं, ताकि उनमें धर्म एवं आध्यात्मिकता का शिखर प्राप्त हो सके। भारत की भौगोलिक विशेषताओं ने न केवल इतिहास एवं संस्कृति को बल्कि लोगों की मानसिकता को राष्ट्रीय और चिंतन को विराट बनाने में सहयोग दिया।

भारतवर्ष की राष्ट्रीय एकात्मकता का सूत्र केवल इतिहास, धर्म, दर्शन और संस्कृति में ही नहीं वरन् नदी, सरोवर, पर्वत, जंगल में भी मिलता है। जिस प्रकार भारत के चार कोनों पर चार धाम यानी उत्तर में बद्रीनाथ, दक्षिण में रामेश्वरम्, पूर्व में जगन्नाथ और पश्चिम में द्वारिकानाथ स्थापित कर देश की राष्ट्रीयता को सुदृढ़ किया गया। उसी प्रकार ऋषि-मुनियों के द्वारा पंच सरोवर, द्वादश अरण्यांय और सात पर्वत (हिमालय, अरावली, विंध्याचल, महेंद्र, मलयगिरि, रैवतक तथा सहयाद्रि) की भी मान्यता दी गई। भारत में पितृ श्राद्ध के लिए गया को पवित्र माना गया, तो मातृश्राद्ध के लिए सिद्धपुर स्थित सरोवर को मान्यता मिली।

आज भी भारत यदि एक राष्ट्र है, तो राजनीतिक व्यवस्था के कारण नहीं। भारतीय मानस ने सदैव से ही भारतवर्ष एवं इसके कण-कण को राष्ट्रीय रूप से स्वीकार किया है। आम भारतीय जब भी छुटिटयों में जाते हैं, तो वे तीर्थ स्थानों की यात्रा करना चाहते हैं। वे

बाह्य प्रकृति में जाते हैं, परंतु उनके लिए प्रकृति के हर स्थान की अपनी एक पवित्रता होती है। वे अपनी सोच में धार्मिक रूप से इतने उन्मुख होते है कि लगभग हर पर्वत चोटी, यदि वह एक मंदिर के लिए अत्यधिक ऊंची है, किसी न किसी देवता (यानी परमात्मा के किसी न किसी गुण का प्रतिनिधित्व करता है) से संबंधित होती है। प्रत्येक नदियाँ, दो नदियों का संगम, या कोई भी स्थान जहाँ कोई विशेष आकार हो—जैसे एक झरना या एक गुफा या कोई पेड़, जो कि विशेष आकार का हो वह भारत में अध्यात्म का एक केंद्र बिंदु बन जाता है तथा वह उन्हें ईश्वर के अनगनित पहलुओं में से एक की याद दिलाता है। पृथ्वी माता और माँ प्रकृति के माध्यम से जो कुछ भगवान् हमें देते हैं, उस पर हम पूरी तरह से निर्भर हैं। भारत में ऐसा ही भाव है। यात्राएँ, तीर्थायटन और परिभ्रमण भारतीय जीवन की साधना के माध्यम रहे। जब कोई भारतीय यात्रा पर जाते, तो वह पैदल यात्रा करते, ताकि परिवेश, सामाजिक एवं सांस्कृतिक जीवन का समागम एवं सहचार्य होता रहे।

तीर्थयात्रा का अर्थ रहा—आत्मा की यात्रा, भारत को जानने की यात्रा और स्वं यानी ईश्वर की ओर यात्रा। लंबी यात्राओं के यही भावार्थ रहे है। जब भी कोई भारतीय पर्वत, पहाड़ जंगल, अरण्य, नदी एवं समुद्र या नगर और गाँव की ओर जाते, तो दैनिक जीवन की सारी चिंताएँ, परिवार एवं व्यवसाय के सुख व दुःख रूपी भाव को छोड़ कर जाते और यात्रा के जगहों के अनुरूप स्वयं को ढालते, ग्रहणशील बनाते, जब वापस आते, तो समस्याओं के बीच आंतरिक शांति गहन चेतना का स्वयं में प्रत्यारोपण पाते, जो जीवन की समस्याओं के बीच सदैव रास्ता दिखाता।

भारत के ऊपर प्रकृति का वरदहस्त सदैव से रहा है। इसके कारण भारतीयों के जीवनयापन के लिए कभी भी कठिनाइयों का सामना नहीं करना पड़ा। भारतीय चरित्र की शांतप्रियता या संतुलन के लिए यहाँ की समशीतोष्ण जलवायु भी एक कारण रही, जिसने यहाँ के निवासियों को संतुलन में जीवन जीने का संदेश दिया। यह प्रकृति द्वारा संदेशित संतुलित जीवन का ही प्रभाव रहा था कि उपनिषद् के वेदांत, बुद्ध के मध्यम मार्ग, पंतजलि के अष्टांगिक योग, शंकर का अद्वैतवाद एवं मध्यकाल के भक्तियुग का प्रादुर्भाव हुआ। प्रकृति का प्रभाव के कारण जीवन के सभी क्षेत्रों में सरलता, सहजता के संगीत की स्वरलहरी निकली।

यहाँ के जीवन में किसी अति का प्रभाव नहीं। खान-पान, संगीत, जीवन शैली सबमें में संतुलन दृष्टिगोचर होता है। इसकी स्वाभाविक प्रतिक्रिया के स्वरूप ही भारतीय दर्शन के अथाह सागर में हम गोता लगा सके। समर्पण, त्यागपूर्वक भोग और संन्यास जैसे भारतीय चरित्र में न तो आलस्य है और न ही विषाद। यह परिणाम प्राचीन भारत के अवशेषों के सामान्य परिचय से ही पुष्ट हो जाता है। प्राचीन भारत संबंधी हमारा दूसरा सामान्य मत है कि उसके निवासियों ने केंद्रीय और आत्मिक दोनों प्रकार के पदार्थों का

लालसापूर्ण आनंद लेते हुए जीवन का सुखोपभोग किया।

भारतीय जीवन में प्रकृति, पशु-पक्षी, रीति-रिवाज, जीवन-मृत्यु, पर्व-त्योहार और नाते-रिश्तों से हमारा विविध रूप रंग-रस व गंध का सरोकार रहता है। हमारी प्रकृति और संस्कृति परस्पर पूरक हैं, परस्पर निर्भरता ही इनका जीवन सूत्र है। हम उनके साथ संबंधों के सरोकार से विलग नहीं रह सकते, यद्यपि परिवर्तनशील युग में यह ऊष्मा लगातार कम हो रही है। भारतीय जीवन में पेड़-पौधे, नदी-पहाड़, जीव-जंतु, ग्रह-नक्षत्रों को ईश्वर के रूप में स्वीकार किया गया। यह प्रकृति के साथ अपनेपन का नाता है कि हम कहते हैं—धरतीमाता, गौमाता, तुलसीमाता, गंगामाता, वनदेवी, कुलदेवी। हम पीपल को पूजते है, सांपों को दूध पिलाते हैं, चिड़िया को पानी पिलाते हैं और चीटियों को चीनी। यह पूज्य भाव ही हमें शोषण करने से रोकता है। इनसे जब सामाजिक जीवन में निकटता के भाव से मन नहीं भरा, तो अनंत दूर के ग्रह-नक्षत्रों को संबंधी बना लिया गया। यह भारतीय जीवन का स्वभाव रहा है।

विराटता के साथ सहचार्य की सीख बच्चों को मां से ही मिल जाती है। बच्चा भोजन नहीं खाता, तो माँ कहती है—भोजन खा लो, चंदा मामा मिठाई लेकर आएँगे। कई पीढ़ियाँ बीत गईं, लेकिन हर पीढ़ियों के लिए चाँद उसका मामा ही होता है। बरगद उसका बाबा, तुलसी उसकी माता, आकाश पिता और तारे उसके रिश्तेदार। प्रकृति के साथ सनातन के अवयव ही भारतीय जीवन के विविध क्षेत्र में प्रकट हुए।

सनातन संस्कृति में मनाए जानेवाले विभिन्न पर्व, त्योहार और उत्सवों के पीछे भारतीयता को प्रबल बनाने का भाव था। यह पृथ्वी का सनातन भाव था, जिसे ऋषियों ने उत्सवों के माध्यम से हमारे जीवन में उतारा था। यह सभ्यता और संस्कृति को जीवंत रखने, परंपरा को सदैव आधुनिक बनाने का माध्यम रहा है। नवरात्रि में स्त्री के विभिन्न नौ रूपों का स्मरण, इस नवरात्रा के दौरान कन्या पूजा के माध्यम से समाज में बेटियों की श्रेष्टता को रेखांकित किया गया।

आँवला नवमी, तुलसी विवाह जैसे उत्सवों के माध्यम से पर्यावरण संरक्षण का संदेश प्रसारित किया गया। संतान सप्तमी को भूल हम 'चिल्ड्रेन डे' मनाने लगे। कौमुदी महोत्सव की एक समृद्ध परंपरा थी, जो वसंत से लेकर चैत्र मास तक चलती थी, उसको छोड़कर 'वेलेटाइन डे' मनाने लगे और अपनी सभ्यता के उन प्रतीकों को भूल गए, जिससे समाज सशक्त और समृद्ध बनता था। मातृनवमी (मदर्स डे), रक्षाबंधन (सिस्टर्स डे), भाईदूज (ब्रदर्स) विश्वकर्मा जयंती (प्रोद्यौगिकी दिवस), धंवंतरि जयंती (डॉक्टर डे), गुरु पूर्णिमा (टीचर डे), पिता के लिए समूचा पितृ पक्ष और प्रत्येक मास की अमावस्या तिथि, माता के लिए पूर्णिमा की तिथि का विधान हजारों वर्ष से भारतीय परंपरा का अंग रहा है।

हमारे समाज में अमृत का संचार वर्षों से हो रहा है, लेकिन हमने उसकी बदली पाश्चात्य परंपरा को अपना लिया। यहाँ तक ठीक था, लेकिन अपनी परंपरा को भूलना और दूसरे प्रतीकों को अंगीकार करना और महिमामंडन अनुचित है। ऐसे ही सांस्कृतिक प्रभाव के कारण 19वीं सदी में गुलामी के साथ सांस्कृतिक स्वतंत्रता के लिए महापुरुषों को जनजागरण करना पड़ा था। जीवन में प्रतीकों का अपना महत्त्व होता है। इन प्रतीकों के माध्यम से ही हम अपने मूल और जड़ से जुड़ते हैं। प्राचीन काल से ही भारतीय समाज व्यवस्था ने एक ऐसा ढाँचा विकसित कर लिया था, जिसके लिए पूरे भारत में एक राजसत्ता के होने या नहीं होने से कोई अर्थ नहीं होता था।

स्वतंत्रता के पूर्व आंदोलन में आंदोलन की धाराओं में यह देखने को मिला था। तब भी सामाजिक संस्थाओं को तोड़ने का हर प्रयास विफल हुआ। उल्टे भारतीय समाज ने अपनी कई कुरीतियों एवं अंधविश्वास को छोड़, एक सशक्त एवं मुखर संस्थाओं के माध्यम से साम्राज्यवादी विचारों का प्रतिवाद किया। इसके साथ ही प्रशासनिक ढाँचा, पुलिस, न्याय व्यवस्था, शिक्षा एवं अन्य सेवाओं को प्रदत्त करने की प्रणाली विकसित की गई। स्वतंत्रता के पश्चात व्यवस्था को मजबूत करने के लिए भारत में साम्यवादी तंत्र तथा उदारीकरण के पश्चात् पूँजीवाद तंत्र के कुछ मुख्य व्यवस्थाओं को अपनाया गया। ऐसा करते हुए भारतीय मनीषा को सदैव केंद्र में रखा गया।

स्वतंत्रता के संघर्ष के दौरान यह कहा और स्वीकारा गया कि भारत राष्ट्र निर्माण के दौर से गुजर रहा है। इस राष्ट्र का निर्माण या राष्ट्रीयता को राजनीतिक एकता से जोड़ा गया। यह इतिहास की विडंबना ही तो है कि राजनीतिक आधार पर राष्ट्र के विकास के 65 वर्षों बाद भी भारतवर्ष की राज व्यवस्था की संस्थाएँ आज भी अशक्त हैं।

व्यक्ति को अपनी सोच अखंड एवं असीम करनी होगी। तब संभव हो, लेकिन आज यह दिखता नहीं। ग्लोबल गाँव में भी आज का मनुष्य छोटा हो गया है। एक काल था, जब हमारे बगीचे में बरगद, पीपल और आम जैसे बड़े-बड़े दरख्तों का हस्ताक्षर होता था, आज युग है, बोंजाई का। गमलों का। समय एवं विचार के साथ मनुष्य जब छोटा हो जाए, तो उसका काल चिंतन बड़ा कैसे हो सकता है? यह छोटापन का भाव खानपान से लेकर रहन-सहन और दैनिक जीवन में दखल दे चुका है। दैनिक जीवन जब दूर आकाश में स्थापित उपग्रह से संचालित हो रहा है, तब भी समय के बोध के लिए एक घड़ी जरूरी है। यह कैसा मनुष्य है, जो यांत्रिक उपकरण के बिना अपने समय का बोध नहीं कर सकता। ऐसे समय में कालबोध! अनंत की यात्रा। एक उदाहरण। 12 साल पर कुंभ मेला मनाया जाता है। इस 12 साल का निर्धारण बृहस्पति ग्रह के परिभ्रमण के आधार पर होता है। बृहस्पति ग्रह 12 साल में एक चक्कर पूरा कर अपनी पुरानी राशि में आता है। उत्सव और ऋतु के साथ संवत्सर, ग्रह, तारे के साथ

समन्वय एवं सामंजस्य का यह अनोखा मेल भारतीय समाज ने दिया।

हजारों साल तक भारतीय जीवन में ऐसे खगोलशास्त्र का अंगीकरण हुआ। जिसने ब्रह्मांड से तादात्म्य स्थापित करने के उपाय सुझाए और काल निर्धारण के लिए समाधान भी। भारत में समय की कमी नहीं रही। यहाँ एक जन्म नहीं है। जन्म और मृत्यु के बाद पुनर्जन्म। मृत्यु के पूर्व अगले जन्म की तैयारी। कोई हड़बड़ी नहीं। मानव की जीवनलीला। अनंतकाल तक। मुक्ति तक। मुक्ति यानी कालबोध। परमसत्य का साक्षात्कार। इसलिए चिंतन में विराटता का समावेश हुआ। अतएव जरूरी है कि मनुष्य फिर से अखंड हो, असीम हो। नाभकीय नहीं संयुक्त। खुद को वसुधैव कुटुबंकम में समाहित कर।

भारतीय जीवन में सनातन राष्ट्रवाद का तत्त्व कितना अंश रहा है, इसे समझने के लिए राष्ट्रीय आंदोलन एक व्यापक फलक प्रदान करता है। अपनी तरह का यह एकमात्र आंदोलन है, जिसमें दृष्टिकोण के टकराव का सैद्धांतिक परिप्रेक्ष्य में सफलतापूर्वक अमल किया। अंग्रेजों के खिलाफ लड़ाई में लोकतांत्रिक मूल्यों एवं पद्धतियों का राजनीतिक ढाँचे के रूप में सफल इस्तेमाल विश्व में कहीं देखने को नहीं मिलता। नैतिक, राजनीतिक और विचारधारात्मक तीनों ही स्तर पर लंबा जनांदोलन चलाया गया। यह आंदोलन कोई सत्ता हासिल करने के लिए नहीं होकर समाज, राष्ट्र तथा विचारों के पुन: प्रतिष्ठापन के लिए भी था।

भारतीय राजनीति जो 19वीं सदी की शुरुआत में राजनीतिक आजादी के साथ शुरू हुई, दो पृथक धाराओं को अपने में समटने का प्रयास करती है। उसने कभी भी आजादी के दौरान पाश्चात्य राजनीतिक चिंतन को ही एकमेव रूप से नहीं स्वीकारा। सुधारवादी विचारकों ने भारतीय परंपराओं को पूरी तरह नकार दिया होता, तो भारतीय समाज निश्चय ही पश्चिमीकरण के रास्ते पर होता। तब भी सुधारवादियों का उद्देश्य आधुनिकीकरण था, न कि पश्चिमीकरण। उस समय भी पश्चिम की संस्कृति का अंधानुकरण सुधारवादियों का हिस्सा नहीं रहा।

भारतीय विचारकों ने औपनिवेशिक काल में भी जब अंग्रेजों का हमला जीवन पर चौतरफा था, तब भी सभी क्षेत्रों में अपनी भारतीय चिंतन परंपरा एवं विरासत से सराबोर विचार एवं आदर्श को ही सामने रखकर स्वतंत्रता की लड़ाई लड़ी। यदि उनके चिंतन में भारतवर्ष, उसकी परंपरा एवं राष्ट्रवाद का तत्त्व नहीं होता, तो स्वतंत्रता का संग्राम एक-दूसरे धरातल पर लड़ा गया होता, जिसमें नवजागरण के भाव नहीं होते। भाषा, धर्म, कला, रहन-सहन, संगीत, संस्कृति, अर्थनीति की भाँति ही राजनीति में विचारकों ने पाश्चात्य विचार को एकदम से अंगीकार नहीं किया। उन्होंने एक तो वैकल्पिक सांस्कृतिक-वैचारिक पद्धति का विकास किया और दूसरी ओर पारंपरिक संस्थाओं को

पुनर्जीवित करने का प्रयास किया और इन दोनों माध्यमों से सनातन राष्ट्रवाद के मौलिक एकात्मकता को ही प्रबल किया।

जब भी कोई फूल खिलता या मुरझाता है। किसी पेड़ पर सुंदर कोमल पत्ता आता है और सूख कर नीचे गिर जाता है, तब केवल यह पौधे की बात नहीं होती है। फूल का मुरझाना या पत्ते का सूखना समूचे उपवन के उत्सव और संताप से जुड़ा होता है। जब एक फूल को तोड़ा जाता है या पत्ते को, तो उसके कंपन के साथ सुख और दुःख की अनुभूति पूरे जंगल में पसर जाती है। समूचे पर्यावरण तंत्र में दुख और सुख का अनुभव होता है। यह केवल रक्त के संबंध की बात नहीं है, बल्कि यह अस्तित्व में एक साथ अनंत काल से सहयात्रा का संबंध है।

ब्रह्मांड में सक्रियता और निष्क्रियता का भाव रहता है और उसकी अभिव्यक्ति प्रकृति की सभी घटनाओं में होती है। हमारी साँसों के उतार-चढ़ाव, हृदय के आरोह-अवरोह, ऋतुओं के आगमन और प्रस्थान, दिन और रात, पूर्णिमा से घटते और अमावस्या से बढ़ते चंद्रमा की कलाओं में जड़ता और गतिशीलता का वही भाव कार्य करता है। यह अस्तित्व का शाश्वत नियम है, जो अविनाशी है। उत्सव सभी के ज्योतिर्मय उद्दीप्त जीवन के लिए है। ऐसे में एक बार फिर अपने उत्सव, ऋतु और पर्व-त्योहार के माध्यम से लोक के समूचे चराचर से संबंध को प्रगाढ करे। यहाँ वृक्ष हैं, पत्थर हैं, जीव हैं, मनुष्य है। सब अपने कर्म के अनुसार क्रियाशील हैं। जो फासला, जो रूपों की भिन्नता और जो परिवर्तन दिखता है, वह केवल हमारे संकल्प और इच्छा की अभिव्यक्तियाँ हैं। मैं चाहूँ तो फूल बनूँ, चिड़िया बनना चाहूँ या मनुष्य। इस अस्तित्व का प्रत्येक भाग और तत्त्व सुंदर और संपूर्ण है। व्रत और त्योहार के माध्यम से हम उस आलोकित, छायाहीन और पुष्पों सा चमकते ज्योतिर्मय जीवन में अग्रसर हो, तभी उत्सव की सार्थकता है।

व्रत एक संस्कार है जिसमें व्यक्ति अपने रूपांतरण के लिए तप और उपवास करता है। यह मानव और समाज के कल्याण को ध्यान में रखकर भी किया जाता है। व्रत का अर्थ केवल शरीर को तपाना ही नहीं बल्कि आत्मिक शुद्धीकरण भी होता है। व्रत कर्म है, यह संकल्प है। इस कारण यजुर्वेद (1.5) में अग्नि को व्रतपति कहा गया है। जब हम जीवन में सत्य और अहिंसा या धर्म का संकल्प लेते हैं, तो वह भी एक व्रत है। भारतीय परंपरा में कहा भी गया है—"सत्यनारायण व्रत कथा। आत्मा का उत्सव है व्रत। प्राण का उत्सव है पर्व और शरीर का उत्सव है त्योहार। त्योहार रूपी भौतिकवाद को व्रत रूपी आत्मवाद को जोड़ने का उत्सव है प्राणवादी पर्व। पर्व ही व्यक्ति को समाज से जोड़ता है। हमारी संस्कृति में इसलिए पर्व का महत्त्व है। पर्व का अनुष्ठान हमारे जीवन में बिखरे पड़े हैं। फाल्गुन में फाग, चैत्र में चैता, वैशाख में घांटो, आसाढ में सावन में मल्लर, भादो में कजरी, आश्विन में रामलीला, कार्तिक में जागरण, अगहन में रासलीला, पौष में,

माघ में। इन उत्सवों के माध्यम से सामूहिक सौंदर्यबोध की क्षमता के साथ स्वयं को हम जोड़ते रहे हैं और सशक्त बनाते रहे हैं। यद्यपि आज ये कड़ी दुर्बल हो रही है।

उत्सव का एक प्रमुख कर्म है तीर्थ। तीर्थयात्रा के माध्यम से उत्सव का उदात्तभाव प्रकट होता है। यह व्यष्टि को समष्टि से जोड़ने के उत्सवक्रम हैं, जिसमें व्यक्ति अपने अहम् को छोड़कर समूचे व्योम के वयं से स्वयं को जोड़ता और इस जोड़ने की क्रिया में वह कुछ सीखता है। तीर्थ उत्सव का फूल है, जहाँ सदैव सुवास का वास होता है। इस कारण हमारे मनीषियों ने जहाँ भी प्रकृति में दिव्यता है, जहाँ भी जगत् में भव्यता है, जहाँ भी जीवन में रस मिलता है, उन सभी जगहों को तीर्थ बनाया। तीर्थाटन में दिव्यता को जीवन में उतार कर देवत्व की ओर हम आरोहण करते हैं। यह बाहर रस की खोज है ताकि अंदर में उदारता आ सके।

तीर्थ की यात्रा से व्यक्ति अपने विचार के करीब पहुँचता है। विचार के करीब पहुँचने के बाद हमारे अंदर वासनारहित शांति का प्रवेश होता है। यह व्यक्ति को उदार बनाता है। जब व्यक्ति उदार बनता है, तो उसमें संतोष, विवेक, संवेदना और आचरण की शुद्धता आती है। तीर्थाटन में हम मूल प्रकृति के निकट जाते हैं। इन यात्राओं से व्यक्ति अंदर से कोमल बनता है। भीतर की कुछ कठोरता टूटती है। व्यक्ति स्वयं को उन मूलतत्त्वों से जोड़ पाता है, जिससे उसका उद्भव हुआ है। यह अस्तित्व से एकात्मकता और उसके माध्यम से जीवन के आरोहण की अंतर्यात्रा है।

तीर्थयात्रा बाहर नहीं है, बाहर केवल भाव है। बाहर संसार है। तीर्थ को जाना अंतर्यात्रा है। जितने अंदर की यात्रा होगी, भीतर में मन रमेगा, चित्त स्थिर होगा। उतना ही तीर्थ निकट आएगा। ईश्वर की अनुभूति होगी। गंगा भीतर है, उसमें डुबकी लगानी होगी। देवालय अंदर है जहाँ ओंकार का नाद गूंज रहा है। वहाँ से पुकार आ रही है। बस जुड़ने के लिए हम काशी जाते हैं, वैष्णव देवी जाते हैं। चित्त में जब स्थिरता आएगी, तो ही बाहरी तीर्थ की यात्राएँ फलीभूत होंगी।

तीर्थाटन में हम नदी तटों, समुद्र तल, वन, जंगल, पहाड़, चोटी, आश्रम, समाधि आदि को शामिल करते हैं। इनमें से अधिकतर तीर्थ का जुड़ाव पानी से होता है। पानी के कारण व्यक्ति अपने को उन मूल तत्त्वों से जोड़ता है, जिससे वह बना है। पानी हमारे जीवन का प्रमुख तत्त्व है। इस कारण व्यक्ति दैहिक एवं आत्मिक रूप में जल में स्नान करता है ताकि अपने को पवित्र कर सके। डुबकी लगाता है, ताकि उन जगहों से स्वयं को जोड़ सके। उन स्थलों पर कर्म, तप, ध्यान और चिंतन से वायु और पृथ्वी तत्त्वों से जुड़ना सहज हो पाता है, जो दैनिक जीवन में अस्वभाविक कार्य होता है।

अस्तित्व के इन स्थलों पर डूबने और ऊपर आने में व्यक्ति अपने उस स्वं को खो देता है, जिसके कारण जीवन जटिल बनता है। जीवन को कठोरता से कोमलता की ओर

प्रवाहित करने में इन जल प्रवेश, जलवायु का अनुभव और मिट्टी में विचरण भावभूमि तैयार करते हैं। हम जब खोते हैं, तब रास्ता मिलता है। इन स्थलों एवं जगहों पर अपनाई जानेवाली प्रक्रियाएँ एवं प्रणालियों के कारण हमारा आत्मशोधन के साथ आत्म रूपांतरण भी होता है। जब कोई व्यक्ति ऐसे प्राकृतिक वातावरण में निवास करता है, तब उनको पता होता है कि यह अस्तित्व से जुड़ने का एक सरल मार्ग है।

राम जब पंद्रह वर्ष के थे, तो उनके मन में तीर्थाटन के लिए बड़ी गहरी रुचि पैदा हुई। वे पिता से अनुमति लेकर भारत भ्रमण को निकल गए। अपनी यात्रा के दौरान श्रीराम ने नदी, वन, आश्रम, जंगल एवं सीमांत समुद्र के अतिरिक्त पहाड़ों की यात्राएँ भी कीं। नदियों में गंगा से लेकर झेलम और चेनाब तथा केदारनाथ से लेकर श्रीशैल, पुष्कर आदि तीर्थों की यात्रा की। उन्होंने विष्णु एवं शिव के चौंसठ स्थलों एवं चारों सागरों के तटों को देखा।

ऐसी यात्राओं के पश्चात् श्रीराम के जीवन में कोमलता का जन्म हुआ और पूर्वाग्रह समाप्त हो गए। इस यात्रा के पश्चात श्रीराम अंतर्विवेक को प्राप्त हुए। जिससे वैराग्य का जन्म हुआ, तब दशरथ ने उनको वशिष्ठ के पास भेजा।

श्रीराम और वसिष्ठ का संवाद योगवसिष्ठ में दर्ज है। इस संवाद से पता चलता है कि राम सदा ही एक विचरशील तत्त्वदर्शी की तरह बड़े नपे-तुले व्यवहार करते हैं। आचरण में विवेक अर्थात् मर्यादा के माध्यम से श्री राम भारत की आत्म को प्रकट करते हैं, जो उन्होंने तीर्थाटन एवं यात्रा के परिणाम स्वरूप सीखा।

तीर्थाटन के माध्यम से वैराग्य भाव की अभिव्यक्ति एवं पूर्णता का वास योगवशिष्ठ में होता हैं। यहाँ वसिष्ठ समझाते है कि "न मन को संसार के काम में लगाकर शांति मिलती है और न ही परे हटाकर, जो कोई मन की इन दो स्थितियों को अपने विचार-विवेक से एक साथ देख लेता है, वही स्वयं से ऊपर उठकर ब्रह्म सत्य के दर्शन का अधिकारी हो जाता है। राम के व्यक्तित्व में विचार विवेक और आचरणगत् मर्यादा की बात जिस तरह केंद्रीय भूमिका में है, उसके चलते उनका दूसरों से संबंध भक्त और भगवान् का नहीं होता है। भक्ति में भाव की केंद्रिय भूमिका होती है, लेकिन राम का समस्त व्यवहार विचार एवं विवेकपूरित है। विनयशील एवं आदरभाव से भरे श्रीराम अपने से छोटे को भी अपने जैसा व्यवहार करने की पूरी स्वतंत्रता देते हैं।

जगत् और जीवन लगातार परिवर्तित होता है। जन्म और मृत्यु होती है। ऐसे में समाज की प्रगति और उसको अर्थपूर्ण जीवन का संदेश देने में तीर्थाटन की प्रमुख भूमिका है। ये यात्राएँ सामान्य दर्शनीय स्थल या पर्यटक के रूप में यात्राएँ नहीं होती हैं, ऐसे स्थलों की यात्राओं से व्यक्ति स्वयं को रूपांतरण के लिए प्रस्तुत करता है। उसमें से कुछ विघटित होता है, खंडित होता है, तब व्यक्ति मूल प्रकृति के समीप पहुँचता

है, तद्पश्चात उसे अपनी लघुता का बोध होता है। ऐसे में उसका चित्त उदार होता है। उदारता के कारण व्यक्ति संवेदनशील हो जाता है। फिर व्यक्ति अपने भीतर की गहन और विवेकपूर्ण अंतर्यात्रा करता है।

जीवन और जगत् की क्षणिकता और परिवर्तनशीलता का अनुभव करता है। जीवन की यात्रा में नश्वरता और इच्छा की क्षणभंगुरता के अंतर्विरोध को पहचान लेता है। इन्हीं विचारों के कारण व्यक्ति के कदम समभाव से बढ़ते हैं। जीवन की समस्त जटिलता के बीच वह समाज के साथ एक सहज संबंध बना पाता है। तीर्थाटन के माध्यम से वैज्ञानिक चेतना के भारतीय सार तत्त्व को हम अपने जीवन में खोज पाते हैं।

भारतभूमि की प्रत्येक नदी, जलधारा का उद्गम, कुंड, झरना, सरोवर, पर्वत, अरण्य का नामकरण करना और उसके साथ दिव्यता को जोड़ना हमारी परंपरा का स्वभाव रहा है। प्रत्येक स्थल को ऋषियों, मुनियों, देवी-देवताओं, तपस्वियों के साथ जोड़कर प्रत्येक भूमि को तीर्थ और पुण्य क्षेत्र बना देते हैं। जैसे ही कोई स्थान देवत्व में रूपांतरित हुआ, भारतीय जन का उससे एक संबंध बन जाता है। भारतीय जीवन की यह एक निराली प्रकृति है।

वासुदेव शरण अग्रवाल ने 'भारत की मौलिक एकता' (पृष्ठ 82) में लिखा है कि हिमालय केवल पत्थर का ढेर नहीं है, वह लता, वनस्पति, औषधि, पुष्प और रत्नों का स्थान भर नहीं है। हिमलाय का सच्चा स्वरूप कालीदास के शब्दों में देवतात्मा ही है (अस्त्युतरस्यां दिशि देवतात्मा हिमलयो नाम नागधिराजः-कुमारसंभव 1.1), और उनके प्रदेश देवभूमियाँ हैं। हिमालय देवता है, यह भाव समस्त देश में परिव्याप्त हो गया और यहाँ के लोगों ने हिमालय से एक संबंध बना लिया। चाहे आप देश के किसी भी भाग में रहें, एक बार चारधाम की यात्रा कर अपने जीवन को धन्य करने की इच्छा सदैव रहती है। यह संस्कार प्रत्येक भारतीय को जन्म के साथ मिलता है, जिसकी प्रस्फुटन इच्छापूर्ति तक होता रहता है।

तीर्थयात्रा और पुण्य क्षेत्रों का भ्रमण देश पूजा की एक विधि है। इन यात्राओं से मातृभूमि के प्रति उत्कट प्रेम और समर्पण का भाव अभिव्यक्त होता है। तीर्थयात्रा से धार्मिक भावना को बल मिलता है तो साथ ही भौगोलिक चेतना का भी विकास होता है। स्थल की प्रकृति की जानकारी, शिल्प, स्थापत्य, कला, भूगोल, संस्कृति और इतिहास के अध्ययन का अवसर मिलता है। काशी जाएँ या काँची, कैलाश जाएँ या कन्याकुमारी एक भावबंधन से अपने को बंधा पाएँगे। भारतीयों ने पर्वत की गुफाओं और नदियों के उद्गमों के माध्यम से प्रकृति के साथ अपने अटूट संबंधों को सदैव ही अलग स्वरूप प्रदान किया है। पर्वतों की गोद में, नदियों के संगम पर ज्ञान की बुद्धि उत्पन्न होती है (ऋग्वेद 8.6.28 एवं यजुर्वेद 26.15)। अंततः हम यह कह सकते हैं कि भारतीय जीवन

में प्रकृति की भूमिका केंद्रीय है और प्रकृति की गोद में ही सत्य की अनुभूति की जाती है।

यात्राएँ, तीर्थायटन और परिभ्रमण भारतीय जीवन के साधना के माध्यम रहे। जब कोई भारतीय यात्रा पर जाता है, तो वह पैदल यात्रा करता है, ताकि परिवेश, सामाजिक एवं सांस्कृतिक जीवन का समागम एवं सहचार्य होता रहे। तीर्थयात्रा का अर्थ रहा—आत्मा की यात्रा, भारत को जानने की यात्रा और स्वयं यानी ईश्वर की ओर यात्रा। लंबी यात्राओं का यही भावार्थ रहे। जब भी कोई भारतीय पर्वत, पहाड़ जंगल, अरण्य, नदी एवं समुद्र या नगर और गाँव की ओर जाते हैं, तो दैनिक जीवन की सारी चिंताएँ, परिवार एवं व्यवसाय के सुख व दुःख रूपी भाव को छोड़ कर जाते हैं और यात्रा के स्थान के अनुरूप स्वयं को ढालते हैं उस समय वह स्वयं को ग्रहणशील बनाते हैं, और जब वापस आते हैं, तो समस्याओं के बीच आंतरिक शांति एवं गहन चेतना का खुद में प्रत्यारोपण पाते हैं, जो जीवन की समस्याओं के बीच सदैव रास्ता दिखाता है। कहा जाए तो यही मनुष्य के जीवन का सार है, खोज है। जीवन का रहस्य ही इस पृथ्वी पर छुपा है और जिसे हम 'भारतराष्ट्र' कहते हैं।

संदर्भ ग्रंथ

1. वासुदेव शरण अग्रवाल—भारत की मौलिक एकता, भारती भंडार।
2. गुरुदत्त—वेद और वैदिक काल, शाश्वत संस्कृति परिषद।
3. विद्यानिवास मिश्र—भारतीयता की पहचान, वाणी प्रकाशन।
4. मनोज सिंह—मैं आर्यपुत्र हूँ, प्रभात प्रकाशन।
5. रामविलास शर्मा—भारतीय नवजागरण और यूरोप, हिंदी माध्यम कार्यालय नि.।
6. रामविलास शर्मा—पश्चिम एशिया और ऋग्वेद, हिंदी माध्यम कार्यालय नि.।
7. राधाकुमुद मुखर्जी—भारत की मूलभूत एकता, सस्ता साहित्य मंडल।
8. कुबेरनाथ राय—कामधेनु, नेशनल पब्लिकेशन्स।
9. श्यामाचरण दुबे—समय और संस्कृति, वाणी प्रकाशन।
10. श्री अरविंद—मानव से अतिमानव की ओर, अरविंद सोसाइटी, पांडिचेरी।
11. विद्यानिवास मिश्र—भारतीय संस्कृति के आधार, प्रभात प्रकाशन।
12. कुबेरनाथ राय, चिन्मय भारत, प्रकाशन-हिंदुस्तान एकेडमी।
13. संजीव कुमार शर्मा—लोक मंथन, प्रभात प्रकाशन।
14. विद्यानिवास मिश्र—क्या पूरब क्या पश्चिम, सस्ता साहित्य मंडल। प्रकाशन।
15. ओशो—भारत एक सनातन यात्रा, डायमंड पॉकेट बुक्स प्रा. लि. सन् 1997।
16. विद्यानिवास मिश्र—हिंदू धर्म, जीवन में सनातन की खोज, वाग्देवी प्रकाशन।
17. मैक्स मूलर—भारत हमें क्या सिखा सकता है? राजकमल प्रकाशन।
18. राय बहादुर लाला सीताराम—अयोध्या का इतिहास, सत्यसाहित्य प्रकाशन।
19. सूर्यकांत बाली—भारतगाथा, प्रभात प्रकाशन
20. ए.के. रामानुजम—तीन सौ रामायण, वाणी प्रकाशन

21. विद्यानिवास मिश्र—भारतीय चिंतनधारा, प्रभात प्रकाशन
22. नीलकंठ शास्त्री—दक्षिण भारत का इतिहास
23. राहुल सांस्कृत्यायन—ऋग्वैदिक आर्य: किताब महल
24. गुरुदत—इतिहास में भारतीय परंपराएं, भारतीय साहित्य सदन, नई दिल्ली
25. स्वामी रंगनाथनंद—भगवदगीता का सार्वजनिक संदेश, प्रथम भाग, रामकृष्ण मठ
26. विनोद शाही—रामकथा पुनर्पाठ, आधार प्रकाशन
27. स्वामी रंगनाथनंद—उपनिषदों का संदेश, रामकृष्ठ मठ
28. देवदत्त पटनायक—सीता, मंजुल प्रकाशन, भोपाल
29. देवदत्त पटनायक—राम की गाथा, पेंगविन प्रकाशन
30. श्री अरविंद—दिव्य जीवन, अरविंद सोसाइटी, पांडिचेरी।

□□□

* 9 7 8 9 3 9 0 3 7 2 7 1 3 *
FCW - #0052 - 061026 - C0 - 216/140/13 - PB - 9789390372713 - Matt Lamination